中国现代文学馆青年批评家丛书

中国现代文学馆 编

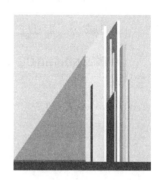

或看翡翠兰苕上

王鹏程 / 著

北京大学出版社
PEKING UNIVERSITY PRESS

图书在版编目（CIP）数据

或看翡翠兰苕上 / 王鹏程著 . —北京：北京大学出版社，2019.12
（中国现代文学馆青年批评家丛书）
ISBN 978-7-301-30774-8

Ⅰ. ①或… Ⅱ. ①王… Ⅲ. ①中国文学—当代文学—文学评论 Ⅳ. ① I206.7

中国版本图书馆 CIP 数据核字（2019）第 208545 号

书　　名	或看翡翠兰苕上 HUO KAN FEICUI LANSHAO SHANG
著作责任者	王鹏程　著
责任编辑	饶莎莎　黄敏劼
标准书号	ISBN 978-7-301-30774-8
出版发行	北京大学出版社
地　　址	北京市海淀区成府路 205 号　100871
网　　址	http://www.pup.cn　新浪微博：@ 北京大学出版社 @ 培文图书
电子信箱	pkupw@qq.com
电　　话	邮购部 010-62752015　发行部 010-62750672 编辑部 010-62750112
印刷者	三河市国新印装有限公司
经销者	新华书店 660 毫米 ×960 毫米　16 开本　27.25 印张　330 千字 2019 年 12 月第 1 版　2019 年 12 月第 1 次印刷
定　　价	69.00 元

未经许可，不得以任何方式复制或抄袭本书之部分或全部内容。
版权所有，侵权必究
举报电话：010-62752024　电子信箱：fd@pup.pku.edu.cn
图书如有印装质量问题，请与出版部联系，电话：010-62756370

丛书总序

中国现代文学馆是在巴金先生倡议和一大批著名作家的响应下，于1985年正式成立的国家级文学馆，也是目前世界上规模最大的文学博物馆。中国现代文学馆的主要任务是收集、保管、整理、研究中国现当代文学书籍和期刊，以及中国现当代作家的著作、手稿、译本、书信、日记、录音、录像、照片、文物等文学档案资料，为文化的薪传和文学史的建构与研究提供服务。建馆30多年以来，经过一代代文学馆人的共同努力，中国现代文学馆的事业不断发展壮大，现已成为集文学展览馆、文学图书馆、文学档案馆以及文学理论研究、文学交流功能于一身的综合性文学博物馆，并正朝着建成具有国际影响的中国现当代文学资料中心、展览中心、交流中心和研究中心的目标迈进。

为了加快中国现代文学馆学术中心建设的步伐，中国作家协会党组决定从2011年起在中国现代文学馆设立客座研究员制度，并希望把客座研究员制度与对青年批评家的培养结合起来。因为，青年批评家的成长问题不仅是批评界内部的问题，而且是一个对于整个青年作家队伍乃至整个文学的未来都具有方向性的问题。青年批评家成长滞后，特别是代际层面上"70后""80后"批评家成长的滞后，曾经引起文学界乃至全社会的普遍担忧甚至焦虑。因此，客座研究员的招聘主要面向"70后""80后"批评家，我们希望通过中国现代文学馆这个学术平台为青年批评家的成长创造条件。经过自主申报、专家推荐和中国现代文学馆学术委员会的严格评审，中国现代文学馆已经招聘了4期共41名青年批评家作为客座研究员。第五批客座研究员的招聘工作也已经完成。

7年多来的实践表明，客座研究员制度行之有效，令人满意。中国作家协会党组书记钱小芊在第四届客座研究员离馆会议讲话中，充分肯定了设立客座研究员制度的重要意义，同时对他们未来的学术研究提出了希望。首先是要认真学习马克思主义文艺思想，特别是要认真学习习近平总书记在文艺工作座谈会上的重要讲话，切实加强文学批评的有效性。其次是要真切关注文学现场。作为批评家，埋头写作是必然的要求，但也非常需要去到作家中间、同道人中间，感受真实、生动、热闹的"文学生活"，获得有温度、有呼吸的感受与认识。因此，客座研究员要积极关注当下中国的现实和文学的现场，与作家们一起面对这个时代，相互砥砺，共同成长。

作为"70后""80后"批评家的代表，他们的"集体亮相"，改变了中国当代文学批评的格局和结构，带动了一批同代际优秀青年批评家的成长，标志着"70后""80后"青年批评家群体的崛起，也预示着"90后"批评家将有一个健康的发展空间。为了充分展示客座研究员这一青年批评家群体的成就与风采，中国作家协会和中国现代文学馆决定推出"中国现代文学馆青年批评家丛书"，为每一位客座研究员推出一本代表其风格与水平的评论集。我们希望这套书既能成为中国当代文学批评的重要收获，又能够成为青年批评家们个人成长道路的见证。丛书第1辑8本、第2辑12本、第3辑11本，已分别在2013年6月、2014年7月、2016年11月由北京大学出版社推出，在学术界引起较大反响。现在第4辑10本也即将付梓，相信文学界、学术界对这些著作会有积极的评价。

是为序。

中国现代文学馆
2018年秋

目 录

丛书总序 ／ 01

第一辑

到处是水，哪一滴可以喝呢？ ／ 003
从"城乡中国"到"城镇中国"
　　——新世纪城乡书写的叙事伦理与美学经验 ／ 009
先锋文学的"蝉蜕" ／ 034
重建文学批评与文学出版的良性互动 ／ 039
"或看翡翠兰苕上"
　　——文学史中的"70后""80后"批评 ／ 044
写作的责任：探索生活隐秘，维护人的尊严 ／ 049
高孤决绝的悲情歌手
　　——阎连科散文读札 ／ 063
敞开生命的真人与真文
　　——杨光祖散文论 ／ 067
悲观的诗学
　　——论格非的《春尽江南》／ 075
短篇的重量
　　——聊聊爱丽丝·门罗 ／ 099

第二辑

"长安不见使人愁"
　　——民国文人的西安记忆与文学想象 / 105

"西望长安不见佳"
　　——老舍的西安记忆与文学书写 / 124

路遥的小说世界：德性论叙事的魅力及局限 / 149

生命与艺术的淬砺
　　——陈忠实散文论 / 156

白鹿之后待大雅，斯人文苑足千秋 / 171

陈忠实纪念专辑·主持人语 / 177

灞桥风雪因鹿鸣
　　——论陈忠实的旧体诗词创作 / 180

红柯纪念专辑·主持人语 / 192

安黎：黄土地上的现代"公牛" / 197

以思想和爱意为犁铧的垦荒者
　　——评安黎新编散文集《耳旁的风》 / 202

第三辑

《剑桥中国文学史》"1841—1949"部分错疏举隅 / 209

越过深渊的见证
　　——论陈徒手的知识分子研究 / 240

蓝苹与鲁迅 / 255

吴宓对洪深早期戏剧活动的影响
　　——以吴宓日记为中心 / 274

劳动观念主导下的爱情伦理
　　——农业合作化小说爱情话语分析 / 287

李準：黄河流不尽 / 308

第四辑

历史的吁请与现实的召唤
　　——论李建军的《大文学与中国格调》／319

有温度和有思想的批评
　　——读《杨光祖集》／333

疾病体验与文学热度
　　——论《疾病对中国现代作家创作的影响研究》／346

生活与存在的精致寓言
　　——读李宏伟的《暗经验》／355

洞幽烛微见真章
　　——品读孔在齐《顾曲集：京剧名伶艺术谭》／360

民国县长的风度
　　——读郑碧贤的《郑泽堰——民国县长郑献徵传奇》／372

历史是有表情的
　　——读张鸣《历史的碎片：侧击辛亥》／375

第五辑

边缘的活力
　　——读《文学桂军论：经济欠发达地区一个重要作家群的崛起及意义》／381

砥柱八桂是此峰
　　——论黄伟林的文学批评　／385

一代人的心灵标本和精神档案
　　——读剑书《奔走的石头》／397

2015年少数民族文学：民族精神的现代书写与叙事传统的深度内转　／402

后　记／426

第一辑

第一章

到处是水，哪一滴可以喝呢？

全媒体时代的到来，彻底改变了文学的创作和存在方式，空前拓展了文学发表的空间和传播途径，根本上改变了传统的文学生态和审美趋同。网络文学、数字杂志、手机文学、数字报纸等的流行，使得文学的传播、交流和互动更为便捷，文学的价值观念、审美追求更为自由多元，文坛呈现出前所未有的"蓬勃"与"繁荣"。与此同时，文学"准入"的门槛降低，文学创造成为文学生产，价值观念混乱、审美趣味畸形、制作草率粗糙，类型化和同质化等一系列问题如影随形，出现了"海量"与"速朽"齐飞、"过剩"与"稀缺"并存的狂欢图景和迷离景观。柯勒律治有诗言道：到处是水，却没有一滴水可以喝。这也是我们今天所处的全媒体时代文学的精妙隐喻——文学作品如恒河之沙，却没有多少可以直接饮用的清甜淡水。从情感深度、精神力度以及人类的普适价值等方面来看，全媒体时代的文学拒绝深刻，追求平面，沉湎于世俗，崇拜平庸甚至沦为庸俗，与传统文学拉开了很大的距离。尽管偶尔也有差强人意的作品，但总体上呈现出精神上的贫困和艺术上的平庸。这种全媒体时代的"市场焦虑"与文学的"艺术正向"之间的悖论，成为我们这个时代文学发展的"阿喀琉斯之踵"。

全媒体时代审美的深刻变形以及畸形，已经不是康德《判断力批判》中所谓的纯粹形式问题，也不是文体、叙事与风格的问题，而是一个具有复杂社会内涵的文化问题和审美问题。在所谓的现代性的规训和市场丛林的操纵之下,我们已经成了马尔库塞所谓的"单面人",人文承担、责任承担、艺术承担等严重缺席,精神层面的内在活力和紧张已消失近无。在现代性水过而地皮尚未湿的尴尬情境中,我们又被所谓的后现代洗劫一空,成了实实在在的橡皮人和空心人。我们的生活和世界表面看起来是一个整体,个人很难抽身而出,但其本身却支离破碎,个人也是原子化的。我们接受大量过剩的信息,却对实际发生了什么了无兴趣。越来越多的大众话题,越来越少的个人意识,使我们处于精神涣散、杂乱无章的境地。每个人都想从大海沉船上救出自己,但都找不到也抓不住一根"稻草"。中国的人心,从来没有像今天这样,被各种不同文化和价值撕扯成如此不堪收拾的碎片。精神深度、道德关爱、责任担当、终极关怀等传统文学所承载的深度模式,被世俗化、大众化、平面化、娱乐化甚至低俗化等调侃、解构乃至摒弃,削平高度和取缔深度内化为社会主潮,文学的审美认同标准和价值厘定尺度漫漶不清甚至完全消解,文学呈现出可技术复制的平庸特征。如何在自由写作中承担责任,如何通过审美对象来把握自身命运和现实的关系,如何超越现实生活的碎片化和强制性,如何将日常生活重压下潜藏的东西呈现出来,构建生活及存在的意义,成为全媒体时代文学的中心问题。

相较于传统写作,全媒体时代的文学在创作、发表、阅读、互动等方面更为自由和便捷,但在责任担当、精神自律、意义建构和艺术探求上,出现了严重的空位和缺席。在一些作者看来,"我的地盘我做主",写作可以无拘无束,可以自由自在,可以游戏调侃,可以低俗庸俗,可以嬉笑怒骂,可以秽语连篇,"我写故我在",只要自己悦心快意即好,只要能取悦大众就行。因而,欲望性爱、政治八卦、血腥暴力、打斗猎奇成为其鲜艳的标签,同时也成为其鲜明的征候。精神品质、思想内涵、心灵抚慰、存在勘探等文学所关注和思考的核心问题被无情放逐,文学成为大众通俗甚至低级庸俗的欲望狂欢。在他们看来,鲁迅所谓的"国民精神所发出的火光"或者"引导国民精神的前途的灯火"式的写作,不过是老生常谈的陈词滥调,是孔乙己式的迂腐多情。于是,"文艺的精神品格和价值承担、人类的道德律令和心智原则,终于让位于个体欲望的无限表达,在线写作的修辞美学让位于意义剥蚀的感觉狂欢,失去约束的主体在虚拟的自由里失去的是现实的艺术自由,得到解放的个体最终得到的只能是消费意识形态的文化表达,导致许多网络作品创作者淡化或者放弃了所应当担负的尊重历史、代言立心和艺术独创、张扬审美的责任"[1]。我们看不到精神的磨砺、灵魂的冲突、艺术传统的赓续以及新的美学上的探索,诸多消极的、畸形的精神暗面、人性弱点和价值追求被无限放大,欲望化、物质化、犬儒化的生存哲学和生活方式被高度肯定,文学成为一用即抛的速食快餐和消遣纸牌,这些都使得全媒体时代的文学出现星星多而月亮少、沙砾成堆而珍珠近无的可怜窘状。全媒体时代的写作,如果不能建立积极而自由的写作主体性,建立文学与现实生活的依存性关联,建立强健的精神品质,挖掘思想深度,提升艺术高度,就很难突破目前的"海量"与"速朽"齐飞、"过剩"与"稀缺"并存的矛盾背反。

当然,全媒体时代不乏具有担当和自律的作家,但由于缺乏宽阔的视野,因此,无法穿透碎片化、物质化和同质化的生活,建立起对

---

[1] 陈竞:《网络文学:繁荣背后的问题与反思》,《文学报》2009年5月14日。

精神生活的整体性理解。他们可能对自己生活的土地和熟悉的领域有着深刻透彻的理解和书写，但缺乏超越性的精神视镜，局限于一己小悲欢的咀嚼，无法反映整体性、普泛性和本质性的问题，从而局促了自己的精神领地和艺术探索。传统文学也存在这样的问题，不过全媒体时代由于写作的唯市场、唯大众马首是瞻，这个问题凸显得尤为严重。我们这个时代虽然碎片化、娱乐化、物质化，但人类几千年来形成的基本价值尺度和精神理念并没有失去意义。无论是虚构文学，还是非虚构文学，都需要呈现出生活中被遮蔽、被钝化和被忽略的敏感、疼痛及伤害。文学家的职责，即是在日常生活逻辑和文学伦理逻辑之间寻找这些差异，并能通过恰切的形式，传达出世界万物和人类本身安身立命的东西。博尔赫斯说："故事一页接一页进展下去，直到它展示了宇宙的各种尺度。"从这个意义上说，文学是表层生活下的深层勘探和价值确认。倘若不能呈现人类和万物的"各种尺度"和基本价值，不能发掘出生活岩层下的神秘节点，不能阐发对生活的深沉洞见，那么这样的文学肯定是无力的。

这就需要有灵魂的写作。精神是普泛的，而灵魂是个体的。作家必须深入到自己的生命里，看清自己，否则就无法去讲述；同时，又要超越自我，成为"他者"。就是在"我"的生命里看见了"你"的生命，通过"我"的生命把"你"的生命故事讲出来。正如陀思妥耶夫斯基所呼喊的："我不能成为没有别人的自我。我应该在他人身上找到自我，在我身上发现别人。"在当下中国的日常生活和文学书写中，我们看到更多的是卡夫卡所说的"人在自我中永远地丧失了"，或者是社会表象的浮泛再现和社会学分析，或者是刚下潜到人性的深处，却很快露出水面。文学当然基于个体的体验，但这种体验如果不能同他人、人类、世界建立积极的沟通和联系，也就很难唤起不同读者对生活世界的多层面的理解和想象。如2015年获得诺贝尔文学奖的阿里克谢耶维奇，"看遍了他人的痛苦"，她自己亦"活在其中"。读她书中那些不同人群、不同声音讲述的奇异而残忍的故事，我们麻木的心灵恢复了疼痛和被撕裂的感觉，仿佛看见了我们自己、我们兄弟姐妹的命运。一切好的文学，实际上都是"在他人身上找到自我，在我身上发现别人"。文学家的使命，就是用精神、价值、理解、沟通等作为材料，建造"自己"与"他者"互相通达的桥梁，区别只在于桥的大小、宽窄、承重，更多的弄文学的人一辈子也搭建不起来。对于全媒体时代的文学而言，只有深入自我又超越自我，看见"自己"又能沟通"他人"，基于个人体验而能到达远方，做到"无穷的远方，无数的人们，都与我有关"（鲁迅《这也是生活》），才有可能逃脱"速朽"的厄运。不可否认，全媒体时代为文学卸下了与之无关的种种锱头，为文学创作的自由、多元、丰富、繁荣提供了空前的可能，为文学与读者的接近与互动提供了很大的便捷。与之相随，大众化、世俗化、商品化和消费化的浪潮又使得文学丧失了审美品格和精神关注，繁荣的表象下潜藏着危险的暗流。正如本雅明在《经验与贫乏》中所言："随着技术释放出这种巨大威力，一种新的悲哀降临到了人类的头上。"这种"新的悲哀"，不仅仅是个人经验的贫乏，"也是人类经验的贫乏，也就是说，是一种新的无教养"。这种经验贫乏，并不意味着人们不渴望新的经验。反之，"他们试图从经验中解放出来，他们渴望一种能够纯洁明确地表现他们的外在以及内在的贫困环境，以便从中产生出真正的事物"[1]。新媒体时代的文学，只有克

---

[1] ［德］本雅明：《经验与贫乏》，王炳均、杨劲译，百花文艺出版社，2006年，第254页。

服外在的喧嚣与内在的贫困，冲出技术与市场的束缚限制，关注并反映具有整体性、普泛性、本质性和迫切性的时代困惑和精神问题，才有可能"产生出真正的事物"。文学固然要考虑市场化和商品化的要求，但不能牺牲其精神性和艺术性；固然要追求生活化和世俗化，但不能庸俗化和低俗化；作家要考虑读者的意见，但不能丧失自己的独立性，完全被读者和市场左右。只有处理好市场需要和文学追求之间的关系，解决了市场焦虑和艺术正向之间的困惑，拒绝时代的订单，内嵌光阴的力量，揪住灵魂的冲突，关切人类的命运，在精神和行动上与所处的时代缔结深刻而牢靠的联系，守护爱、美、善与良心，并能在艺术上赓续传统甚至羽化蝉蜕，才有可能为人类提供柯勒律治所谓的可以直接饮用的清甜淡水。

（本文原载于 2016 年 2 月 14 日《文艺报》）

从"城乡中国"到"城镇中国"

——新世纪城乡书写的叙事伦理与美学经验

20世纪末至新世纪以来,中国城镇化[1]步伐急剧加快,农村人口大量向城镇流动。同时众多城市向周边农村扩张,"城乡中国"[2]向"城镇中国"迅速转型。"人口城市化"导致农村"空心化",具体表现为土

---

[1] "城镇化"和"城市化"源自同一词"urbanization"。一般将"urban"译为"都市"并不确切,因为"urban"是"rural"(农村)的反义词。笼统地说,各种聚落类型除农村居民点以外,还有镇(town)和城市(city)之分,城市细分还有一般的城市(city)和大都市(metropolis)、特大都市或大都市带(megalopolis)等区别。镇和镇以上的各级居民点都属于"urbanplace",宜统称为城镇居民点。而都市的"都"在我国从古到今泛指为大城市,多专指国家行政首府。显然,"都市"不能概括各类"urban"型的居民点。"urbanization"是人口从农村向各种类型的城镇居民点转移的过程,虽然在某一阶段可能主要表现为向大城市集中,但绝不是单纯向都市集中。因此,将"urbanization"称为"都市化"比习惯上称作"城市化"更不确切,称"城镇化"则较为准确和严密,也更符合中国实际。(见叶连松主编:《中国特色城镇化》,河北人民出版社,2003年,第6页)

[2] 不少论者将20世纪90年代城镇化前的中国称为"乡土中国",此论并不恰当。原因有二:一是50年代国家意识形态固定的城乡二元对立,堵死了"乡土中国"并未完全堵塞的流动空间,阶级情、革命情严重冲淡了乡土社会以血缘和熟人为基础、以伦理为本位的社会结构和人情关系;二是经过新中国革命运动和阶级斗争以及90年代后市场经济的冲击,中国的社会结构和人际关系已与费孝通40年代所言的"乡土中国"俨然不同,而50年代国家意识形态所造成的城乡分离仍在延续。因此,用"城乡中国"更为符合历史和现实。

地荒芜、劳动力缺乏、空巢老人以及留守妇女儿童等一系列社会问题;"土地城市化"导致城市发展"一律化",在带来规模效益的同时,也带来规模风险,诸如拆迁冲突、住房紧张、诚信危机、环境污染等问题突出。这种转型带来的城乡互动和城乡关系的变化亘古未有,涉及痛切的历史经验和复杂的现实生活,牵动到政治、经济、文化与教育等方方面面,几乎囊括了当下中国的所有问题,自然也成为新世纪以来众目所瞩的文学命题。尤凤伟的《泥鳅》(2002),周大新的《湖光山色》(2006),贾平凹的《高兴》(2007)、《带灯》(2013)和《极花》(2016),李佩甫的《城的灯》(2009)与《生命册》(2012),刘庆邦的《到城里去》(2010),关仁山的《麦河》(2010)和《日头》(2014),格非的《春尽江南》(2011),余华的《第七天》(2013),方方的《涂自强的个人悲伤》(2013),林白的《北去来辞》(2013),孙惠芬的《歇马山庄》(2013),范小青的《我的名字叫王村》(2014),王安忆的《匿名》(2016),石一枫的《世间已无陈金芳》(2016),任晓雯的《好人宋没用》(2017)等作品,都几乎共时性地与现实生活接轨,涉及或表现出城镇化给中国城乡带来的巨大冲击以及历史转型期的世态人心。这些作品或叙述"乡下人"在城市打拼挣扎的痛苦与无奈、在城市立足后的迷惘与彷徨;或叙述城市扩张后农村发生的"山乡巨变";或塑造从城市返回乡村,带领村民脱贫致富的时代新人;或在城乡相互镜像的映照中,展示中国城市和乡村的奇异景观。少数作品能够超越城乡二元对立的限制,以一种更为复杂的眼光思考现代化进程中的城乡关系,以及乡土传统现代转换过程中的情感冲突与价值选择,让我们感受到进城者与返乡者的生存困难、身份焦虑与精神困惑。但总体上看,这些作品多以思想意识代替审美创造、以伦理态度代替价值选择,人物脸谱化、叙事类型化、情节模式化；未能充分站在"个人"的立场，对"个人"复杂的生活处境和微妙的心理世界进行精准的把握和深刻的呈现；"城"与"乡"遮住了"个人"，没有完成城乡中国精神结构与命运变迁的历史重构和美学重建。

一

城乡书写存在的问题，与其在中国的复杂性密切相关。在中国，城乡问题是一整套制度设计的两个方面，可以发现现实的诸多问题都是历史问题、既往政策以及某种逻辑的深层延伸。因而，当代中国城市与乡村的关系不是断裂性的而是持续性的，当下中国绵延了之前的城乡差别，不过一些差别扩大，另一些差别缩小罢了。而城乡中国特殊的经济社会结构——城市化低、城乡差距大的特征并没有多大改观。如果我们的文学书写不能触及这种持续性的深层延伸的东西，叙事自然悬浮在历史和现实之上，难以触及复杂的本质性的问题。另一方面，也与作家对中国城乡结构的理解能力和思考深度有关。城与乡属于不同的地理空间和文化空间，生活方式和价值取向大不相同。但自大面积城镇化以来，中国并没有实现滕尼斯所谓的乡村的"礼俗社会"到城市的"法理社会"的转变，在一体化的社会语境中，城市没有整合出完整有序的现代文明、城市文化和市民社会；相反，"城"与"乡"呈现出了复杂的交融：既有隔离和对立，也有交往和转型，城与乡"你中有我，我中有你"。每个城市存在的"城中村"，以及城市扩张后出现的"村中城"比比皆是，"是城似乡""是乡似城"到处皆有。费孝通先生当年刻画的"乡土中国"，"不但在观念与人际关系方面依旧覆盖着今日的城乡中国，而且直观地看,很多大都会城市的空间特征其实还'相当的农村'"[1]。

在当下的一些城乡书写者眼中,乡村田园生活是健康自然的生活方式,写作者对其总有某种难以割舍的隐秘眷恋;而喧嚣纷扰的城市生活则是摧毁美好人性的罪恶渊薮,成为一种令人震惊的现代生活经验。如《泥鳅》中的农村青年群体,进城后遭遇各种侮辱、欺诈和摧残,最终几无例外地走向自我毁灭;《高兴》中的刘高兴,进城时踌躇满志、无比乐观,最后绝望地带着自己同伴的尸体回到了故乡;《到城里去》中的杨成方,由于妻子宋家银的逼迫,在走投无路的情况下留在城里捡破烂,甚至被警察当成小偷拘留……在这些作品中,城市被预设为可怕的毁灭之地和一切灾难的罪魁祸首,无辜的"乡下人"因为憎恨乡村、厌恶贫穷或其他理由,面对"罪恶"城市的诱惑,前赴后继地进城,进城后几乎无一例外地遭遇悲惨——变坏、失败或走上不归之路。实际上,中国城市的问题,乡村也有,城市未必能使"乡下人"变坏,真正意义上的现代城市文明更是如此。农民进城一定会变坏的书写,我们可以看到作者潜意识里对现代都市文明的敌意;中国乡村的问题,城市也有,城里人或者返乡者回到农村未必一定就变好,将乡村视为田园牧歌、人间乐土的,不过是一种理想化的想象和诗意化的呈现罢了。此外,还有一种在城乡之间游移的"中和"叙事,同样的人物在不同的环境中表现出不同的价值倾向。"乡下人"在城市时,城市充满诱惑和罪恶,乡土则充满温情、令其眷恋;一旦回到乡村,乡村则是穷山恶水,令人厌恶,城市则成为现代和文明的象征,令其无限向往。这种价值观念上钟摆式的摇晃,固然有农耕文化所积淀的"排斥

---

[1] 周其仁:《城乡中国》(修订版),中信出版社,2017年,第11页。

乡土—依恋乡土"的矛盾的心理情感结构,更重要的是,上述城乡书写不能用现代理念、现代文明和现代精神破解当前乡村生活的困局,照亮凋敝灰暗的乡土生活,不能充分站在个体的"人"的立场,而将"乡下人"变坏完全归结为环境的逼迫和影响,忽略了个体的"人"的主体性,使得我们只能看到"众数"而看不到"个人"。

此外,还有一种在认知上"短路"的简单化叙事,认为乡村和城市之间存在因果关系,即乡村的凋敝是因为城市的掠夺。这在《极花》中表现得颇为典型。《极花》力图通过被拐卖女孩胡蝶的遭遇,揭示城镇化进程中"底层乡村男性的婚姻困境"。农村姑娘胡蝶向往城市生活来到城市,却在外出打工时被拐卖。经历被卖为人妇、被强暴、生子等一系列事件后,胡蝶的心态和行为都发生了变化,由最初的愤怒、反抗、挣扎变为顺从、隐忍,逐渐适应了当地的环境和生活。被解救回到城市后,她在迷惘与无助中,最终回到了拐卖她、折磨她的村子。就文本内容来看,胡蝶似乎没有忘记对城市的憧憬,也没有忘记村民们对自己的伤害,令人疑惑的是,作者让她被救回城市后又选择回到农村。她回到被拐卖的村子,是因为城市冷漠,还是因为农村姑娘回到农村理所当然或者就是宿命?作者显然倾向后者,并对拐卖胡蝶的村子的男性极为怜悯和同情——"如果他不买媳妇,就永远没有媳妇,如果这个村子永远不买媳妇,这个村子就消亡了"。这种逻辑明显站不住脚。农村姑娘进城打工,底层乡村男性的婚姻因之陷入了困境,但这绝不是纵容罪恶的理由。在《后记》中,作者将城市和乡村简单地对立起来,对村中的光棍不吝"怜悯",对带走年轻人的城市有一种固执的偏见,认为"城市夺去了农村的财富,夺去了农村的劳力,也夺去了农村的女人"[1]。果真如此吗？作者在小说中也感慨乡村世界并非田园牧歌般美好，可见也不能完全归罪于城市。实际上，重要的不是城市带走了农村的年轻人，而是为什么农村没能留住那些年轻人。中国乡村的败落，用所谓的"城市肥大，农村凋敝"远远无法概括。这种简单化的城乡关系认知，使得主观意图与客观效果发生了严重背离，也壅塞了作者思考真正问题的可能，小说讨论的问题遂成为"伪问题"。

同"进城者"书写相较，从城市回到农村的"返乡者"叙事很少受到作家关注，《湖光山色》和《麦河》是为数不多的"返乡者"书写中较有影响的两部。《湖光山色》中的楚暖暖是作者过度理想化的返乡"女神"。楚暖暖从北京返乡后，敢闯敢干，通过开发楚王庄的老城墙，以旅游带领全村走上致富之路，丈夫也当上了村主任。而当她在外面同旅游公司洽谈业务时，丈夫却已被金钱、欲望和权力扭曲为作威作福的基层村干部。小说关注农村和农民渴望致富的强烈需求，也试图反思农村变革的困境与利弊，但因故事老套、情节虚假和人物粗糙，以及对乡村复杂的权力关系平面化的书写而流于皮相。《麦河》思考的是中国乡村的真问题，并塑造了曹双羊这一新型农民形象。曹双羊起初是为财富闯荡天下的传统农民，因为土地崇拜，回乡成为担当创造大业的现代农民，并在城镇化和现代化的转型中，思索农村何去何从的难题。在曹双羊身上我们可以看到，土地与现代化并不矛盾，土地流转、现代资本等应该介入到农村的现代化进程中来，以此克服家庭联产承包责任制和城镇化带来的土地荒芜、零散经营、收益低下等问题。尽管曹双羊的形象比较理想化，其夸张的乡土崇拜也令人生疑，但其

---

[1] 贾平凹：《〈极花〉后记》，《人民文学》2016年第1期。

身上所聚焦的土地崇拜与现代化之间的矛盾和张力，在返乡书写中无疑具有里程碑式的意义。

总体看来，我们的城乡书写不乏悲悯情怀和人文精神，从中可以看到城市与乡村被夸大的异质性对立，可以看到"乡下人"进城之后无所归依的漂泊感、回不到乡村的疼痛感、在城乡之间无法立足的失落感以及返乡之后的无力感。但我们很少能够看到不依据生活表象简单地进行书写，不依据预设的城乡认知进行真假判断和道德裁定，而站在"人"的立场，站在现代精神的视阈，以城镇化作为现实幕布和历史背景，在历史与现实、传统与现代的复杂交织和冲突纠葛中呈现"中国形象"的深刻和厚重之作。我们所能看到的，多是被城乡转型这块大背景与大幕布遮住的、面貌模糊、心理简单与性情相似的人物群像。

二

无论是中国特色的城镇化，还是我们念兹在兹的现代性，都是社会学的概念，而不是文学上的概念。对于城乡书写而言，真正困难的是站在文学的视角去理解、表现城乡转型的历史和现实。也即是说，我们要以文学的形式在场，见证中国城镇化的历史过程和复杂现实，同时扩展、丰富、深化我们对于这一巨大转型的体验和认知。我们知道，"小说是进行中的生活的生动体现——它是生活的一种富有想象力的演出，而作为演出，它是我们自我生活的一种扩展"[1]。但当下的城乡书写

---

[1] [美]布鲁克斯、沃伦编著：《小说鉴赏》，主万等译，世界图书出版公司北京公司，2015年，第2页。

很难让我们心生赞叹，也很难触及我们的"心事"，我们那种难以言喻的处境无法被表现出来。有些作品非但不能扩大我们的认知、拓展我们的经验，甚至不及普通读者的思想认知，更遑论撄动人心。读者想从城乡书写中读到其了解的但未能充分认识的东西，而绝大多数作品充其量只不过将历史和现实的"表象"原封不动地呈现出来，将时代共识作为自己的思想资源，如《高兴》《城的灯》《第七天》《到城里去》《涂自强的个人悲伤》等都存在这样的问题。在《到城里去》中，作者借主人公之口，直接道出了作者对城市的认识。宋家银去了北京一趟，深刻地认识到自己以及同类的尴尬处境——"那就是，城市是城里人的。你去城里打工，不管你受多少苦，出多大力，也不管你在城里干多少年，城市也不承认你，不接纳你。除非你当了官，调到城里去了，或者上了大学，分配到城里去了，在城里有了户口，有了工作，有了房子，再有了老婆孩子，你才真正算是一个城里人了。宋家银很明白，当城里人，她这一辈子是别想了。"[1]对于绝大多数进城务工者而言，他们很清楚自己的身份处境，除了挣点钱之外，很少有成为城里人的想法。这样一种直白无遮的宣告，有碍人物形象的深化，也限制了人物形象的拓展空间。辛格曾对急于"暴露"自己思想的作家提醒道："事实是从来不会陈旧过时的，而看法却总是会陈旧过时。一个作家如果太热心于解释，分析心理，那么他刚一开始就已经不合时宜了。你不可想象荷马根据古代希腊的哲学，或者根据他那时代的心理学，解释他笔下英雄人物的行为。要是这样的话，就没有人爱读荷马了！幸运的是，荷马给我们的只是形象和事实，就是为了这个缘故，《伊里亚特》和

---

[1] 张颐武主编，徐勇编：《全球华语小说大系·乡土与底层卷》，新世界出版社，2012年，第44页。

《奥德赛》我们至今读来犹感新鲜。我想一切写作都是如此。"[1]辛格所言的热衷于分析与解释，是我们城乡书写的普遍问题——"记着'时代'，忘了'艺术'"。沈从文谈到新文学失败的原因时说，一些作家"记着'时代'，忘了'艺术'。作者既想作品坐收商品利益，又欲作品产生经典意义，并顾并存，当然不易。同时情感虚伪，识见粗窳，文字已平庸无奇，故事又毫不经心注意安排。间或自作聪明解脱，便与一种流行的谐趣风气相牵相混"[2]。沈从文的话未免过于刻薄，但如果用这段话来形容我们当下的城乡叙事，庶几近之。我们毫不怀疑城乡书写者的真诚，但"记着'时代'，忘了'艺术'"却是不争的现实。城乡问题的重大性，使得我们的作家将小说当作传播思想的讲坛，也不排除有些小说家潜意识里将自己看成思想领袖，因而急于解释、忙着发表见解，他们的小说与其说是小说，毋宁说是新闻报道。比如可谓"新闻串烧"的《第七天》、"升级游戏"的《炸裂志》，都是如此，表现出城乡书写的典型征候：太过贴近现实，缺乏必要而合理的虚构。真正的虚构，一方面在明确的时空里创造出"比现实世界狭窄得多的小世界"，另一方面，"虚构世界添加了新的人物、特性与事件到这一真实的宇宙（作为虚构世界的背景），因此又可被视为比我们经历的世界要广大得多的天地"[3]，从而实现对生活的重新发现，抵达现实和存在的中心。

小说的中心，用帕慕克的话说，"是一个关于生活的深沉观点或洞见，一个深藏不露的神秘节点，无论它是真实的还是想象的。小说家

---

[1] [美]艾萨克·辛格：《我的创作方式》，崔道怡等编：《"冰山"理论：对话与潜对话》（上册），工人出版社，1987年，第112页。
[2] 沈从文：《作家间需要一种新运动》，《抽象的抒情》，复旦大学出版社，2004年，第44页。
[3] [意]安贝托·艾柯：《悠游小说林》，黄寤兰译，广西师范大学出版社，2017年，第131页。

写作是为了探查这个所在，发现其各种隐含的意义，我们知道小说读者也怀着同样的精神"[1]。对城乡书写而言，中心的洞见决定了小说的品质，当然，其必须诉诸逼真的细节、浑圆的整体形态和复杂的人物性格。我们知道，"许多小说家从一开始感知到中心只是一个主题，一个以故事形式传达的观念，并且他们知道，随着小说的推进，他们将发现并揭示其中无法回避又含混不清的中心的更深刻意义"[2]。故事和中心之间的距离显示了小说的精彩和深度。比如《白鲸》和《老人与海》，我们在其中持续感觉到中心的存在，在不断地修正和追问中，不断靠近中心的距离。因而，帕慕克认为："如果我们必须相信写作过程中存在一种神秘因素，我们应该更为合理地认为，这个神秘因素就是中心，是它接管了整个小说。"具体而言，"小说的中心像一种光，光源尽管模糊难定，但却可以照亮整座森林——每一棵树、每一条小径、我们经过的开阔地、我们前往的林中空地、多刺的灌木丛以及最幽暗、最难穿越的次生林。只有感到中心的存在，我们才能前行"[3]。对作家来说，"写作一部小说是要创造一个我们在生活里或在世界里无法找到的中心，并且将之隐藏在景观之中——和我们的读者玩一种虚构的对弈游戏"[4]。不过，"小说中心的力量最终不在于它是什么，而在于我们作为读者对它的追寻"[5]。"如果中心过于明显，光线过于强烈，小说的意义将直接

---

[1] [土耳其] 奥尔罕·帕慕克：《天真的和感伤的小说家》，彭发胜译，上海人民出版社，2012年，第141页。
[2] 同上书，第143页。
[3] 同上书，第146页。
[4] 同上书，第158页。
[5] 同上书，第162页。

被揭示出来，阅读行为就成了单调的重复。"[1] 我们的城乡书写即是如此，普遍缺乏"洞见"，意义缺乏中间物，"被直接揭示出来"，阅读成了单调的被动接受过程。福斯特指出："作家能不能将读者当作知心人，把人物的一切都告诉他呢？答案显然是：最好不要。因为太危险了。这个做法会导致读者劲头下降，导致智力和情绪出现停滞。更糟的是，会使读者产生儿戏感，像是应邀到后台作一次友好访问，看看各种人物是如何协同演出似的。"[2] 我们的城乡书写未必"将读者当作知心人"，更多是作者似乎也不相信自己笔下的人物，急着出来说话。读者作为讲坛下的听众，对这种缺乏思想和洞见的讲述也不大相信，因而也就没有了阅读文本的兴趣。这正如法国"新小说"代表人物萨洛特在《怀疑的时代》中否定传统小说以塑造丰满的人物形象为中心时所言："从各种迹象看来，不仅是小说家已不再相信自己虚构的人物，甚至连读者也不相信了。本来，在作者和读者的信心支持下，小说人物宽阔的肩膀在担起故事结构的重负后，还能挺然直立，毫不摇动。现在，失去了两方面的信心支持，人物已经摇摇欲坠，土崩瓦解了。"[3] 我们的城乡书写并非法国的"新小说"，但就小说的艺术性和人物的可信度而言，与之却很相似，失去了作者和读者"两方面的信心支持"。

而或多或少有作者自己思想的城乡书写，由于对思想如何进入作品缺乏思考，"思想"进入不了"作品"，无法同内容融为有机整体，呈

---

[1] [土耳其] 奥尔罕·帕慕克：《天真的和感伤的小说家》，第147页。
[2] [英] 爱·摩·福斯特：《小说面面观》，苏炳文译，花城出版社，1984年，第71—72页。
[3] [法] 纳塔丽·萨洛特：《怀疑的时代》，崔道怡等编：《"冰山"理论：对话与潜对话》（下册），第554页。

现出游离状态。《匿名》就比较典型。《匿名》打破时空界限，在时间的跳跃和空间的转换中叙述故事，体现出作者突破自我的新的艺术追求。小说以误打误撞的绑架事件开始，通过普通市民命运的突转，链接起偏远乡村的旮旯小镇和上海的繁华市井，以荒诞化的叙事隐喻"匿名"的日常生活和个体存在。被绑架者从被劫持上车开始，失去了时间概念——"他这才发现时间的重要性，没有时间，人就好像陷入深渊，无依无靠"[1]。被恐慌攫住的他进入了"存在与虚无"，回到了"原始状态"，时间、空间、物质紧密度、自然史、文明史等艰深晦涩的哲学、物理学等问题，盘旋或游荡在这位退休的被绑架的小职员的思维和大脑之中。他不避枯燥地思索这些问题，或在这些问题的界限内思考虚无与存在等终极性问题，成为流落在神奇的几乎不存在的荒村的"哲学家"。权且不论这种哲学思辨的正确与否，从人物塑造来看，这个退休的打工的小职员，是否能承载这些复杂深奥的问题，令人生疑；就小说叙事来看，这种哲理思辨不但没有同小说融为一体，反而有堆砌知识、制造深度的嫌疑。哲学问题当然可以在小说里讨论，像《卡拉马佐夫兄弟》中"宗教大法官"一节，作为同心圆之圆心，即是最为著名的例子。关键的是，这些议论和思考能不能与人物融为一体，黏合到小说之中，形成小说的肌理？《匿名》显然没有做到。因而，小说看起来似乎有强烈的思辨色彩，具有哲理深度，实际上仅是韦勒克所谓的"素材"和"资料"，与小说内容没有多大关系，不但遮蔽了作者企图双向反思城乡荒诞现实的出发点，也使得主题庞杂，人物形象模糊，叙事冗长而不堪卒读。

---

[1] 王安忆：《匿名》，人民文学出版社，2016年，第21页。

思想进入作品是一个非常复杂而又至为关键的问题。韦勒克指出，"只要这些思想还仅仅是一些原始的素材和资料，就算不上文学作品中的思想问题。只有当这些思想与文学作品的肌理真正交织在一起，成为其组织的'基本要素'，质言之，只有当这些思想不再是通常意义和概念上的思想而成为象征甚至神话时，才会出现文学作品中的思想问题"。他列举了思想进入作品的类型：一类是乔治·桑和乔治·艾略特等讨论社会的、道德的或哲学问题的思想小说；更高一个层次的是麦尔维尔的《白鲸》式的作品，"在这部作品中整个情节传达了某种神秘的意义"；另一类代表是陀思妥耶夫斯基的《卡拉马佐夫兄弟》，"思想的戏剧性内具体的人物和事件表演了出来"。他进一步指出，文学作品并不因为"有思想"而有价值，"在恰当的语境里似乎可以提高作品的艺术价值"，但如果思想没有被作品吸收，就会成为作家的羁绊。在《浮士德》《卡拉马佐夫兄弟》《魔山》等经典作品身上，我们都可以"感到艺术上的成就与思想重负之间的不协调"。[1]《匿名》等城乡书写所讨论的问题，类似于乔治·桑和乔治·艾略特讨论社会的、道德的或哲学问题的思想小说，但表现的思想和主题鲜有个人化和独特化的思考，非但未能楔入作品，拓展我们的认知和经验，反而成为赘疣，从而使得这一类作品体现出这样的叙事特征：思想大于形象、理性压倒感性、主题淹没人物。

---

[1] [美] 勒内·韦勒克、奥斯汀·沃伦：《文学理论》，刘象愚等译，江苏教育出版社，2005年，第137—138页。

三

　　新世纪城乡书写另一个严重的问题是作家的生活经验与所表现的时代发生断裂和错位，艺术经验严重滞后或匮乏不足。五六十年代出生的作家书写曾经经历的农村生活时普遍游刃有余，一旦涉及现在的农村生活和城市生活，只能观念化地"想象"。如李佩甫的《生命册》，写乡村生活颇有艺术魅力，一写到城市，作家在城市化严重滞后的生活体验期和艺术积累期所形成的城市印象和城市观念便左支右绌，无法同步于新世纪日新月异的城市化进程，带给读者别扭的、虚假的城市生活情境。比如小说中写到公司上市、证券交易等，作者完全不熟悉，因而显得生硬牵强；写骆驼等人在北京的地下室制造黄色小说、收购药厂等，与现实差之甚远，缺乏可信度。《湖光山色》写新农村，作者显然缺少了解，臆想的成分很大。我们不禁要问，在暖暖之前，楚王庄就没人注意到老城墙可以开发？开发后的破烂的老城墙能带来如此大的收益吗？暖暖凭借一己之力是否能够完成奇迹般的创业？这些问题都缺乏坚实可靠的叙述和合理自洽的逻辑，从而使得整个小说成了一部暖暖带领村民通过旅游致富的社会主义新农村主旋律叙事，距离真正的农村现实何啻万里！《麦河》对农村相对熟悉，但曹双羊到国外办延伸企业的情节，以及用家乡的黑土装了一个枕头，无论是回城里的家还是出国都要带上，明显缺乏可信度。《匿名》前半部分写上海的弄堂街巷与人情世故，文笔精致，景象鲜活，作者对此非常熟悉，这是因为作者的生活历练都在这儿。后半部分写到乡村则叙述简短，用典古旧，故事生涩。人物形象也呆板僵硬，比如哑子这个人物过于离奇，同现实的距离实在过于遥远，可见作者的乡村生活经验明显不足，只能靠"神奇"的想象来填补。

还有一些作家的城乡书写，生活经验与文本内容发生了明显的错置。如方方的《涂自强的个人悲伤》，生活经验的时代错置严重地撕裂了文本的统一性。比如小说的前半部，作者写到涂自强成为村里的第一个大学生后，村里人无不羡慕涂家出了"人才"，四邻六亲都前来道贺，母亲不让他下地干活，说"我们涂家不可以屈了人才"，村长也夸他"好出息"，"往后进了城，还是要记得乡亲哦"。[1] 上学离家时，"村里老少差不多全赶来为他送行。路口的银杏树下，稀落地站着他们。鸡狗猪还有小孩子亦都倾巢而出，在大人的腰以下，一派胡窜乱跑"[2]。涂自强去学校报到的途中打工，所有人都因为他是大学生而另眼相看，予以优待，如在镇上当小工、在襄樊城洗车，在小村庄帮人挖塘，都是如此。挖塘时，"村里人人尽知他将去武汉上大学，各家都要接他上门，说是让自家屋里沾点才气。涂自强吃得饱喝得足，且百般被人尊敬，自我感觉好得几欲膨胀"。塘快挖完时，"村长竟受好几（个）大妈托付，想给涂自强提亲"。[3] 涂自强身上大学生的光环如此吸引人，不禁让人想起恢复高考不久，大学生被视为"天之骄子"的时代。而小说中所表现的涂自强的大学生活时期，网络和手机几乎已经普及。涂自强毕业时，大学生工作已不好找，用人单位很挑剔，动不动就要求研究生学历。这最晚也是新世纪开始三五年后的生活情景。1999年高校大扩招之后，即使偏僻的山区农村，也通过媒体、网络、手机了解到大学生毕业后所面临的严峻就业压力，对孩子上大学不再有过多的期待。

---

[1] 方方：《涂自强的个人悲伤》，人民文学出版社，2015年，第253页。
[2] 同上书，第255页。
[3] 同上书，第267页。

因此，涂自强考上大学后受到人们的尊敬和优待也就显得非常老套和虚假了。又如，小说开头写到涂自强的学费是村里涂姓人家凑起来的，钱很零碎，没有大钞；后面写到涂自强当家教，辅导的学生考上大学后，家长奖励他1000元，"涂自强从未一次拿过这么多钱"[1]，从小说后半部分的内容看，涂自强上大学是在新世纪开始以后，他的学费恐怕远远超过这个数目，开学又是自己报的名，除了面额小、钱零碎之外，说从没一次拿过1000元，就讲不过去了。方方用上世纪八九十年代的生活经验描述新世纪的生活，经验的错置大大削弱了叙事的可靠性和人物的可信度。

美国心理学家罗洛·梅说："艺术家或诗人的幻想是主观的一极（人）和客观的一极（等待存在的世界）的中间的决定因素。直到诗人的抗争产生了一种回应的意义之后，它才能成为存在。诗词或绘画的伟大并不在于它描绘了观察到或体验到的这种事物，而是它描绘了被它和这种现实的交会所提示出来的艺术家或诗人的幻想。"[2] 新世纪城乡书写无疑发现了城镇化带来的问题，但缺乏进入这些问题的核心的"交会"和"战栗"。以《骆驼祥子》这部现代文学史上最早书写"农民工进城"的经典之作为例，老舍不仅是熟悉人力车夫的生活，"而是一直进入到他们的内心，穿透他们历史命运的纵深；也不是冷静地再现他们的生活，或者停留在对于被压迫与被损害者的一般哀怜同情上，而是与描写的对象燃烧在一起，融合成一体"[3]。因而，祥子这个"仿佛是在地

---

[1] 方方：《涂自强的个人悲伤》，第286页。
[2] [美] 罗洛·梅：《创造的勇气》，杨韶刚译，中国人民大学出版社，2008年，第67页。
[3] 樊骏：《老舍——一位来自社会底层的作家》，《中国现代文学论集》（下册），人民文学出版社，2006年，第606页。

狱里也能作个好鬼似的"淳朴正直的农村青年堕落为所谓的"坏嘎嘎"的城市无赖的性格转变和心理过程,才被震撼人心地刻画了出来。这种震撼"不是一般意义上的艺术吸引或者思想触动,而是穿透心灵的震撼,通向现实的反思"[1]。而我们的城乡书写不乏感动,也不乏怜悯,但无法"穿透心灵的震撼",形成艺术上的感染力,将自己的感情传达给读者。《好人宋没用》(2017)就是这样一个例子。

《好人宋没用》站在个体生命的立场,"对笔下的人物,有身心相照的感触与同情,在不动声色的克制之下,有入骨的伤痛与苍凉"[2],但宋没用除命运悲苦、顽强坚韧外,"好人"之"好"及"内心风景"远远没有呈现出来,面貌模糊而无深度。"大时代"变迁浮光掠影,"小人物"命运蜻蜓点水,整部小说成了宋没用悲惨人生经历贯穿起来的历史事件,暴露出作者驾驭长时段叙事的能力不足,掉入了作者自己警惕的叙事陷阱——"被书写的某某历史和地方里的人,却是面目模糊的。他们被动地接受苦难,在历史的旋涡里盲目打转"[3]。其他人物也平板雷同,近乎一面,除余太太和杨仁道外,均是精于算计、锱铢必较的市侩形象。就情节而言,小说前大半设置急促,叙事节奏掌握尚好;后小半琐碎拖沓,形神俱散。作者过于关注故事,太贴近生活实际,做密密实实的苦难展览,让人不暇喘息,近乎上海版的《活着》,而又无《活着》的深度。究其原因,一方面,小说涉及的生活作者大半未曾经历,生活与艺术累积不够,人物对话和情节难合情理。比如小说中的人物对话,

---

[1] 樊骏:《论〈骆驼祥子〉的悲剧性》,《中国现代文学论集》(下册),第588页。
[2] 夏琪:《我愿把人类的内心当成写作第一推动力——访青年作家任晓雯》,《中华读书报》2017年9月20日。
[3] 任晓雯:《好人宋没用》,十月文艺出版社,2017年,第515页。

宋没用的父亲、宋没用的母亲、榔头、范猴子、杨赵氏、毛头等，出口几乎都是不离男女生殖器的脏话。在作者看来，说脏话似乎是底层人物的身份标识，实际可能未必如此。宋没用被巧娘子骗走店面一节，也很难令人置信。老虎灶是宋没用的命根子，她毕竟也做过一段时间老板娘，对外人不可能没有提防之心。巧娘子以"警察局要收拾共产党家属了"，就吓得宋没用轻易地将店面和房子拱手让给她，未免太简单和容易了吧。另一方面，作者用"好人""没用"来定调，潜意识的心理预设，削弱了宋没用形象的塑造，再加之心理刻画的深度远远不够，使宋没用理念化的影子浓重，性格上矛盾之处亦多。比如小说前面写宋没用胆子很大，捡垃圾时"曾掘到半个骷髅头"，"洗了洗，当头盔玩"；后面写到棚户区雨天积水，小孩子都踩水玩，宋没用却不敢玩，因为"母亲告诉过她，蚊蝇跳蚤，都是脏水烂泥变出来的"，[1] 胆大和胆小得匪夷所思，也不符合小孩子的心理特点。作者在小说的"后记"里附注"本书所有历史细节都已经过本人考证"[2]，似乎真实性毋庸置疑。然而小说不是纪实文学，也无须去证实或证伪，不过，它们都追求人物的内在统一性和故事的逻辑连贯性。《好人宋没用》显然处理得并不成功。《好人宋没用》的问题，实际上也是"70后"的城乡书写者存在的普遍现象——当写作对象超过了自己的生活经验时，只能靠想象来弥补经验上的不足，从而形成某种概念化和模式化的叙事。

由于生活经验的问题和想象力的制约，绝大多数城乡书写者在自己的书房里想当然地想象城镇化转型带来的问题，对各种历史关联、社

---

[1] 任晓雯：《好人宋没用》，第18—19页。
[2] 同上书，第519页。

会关系、时代心理的把握，对社会各阶层的心理特征和处世态度的理解悬于空中，被动地、机械地向现实举起镜子，能映射出时代生活的斑斓迷乱，却无法感受到现实的复杂性和丰富性；不能深入到真实生活的纷繁宇宙，不能深入到人性的复杂神殿，捕捉不到隐藏的脉搏的神秘跳动，自然也无法窥视隐秘的生命颤动和存在的本质实在；缺乏心灵的冲突和交会，缺少精神的抚慰和开拓，不能将活的精神吹进复杂的现实，只剩下社会学的认识功能和伦理功能，导致了读者甚至包括作者自己的怀疑。这也是黄灯的《大地上的亲人——一个农村儿媳眼中的乡村图景》、梁鸿的《中国在梁庄》、熊培云的《一个村庄里的中国》、王磊光的《在风中呼喊——一个博士生的返乡笔记》、范雨素的《我是范雨素》等非虚构类纪实作品产生广泛影响的重要原因，并不是说这些非虚构文学在艺术上取得了多大的成绩，而是同城乡叙事的浅表化和浮泛化相比，这些基于个人经验的作品，更具真实性和可信度。

四

作品的形式是内容的深层萌发和创造性把握，正如詹姆逊所言，"作品形式依赖于素材自身某种更深刻的逻辑"[1]。在巴赫金看来，"不理解新的观察形式，也就无法正确理解借助这一形式在生活中所初次看到和发现的东西。如果能正确地理解艺术形式，那它不该是为已经找到的

---

[1] [美]弗雷德里克·詹姆逊：《语言的牢笼》，钱佼汝、李自修译，百花洲文艺出版社，1995年，第162—163页。

现成内容作包装,而是应能帮助人们首次发现和看到特定的内容"[1]。也即是说,艺术形式是内容不可分割的统一体,是内容的审美实现,是"一种富有价值的积极性的表现,这种积极性渗透到内容之中并实现着内容",只有真正把握了艺术的新形式,才有可能深入揭示新的内容。新世纪的城乡书写,由于生活经验的时代错置和日常经验的严重同质化,大多数作品无法完成艺术形式的创新,对于人物、情节、结构、叙述、场景、细节等小说元素也缺乏足够的重视。城乡之间的流动迁徙、文化冲突、身份尴尬、农村的土地荒芜、传统价值解体、家庭伦理失范等具有普遍性的生活现象和社会问题,耗尽了文本的文学性和审美性,作品成为类型化的现实镜像或社会学记录,无法在纷乱复杂的城乡现实与轻盈的小说艺术形式之间达到平衡。如《湖光山色》《涂自强的个人悲伤》《第七天》《炸裂志》等,故事的情节、逻辑与结局几乎一眼可以望到尽头,成为一种缺乏独特性、个人性和创造性的类型化写作。即使《世间已无陈金芳》这样的较为优秀之作,后半部分叙事也模式化,落入了城乡叙事的俗套。

少数力图对城乡问题进行创造性表现的作品,形式同内容之间缺乏积极的关联,没有转换为"表现积极的审美主体那种有价值内涵"的"艺术上有意义的形式本身",只是一种"认识形式",而非"艺术形式"。[2]如关仁山的《麦河》中的善庆姑娘变鹦鹉、百岁神鹰两次蜕变获得新生、虎子能预言未来等情节,使作品具有浓郁的魔幻主义色彩,但

---

[1] [苏]M.巴赫金:《陀思妥耶夫斯基诗学问题》,白春仁、顾亚铃译,钱中文主编:《巴赫金全集》(第5卷),河北教育出版社,2009年,第58页。

[2] [苏]M.巴赫金:《文学作品的内容、材料与形式问题》,晓河等译,钱中文主编:《巴赫金全集》(第1卷),第366—367页。

在表现上比较生硬,未能与作品有机融合,给人以为魔幻而魔幻的感觉。《城的门》则尝试一种新的叙事结构,通过"城市故事"和"乡村记忆"叙述的交替变换,整体性地表现城乡中国。"城市故事"前后倒也连贯,有可读性。而"乡村记忆"以人物的回忆独立成篇,前后没有多大关联,因而使得小说的结构散乱,缺乏整体性。《好人宋没用》"试图回到明清小说的语言传统里,寻找一种口语式的古典意味"[1]。作者有意将苏北方言、上海话与文言语汇杂糅为一体,追求简练雅致的古典韵味,叙述多用短句,干净洗练,部分实现了作者的语言追求——在小说的写景状物里,我们可以看到这种古典意味语言的魅力和作者白描的功力。刻画人物时,作者喜欢用"兀自髻篗""张翕""昏眊"等语,这些固然文雅,但却不具体,反而给人有炫耀之嫌。叙述时,忽而文雅,忽而质朴,风格极不协调。"未几""夏杪""少时""逾数月""少刻""旋而""翌日"等笼统的时间表述虽然别致,但其缺乏清晰的时间意识,反而造成叙述的模糊不清。此外,这种刻意追求的叙述的文雅和人物对话出口不离男女生殖器的低俗,形成了整个文本混乱芜杂的语言世界。上述这些作品在艺术形式上的探索,未臻于"能完成内容的创造性形式",从而影响了文本的艺术魅力。

新世纪城乡书写也有所谓的"创造性形式",大致可以分为两类:一类是"日常主义叙事",一类是"极端主义叙事",两者都表现出艺术创造力的严重不足。"日常主义叙事"着力于日常生活的叙写,与现实生活建立同构性时突出生活的琐碎细节和表层现象,以现实的琐碎化、复杂性、模糊性和暧昧性等搪塞对现实的理解。其大致又可以分

---

[1] 任晓雯:《好人宋没用》,第519页。

为两种：一种是以《高兴》《带灯》等为代表的"琐碎主义叙事"，以细节的堆砌构筑起文本世界，叙事如同流水账，啰唆琐碎；另一种是《城的灯》《湖光山色》《第七天》等的"表象主义叙事"。这些作品所呈现的世界纷乱复杂、盘根错节，似乎是真实的生活景观，实际不过触及生活的表层，并未深入到城乡中国的腹地。这两种叙事的共同特点是细节的琐碎化、情节的日常化和价值的模糊化。我们知道，"任何严肃的艺术都是理解现实和解释现实的方式，这也是艺术存在的根由之一"。小说当然无法完全排除日常生活的叙写，但同时它又极力排斥挣脱完完全全的日常生活叙事——没有一部充满生命力的小说不是站在人性和永恒的看台上观望和审视人类的生活。正如余虹所言："现实是一团乱麻，艺术是揭示其内在秩序的方式而不是进一步扭麻花的游戏；现实是一团浑水，艺术是将其澄明的方式而不是进一步搅浑水的把戏；现实有多种意义，艺术要捕捉那揭示真相的意义而不是真假不分照单全收。因此，现实主义的核心是对现实的理解和解释，尽管这种理解和解释暗藏在对特定现实的虚构和描述中。"[1]城乡书写的任务，不仅仅是捕捉生活的表象，而是在日常生活世相的芜杂中，认真审视和精心挑选有本质意义的细节和情节，通过富有创造力的想象与富有意味的艺术形式，深入到生活旋涡的中心，呈现本质性的现实情境。

"极端主义叙事"将现实简化为某种逻辑的偏执演绎，通过极端化书写，简单地将历史和现实呈现为某种现象的重复和叠加，或将清晰的历史和现实表现为某种复杂的故作高深的现象或理念。前者可以称

---

[1] 余虹：《〈三峡好人〉有那么好吗？》，《文学知识学——余虹文存》，北京大学出版社，2009年，第376—377页。

为"极简主义叙事",后者可以称为"极繁主义叙事"。"极简主义叙事"如阎连科实践其"神实主义"理论的《炸裂志》,将乡村城市化的过程简化为"男盗女娼"以及"男盗"与"女娼"(孔明亮带领男性爬火车偷煤、朱颖带领女性卖淫)争斗的升级游戏,不仅未能切入历史和现实,反而遮蔽了现实的复杂性和丰富性。《篡改的命》也是如此。作者极端化地强调汪长尺的苦难与悲惨,戏剧化地讲述人物的悲剧命运,飞速急转的情节起伏,带给人为悲剧而悲剧的感觉。《好人宋没用》等的叙事也有极端化的倾向。这种叙事上的极端主义和认知上的极简主义,在对历史与现实的强力介入中,丧失了思想力和审美性。"极繁主义叙事"最典型的是王安忆的《匿名》,小说延续了作者之前热衷于阐述时空关系、构建自己微型宇宙的癖好,存在与时间、文明与野蛮、生命起源与身份认同、语言文字与思维之间的关系等一系列重要而与城乡书写关系不大的问题,都被硬性嵌入到小说叙事之中。作者本人的知识背景、学力储备也难以支撑如此宏大而深奥的问题。这些看来复杂高深的哲学思辨,不但没有多少新意,反而成为文本的巨大负累,遮蔽了作者对城乡问题的真正思考。

  新世纪城乡书写之所以缺乏真正意义上的富有创造性的审美形式,一方面由于作家没有真正熟悉、透彻了解表现的对象,没有把握到表现对象的完整性、本质性和新鲜性,因而无法为之熔铸一个"减一分则太瘦,增一分则太肥"的恰切的有机的形式。正如朗松所指出的,"我们面临的危险是以想象代替观察,当我们只是有所感的时候却以为我们有所知"[1]。另一方面,也与我们的文学批评有关,我们的批评过于关

---

[1] [法]居斯塔夫·朗松:《朗松文论选》,徐继曾译,百花文艺出版社,2009年,第9页。

注事件的呈现、叙述的态度以及作品的社会学意义等,不大重视审美形式,无意中也鼓励了城乡书写中重内容而轻形式的倾向。

结　语

　　20世纪80年代中国城乡封闭的社会结构露出缝隙之后,我们的城乡书写即开始同构性地表现这一历史变化,从中可以感受到"城乡中国"向"城镇中国"转变过程中的迷惘与焦虑、阵痛与裂变。但迄今为止,绝大多数城乡书写在物质、欲望、权力等维度探讨城乡空间的异同并展开想象,并没有创造出自由灵动的诗意充沛的审美世界,我们仍然缺乏切入城乡关系内部、呈现城乡复杂历史纠葛与现实缠绕的经典性文本,甚至尚未超越高晓声、路遥等人城乡书写所形成的文学经验。一方面,这和中国城乡转型的历史复杂性有关,经历革命运动和市场经济的双重冲击之后,中国乡土社会的道德伦理和精神资源已经涤荡殆尽,而80年代以来城乡关系的局部松动并未带来农民身份和阶层改变流动的可能,更关键的是,具有现代性质的市民阶层、城市精神和契约意识也尚未形成,因而"城镇中国"形成了与乡村跟城市两不搭界的精神空虚和价值虚无。这就需要我们的城乡书写能够超越时代所造成的限制,凝结既具有时代特征同时又具有人类普遍性的精神坐标的努力。正如福克纳所指出的:"作家的天职在于使人的心灵变得高尚,使他的勇气、荣誉感、希望、自尊心、同情心、怜悯心和自我牺牲精神——这些情操正是昔日人类的光荣——复活起来,帮助他挺立起来。"[1] 这应该是新世

---

[1] [美]威廉·福克纳:《接受诺贝尔奖金时的演讲》,[美]惠特曼、杰克·伦敦等:《美国作家论文学》,刘保瑞等译,生活·读书·新知三联书店,1984年,第368页。

纪城乡书写的使命和任务。而从目前的现实来看，我们不缺故事、不缺感受、不缺悲悯，但缺乏提供精神价值的能力，作家的主体精神普遍难以彰显，将精神化合为形象的能力普遍不足，缺少精神的抚慰和照亮。另一方面，我们作家的艺术表现力和创造力普遍孱弱，从日常生活领域进入想象生活并开拓出新的境界和新的意义的能力普遍不足，无法创造出具有真实性、统一性和整体性的文学幻象，将读者卷入到活生生的城乡变化当中，共享自己的生活体验与情感经验。因此，城乡书写表现出虚假的繁荣，在中国城镇化和现代化还没有真正完成之前，城乡书写很长时间内依然是当代文学最为重要的文学命题和叙事难题。我们只有透彻了解中国城镇化的历史和现实，洞悉现代性的真正内涵，克服作家主体的艺术局限、精神空虚和价值虚无，站在人本主义的立场，以城镇化为幕布和背景，才有可能真正表现出"城乡中国"转变为"城镇中国"过程中的"中国形象"与浓郁诗情。

（本文原载于《文学评论》2018年第5期）

先锋文学的"蝉蜕"

先锋文学从20世纪80年代中后期的兴起,到90年代的转型以至新世纪的"蝉蜕",屈指算来,已有30多个春秋。这30年间,先锋文学的探索为当代文学带来了新鲜的血液,在叙事形式、叙事技巧以及语言风格等方面带来了崭新的经验,对整个当代文学产生了广泛的影响。比如李洱老师前段时间在"纪念先锋文学三十年国际研讨会"上谈到先锋文学对《白鹿原》的影响,我们可以看到《白鹿原》对魔幻现实主义的借鉴和化用。虽然整体上融化吸收得比较好,但还是有一些生硬的照搬,比如开头的桃木小棒槌、白鹿原上的人数超过多少人就会发生瘟疫等等,都看出作者还没有完全融化和吸收。不独如此,如果反观这30年的中国文学历程,先锋文学所引入的叙事经验对很多作家都产生了或隐或显的影响。在80年代中后期,可以说这种影响是整体性的、覆盖性的。90年代以后,渐渐由集体性的影响变为个体性的影响,直至今天,这种影响依然在持续。在"60后""70后"甚至"80后"的作家身上,我们都可以看到。先锋文学当然也存在着这样或那样的问题,但不可否认的是,它参与构建了当代文学的格局,丰富了当代文学的生态,一定程度上规范和引领了当代文学的努力方向和创作潮流,并表现出持续坚韧的文学生命力和创造力。

80年代中后期,先锋文学登上文坛时,自觉表现出对小说形式的整体迷恋,如过度迷恋形式,语言的反叛和反对传统逻辑型的结构,与传统的审美趣味和艺术追求相去甚远，使读者和批评家接不上榫头，出现认同危机；没有在其文学资源中创造出新的经验，令读者和批评家失望等等。这种写作空间和批评空间的重合困难，使得对先锋文学的评价出现很大的争议。90年代以后，先锋文学出现了"裂变式"的叙事转型，由形式和叙事的实验向日常生活叙事和古典传统叙事挪移或者回归。这种转型，当然如一些论者所言是为了迎合通俗大众的审美趣味、适应欲望化的生活伦理，但更多的是先锋文学自身对小说实验兴趣的衰减，反抗精神不足，以及形式空间资源枯竭、创造力匮乏等带来的调整。90年代后由于市场经济、消费浪潮的冲击和网络媒体的发达，先锋文学陌生化的形式被挤兑到边缘化的处境，这种"虚伪的形式"很难得到官方以及批评家的认同。因此，他们的反叛精神、超越姿态逐渐弱化，几乎又是不约而同地放弃了纯粹的叙事和形式上的探索，在先锋的"雅"和日常的"俗"、现代的"新"和传统的"旧"之间寻找调整之道和突围之路。所不同的是，作为整体的先锋派出现了裂变，已很难作为一个整体来审视和考察。它们呈现出不同的叙事追求和美学形态：残雪和北村固守先锋阵地；余华和苏童回归传统现实主义；马原和孙甘露或搁笔蓄势，或逐渐淡出文坛；格非、潘军、洪峰在先锋和传统之间寻求融合和突围。总体而言，蝉蜕后的先锋文学回归日常叙事，"曾经在小说创作中致力于表现自我与现实、自我与历史、自我与他人之间的紧张关系的先锋作家，这时频频瞩目于俗世人生，打出了'欲望的旗帜'，描绘起'活着'的本相，创作方法上向传统写实文学全面撤退"[1]。他们注重故事情节的讲述，弱化了小说形式的陌生化，

---

[1]　王爱松：《当代名作家的创作危机》，《文学评论》2005年第1期。

弱化了对历史的兴趣和精神性等因素，增强了通俗性。我们看到，不少转型后的作品纷纷触电，如余华的《活着》、北村的《周渔的喊叫》、苏童的《妻妾成群》《红粉》《米》等，潘军的《合同婚姻》《重瞳》（后改编为话剧），马原从事文化宣传片的制作等等。当然，他们的转型并没有停止，余华的《活着》《许三观卖血记》《兄弟》《第七天》、马原的《牛鬼蛇神》、苏童的《黄雀记》、格非的《江南三部曲》等，摆脱了"生搬硬套西方现代主义小说创作方法上的局限，更为中国化了一些"，也更为成熟了一些，"余华走向了意义，孙甘露则走向语言，苏童等走向诗化。小说的确被他们写得'不像小说'了"。[1] 如果要考察先锋文学的贡献与当下文学创作的关联，必须将其置于当代文学的发展脉络之中，从现象入手，分析其贡献和意义。我觉得可以从以下几个方面来分析。

先锋文学打破了政治性、社会性文学以及反映论的现实主义的束缚，颠覆了宏大的历史理性，重构了历史叙事的目的，重建了历史与自我，达到了"历史化"和"自我化"的目的。其通过叙事形式的创新，构建了新的主体意识和文本形式，为中国当代文学提供了具有典型意义的"有意味的形式"。如果说传统现实主义文学注意的是"写什么"的话，先锋文学则注重的是"怎么写"。先锋文学对元小说的借鉴，在叙述结构、叙述视角、叙述语言等方面的革新，冲破了之前长期的形式沦为内容附庸的牢笼，在精神维度上，贯彻着西方现代主义的理论思考和深刻的哲学探寻，表现出对西方现代主义艺术形式的吸纳借鉴和对西方现代主题的认同，为单调死板的中国文坛带来新鲜的空气，苏醒了创作者的主体意识，完成了中国文学的深层自觉。

---

[1] 张语和：《重估先锋文学的意义》，《文艺争鸣》2007年第6期。

先锋文学的兴起，是当代文学学习西方现代派文学的过程。这一时期掀起的"中国文学如何走向世界"的大讨论，也是先锋文学所引发的。他们提出的一些问题，在今天依然是值得思考的文学命题，如文学与读者的关系、小说的语言问题等等。（先锋小说家们从西方哲学的语言转向及后现代主义文学作家那里看到了语言的特殊意义，索绪尔有关能指和所指的理论给他们提供了一扇通往语言本体论的大门，乔姆斯基、维特根斯坦等人给了他们进一步的启示。"语言是文学的生命，是文学存在的世界"[1]的观点深入他们的思想，可以说，他们的语言观是对语言工具论的一次彻底反叛，他们所认同的是语言本体论。）实际上，不光现代主义文学，整个世界文学潮流都涌了进来，对中国的文学观念进行了洗涤和更新，使得作家的创作更为自觉，也使得当代文学有了一种世界眼光。

先锋文学在90年代蝉蜕之后，有不少先锋作家将目光投向了传统，取得了较好的成绩。如高行健的《灵山》《一个人的圣经》将目光投向道家文化和《山海经》等传统经典，体现出楚湘文化的特征和鬼巫气氛；格非则学习吸收《红楼梦》《金瓶梅》等传统经典的意境、语言，展现出全新的审美经验；苏童的《碧奴》则重新阐释演绎孟姜女哭长城的传说，对人的心理、情绪和欲望的表现具有浓郁的先锋精神和现代品质。对于这些作家而言，如何在回归传统的同时，保持在叙事、形式方面的探索的激情，并能融之为一炉，创造出具有高度个人化特征和鲜明风格的作品，成为他们的创作追求。就此而言，所谓先锋文学的"终结"其实只是表层现象，先锋的地火其实一直在运行。其他如史

---

[1] [法]罗兰·巴特:《符号学美学》，董学文、王葵译，辽宁人民出版社，1987年，第4页。

铁生、阎连科、李洱、刁斗、李锐、蒋韵、艾伟、东西等仍在矢志不渝地进行着叙事探索，表现出先锋的精神或品质，"这些同样运用先锋叙事方式的作家们同时更把小说理解为某种关乎精神的事物，真正地在形式与精神有机结合的层面上对于中国当代小说的发展演进产生了扎实有效的推进作用"[1]。一时代有一时代之文学，一时代亦有一时代引领风气的先锋文学。先锋文学作为一个整体虽然早已瓦解，但作为个体的先锋文学一直没有停止探索。正如洪治纲所言："真正的先锋就是一种精神的先锋，它体现的是一种常人难以企及的精神高度，是一种与公众意识格格不入的灵魂探险。只有作家的精神内部具备了与众不同、绝对超前的思想禀赋，具备了对人类存在境遇的独特感受和发现，他才可能去寻找新的审美表现方式，才有可能去颠覆既有的、不适合自己艺术表达的文本模式。"[2] 先锋正如时代弄潮儿，就此而言，捍卫先锋，就是捍卫文学的未来。

（本文为 2015 年 12 月 25 日在"中国现代文学馆第四届客座研究员与鲁迅文学院高研班学员讨论会"上的发言稿）

---

[1] 王春林：《新世纪长篇小说中的先锋叙事》，《文艺争鸣》2010 年第 8 期。
[2] 洪治纲：《捍卫先锋，就是捍卫文学的未来》，《文学报》2009 年 1 月 22 日。

重建文学批评与文学出版的良性互动

文学批评与编辑出版的关系，我是个门外汉，简单地谈谈我的看法，以期抛砖引玉。

看到这个议题的时候，我就想起哈佛大学出版社的林赛·沃特斯（Lindsay Waters）2004年出版的一本书：《前途的大敌：出版、出局和学术研究的衰落》。他在开头引用了沃尔夫冈·泡利（Wolfgang E. Pauli）的一句话作为题记："我不在乎你思维缓慢。我看重的是你出版比思考快。"沃特斯在书中提出："不出版，就出局"的学院体制与某些编辑、出版单位的一些不合理规则合谋，给学院中的学者们，特别是年轻学者，造成了巨大压力，并会在一定程度上导致学术研究的衰落。就中国而言，这个问题更为复杂。

考察新世纪的文学批评与文学出版，"市场化"是一个无法回避的核心问题。文学出版在市场原则特别是消费主义观念主导下似乎表现为完全按照市场逻辑运行，出版成为"文化工业"的一个重要组成部分。"市场化"使出版社发生了根本转变，比如文化事业变成了文化产业、文化工业，传统的出版由单纯生产转为生产经营性的，传统的纸质媒介转为大众传媒。这些不但改变了文学出版的外在环境，同时也使得文学出版的原则、理念、价值、导向、评价，以及与作者和读者的关系等内在因素发生重大转变，效益、市场、影响等成为主导型的因素，消费价值压倒了审美价值、精神价值和社会价值。从出版社到编辑到作者，都表现出对文学本身的轻视和忽略，文学批评的格局也呈现出前所未有的复杂性。一方面，是"批评的危机""批评的缺席""批评正在退化"的慨叹，大家觉得文学批评在转型的时代愈来愈艰难，批评的失语症愈加严重；另一方面，是批评话语的膨胀，后现代主义、后殖民主义等批评概念、名词、话语急速膨胀，批评众声喧哗，体现出严重的不及物、不在场的尴尬。我们觉得批评找不到自己的根据，批评无言的痛苦和有言的空洞成为我们这个文学时代深刻的精神主题。近年来，随着新型电子媒介的勃兴，纸质媒介的印刷文化受到了严重的冲击，传统意义上的文学出版已经到了边缘化的位置。在这样一个大背景下，专业化和小众化的文学批评更是遭遇了前所未有的困境。当然我们也不乏有责任和有担当的出版机构和刊物的坚守，比如《南方文坛》的"今日批评家"专栏（年初结集为《批评的初心》）、《文学报》的"新批评"专栏（2012年出版的"文学报·新批评文丛"系列，文丛共五辑）、北岳文艺出版社的"火凤凰新批评文丛"（2015年）、云南人民出版社周明全策划的"80后"批评家系列以及他的《"80后"批评家的枪和玫瑰》等，这些都用坚韧的努力，体现出文学批评与出版的良性互动，一定程度上改变了文艺批评的生态。但这种努力和互动就庞大的中国文坛而言，还是太少了，还远远不够，可以说仍是一种不平衡的微弱的互动关系。那么，在这样一个复杂的社会环境和文学场域中，文学批评和文学出版如何建立良性的互动呢？我认为应该从以下方面着手。

首先，在市场化的出版环境下，文学出版机构要有自己的出版理念、出版追求，能够建立自己的出版规则，确立自己的出版品牌，树立自己的出版精神，形成稳定的出版风格，开拓出自己的出版阵地；

同时能够体谅文学批评出版的专业性和特殊性，考虑到其主体性，通过其他出版物的反哺，保证文学批评出版的质量。当然，做到一定程度的时候，即使专业性的文学批评出版，也会获得巨大的市场份额和经济效益。行业内当然也有例子，比如广西师范大学出版社。这里我想以《纽约时报》的"书评周刊"为例。我们都知道，这份于1896年创刊的刊物有很高的权威性，在美国乃至全球都有重要的影响，强有力地影响着图书的销售乃至出版社的命运。首先是源于周刊严肃、严谨、认真的作风。它们有一个公正的、科学的选书和分书系统，出版社在图书出版前的四个月，将要评介的校样送到该刊。该刊组织编辑"预读"，并要写出"阅读报告"，一般每个编辑平均每天阅读两本书。每逢星期日，刊物执行编辑召集编辑讨论，最后决定评价哪些书，并确定由谁来撰写书评、由谁来做书评的编辑。集体讨论选出适当的书、适当的书评人、适当的编辑。他们的书评撰稿人遍及全球，都是相关领域内的专家，基本上避免了圈子批评。接到书评稿约后，一般在一个月内完成任务，时间也较为充裕。如此一来，保证了书评质量，使其具有一定的公正性、客观性和权威性，这就是《纽约时报》"书评周刊"的成功法宝。我们的文学出版也可以借鉴其经验，对文学批评的时代趋向、风格趣味、探索追求等有一个准确的把握，打破前工业时代单枪匹马的手工作坊的做法，使得我们的出版形成充满活力的内在机制。

其次，文学出版机构要给编辑自由的空间和成长的环境。在出版社企业化以后，编辑的收入与出版物的效益直接挂钩，使得他们面临巨大的生存压力。编辑的作用，正如罗贝尔·埃斯卡皮（Robert Escarpit）所言："同助产医生的作用相似：并不是他赋予作品以生命，也不是他自己的一部分血肉给作品并养育它；但是，如果没有他，被构想出来并且已临近创造的临界点的作品就不会脱颖而出。"编辑参与作品意义的建构和最终完成,责任和义务是将作者的作品引向集体生活,从而获得社会意义,他们同作者以及读者是一个文学利益的共同体,市场、效益只是附加的产品。如果本末倒置,将这精神的共同体置换成消费的共同体,就完全纳入了文化工业生产的逻辑,那么,出版的精神效益往往会降到最低点。90年代以来,强大的市场力量改变了以往编辑与作者、读者的关系,经济效益的最大化成为主要的追求目的。

再次,编辑也要不断完善自己,培养自己的识见、眼光,朝着学者化和专家化的方向发展。编辑绝不是文化审美场域中的"陪衬",他们的审美选择和文化判断对出版物的质量有着决定性的作用。同时,与作者的交流互动具有互补性,会达到出版物价值的最大化。当他们作用于社会群体时,在双向维度上最能建构起互动效应。本来,编辑的学者化、专家化是中国现代出版业产生以来的一个特色和传统,比如茅盾与《文学月报》、郁达夫与《创造》、徐志摩与《新月》、林语堂与《宇宙风》等;张中行与人民教育出版社、傅璇琮与中华书局等。编辑的眼光和水准往往决定了出版物的水准。这些编辑,自己也是著者,将文学与文化的生产、互动、校正、传播等诸多功能集于一身,使得出版品趋于完美。由于出版的市场化和效益化,这样的一个良好的传统已经逐步丧失。我们呼吁我们的编辑和出版机构能够有所不为有所为,能够在时代的风浪中站稳自己的领地,为文学批评和文学的出版,提供厚实温暖而又舒适温馨的精神产床。

最后,出版机构既要垦殖大片的绿地,也要善于栽种培育单个的批评苗木。既要建立诸如"今日批评家""火凤凰批评文丛""新批评文丛""'80后'批评文丛"这样的批评阵地,推出大批优秀的批评家,同时也要不择细流，通过批评书系等形式，为优秀的批评个体提供生存的土壤。当大量的单个树苗蔚然成林时，我们的批评生态也就逐渐趋于健康完善，其也会以巨大的精神效益和社会效益反哺出版机构，形成文学批评与文学出版的良性互动。虽然电子传媒对传统出版业造成了一定的冲击，但个人认为，它对文学批评这个很小众化的领域的影响并不是很大，纸质出版依然主导着专业性的阅读。未来，依然属于那些风格鲜明、立意卓远、真正能够影响文学批评和文学发展的出版物和出版机构。

以上是我的几点浅见，请各位前辈、老师、专家、同仁批评指正。谢谢大家！

（本文为2016年5月27日在中国现代文学馆和长江文艺出版社共同主办的"新世纪文学批评与文学出版"研讨会［武汉］上的发言）

"或看翡翠兰苕上"

——文学史中的"70后""80后"批评

"人事有代谢,往来成古今。"[1] 稍微留意一下,我们就会发现,"70后""80后"批评家已郁郁葱葱,蔚为可观,虽未呈现出整体性的气象,但已经取得了令人瞩目的成绩,极个别批评家甚至已光芒熠熠。这不仅仅由于他们的睿智、才华与努力,也缘于莫之能御的时光之河。"70后"批评家已过"不惑","80后"批评家也已"而立"。他们之间,最大的相差近十岁,最小的相差微乎其微。因为早生或晚生几小时几分钟,竟被荒唐地划为另一代人。且不论这种划分在学理上是否可靠,以及他们尚在发展之中潜藏的未知可能,如果硬要透过文学史这个窗口来定位他们,我们还是能归纳出一些特征:他们有着敏锐的问题意识、扎实的理论功底和开阔的学术视野,但缺乏正确得当的甄别能力和差别意识,缺乏独立性、介入性和创造性,难以揭示出作品背后潜在的、作家难以表明的东西,尚未在个人批评和整体的文学思潮互动中,建构出具有双向互动功能的批评话语,尚未在共时性和历时性交错的坐标系中构建文学及批评的清晰图景,搭建起个性鲜明的批评话语体系。

---

[1] (唐)孟浩然:《与诸子登岘山》。

他们或许已看到了兰苕之上的翡翠鸟,但还没有掣鲸鱼于碧海之中。

文学批评是一种寻找差异的审美活动,甚至可以说,寻找差异是一切真正批评活动的唯一目标。"批评"这个词源于希腊动词 hrinein,原意为分开或选择,也就是区分的意思。批评不仅要寻找各个文本之间差异的准则,同时也要探求各个文本的独特歧义。就"70后""80后"批评家而言,他们的生活、教育和学术训练,呈现出很大的一致性。他们生活的时代,理想主义已经消解,文学的价值等级层次解体,相对主义、折中主义甚为流行。对绝大多数人而言,文学已没有了神圣性,已不是纯粹的精神上的追求,仅仅是一种职业或谋生的方式。他们在20世纪90年代或21世纪初接受的文学教育和学术训练,重理论,轻阅读,愈是熟悉各种理论、各种主义,结果距离文学也愈来愈远,文学感受力随着理论的熟稔"七窍凿而混沌死"。而关键的文本细读能力、整体透视能力孱弱,没有在经典和元典的涵泳咀华中形成稳定的审美感受力和判断力,这些都决定了他们批评的质量。

"70后""80后"的文学批评,大致有以下几种类型。一是"屠龙派"。他们熟练地运用各种理论,寻找可以关在笼子里的鸟儿,解方程式地分析阐释各种创作现象和文学作品。任何作品经由他们理论的机床,都能令人眩晕。这种批评没有美感体验,难以揭示作品之外的蕴含,痴迷于寻找对自己有用的材料,率尔操斛,侃侃而谈,滑行在表层,成为一种不及物的理论饶舌。并不是不能运用理论,而是必须考虑到理论的具体性、切合性和有效性。批评是基于个人审美经验上的审美判断,真正意义上的批评必须是从作品到理论,再从理论来审视作品,在文学史的谱系和现实的文学场景中做出价值和意义的判断。从理论到作品的这种批评路径的倒置,使得批评不能"技近乎道",成为一种无关精神和体验的理论表演和话语"屠龙"。二是"放大派"。这类批评不从作品的整体效果上去定位作品的价值，而是挑选觉得最有特征的部分，津津乐道，不舍琐屑。就像造房子，他们不去看这个房子造得怎么样，而是盯着这个钉子是哪个铁匠打造的，铁匠的铁又是从哪里购来的，为什么要钉在这里而不钉在那里。接下来又是木材是谁加工的，瓦是哪里烧制的，木材加工得很精致，烧瓦片的工匠手艺是祖传的等等。我们看不到这座房子正面怎么样，结构怎么样，整体上是不是美观漂亮，是不是结实等整体性的关键性的评价。三是"拐弯抹角派"。这类批评征东引西，转弯抹角，犹豫不决，含糊其辞，看起来精致纤巧，却从来不表明自己的观点。他们或由于自己本来就糊涂，或者因为某种文学之外的因素假装糊涂，这种旱涝保收的批评，将自己放在同批评对象同样的高度甚至更低，将自己发现的一颗小行星的意义阐述得比整个宇宙都大，没有识见，也没有判断，自然也没有力量。四是"印象派"。这类批评有着很好的艺术直觉和审美悟性，能够进入到作者和作品的灵魂深处，能发现那些被低估或者被遗忘的作家，或能发现一些平庸作品的精彩之处。但这种批评容易将自我投入到批评对象之中，炫耀才情而无关作品，没有解析，排斥判断，如同木塞一样，浮在水面上。这几类批评，究其成因，最大的、最本质性的问题就是没有事实感。

　　知识的渊博是一回事，判断正确又是另一回事。批评是知识与思想、美感与经验、事实与判断力融合而成的一种高度个人化的结构和能力。知识、思想、理论、美感、经验等基本要素的重要性不言而喻，否则批评活动无从谈起。然而决定批评成熟与否的因素，除了基于这些要素形成的美感经验之外，其实还是事实感。艾略特在《批评的功能》中曾提醒道:"批评家必须具有非常高度发达的事实感。这绝不是一个微不足道的或常见的才能。它也不是一种容易赢得大众称赞的才能。事实感是一件需要很长时间才能培养起来的东西。它的完美发展或许意味着文明的最高点。那是因为有这么多的事实领域需要去掌握,而我们已掌握的最外面的事实领域、知识领域,以及我们所能控制的最外面的领域,将被更外面的领域用令人陶醉的幻想包围起来。"在我看来,事实感不仅包括审美能力,也包括透视能力、判断能力和介入的能力。实际上,不止"70后""80后",我们整个的文学批评,最严重的问题就是事实感的缺乏和判断力的萎缩。我们的教育肯定聪明而不追求诚实,没有适合批评精神的社会土壤,"定于一"的文化心理也很难倾听不同的声音,容纳不同的立场。李长之曾大胆放言:"我敢揭穿了说,中国的知识分子都有'焚书坑儒'的倾向的,只要那书不是自己一派的书,儒不是自己一派的儒。知识分子之不能容纳知识分子,比什么都厉害。"在这样的社会环境中,稍有不同意见,就会被刮目而视,打入另类,甚至波及利益和生存。可见,中国人的事实感不强,独立人格很难形成,批评精神自然难以养成。就"70后""80后"批评家而论,由于他们自身的弱点和时代的限制,批评更加困难。他们多是所谓的"青椒"或"青研",处在师徒、友朋、熟人等各种关系圈子之中,处在各种课题项目的包围之中,倘要追求客观公正,有很大的困难,但我们不能因此怨天尤人而不反思自省,消解对认真、公正、美好等事物的追求。像歌德那样将批评活动中事实感的缺乏归咎为人格的欠缺显得过于夸张,但混淆是非、模糊标准无疑会削弱批评的尊严和威信,式微批评的价值和意义。

哪里没有对艺术的爱,哪里就没有批评,温克尔曼(Johann Joachim

Winckelmann)如是说。文学批评仅仅有爱也是不够的,还得有事实感。有事实感的批评,才有可能有客观性、介入性和可信度,才有可能发展出创造性的批评。"70后""80后"批评家功底扎实、眼光敏锐、视野开阔、才华横溢,他们以在场的姿态,积极地、不断地介入作家作品和文学现场,已显示出蓬勃的生机。我们相信,他们必将建立起属于自己的理论话语和理论体系,开辟出文学批评的崭新形态。

(本文原载于2016年3月21日《文艺报》)

写作的责任：探索生活隐秘，维护人的尊严

绝大多数人大概都不会否认：我们处于一个喧哗而空虚、膨胀而焦虑的时代。在亘古未有的历史变局和难以把握的现实迷乱中，我们前所未有的无所依傍、无所适从。我们的文学书写也莫能置身其外。尽管我们每年都有大量的文学作品与时代同步，力图表现出这个"大时代"的五脏六腑，但我们总觉得这些芜杂而喧闹的类型化叙事在逼近现实时也在逃避现实，表现出浅表化、同质化和空心化的特征。这里的逃避现实不是描摹现实的逼真性，而是面对现实时，情感态度、道德选择和精神取向上的摇晃或悬置。这种逃避，使得这些作品掩埋在不言自明的流行的主题思想之下，体现出纳博科夫所谓的现代小说最典型的"庸俗"（poshlust）[1]特征。其征候具体表现为"装模作样的垃圾，俗不可耐的老生常谈，各个阶段的非利士主义，模仿的模仿，大尾巴

---

[1] "poshlust"是俄语，意为"庸俗"，包含平庸琐碎、附庸风雅、精神世界贫乏空洞等特点。纳博科夫认为，俄国文学的一个灵魂性的主题，就是表现和批判"庸俗"，即"poshlust"。他"所说的庸俗文学，固然包含着那些畸形好病态的文学，但也包含着那些其实并不庸俗的文学"（李建军：《重估俄苏文学》[下]，二十一世纪出版社，2018年，第634页）。本处所谓的庸俗是一般意义上的，着重指纳博科夫所谓的平庸琐碎、病态猥琐、附庸风雅、精神世界贫乏空洞等特点。

狼式的深沉，粗俗、弱智、不诚实的假文学"[1]，以及平面化的新闻式写作、社会学式的材料连缀等。因此，我们感叹缺少洞穿时代本质的力作——这里所谓的本质不是局部生活纤毫无遗的描摹，而是能紧抓时代敏感的神经；缺少对同情、尊严、自由、平等、爱意等人类的基本精神和基本信念的维护；缺少抵抗遗忘、反抗绝望、给人希望的作品，缺少"黑暗王国里的一线光明"……正如已故的著名评论家雷达先生曾指出的："我们的文学并不缺少直面生存的勇气、揭示负面现实的能力，也并不缺少面对污秽的胆量，却明显地缺乏呼唤爱、引向善、看取光明的能力，缺乏辨别是非善恶的能力，缺乏正面造就人的能力。"[2] 正因为缺少这些能力，我们的文学繁复而单薄、热闹而凄清、精致而平庸，当下史诗般的集体痛苦和空前过渡时代的焦虑慌乱以及维系生活的脆弱而坚韧的信念，没有得到理想和充分的展现。雷达所谓的这三种"能力"，正是文学之为文学存在意义上的理由与使命——在一切坚固的事物烟消云散的时代，文学可能是滋养一切坚固的事物的最肥沃的土壤。当然，这并不是说我们的文学要追求所谓的正能量，简单地扮演精神抚慰和道德说教的掮客，成为幼稚的理想主义者或者廉价的乐观主义者，而是要在对现实的介入中像上苍一样悲悯人类，润物无声地关怀、砥砺和完善我们的精神和道德世界。

但这并非易事。由于历史的惯性和现实的拖拽，当下不独文学，其他任何事情在这片大地上要革故鼎新蜕变新生都非常艰难。20世纪

---

[1] [美]《巴黎评论》编辑部编：《巴黎评论·作家访谈1》，黄昱宁等译，人民文学出版社，2012年，第73页。
[2] 《长篇小说艺术暨文学发展趋势研讨会综述》，中国作家协会创作研究部编：《长篇小说艺术论——长篇小说艺术暨文学发展趋势研讨会论文集》，作家出版社，2012年，第7页。

以来，在不断革命和市场经济的双重打击之下，日常生活的亲切感与艺术生活的诗性遭遇了前所未有的攻击，文学被现实生活的庸俗和焦虑浸染，普遍社会共识的瓦解与文化共同体的分化，使得绝大多数作品难以在个人境遇里去思考时代、重塑现实。再加之现实的巨大吸力，以及写作者自身文化教养的约束限制，我们的写作形成了一种特别迟钝、无趣，甚至可以说是懒惰的趋向——沉迷于日常生活的灰色格调，陷入芜杂现实的自然呈现，不断探测生活和人性的最坏的可能。我们变得与我们所思考的东西相同，我们对生活之丑和人性之恶的重复诉说虽然未必使得我们变得更丑更恶，但也似乎未能使我们有丝毫的趋美向善。我们凝视深渊，深渊也凝视我们。正如帕斯捷尔纳克所言："如果指望用监狱或者来世报应恐吓就能制服人们心中沉睡的兽性，那么马戏团里舞弄鞭子的驯兽师岂不就是人类的崇高形象。"[1]别林斯基在批评法国狂热文学热衷于通奸、乱伦、弑父、杀子的不道德性时也曾指出，这些文学"从全面而且完整的生活中仅仅抽引出这些实在是属于它们的方面，择其一点而不及其余。可是，在作出这种由于片面性而已经是十分错误的选择的时候，文学的无裤党们遵循的不是为自己而存在的艺术要求，其目的却是为了证实自己的个人信念，因此，他们的描绘没有任何可靠性和真实性，更不要说他们是蓄意对人类心灵进行诽谤了"[2]。相反，如果人们对善和美追求得愈强烈，无疑会距离善和美愈近。在当下中国，喧哗热闹芜杂纷乱的现实的确是个富饶而又庞杂

---

[1] [苏]帕斯捷尔纳克：《日瓦戈医生》，蓝英年、张秉衡译，外国文学出版社，1987年，第57—58页。
[2] [俄]别林斯基：《现代人》（断片），《别林斯基选集》（第2卷），满涛译，上海译文出版社，1979年，第74页。

的矿藏,以此去挖掘道德极限、人性极限和忍受的极限当然也有意义,我们有必要在现实和想象的范围内去释放我们的恐惧与不堪承受的生命之重。但这种极端的经验和魅影重重的叙事并不能使我们对自身的处境有所警惕,并不能纾解我们的焦虑,反而使得我们虚无绝望缠身,取缔了生活的意义。对写作者而言,最重要的品质即是对深不可测的人性始终保持敬畏和好奇之心,既不给其泼污水将其展现得一团漆黑,也不一味颂扬视其黑暗阴鸷而不见,敢以自己的艺术思考和思想创见始终如一地去窥探人性、透视人性,给予人性与人心一个可靠的确认和呈现。

现代主义文学的负面影响也不可低估。自现代主义以来,人类对自己的信心已经瓦解,不仅读者不相信作家笔下的人物,他们对作者凭空想象出来的东西多存戒心,甚至连作家也不再对笔下的人物有充分坚固的信任,他们怀疑自己笔下的人物无法取得读者的认同和感动。在此之前,"读者和作者通过小说中的人物相互了解,并且从这个牢固的基础出发,一起共同致力于新的探索和新的发现",可是现在,"由于他们对小说的人物采取怀疑态度,彼此之间也不能取得信任,结果他们在这破坏了的领域中相互对峙"。他们相互怀疑,相互提防,正如司汤达所谓的:"怀疑的精灵已经来到这个世界。"[1] 20世纪以来,整个世界范围内的现代文学已经——"让我们无法对生活中那些普通的、直接的、平凡的事物产生共鸣,因为在卡夫卡的《城堡》,艾略特的《荒原》中他们总是以极端的方式把这些事物构成的世界描述为'人间地

---

[1] [法]纳塔丽·萨罗特:《怀疑的时代》,伍蠡甫、胡经之主编:《西方文艺理论名著选编》(下卷),北京大学出版社,1987年,第239页。

狱'；陀思妥耶夫斯基笔下的'地下室人'对社会的敌视态度并非源自他对社会生活的缺陷所做的反应，而是'源自社会对他的自由所表示的污蔑——社会希望自己具有仁慈之心，希望自己能体现崇高而美好的存在元素'。"[1] 在现代主义小说那里，"爱、同情、悲悯、宽恕等人类主体化的感情丧失了意义，成为一个被搁置的幻觉，而怀疑、孤独、绝望等不断膨胀，成为小说主导性的精神世界。同时，个体与群体分离，虚构同真实分离，感性同理性分离，精神和物质分离，人类的一切活动仿佛就是人类创造与自己的分离。倘若现代小说不能以自身的丰富性和完整性来与异化的社会现实对抗，超越异化的现实所强加给人类的片面性，在审美空间中给人以希望、慰藉、勇气、力量等积极因素，将人还原为人类合理性存在意义上的完整的人、饱满的人，那么，其永远只能在封闭的世界里循环，找不到突围和救赎的路口"[2]。事实是，不少杰出的现代主义作家一直在批判和嘲笑人物的观念，但却一直缺乏令人信服的方式来实现对人物的完美置换。而我们的大多数写作者将现代主义文学作为重要的艺术经验和精神资源，在不断地模仿中抛弃了对整体性的维护和对精神世界的修复，也就必然导致了我们的写作缺少在污泥中孕育出莲花的能力。

那么，文学存在的理由又在哪里呢？我们知道，在荒寒的夜晚，有微黯的星光；在酷冷的冬日，也有熹微的暖阳。这是宇宙存在论上的互补原则与合理性。同理类推，这也应该是我们文学存在论上的合理性。正像美国著名作家辛格所说的："尽管我们有苦难，尽管生活永

---

[1] 范昀：《特里林的现代文学课》，《书城》2017年第3期。
[2] 王鹏程：《"脱榫"时代的文学（代序）》，《马尔克斯的忧伤——小说精神与中国气象》，生活·读书·新知三联书店，2018年，第2—3页。

远不会带来我们想让它带来的天堂,我们还是有值得为之活下去的东西。人类得到的最大礼物,就是自由选择。确实,我们对自由选择的使用是有限的。但是,我们拥有的这一点自由选择,是一份如此伟大的礼物,它的潜在价值可以有如此之大,以至仅仅为了它本身,人生就值得活下去。"[1] 是的,无论现实多么绝望,生活多么艰难,人类总要活下去,人类都得选择;只要拥有一点点自由选择,"人生就值得活下去"。正如意大利记者、反法西斯人士贾伊梅·平托尔的写作所追求的那样——他虽然接受了完全属于欧洲颓废派的教育,性格却"是人类性格中最为离奇的","与颓废主义、逃避和模棱两可的道德观最不相干和背道而驰的";他"在一个疯狂挥霍的时代",建立了"一种严格的道德和对历史的把握"——"一种打了折扣而且难以理解的现实感,不在作品中加入最为显眼的表象,也不在对于善与美的体现上吝啬,这就是平托尔(他是里尔克的译者和蒙塔莱的读者)从先于他的文学文明中吸收到的狮子的骨髓,这是一种渗透进行动和历史智慧当中的风格给我们的启示。"这种"文学文明",使我们获得了自豪和信心,即:"我们希望穿越整座压在我们身上的否定文学(那种由诉讼、局外人、恶心、荒芜之地和下午的死者构成的文学)的大山,希望能够找到支撑我们的脊梁、使我们获得力量的教诲,而不是向指责让步。尽管如此,我们也并不试图将任何东西变甜,或者让任何不情愿的人去适应这个游戏,因为这种文学能够为我们所用的,正是它仍旧包含的如此多的苦涩,以及仍旧留存在我们齿间的沙粒。"[2] 这里所谓的在"文学文

---

[1] [美]《巴黎评论》编辑部编:《巴黎评论·作家访谈2》,仲召明等译,上海文艺出版社,2015年,第117—118页。
[2] [意]卡尔维诺:《狮子的骨髓》,《文学机器》,魏怡译,译林出版社,2018年,第23—24页。

明"中吸收到"狮子的骨髓",要突破现代主义文学的畛域,抛弃文学随着时间必然进步的"文学进化论"的偏颇,在人类文学文明的大河里汲取"支撑我们的脊梁、使我们获得力量的教诲",坚韧的不曾觉察的隐藏的信念,以及曾经照亮我们而现时已经微弱的火光,从而使得人类能够穿越绝望和虚无,去迎接属于自己的未来和世界。这是一种理性而健全的写作理念,也是一切写作者值得珍视的写作态度。

上述的写作理念和写作态度,必然落实到对"人"的维护上,无论这个"人"如何不堪如何堕落:兽性如何战胜了人性,人性又是如何输于神性。正如契诃夫在一封信中所指出的——"作家的责任是在维护人。"如果没有对人的维护,对人的信心,那么一切写作的意义在无意中也就被取缔。但在写作最重要的"维护人"的宗旨上,我们面临着严峻的、前所未有的危机,其中最关键的因素,就是人的本质的干枯。这既表现为写作者的干枯,也表现为写作者笔下人物的干枯。写作者的干枯,表现为写作者精神的标准化和趋同化,缺乏深度思考的能力和设身处地的能力。思考一旦松懈和缺席,就自然沦入惰性的写作,不能呈现出复杂性、多样性和整体性,从而沦为一种塑料花式的抽象的印象和感知;缺乏设身处地的能力,就不能将笔下人物的处境作为自己的处境,在自己的特殊性里彰显时代的普遍性。因而,遍览当下的文学写作,我们可以看到,尽管素材和艺术手法不同,在对现实的理解和塑造上,我们可以看到写作者表现出一致性。原因即写作者主体在生活的提炼、思想的磨砺、精神的淬炼方面,缺乏深度和差异,不能将自己置身进去。他们固然同情、怜惜、悲悯笔下的人物及其所处的世界,但居高临下或者隔岸观火,很少将自己放进去,很少与人物一同燃烧,我们看到的是一种客观化的冷漠和超然。作为文学书写,我们应该坚持和追求的,"并非是建立与现实的一种情感关系,也不是同情、思念、抒情、怜悯的方式,以及针对当下困难的那些欺骗性的解决方法。那些不愿意隐藏在这个消极世界中任何现实的人他们那苦涩和稍显扭曲的嘴巴,其实更加恰当。只要他们的目光中包含着更多的谦卑与洞察力,能够不断地捕捉那些在一次人类的相遇、一种文明的行为,以及一个小时流逝的方式中,出乎意料地在你面前闪烁并表现出正确、美丽、真实的东西。面对一个瓦解和杀戮的世界,尽管我们并不相信世界完全是消极的,却也无法用高兴、甜蜜而欢欣的表情来取代否定的文学,危机中的文学,以及遵循极其糟糕的纲领和存在主义思想的文学在人脸上勾勒出的这张苦涩而稍显扭曲的嘴巴"[1]。也即是说,文学作品要与现实建立积极的情感和意义上的关联,其粘合剂不是千人一面、百口一声的同情、怜惜和悲悯,而是创作主体对所表现对象的特殊的伦理态度。这种特殊的伦理态度完全是个人化的,是一种人格化的独特的禀赋,从而使得所表现的对象体现出强烈的艺术幻想。而我们的文学书写,普遍缺少这种人格化的禀赋——"以强烈的力量,使自身与人物合成一体,亲身极其痛苦地体验作品人物(按照作家意志)所遭遇的一切。"[2] 揆诸中外成功的文学作品,无一不是体现出创作主体特殊的伦理态度和强烈的人格化的禀赋。如果没有这些东西,就宛如剔骨之肉,难以强劲坚稳地站立起来。

创作主体特殊的伦理态度和强烈的人格化的禀赋,只有建立在写作对象的积极的、完全的、有情感意义的联系上,才可能生根发芽并

---

[1] [意]卡尔维诺:《狮子的骨髓》,《文学机器》,第19页。
[2] [苏]K.帕乌斯托夫斯基:《金蔷薇》,李时、薛菲译,漓江出版社,1997年,第127页。

熠熠夺目。在我们的写作中，创作主体的伦理态度和人格禀赋却很难渗透到作品之中去，他们常常被社会流行的观点左右或者裹挟，为了某种安全而平庸的看法而自我蒙蔽和自我欺骗，因而很难避免出现同质化的现象。大多数写作者认为，在这个喧哗而下沉的时代，他们的想象力已经完全输于现实。因而，沉湎于现实的忠实再现，能够弥补他们想象力不足而带来的缺憾。这固然有道理，但情形未必全然悲观。如果再现的只是现实的部分棱面，必然会带来片面或者局部的描述，难以陈述出生活的逻辑和现实的肌理。这种写作的危险正如恩斯特·布洛赫所言："不脱离时代而写作，并不等于按生活本身写作。因为许多看上去倾听现实脉搏的人，只接触到一些表面的事情，而没有感触到实际发生的事情。这样的作家描写的不是事情本身，而是流行的见解，所以在读者中造成他们写了时代小说的假象。它们也许能供人消遣，但一定是短命的。"[1] 这不仅因为"现在"有许多东西是暂时性的，还因为时代距离太近带来的困难——时代的直接感受有着震撼人心的富有启发性的内容，需要创作者特别细心地去予以处理和把握，需要恰如其分地设置焦距和透视距离，避免将悬浮在水面的油腻当成现实的全部。更重要的是需要创作者从精神上去刻画人物，洞察时代的内核以及潜藏在现实暗面的本质性的内容。而经过写作者大脑思维化合创造的虚构，能从本质上靠近现实，具有生活存在的真实性和本质性。现实即使如何荒诞离奇，也离不开写作者创造性的综合的化合和虚构。倘若只是罗列、连缀荒诞离奇的现实，未经过创造性的转化与虚构，那么这

---

[1] [德]恩斯特·布洛赫：《论文学作品反映当代的问题》，伍蠡甫、胡经之主编：《西方文艺理论名著选编》（下卷），第723页。

些现实和事实之间的逻辑、肌理必然是凌乱涣散的，现实之下和现实背后需要勘探的隐藏的甚至是最为关键的部分，就无由出现。而这些，正是写作的中心。因为即使再离奇的现实，在读者那里，也多多少少有所知闻，因而也就难以唤起阅读的激情。读者最为关心的，可能是写作者探究到的常人未能观察到意识到的部分，以及写作者的伦理态度和人格禀赋在作品中的灌注。所以，写作者越是忠于观察到的现实，就可能距离现实越远，也很难激起阅读者的认同和共鸣。这里有一个悖论，就是在事实和虚构之间，有一个梅勒所谓的"有趣的互反关系"，即你"越尽量地描写实际情况，它就越显得虚构化。当你有了一大堆干巴巴的事实时，麻烦的是这些事实大都不是——我想说什么来着——精炼的。它们上句不接下句，到处都是补丁，变形和夸张。还常常不能保证真实。通常来讲，你都不用把所有这些事实凑起来，所以不管你怎么努力怎么认真，这个故事最后常常是和现实相背离的"。换言之，"任何历史要是完全依靠事实建立起来的话就会充满错误，会误导。必须靠人脑才能把曾经的现实综合起来。今天，现实已经不一定非得是曾经发生的那些事件了，而必须是人们有限的脑子里能容纳的现实，是事情将会怎么发生的可能"。[1] 这个综合提炼，使得生活的褶皱毕露无遗，使隐藏在生活表面背后的文化、习惯、心理、思维、认知等展露出自己的本来面目，从而更加接近现实的腹地和生活的本质。我们当下的写作，之所以写作者认为自己写得不错，而读者和评论界却不大买账，甚至一片失望，很大程度上就是这个悖论导致的结果——写作者没有将现实消化，像蜜蜂采集百花酿出蜂蜜，只不过稍加整理，将现实挪

---

[1] ［美］《巴黎评论》编辑部编：《巴黎评论·作家访谈2》，仲召明等译，第328—329页。

移到电脑和书本之上。或者简化了生活的复杂性,用充满惰性的逻辑,用某种自以为是的"前见"梳理生活,将生活毛茸茸的质感和硬嶒嶒的棱角全部磨掉。这样的作品也为数不少。

写作者主体的干枯以及创造性虚构的悬置,势必在人物塑造上缺少投入和灌注,导致人物的干枯。在当下大量的作品中,我们看到的主人公跟我们透过窗口看到的大街上匆忙奔走的行人差不多,至多也不过和这些人聊过几次。这些人不是真正的立体的复杂的活人,不是完整意义上的人,他们的生活只是形式上的生活而非真实上演的生活。他们的心理世界,他们自己之间的联系以及与世界的联系,我们很难看到。这种明显的联系或者隐秘的联系,恰恰是我们最关心的。我们大概都不否认,"小说的主人公是小说家和现实结缘的产物。但是我们是用自身或者至少是部分的自我,来哺育这些生活给予我们的形式和记忆中保留下来的形象的"[1]。哺育的悉心精到与否,决定了人物的真实可信性。在当下的写作中,我们经常会看到一种流行的书写,即书写生活中的失败者,主人公几乎都是失败者。这种流行的书写,是新闻报道的文学化转换,本身就体现出思维的惰性和平面化。之所以如此,是因为我们的写作者不是在灵魂的冲突中写作,不是在不得不写的内心的驱使下写作。仅仅因为同情、怜悯、关注某一个题材、某一类人,就以为是"真妊娠",就摆出写作的伪姿态,不是仰视或者平视,而是俯视,不能站在世界的低处观察这个世界,表现生活的感受和人类的痛苦。因而,无论是人物、故事,还是艺术深度和思想深度,都是极

---

[1] [法]莫里亚克:《小说家及其笔下的人物》,崔道怡等编:《"冰山"理论:对话与潜对话》(下册),第443页。

不理想甚至极为浅薄。以《骆驼祥子》这部现代文学史上最早书写"农民工进城"的经典之作为例——"老舍不仅是熟悉人力车夫的生活,'而是一直进入到他们的内心,穿透他们历史命运的纵深;也不是冷静地再现他们的生活,或者停留在对于被压迫者与被损害者的一般哀怜同情上,而是与描写的对象燃烧在一起,融合成一体'。因而,祥子这个'仿佛是在地狱里也能作个好鬼似的'淳朴正直的农村青年堕落为所谓的'坏嘎嘎'的城市无赖的性格转变和心理过程,才被震撼人心地刻画了出来。这种震撼'不是一般意义上的艺术吸引或者思想触动,而是穿透心灵的震撼,通向现实的反思'。"[1]而我们的文学书写不乏感动,也不乏怜悯,但无法"穿透心灵的震撼",形成艺术上的感染力,将自己的感情传达给读者。我们关心的是,这些人物是怎么一步一步失败的、怎么被生活毁掉的,却没有生动地显示出来。如果能够像皴染那样有层次有明暗地展现出来,像骆驼祥子那样显现出来,那肯定不失为优秀的作品,问题是,绝大多数作品并未如此。比如城镇化浪潮中的进城者叙事,我们在文学书写中看到的,绝大多数是失败了、毁灭掉了。而实际呢,在我们的周围,我们能够看到的,更多不是我们文学作品中所刻画的那种失败者,他们的失败从来不像我们的文学书写那样显而易见,而是在一种坚韧的支撑中不觉声色溃败的。这种衰竭、崩塌和坏死,就像日常生活那样平平淡淡、不易觉察,并没有那么具有灾难性。正如艾略特在《空心人》中所言:"世界就是这样告终,不是嘭的一声,而是嘘的一声。"文学书写的任务,就是写出这"嘘的一声"。

---

[1] 参见拙作:《从"城乡中国"到"城镇中国"——新世纪城乡书写的叙事伦理与美学经验》,《文学评论》2018年第5期;并本书第9页。

这"嘘的一声",可能是现实中的失败,但却是精神上的胜利。精神和战争一样,是讲究成王败寇的,即使现实生活中失败了,但只要精神上胜利了,还是值得珍重的坚持的。正如斯坦贝克所讲的——"作家的责任就是提升、推广、鼓励。如果写下的文字对我们正处于发展中的人类种族以及半发达的文化有任何助益,那就行了:伟大的作品已是一个可以依赖的团队,一个可以求教的母亲,一份能让顽廉懦立的智慧,给弱者注入力量,为胆小鬼增添勇气。我不晓得有什么消极的、让人绝望的工作可以冒充文学的。"[1] 当然,这种胜利不是阿Q式的精神胜利,而是在失败中对值得珍视、坚持的人类精神和品性的坚持和守护。我们不相信所有的人都被毁掉了,在我们的周围,我们到处可见没有被毁掉的仍在挣扎、仍在坚持的人们,世界恰恰是依赖这些人而存在的。我们这个时代的英雄,是在日常生活中滚打、挣扎的普通人,是生活在底层、默默无闻的人,是被时代抛弃在"垃圾堆上的人"。正如赫拉巴尔所认为的,我们这个时代写作的重心在日常生活中——"最大的英雄是那些每天上班过着平凡、一般生活的普通人;是我在钢铁厂和其他工作地点认识的人;是那些在社会的垃圾堆上而没有掉进混乱与惊慌的人;是意识到失败就是胜利的开始的人。"[2] 日常生活中的人们忍受着生活的重压,但不自暴自弃,在艰难困苦中依然会开怀大笑;他们有着这样那样的缺陷,但遵守着为人和生活的基本底线,追逐和挖掘着简单甚至陈腐但依然令人感慨、感动的存在的意义。另一方面,在日常生活的表皮之下,隐藏着复杂的、强烈的、不平凡的事物,重大

---

[1] [美]《巴黎评论》编辑部编:《巴黎评论·作家访谈2》,仲召明等译,第175页。

[2] 何瑞涓:《赫拉巴尔——写作的秘密是生活,生活,生活!》,《中国艺术报》2018年9月12日。

事件都会在个人的日常生活中有所投射和映照。人物的一笑一颦可能就是这种深藏的事物的某一个侧面，一个饰品一个挂件可能就映照出内心深处的东西。文学的任务，就是寻根问底，写出这些隐藏的事物、情绪和精神，探索生活中深隐的秘密。如果写作者被这种探索的激情吸引捕获，那么就会产生巨大的热情和高度的自信，同笔下的人物和事物"燃烧在一起，融合成一体"，读者也会心随神往，顺从地跟着作者的书写。写作的创造性的欢乐和意义也就在这种探索和发现，创作者也是在这种探索和发现中确认了写作的价值和自信。倘若只是把自己观察到的、意识到的东西摆出来，并没有多大的意义，也不能称之为创造性的写作。

我们的文学要经受住时间的考验，就得把握所处时代的本质内核，探索生活以及自己内心未知的领域，开拓新的文学领地。如此，才有可能避免"现在"带来的局限，成为我们现在这个进行的时代的一个开端，成为通向未来的一个津渡，获得长久或者永恒的生命力。100多年前，英国小说家兼文学批评家菲利普·托因比在提醒福楼拜时说，他作为作家的"最高责任：不断发现新的领域"，并防止他犯下"最严重的错误：重复前人已发现的东西"。[1]菲利普·托因比的这个提醒，对于我们当下的文学写作，也不啻为一个值得深思的警醒和告诫。

（本文原载于《沈阳师范大学学报》[哲社版] 2019年第2期）

---

[1] [法]纳塔丽·萨罗特：《怀疑的时代》，伍蠡甫、胡经之主编：《西方文艺理论名著选编》（下卷），第249页。

高孤决绝的悲情歌手

——阎连科散文读札

散文是小说家灵魂的镜面。在散文里,小说家打磨掉了包裹在外的砂砾,唯余熠熠生辉的珠玉,以真实、真诚和真情,照亮、震撼乃至攫住我们。契诃夫的《伊凡诺夫》里有台词言:"我是来寻找散文的,结果却遇到的诗。"读阎连科的散文,也有类似的感慨与收获。他的散文,我们能强烈感受到真实与悲伤的诗情。

他的小说也有力透纸背的悲情,但其包裹在虚构和想象之中,隐藏在荒诞而神奇的叙事之中,与我们遥遥相望,需要我们灵魂的奇遇。在这样一个纷乱喧嚣的上升或者下沉的时代,小说的想象力与读者灵魂奇遇的几率,并不亚于我们遇见外星人。这不仅仅因为我们匆忙焦虑,静不下心来,也因为小说家的想象力输于现实甚或赢于现实,还缘于这种想象力是否恰切,是否能把握穿透现实并适合读者的脾胃。阎连科的意义在于——在喧嚣而荒凉的时代,在昨天和今天的桥梁已经坍塌或被拆除的历史与现实的荒芜中,他用自己的文字给我们留下那个时代张牙舞爪以至分崩离析的真实情况,将庞大纷繁的历史压缩在自己奇诡阴森而恣肆汪洋的文学想象中。他已建构的瑰丽奇伟的文学景观,只是他伟大的艺术雄心和文学抱负实现的一部分。

而他的散文,直接面对时代的本质和内核,以深沉、炽热的情感与艺术冲力与我们照面。在短兵相接的境遇里,他无法顾及招式、套路与章法。他如兔搏虎,如蛇吞象,用尽全力,以笔为矛,以头撞墙。散文之于他的小说,更直接、更勇敢、更尖利,更能穿透坚硬和混沌。

他是个普罗米修斯式的河南犟汉。

对于绝大多数中国人而言,故乡是一个既回不去也走不出的地方。在这种情感的悖论中,乡愁被幻化为一种普泛空洞、矫情抽象的抒情。阎连科不去念忖忸怩做作的乡愁——"老家里有土地、有房屋、有亲人,想了就回去,不想了就猫在哪儿看人、发呆,吸霾天,既不议论乡愁去,也不议论议论乡愁的人,如同世界和我没有关系样。"他曾经拼命离开土地,拼命脱离农村,如果现在让他回去,他会愿意吗?实际上,对于阎连科这批从农村挣扎出来的作家而言,哪里有什么乡愁,说"乡怨""乡恨"还差不多!为赋新词强写的乡愁,在虚情假意里编制出的乡愁,实在夥矣!同样,母校情结也是中国人特有的施予过多其他外在东西的一种情感,这种以亚血缘关系为基础而形成的熟人社会的情感伦理,四处满溢,多数成为相互炫耀、相互攀附、相互依存的一种庸俗的情结。阎连科曾在河南大学、解放军艺术学院进修过,并获得盖有钢印的毕业证书。然而在他看来,河南大学的文凭是"半买半捡的函授教育",解放军艺术学院就读的两年,虽是"脱岗住校,可那时,除了每天躲在宿舍疯写小说外,是能逃课的必逃课,不能逃的课,也处心积虑地要逃课"。因而,他"渐渐地从心里把自己开除出那所学校去",并坦言"我是一个没有母校的人"。这里,他丝毫没有为自己脸上贴金,他"将疏远当作存在,将旁观作为智慧"。在真诚的自我认识和自我反省中,我们能够看到一个作家对真实的维护和对虚荣的穿刺。

在《别走我们这条路——致创造性写作研究生班的作家们》的发言里，他表达得更充分，也更动人——"我的教训是，我和现实的矛盾有太深的隔阂，以致使疑虑与不安，成为了我写作最重要的动力和阻力。清楚地知道人的黑暗在哪儿，又不能像鲁迅在《野草》中优雅地一跃，把自己融进黑暗里，并让自己睁开盯着黑暗的眼，从渊黑中发出两束光芒来。哪怕是微弱的可以逾越黑暗的幽蓝的光。而我自己，人在黑暗，心在黑暗，抱怨太多，幽叹过重，甚至我都觉得我的小说中有种怨妇气，太缺少了超越和明亮。"或许正因为这种对真实的维护和追求，对自我鞭辟入里的反思和忏悔，从而使得他的写作获得了一种异于同侪的特质。

他是个堂吉诃德式的文学信徒。

如他所言，包括他在内的同代作家"几乎都是为了饥饿、进城和个人命运而开始读书和写作的"，"起点之低，真是低到了尘埃里去"。然而，到了城里获得所谓的成功之后，又有谁能够彻底摆脱名利的束缚。文人的酸腐、文人的悲剧——"就在于我们的内心有不息的理想。我们那一点点的不同与可敬，也缘于在世俗、混乱乃至于龌龊、肮脏的现实中，我们还有这一点点的理想。"他像堂吉诃德一样，在获得成功后，依然继续怀疑，出击，用长矛刺向时代的巨大风车，成为阿甘本意义上的少数的"同时代人"。在他看来，怀疑不仅是凝视时代、凝视前辈必不可少的精神品质，同时也是反抗绝望与创造性写作的基石——"不走老师和前辈们的文学之路，也才真正是我们这个创造性写作研究生班毕业后最好的前行和主义，一如每一位大作家和每一部大作品，都必然要建立在因为对世界和经典作家及作品怀疑而开始的创造上。"在这推心置腹、金针度人的殷殷寄语中，我们可以清晰地窥见他不为世动、不因时变的初心与信仰。不忘初心，必果本愿。

他是我们这个时代高孤决绝的悲情歌手。

在他这里，高孤决绝"不是傲气和俯瞰"，"高孤是一种精神的洁净和自塑，是一种立场的坚定和守持"，是一种虽千万人吾往矣的关怀与悲悯。在纷杂繁复的小说的叙事与真诚灌注的散文书写中，他探究尽头，悲情地凝望着世界的荒诞与人类精神污秽而幽暗的角落。

悲情的背后是深情，是敏感与善良、纯粹与坚稳。

在为希梅内斯的《小银和我》所写的中文版序《去往童年的圣道》中，我们可以看到他童年的"草香和花美"，可以看到他的内心"白如絮云、阔无垠际"，可以看到他"用文字和故事，还原出心灵返童的路道"的努力。他夫子自道般地言道："这样的写作，不仅是诗人的一种才华，更是当孩童的纯真和圣洁到来时，世界上一切的灰暗都会发光和歌唱的影与音。"他用当代写作中极为稀缺的纯粹和坚稳、敏感与善良，维护着自己的深情与悲情。他为什么这么高孤决绝，这么深情、悲情？我们可以用艾青那句揪人心魄的诗来作答——

"因为我对这土地爱得深沉！"

（本文原载于《美文》2019 年第 3 期）

敞开生命的真人与真文

——杨光祖散文论

在当代青年批评家中,杨光祖以眼光犀利、风骨峻峭和率真无羁而闻名,实可谓批评界的"天煞星"和"黑旋风",具有相当大的影响。他也是一位优秀的散文作者,取得的成绩绝不在文学批评之下——曾连续五年入选全国散文年选和各种选本[1],就颇能证明。他的散文清新刚健、真气灌注,感物吟志、神与物游无不出自心灵之波动、纠结与激荡,毫无当下学者散文堆砌知识和无病呻吟的弊病,故能使人"疏瀹五脏,澡雪精神",有常读常新之感。此次重读他的散文集《所有的灯盏都暗下去了》及其他散文作品,此感觉不但未曾减弱,反而愈加强烈。

杨光祖的散文摆脱了当下散文格局逼仄、求新猎奇、堆砌知识、吟风弄月的弊病,建立了"一个融通中外古今,更富于普适性、人性化、更符合人类发展、生命伦理和道德操守"[2]的价值维度和精神视阈,从而能放射出奇异而瑰丽的色彩。他散文中最有深度和魅力的篇

---

[1] 杨光祖:《所有的灯盏都暗下去了·后记》,《所有的灯盏都暗下去了》,敦煌文艺出版社,2016年,第293页。

[2] 王兆胜:《新时期散文的发展向度》,广东人民出版社,2014年,第27页。

什，是对于生命和存在的反思。此类散文敞开自己，反求诸己，拷问自己，找寻自己，说理抒情，警策清新。他将心中的一切敞开，直到不能再敞开为止。对于写作者而言，最难面对的往往不是外部的世界，而是自己。倘若能够坦然面对自己的灵魂，格调和气象自会与众不同。这正如杨光祖《把房门关紧，别让风吹开》中所引的弗吉尼亚·伍尔芙遗言所云——"每个人心中都有一片未开垦的森林，是连鸟的足迹都没有的雪原"。他的散文，醉心于心灵中"连鸟的足迹都没有的雪原"，这个"雪原"如同一颗多棱面的钻石，每个侧面都能折射出锥心泣血的意象。有人说杨光祖的散文阴气很重。这种寒光冷韵，悲怆寂静，超尘绝俗，实质是对自己的无情解剖，对生命虚无和绝望的审视和反抗。由于某个哲思或某个情境的触发，他感物吟志，触景生情，以广博的知识累积为基座，纵横捭阖，抉心自问，进而思索群体、民族或者人类的生存处境，情出于理，理融乎情，情真理透，刺中我们已经被生活和存在蹂躏得麻木的神经，给人以冷水浇背的清醒和乍见朝阳的温暖。《所有的灯盏都暗下去了》就颇能代表这种风格。"肉中刺"是克尔凯郭尔的自陈，聚集着克尔凯郭尔人生的痛苦和绝望。在杨光祖看来，无论是庄周梦蝶、曹雪芹红楼一梦、卡夫卡的爱情等，都是这种"肉中刺"作用的结果，这种"疼的结果"，"拔也拔不出，挠也挠不到，看也看不见，但它就在那里，疼，钻心地，让你几欲泪下，又无泪可下。你深味人世的苍凉，人的苦楚，却又无处去说，也无法去说。就那样，一点点地，自己忍着，一点点地遗忘。但当你觉得自己遗忘了，感觉到一种庆幸，它却又来了，来得那么神秘，那么意外，那么突然"。这种"肉中刺"，背后有着承担、有着责任、有着追问，如同蚌壳中之砂砾，久而久之，磨砺出熠熠生辉的珍珠。就作家而言，常会孕育出浸透着灵魂与生命的杰作；就爱情而言，成为一种可意会不可言传的感情珍藏，使得人生具有了隐秘而深刻的眷顾。这种隐痛不可言说，是财富，也可能是致命的负累。杨光祖列举了不少天才，因这种隐痛而受尽屈辱，如齐白石早年家贫，毕生难以直面王闿运日记里"齐木匠"三个字；梵高、高更、贝多芬、莫扎特、徐渭、金圣叹等，都"走向了自我的毁灭，拿自己的生命祭奠了自己的艺术之灯"。这些似乎是"诗穷而后工""文章憎命达"等传统认识的例证，实际上却非如此。在杨光祖看来，贫穷固然是"到达精神巅峰的前提"，"富裕也能达到精神的高峰"，王羲之、歌德、托尔斯泰等中外的例子均可以说明。财富永远是身外之物，关键是如何不迷失自己，不因物质的贪婪而"使自己丧失了睿智的目光"。富裕还能消除由于贫穷带来的自卑和酸气，这也不乏其例。对于写作者而言，重要的是能直视、面对自己的"舞毒蛾"。"舞毒蛾"飞速生长，"以令人难以相信的速度吃光了树上的叶子，最后把自己当作食物吃掉，于是正渐渐地灭绝"。个人和写作者在向外寻求和向内开掘的时候，倘若速度过快，也常常濒于这样的困境，常常因为自己的不够强大而导致毁灭。对于中国文学而言，鲁迅所言的"抉心自食"很是少见，问题最大的不是向外的寻求，而是向内的开掘——"他们最大的成果或最大的努力，就是自我保护。那坚硬的外壳使他们的写作永远没有任何希望。有时候，有人善意地碰一下他们立即就会加倍反弹，外力撤去他们依然如故。这种人也会痛苦，但没有任何前途。他们怕疯，他们怕别人，他们怕外界，于是他们就成了虚假的自我。"这样的真知灼见抓住了当下文坛艺苑的"阿喀琉斯之踵"。倘若我们的艺术家能够领会向内开掘、敞开自己的重要性，气象、深度和格局定会大为不同。记得若干前年，杨光祖批评雷达先生的散文过于拘谨，没有敞开自己。或许此论真引发了雷达先生的衰年巨变,此后的《梦回祁连》《韩金菊》《黄河远上》等散文,彻底打开了自己的心灵和生命,苍茫浑厚而不失细腻真挚,雄奇高远而不失深沉柔婉,质朴畅达,清雅疏朗,境界与此前大为迥异。这正如杨光祖在《孤独地走过兰州》一文所言:"只有当艺术家把自己的心灵打开,生命打开,神就降临了,他们与'世界'开始了沟通,吾心即宇宙,宇宙即吾心,于是,艺术就诞生了。"

  杨光祖不是高高在上或者冷眼旁观地进行阐释和扩张,而是在其中融入了自己的生命体验和生存体悟,个人的感性经验和知性观察置身于被审视和被思考的对象之中,人我同一,亲切而无距离感。这种灵魂的"钢针",不仅穿透了作者,也更易于刺透读者,从而收到不可预料的阅读效果。这正如他在《我用文字救自己》中所言:"一个人读书就是读自己,把自己的生命燃烧进别人的书里,借他人块垒浇自己的不平。纯粹的死学问有什么意思?死读书死在别人的文章里有什么价值?淡然真死了那也是一种涅槃,就怕只是假死,还自以为学问了得。"他做学问如此,写散文也是如此,无不贯穿着对生命和存在的思考。这种写法,颇似布罗茨基散文的风格。谢·伊·科尔米洛夫评价认为,布罗茨基"诗歌的哲学理性通常得益于其抒情自白。思想高于感受,有时论断也高于感受"。杨光祖散文的哲学理性就表达路径和呈现方式上与其颇为相似,"大量的联想通常是顶得住从逻辑和智力上进行推敲的,而且变成了一种用心的速记,记录下思维与联想的流动过程,有时细节化本身便自有其价值。但更为重要的是,在这一切之后产生的是独特而富有活力的思想和感受,这些思想与感受要求读者具有一定的学识且要开动脑筋,积极参与共同创作,以便能在读者的意识与内心中产生共鸣，进而使其心灵获得滋养"[1]。在杨光祖的散文中，我们可以看到，他忽而仰望星空，忽而俯视大地，"于浩歌狂热之际中寒；于天上看见深渊。于一切眼中看见无所有；于无所希望中得救"，始终殚心竭虑地找寻可以使生命重新得到稳定的碇石，从而使自己和读者得到难以久违而急需的纾解、抚慰，获得心灵的滋养。

杨光祖散文化的文艺评论，力洗学院派散文的寻章摘句和疙里疙瘩，诉诸直觉性的想象和生命的本能，常常能直抵"文心"。在他看来，那种文章中堆积起来的，同生命没有发生反应，更谈不上融入生命的"假学问"，不过"粘在胸部上的假毛"。多数文学批评，的确如此。大多搞文学批评的人，文学感觉差，又受制于死板的学术规范的制约，只能通过引经据典来屠龙宰虎，看来高谈阔论、喋喋不休，实际上却同研究对象没有内在的联系，甚至南辕北辙，不过自说自话而已。杨光祖散文化的文艺评论，让生命流淌在学问之中，综之以同情与理解，开天眼、觑红尘，论其世、知其人，发人之所未发，意人之所未意，片言只语，常胜过万字雄文。如对于张爱玲与胡兰成之恋，很多女性因为他们"爱情"之破碎，无法认同张爱玲爱过胡兰成。杨光祖从那句大家很熟悉的话——张爱玲见了他，"低下去，低下去，一直到尘埃里"入手，指出真正懂得张爱玲的还是胡兰成，这句话的后半句才是关键，才是"要命的"——"但她心里是欢喜的，从尘埃里开出花来。"（《一直低到尘埃里》）从张爱玲的《小团圆》《少帅》，我们可以看到，她实际上至死也没有忘怀胡兰成，也没有抱怨，还是那么情深深雨蒙蒙，甚至

---

[1] [俄]谢·伊·科尔米洛夫：《二十世纪俄罗斯文学史》，赵丹等译，南京大学出版社，2017年，第580页。

为胡兰成辩护。大多数人无法看到、感受到张爱玲与胡兰成"真正相互渗透的那伟大一刻",也没有耐心从张爱玲作品中去寻绎那份"欢喜"。杨光祖认为:"没有胡兰成,也就没有张爱玲,但一个胡兰成,也毁灭了张爱玲。她本来还是可以生长的,却因为他的无情而枯萎了。"(《骨血里的文化》)尤其是后半句,可谓是理解张爱玲之至论。对于陈忠实创作的飞跃与成功,杨光祖的洞察也是人之未见,启人深思——"我个人认为,陈忠实从一个高中毕业的农民,能穿过命运之茧,蛹化成蝶,最关键的因素,用一个词说,就是:朴素。如果再多几个字,就是:道法自然。老子说,朴素而天下莫能与之争,陈忠实天生自然、朴素,素面朝天,从不会掩饰自己,不会做作,正因为如此,他才可以不断地飞跃,不断地进步,他才有这么大的文学成就。"(《白鹿原上的一株苍然古树》)确如此言,陈忠实正因为不伪装、不矫饰、不大言,能够"以化万物、参天地之'诚'",直面并反思剥离自己局限,才能取得连其自己也意识不到的"突破"与成功,巍然屹立于文坛。

杨光祖记人写事的散文也颇有特色。他的这类散文情感真挚、文字省净,常常在平常的叙述之中见人物之面貌、神态与精神,情感于无声中汩汩流出,自然率真,感人无至。《爷爷的通渭小曲》写爷爷对自己的疼爱,爷爷的爱干净,忠厚,威严,皆着墨不多却能感人不已。爷爷是痴迷通渭小曲的一位民间艺术家,作者以通渭小曲贯穿爷爷的一生,一个不同凡俗的民间艺术家的形象呼之欲出。爷爷为了提高记忆,农闲辛勤揣摩,苦练不辍,能熟练演唱几百首小曲,以自乐和能给别人带来快乐为最大的追求。爷爷生命终止前已80多岁高龄,依然录音、演唱、传艺,为申报非物质文化遗产而奔走,忙得不亦乐乎。这种纯粹的毫无功利的对小曲的热爱,看似平凡,实则何其感人!他同时又是一个不平凡的民间艺术家，他不喜欢那些欢庆喜悦的曲调，他最喜欢唱的是《高山流水》，艺术眼光之高，也是令人瞠目。他每唱到"伯牙打坐在号船，青山绿水乐陶然……"一段时，完全沉浸其中，那种与生命化为一体的安静与悠然、陶醉与慈祥，非有真感情与深了解，难以绘之眼前。《奶奶的记忆》也是饱蘸感情的人间至文。小脚奶奶爱孙胜子，在食物匮乏的年代总是"偏心"孙子，偷偷地给体弱的孙子吃独食，令人唏嘘。奶奶的慷慨、大方、坚强，对于乞讨者的仁慈，这些农村女性所宝贵的品性，无不令人尊敬、感慨和缅怀。亲人由于熟悉、有感情，写好不难。要写好生人，却尤为不易。杨光祖笔下的陈传席、刘小枫、陈嘉映、陈丹青等人，多仅一面之缘，但其神态、境界与气象均能纤毫毕现，这不能不说很是难得。他笔下的陈传席，率真自然，唠唠叨叨，初见似乎旧相识。陈讲自己的婚姻、孩子、命运；谈张大千的俗、范曾的俗，坦荡无羁，一针见血；谈画苑名家如黄宾虹、吕斯百、陈丹青、傅抱石、黄冑、吴冠中，直陈其优与劣，目光如炬，皆中要害。而陈对于生活要求却极低，一碗泡面、一份简餐，能果腹即可，一个以艺术为生命而不顾及世俗的真人栩栩如生。学者刘小枫的真诚与自恋，短短千余字，也显露无遗。"国父"事件发生之后，作者短信致刘，谓刘之学问为"侯王之学"，刘慨然承认。其之一以贯之亦颇令人深思，学界所谓突变之言，有顿无渐，最起码在杨光祖笔下很难坐实。

　　杨光祖的散文感觉敏锐，率性凌厉，其敏感与细腻如同一盘吸引力巨大的磁铁，深邃的思虑与丰厚的学养，无不被吸附在周围，形成感性丰沛的融汇生命热度的旋流，使人在不曾觉察中，不由自主地去反思生命与存在的意义。爱伦堡说："谁记得一切，谁就感到沉重。"杨光祖的散文，在"记得"中感受生命与存在的"沉重"，在敞开生命的心灵自抉中寻找人生的"彼岸"，到达了澄明高远的境地。当然，他的散文也有一些明显的问题，比如水平不均衡，细节有重复，疏于构思，过于散漫，灵性有余而厚重不足等等。这些，可能是他以后散文写作中要注意和克服的问题。

（本文原载于《兰州文理学院学报［社会科学版］》2018年第5期）

悲观的诗学

——论格非的《春尽江南》

如果说"人面桃花"三部曲中的《人面桃花》和《山河入梦》是江南那个叫"花家舍"的地方的"前世"的话,那么《春尽江南》则是"花家舍"的"今生"。格非以"花家舍"的兴替更迭为镜像,来透视百年来中国现代化过程中的"常"与"变",从而建立起个人化的20世纪中国的历史记忆。《人面桃花》洞悉革命的美丽和残忍,宁静而哀婉;《山河入梦》再现建设年代的社会主义乌托邦冲动,荒诞而真诚。历史,在格非优雅的文字中缓缓铺开,悲伤而不失诗意。到了《春尽江南》,终于要和现实短兵相接了。掩卷之后,我感觉小说笔笔见血,有种摧枯拉朽的忧郁和挥之不去的悲凉,并将作者在前两部作品散发的悲观的历史诗情推到了极致。可以说,格非用悲观的历史诗学,重建了20世纪中国的历史记忆。同时,也为历史进程中的失败者筑起了纪念碑。正如格非自己所言:"我写小说是非常偏重对'记忆'的开掘的。我历来主张——我在那个授奖辞里也讲到,它是对遗忘的一种反抗。小说提供的历史恰恰是被正史所忽略的,作家敏感到的,一个更加丰富的背景当中的个人的历史,这是历史学家不会关注的。"[1] 在反抗遗忘的过程中,

---

[1] 格非、于若冰:《关于〈人面桃花〉的访谈》,《作家》2005年第8期。

格非冲破了僵死的历史叙述话语，建立起更为生动和丰赡的历史记忆。我们可以发现，三部曲的历史叙事，实际上就是失败者的历史记忆，是悲伤的抒情，是一种悲观甚至绝望的哲学。在《山河入梦》中，作者迷惑不解地在质问——"为什么别人脸上阳光灿烂，我的心里一片黑暗？"《春尽江南》则由小说的题目就可以看出来。"尽"可以说是小说的调子，或者我们可以用小说中那首题为"睡莲"的诗中的一句来概括小说的旋律——"喧嚣和厌倦，一浪高过一浪"。这也是我们这个历史时段精神的扼要概括。正如有评论家所言："当他在'春'和'江南'之间硬生生地嵌入一个'尽'的时候，他的心情多半是寂寥、悲切，甚至是无法排遣、沉重如山的绝望。"[1] 从小说题目，我们可以看出格非的敏感，对人性、对时代以及对社会的深深绝望，他所要做的，则是痛切地用小说的形式，进行时代的精神分析。记得有人说过，80年代的文化人现在不外乎两种生存状态，一种是得意，一种是悲观。格非无疑属于后者。就认识论上，格非是一位怀疑论者；在气质上，格非是一个典型的文化悲观论者。他的积极力量在于他将自我放置在现实的谷底，历史则犹如一顺时推向谷底又终将在通过自我之后推向新的高峰的卷轴。在这样的精神磨砺和精神拷问中，格非清醒地洞察了这个时代的一切。因而，他笔下的人物，实际上灌注了他痛切的思考和疑问。帕乌斯托夫斯基在论述到福楼拜与作品中人物关系的时候说："在福楼拜身上高度地表现了那种文学理论家们称作作家人格化的特性，简言之，这是一种禀赋，作家以强烈的力量，使自身与人物合成一体，亲身极其痛苦

---

[1] 郭春林：《春有尽，诗无涯》，《长篇小说选刊》2012年第2期。

地体验作品人物（按照作家意志）所遭遇的一切。"[1] 格非既具有这种气质禀赋，同时又有着清醒的现实关怀。在这场中国史无前例的社会变革和历史转型中，格非焦灼地关注着阵痛创伤，以自己的人格和良知，留下一部丰富的当代知识分子的生活总志、一部当代中国人生存的清晰图景。而悲伤，则是这部总志的"魂灵"。

一

按照马克斯·韦伯的经典论述，现代化就精神形态而言，是一个世俗化的过程，一个除魅的过程，一个价值多元的过程，一个工具理性代替价值理性的过程。早在半个多世纪前，沈从文就敏锐地感觉到了现代化过程带来的问题，他在《长河·题记》里说道："表面上看来，事事物物自然都有了极大进步，试仔细注意，便见出在变化中堕落趋势。最明显的事，即农村社会中所保有那点正直素朴人情美，几乎快要消失无余，代替而来的却是近二十年来社会培养成功的一种唯实唯利庸俗人生观，敬鬼神畏天命的迷信固然已被常识摧毁，然而做人时的义利取舍是非辨别也随同泯灭了。"[2] 沈从文记录下了现代生活侵入中国之后带来的冲突、震荡和灾难，以及在物质和精神上给中国农民带来的巨大压迫。他写出了这种"变"，也写出了千百年来湘西人生活中的"常"。借用夏志清的论述，"永恒和流变"是《长河》紧紧围绕的两个主题[3]。在天灾人祸面前，他们保持着健康、朴素的生活方式，葆有耿直、

---

[1] [苏] K. 帕乌斯托夫斯基：《金蔷薇》，第 127 页。
[2] 沈从文：《沈从文全集》（第 10 卷），北岳文艺出版社，2002 年，第 6 页。
[3] [美] 夏志清：《中国现代小说史》，刘绍铭等译，香港中文大学出版社，2001 年，第 309 页。

乐观的心态，表达出一种坚韧的生存力量。这种坚韧和苦难映照起来，愈见悲怆，因而更具有悲剧冲击力。湘西人面对的时代变幻的剧烈程度，自然无法与我们所处的时代相比。我们不仅面对着环境的极度破坏污染、人性的极度陷落，同时也面临着可怕的精神的连根拔起。因而，在格非的笔下，只有"流变"，而没有"永恒"，现实成了可怕的"恶之花"。在《春尽江南》中我们可以看到，人们赖以生存的外部环境被破坏、被污染，"诗意的栖居"被放逐了，而且人性中的善良、同情、希望等美好的"诗意"也被完全搁置起来，生活完全信奉弱肉强食的丛林原则。原来被称为城市之肺的鹤浦已经完全被污染了，黑云蔽日，不见阳光，垃圾遍地，恶臭难闻。与此同时，端午看到的是村庄的消失：

>　　……他的头痛得像要裂开似的，偶尔睁开朦胧的醉眼，张望一下车窗外的山野风光，也无非是灰蒙蒙的天空，空旷的天地、浮满绿藻的池塘和一段段红色的围墙。围墙上预防艾滋病的宣传标语随时可见。红色砖墙的墙根下，偶尔可以见到一堆一堆的垃圾。
>
>　　奇怪的是，他几乎看不到一个村庄。
>
>　　在春天的田野中，一闪而过的，是一两幢孤零零的房屋。如果不是路边肮脏的店铺，就是待拆除的村庄的残余——屋顶塌陷，山墙尖耸，椽子外露，默默地在雨中静伏着。他知道，乡村正在消失。据说，农民们不仅不反对拆迁，而且急不可待，翘首以盼。但不管怎么说，乡村正在大规模地消失。
>
>　　然而，春天的田畴总归不会真正荒芜。资本像飓风一样，刮遍了仲春的江南，给颓败穿上了繁华或时尚的外衣，尽管总是有点不太合身，有点虚张声势。你终归可以看到高等级的六车道马

路，奢侈而夸张的绿化带；终归可以看到一辆接着一辆开过的豪华婚车——反光镜上绑着红气球，闪着双灯，奔向想象中的幸福；终归可以看到沿途巨大的房地产广告牌，以及它所担保的"梦幻人生"。[1]

一味追求 GDP，生态环境遭受极度破坏。与此同时，经济利益和现实考虑，使得人性与道德极度滑坡，丛林法则成为主导社会的生存法则。金钱拜物教使得人们见利忘义，放弃了最基本的道德底线，食品安全也前所未有的令人不安，生活成了一件极度可怕的事情。小说极力表现了这种令人惧怕的存在焦虑——可口可乐会让人骨头"发酥"，炸薯条"含有地沟油"，爆米花"用工业糖精烘出来、且含有荧光增白剂"[2]，"水不能喝，牛奶喝不得。豆芽里有亮白剂。鳝鱼里有避孕药。银耳是用硫磺熏出来的。猪肉里藏有 B2 受体激动剂。癌症的发病率已经超过百分之二十。相对于空气污染，抽烟还算安全。老田说，他每天都要服用一粒儿子从加拿大买来的深海鱼油，三粒复合维生素，还有女儿孝敬他的阿胶"[3]。现代生活使得人们既享受了生活的舒适便捷，同时也得面对前所未有的生存难题。然而，这只是生活的外部形态，更令人难以忍受的，是现代生活中人的悲观、孤独和方向感的迷失。生活中美好的东西全被打碎了，生活的意义被抽空了。生活忙乱污秽，平庸得令人难以忍受，而孤独成了生命个体难以挥去的梦魇，也成为整个社会的一种整体性状态。正如《人面桃花》中的王观澄所言："每个人的心

---

[1] 格非：《春尽江南》，上海文艺出版社，2011 年，第 296 页。

[2] 同上书，第 270 页。

[3] 同上书，第 31 页。

都是一个小岛，被水围困，与世隔绝。"《春尽江南》中，我们一方面看到"唯实唯利庸俗人生观"带来的环境恶化、道德滑坡，另一方面看到人们生存的空虚、焦虑和孤独。李秀蓉将名字改为庞家玉，从文学青年变为律师，不仅仅是个人的兴趣职业的选择，同时也是唯实唯利的现实主义人生观取代了浪漫的理想主义。她对谭端午的爱情源于80年代的理想主义氛围，而他们的婚姻则在物质主义横行的90年代跌跌撞撞。同时，谭端午的那套东西也被妻子庞家玉完全摒弃，在唯实唯利的生存竞争中，她成了丈夫不折不扣的"导师"。她对丈夫说："这个社会什么都需要，唯独不需要敏感。要想在这个社会中生存，你必须让自己的神经系统变得像钢筋一样粗。"[1] 庞家玉从改名开始，就标志着她如同于连一样，要在弱肉强食的社会中打拼立足。她放弃了自己的文学兴趣，放弃了自己大学的专业船舶制造，做起了小本生意。在看到律师的行当收入可观时，她经过高人的指点和自己的不懈努力，考取了律师执照，与人合办了律师事务所，成了这个社会的成功者。她成了有钱人，买了地段很好的房子，购了车，儿子也以极差的成绩，转学到全市最好的鹤浦实验小学。在生活中，庞家玉是成功者，也成为她的家庭的主宰者。她想怎样训斥丈夫就怎样训斥丈夫，想怎样斥责儿子就怎样斥责儿子。她的成功学同时也成为家庭生活的法则。白天，她忙于工作，晚上，则将所有的精力来折腾孩子。她逼孩子背《尚书》《礼记》，自己学奥数来教孩子，对儿子的自闭症视而不见，时常暴怒，摔碟子摔碗。她在儿子身上，一丝不苟地实践着自己的人生信条：一步也不能落下。她深谙这个社会的存在法则——残忍、无情、弱肉强食。为了达到自

---

[1] 格非:《春尽江南》，第58页。

己的目的，她可以不择手段。儿子若若的成绩终于超过了她视为眼中钉的戴思琪，她欣喜若狂，有着报复得逞的欢颜。唐宁湾的房子被人霸占后，她动用一切社会关系，求助自己昔日的情人——警察唐燕升，甚至请来黑社会，终于要回了房子。同时，她空虚、孤独、无聊，参加各种培训班，玩弄时尚、跟风、婚外偷情。成功的另一面，是无法形容的百无聊赖和无边的空虚孤独。小说的最后，写到庞家玉在生命终结时顿悟，终于意识到了自己的悲剧性生存。她竭尽全力地拼搏奋斗，自以为融入了这个社会。但没有想到，她这么快地就被医院的化验单温柔地通知出局。她几乎原谅了所有人，不再希望孩子出人头地，不再后悔和丈夫相识。生命的即将结束，迫使她反思自己的人生。她觉得自己过去的生活不是一出喜剧，而是一出彻头彻尾的悲剧。

　　生活中的谭端午是一个彻底的失败者，用庞家玉的话说，他将一天天地这样烂掉，成为一个不折不扣的"废人"。他在地方志办公室上班，这是一个无所事事的养老单位，工资每月只有两千多元。在妻子面前，他没有说话的底气，也没有任何尊严。栖身单位带给他的最大好处，就是接受了同事冯延鹤的影响。冯延鹤痴迷《庄子》，凡说话几乎都要谈到庄子。谭端午在他的影响下，阅读了《庄子》，并接受了冯延鹤阐发的逃避主义生活哲学——"无用者无忧，泛若不系之舟。你只有先成为一个无用的人，才能最终成为自己。"因而，他将自己置身于生活之外，只剩下一点声色之娱和读《新五代史》的唏嘘感叹。他仍然写诗，但从不给人看。理想主义在他身上气若游丝。他在现实中无所适从、无所傍依，他如同一朵浮萍一样，没有方向感。生活只剩下了屈辱的妥协和顺从。然而，他是满足的，甚至是庆幸的。正如小说中所写的："在这个恶性竞争搞得每个人都灵魂出窍的时代里，端午当然有理由为自己置身于这个社会之外而感到自得。"[1]和绿珠的相遇,则在谭端午死水一般的生活中泛起了微澜,荡漾起了诗意。这个才貌惊人、性格乖僻的奇女子,如同《红楼梦》中的妙玉一样,是污浊现实中的奇葩。她毫不留情地针砭时事,批评朋友,指责端午。在小说中,也许唯有她,才可以将逃避现实、只为自己考虑的谭端午拉回来。然而,最终还是没有拉回。绿珠对生活是绝望的,绝望中有抗争;谭端午对生活也是绝望的,但绝望中只有逃避。他孤独、迷茫、彷徨,没有力量去恨,也没有力量去爱,也从不试图冲出围困自己的铁栅栏。他和绿珠的相遇,终而成为一出怜香惜玉的邂逅和艳遇。他们一起沉入悲观主义的泥淖中,不做丝毫的挣扎,任其愈陷愈深。

因而,我们可以说,悲观主义是笼罩《春尽江南》的阴霾。我们在小说所看到的,是在这种悲观的幕布上上演的存在悲剧。有学者认为,前期的格非"在哲学上是一个'存在主义者',对于'历史'和'现实',甚至作为它们的载体与存在方式的'记忆'和'叙事'的所谓'真实性',都抱有深深的怀疑,对人性和存在都抱着深深的绝望"[2]。在《春尽江南》中,我们可以清楚地看到,先锋时期形成的这种悲观主义诗学,依然深深地植入到"人面桃花"三部曲中。当然,这不仅仅是承袭,迎面而来的,还有残酷现实带给作者的切肤感受。我们这里且不去探究这两者孰重孰轻的问题,总之,悲观主义诗学,成为格非切入现实、判断现实和表现现实的中心视点。不少作家认为,小说,就是

---

[1] 格非:《春尽江南》,第47页。
[2] 张清华:《存在之镜与智慧之灯——中国当代小说叙事及美学研究》,福建教育出版社,2010年,第247页。

给在黑暗中的人希望、勇气,哪怕这种希望和勇气如豆一般。湖面结冰,湖底的鱼儿不会全被冻死。即使悲观绝望地沉到地层,也应该有人性浩瀚的沉浮。时代的病态和人的病态是我们无法否认的事实。"人的病态越是变得常规化,我们就越是应当尊崇那些罕见的、侥幸的、灵肉结合的威力,我们就越是应当更严格地保护这些有教养的人不受最恶劣的病房空气的侵扰。"可惜在我们看不到这样的人,我们对社会、人生和自己恐惧、绝望,而"造成最大的灾祸的原因不是严重的恐惧而是对人的深刻厌恶和怜悯,这两种感情一旦合二为一就势不可免地立刻产出世上最大的灾难:即人的'最后意志',他的虚无意志,他的虚无主义"[1]。当然,并不需要作者指出一条道来,或者廉价地给出一丝希望。聪明的作家,也不会如此去做。真实地表达,是一种态度,也是一种哲学。但是,悲剧的诗学,光是震撼人心是不够的,作家还应该努力去照亮人心,应该如同陀思妥耶夫斯基那样,不仅"剥去了表面的洁白,拷问出底下的罪恶,还要拷问出罪恶底下真正的洁白",提供给读者另外一种人生。对此,沈从文认为:"我们得承认,一个好作品照例会使人觉得在真美感觉以外,还有一种引人'向善'的力量。我说的向善,它的意义,不仅仅是属于社会道德一方面'做好人'为止。我指的是读者能从作品中接触了另外一种人生,从这种人生景象中有所启示,对人生或者生命能做更深一层的理解。"[2]斯塔尔夫人所言:"好的悲剧应该先把心撕碎,然后使他更加坚强。的确,真正伟大的性格,无论是处在怎样痛苦的环境,总是可以使观众产生赞赏之情,使他们有更

---

[1] [德]尼采:《论道德的谱系》,周红译,生活·读书·新知三联书店,1992年,第98页。
[2] 沈从文:《小说作者和读者》,《抽象的抒情》,第18页。

大的力量面对厄运的。"[1] 然而,格非并不随俗,他遁入黑暗,不给我们任何希望,用这种无边的黑暗,压迫我们奋力抗争,打开黑暗的门窗。

二

在"人面桃花"三部曲中,格非前期形成的某些叙事话语不自觉地将论证植入叙事当中。解释历史或者事件何以会如此发生的诠释形式,即对历史、人性、生活等的看法,成为作者一种固定的认知。这种东西,在作家的创作经验中,是隐形存在、不易察觉的。即使作家意识到,并有意地予以调整和变化,往往也是于事无补、不见效力的。我们知道,格非前期创作,受到了西方现代主义小说的影响。而这类小说,有相当一部分是主题生成形象的结果。这里需要说明的是:"'主题先行'本身也许并不必然导致对文学来讲极为可怕的后果。带来麻烦的往往是'主题'本身。"[2] 如果作家能够通过自己自由独立的思考、体验,挖掘到深刻思想的独到价值,形之于富于魅力的艺术构思和文字表达,必然会产生优秀乃至伟大的作品。文学史上,这样的例子屡见不鲜,如伏尔泰的《老实人》、狄德罗的《拉摩的侄儿》、戈尔丁的《蝇王》等。格非前期的作品,就有不少佳构。同时,这里面牵涉到小说写作的一个关键问题,即作者如何将自己的"思想"经过修辞转化,内化为小说的"思想"。对此,韦勒克认为:

---

[1] [法]斯塔尔夫人:《从社会制度与文学的关系论文学》,伍蠡甫、胡经之主编:《西方文艺理论名著选编》(中卷),第28页。

[2] 李建军:《必要的反对》,山东文艺出版社,2005年,第260页。

思想在实际上是怎样进入文学的。只要这些思想还仅仅是一些原始的素材和资料，就算不上文学作品中的思想问题。只有当这些思想与文学作品的肌理真正交织在一起，成为其组织的"基本要素"，质言之，只有当这些思想不再是通常意义和概念上的思想而成为象征甚至神话时，才会出现文学作品中的思想问题。[1]

如何经过修辞转化，将"思想与文学作品的肌理真正交织在一起"，对于小说家来说，是尤为关键的，直接决定着小说作品的谐和、圆熟与饱满。对此，格非是非常清醒的，他说，"个人经验"是小说"最重要的东西"，但"个人经验"需要"重新陌生化。假如我们不加选择地试图呼唤、唤醒个人经验的话，你可能唤醒社会话语对你的引导"[2]。而关键，则在于具体的操作过程。与此同时，格非还面临着一个问题，那就是《春尽江南》相对于他擅长处理的历史题材而言，是比较陌生的。《春尽江南》与现实短兵相接，个人视角的或近或远，都会影响到小说表现的力度。只有选择一个恰当的立足点，或许才能够恰切地透视出当下生活本质性的东西。小说中，我们可以看到，作者将自己的思想，通过叙述者或者笔下的人物，托盘而出，不留余白。在小说的开始，就定下了悲观绝望的调子，整个小说，都是在这样一个调子中进行的。如开头作者写到谭端午和妻子的婚后生活："再后来，就像我们大家所共同感受到的那样，时间已经停止提供任何有价值的东西。你在这个世界上活上一百年，还是一天，基本上没有了多大的区别。用端午略

---

[1] [美]勒内·韦勒克、奥斯汀·沃伦:《文学理论》，第137—138页。

[2] 格非:《故事的去魅和复魅——传统故事、虚构小说与信息叙事》，《名作欣赏》2012年第2期。

显夸张的诗歌语言来表述,等待死去,正在成为活下去的基本理由。"[1]类似这样的睿智叙述,在小说中随处可遇。如小说的第 29 页:"当时,端午已经清楚地意识到,秀蓉在改掉她名字的同时,也改变了整整一个时代。"读到这句话,我当时心里有过一震。不过,作者在小说中始终没有交代,秀蓉何以变成了家玉。这样一来,就等于作者将自己所要表达的一切,急切地、毫无保留地呈现给了读者。作者把读者当成了知心人,把自己知道的一切都毫无保留地告诉了读者。那么,作家能否这样做呢?福斯特对此也曾有疑问:"作家能不能将读者当作知心人,把人物的一切都告诉他呢?答案显然是:最好不要。因为太危险了。这个做法会导致读者劲头下降,导致智力和情绪出现停滞。更糟的是,会使读者产生儿戏感,象是应邀到后台作一次友好访问,看看各种人物是如何协同演出似的。"[2]在《春尽江南》中,读者一眼即可以望到后台,瞭望到主要人物谭端午和庞家玉的内心。作者热衷于将自己的思想和情绪通过叙述表达出来,急于对一切做出解释和判断,所有东西都是"实在的"(当然,还有宿命者,谭端午的哥哥),几乎没有留给读者多少空间。这是因为擅长历史叙事的格非在遭遇现实的时候,无法在"实"与"虚"之间寻找一个恰当的平衡点,因而总给人有思想贴在脸上的感觉。对于作家急于解释,辛格提醒道:"事实是从来不会陈旧过时的,而看法却总是会陈旧过时。一个作家如果太热心于解释,分析心理,那么他刚一开始就已经不合时宜了。你不可想象荷马根据古代希腊的哲学,或者根据他那时代的心理学,解释他笔下英雄人物

---

[1] 格非:《春尽江南》,第 5 页。
[2] [英]爱·摩·福斯特:《小说面面观》,第 71—72 页。

的行为。要是这样的话，就没有人爱读荷马了。幸运的是，荷马给我们的只是形象和事实，就是为了这个缘故，《伊里亚特》和《奥德赛》我们至今读来犹感新鲜。我想一切写作都是如此。"[1]正因为《春尽江南》急于解释，急于说出自己知道的东西，因而给人有"观念"大于"形象"的感觉。同时，这个问题也带来并导致生动细节的缺乏。在阅读《春尽江南》的时候，我们常常会被叙述人或者人物的睿智思想或者表达裹挟而下，在细节上不甚留意或者发现不了非常经典的细节，小说内容在读者的脑海里不能长久驻留，这势必会影响到小说的表现力。对此，纳博科夫说："文学，真正的文学，并不能像某种也许对心脏或头脑——灵魂之胃有益的药剂那样让人一口囫囵吞下。文学应该给拿来掰成一小块一小块——然后你才会在手掌间闻到它可爱的味道，把它放在嘴里津津有味地细细咀嚼——于是，也只有在这时，它稀有的香味才会让你真正有价值地品尝到，它那碎片也就会在你的头脑中重新组合起来，显露出一个统一体，而你对那种美已经付出不少自己的精力。"[2]我觉得，在整体上，《春尽江南》不失为一部杰作，而在细节上，缺少那种"拿来掰成一小块一小块"的，能"放在嘴里津津有味地细细咀嚼"的东西。这或者跟格非的职业——教师有着莫大的关系。他总想把自己内心的东西毫不保留地呈现出来，因而读者看来也是一览无余，留不下持久深入的思考。当然，这只是我自己的浅陋猜度。按照格非先锋小说形成的修辞经验，本应该处理得更为混沌和内敛一些，然而一

---

[1] [美]辛格：《我的创作方式》，崔道怡等编：《"冰山"理论：对话与潜对话》（上册），第112页。

[2] [美]纳博科夫：《俄罗斯文学讲稿》，转引自钱满素编：《美国当代小说家论》，中国社会科学出版社，1987年，第244页。

旦进入到现实，格非还是缺少其历史叙述的游刃有余。

谭端午很容易使我们想起加缪《局外人》中的莫尔索。我们似乎可以说，这两部小说都是表达生存的荒诞，主题先于形象。当然，这两部小说也有很大的不同。谭端午感到，"时间已经停止提供任何有价值的东西"。在莫尔索的世界里，生活的意义也被抽空了："我想，又一个星期天过去了，妈妈已经埋了，我又要上班去了。总的说来一切如旧。"《局外人》是为了阐释加缪的存在主义哲学：世界是冰冷的，人是孤独的，人与人之间的冷漠和隔阂是难以消除的。由于作者相对冷静、不动声色的叙述，使得这样的主题层层包孕在小说的叙述和人物形象之中，使得小说并不干枯和呆板。在这点上，《春尽江南》和《局外人》有很大的相似之处。然而有时候由于作者的焦灼和迫切，急于做"啄食社会腐肉的秃鹫"[1]，作者本人常不能自已，急于让叙述者或者人物过多地承载自己的思想。这样一来，作者那种悲剧化的人生体验或者小说诗学便未能经过审慎恰当的修辞转化，非常直白地表达出来。而这种东西，是作者本人的，或经过本人整顿的，非常理性化。人物未来的活动至少是一部分被规定好了，读者很难看到事先无法预见的情感和行为，这部分从描写和定义中消失了。如果接受了这种预定的本性，那么便会影响到小说的艺术效果。作者利用自己作家的全部权威，让我们把外部的感情当成人物的内部本质，不经意间将自己的意志和感情渗透到人物身上和小说之中，如同一个法官一样从外部去考察一个人物。我们跟着作者跑到外面，从外部打量凝视着主人公。作者急不可耐地要读者去领会主人公的性格，并将入门的钥匙很豪爽地交给我们。这正如

---

[1] 林一安：《加西亚·马尔克斯研究》，云南人民出版社，1993年，第174—175页。

萨特在分析莫利亚克的《黑夜的终止》所说的："莫利亚克先生时常在他的小说中塞进一些定论性的评价，这证明他并没有像他理应所做到的那样去理解自己的人物。他在写作之前，就把人物的本质锤炼定了，并且下令他们以后应当是这样或者是那样。"[1] 当然，这里并不是说谭端午的"本质"是作者锤炼的。而是说，在小说的叙述中，由于一些定论性的评价使得谭端午的形象没有期待的那样饱含生气。小说中另外一个主要人物绿珠多少也给人有这样的感觉。应该说这个人物是作者心目中一个理想化的人物，在她出场的时候，并没有通过这样一个才貌双全的奇女子被侮辱与被损害来突出人物之美，时代之悲。她一张口，就给自己定了调子——"……她喜欢戈壁滩中悲凉的落日。她唯一的伴侣就是随身携带的悲哀。她说，自从她记事的时候起，悲哀就像一条小蛇，盘踞在她的身体里，温柔地贴着她的心，伴随着她一起长大。她觉得这个世界没意思透了。"[2] 她生活中的一切活动似乎都没有冲破这样的调子，似乎从头到尾为这段话来诠释。她不随世俗，举止奇异，才貌惊人，在烂泥塘般的生存环境中，能够针砭时弊，指责谭端午那样懦弱的知识分子，散发出异样的光辉。同时，她也染上了污泥，说话粗鲁，动辄发怒。在小说中，作者也曾表现出她的温柔与细腻，但这两者，我们很难将之集中在一个能把《荒原》从头背到尾，不论是查良铮版、赵萝蕤版，还是裘小龙版，都能一字不落，出口不是《诗经》便是文学典故的女性身上。这个和《红楼梦》中妙玉很相似的女性，作者可能想把她塑造成一个"终陷淖泥中"的"金玉质"，然而由于表达的急

---

[1] [法]萨特：《弗朗索瓦·莫利亚克先生与自由》，李瑜青、凡人编：《萨特文学论文集》，施康强等译，安徽文艺出版社，1998年，第11页。

[2] 格非：《春尽江南》，第37页。

切却使得这个人物的形象很难统一。如果作者能将绿珠塑造成妙玉那样一个虽屡遭侮辱与损害却依然洁净孤傲、纯粹天真的"世难容"的形象,可能既具有悲剧的冲击力,也使得小说更为摇曳多姿。

对格非而言,《春尽江南》的特殊在于,作家不是在自己熟稔的想象中表达自己的历史诗学,而是要在现实生活的处理中,建造自己的美学大厦,表达自己的现实判断。现实留给格非的创造空间,没有了前两部作品的优裕自如。相对而言,这对于格非是一个较为生疏的地域。《春尽江南》中的内容,对于我们而言,并不陌生,关键在于作者如何将这样一个大家都能感受到的"悲凉之雾",融入作品的内容之中,表现出令我们熟悉的"陌生"来,并带给我们挥之不去、抿之不尽、味之无极的审美徘徊和意义世界。正是因为在这个问题的处理上,没有找到完美恰当的"点",使得《春尽江南》缺少《人面桃花》和《山河入梦》的内敛沉静与峰回路转,也缺少那种持久的冲击力。

三

格非说,《春尽江南》是一部关于"失败者"的书。其实,无论《人面桃花》还是《山河入梦》,都可以看成"失败者"的书,或者"失败者"的历史。这些"失败者",都是知识分子。所不同的是,前两部书中的"失败者"张季元、秀米、谭功达、姚佩佩等还有对理想的追求、对现实的反抗,《春尽江南》中的"失败者"则没有了任何抗争,心灵中也没有任何美好的图景,只剩下对现实的妥协或屈从,最多就是重复欧阳修《新五代史》中发出的感叹"以忧卒"。在这点上,谭端午和莫尔索有很大的不同。莫尔索意识到了自己存在的荒诞和无聊,然而他在反抗，甚至最终用自己的生命来反抗。而谭端午，无聊成了一种无为、无求、无欲的自由状态。我们知道，这种无聊常常为反抗现实提供了时间和空间。在早期欧洲的现代知识精英身上，无聊是一种普遍的精神状态，他们在舒适慵懒的生活中消磨时间，同时也在思索乃至反抗不合理的现实。因而本雅明说："无聊是梦中的鸟儿，孵育了经验之卵。"[1] 而谭端午，成了一个妥协者和顺从者，只会悲春伤秋，发几句感叹。他是中国当代知识分子的化身。

大学毕业前夕，小有名气的诗人谭端午也参与了那场席卷全国的大事，"他每天只睡三四个小时，在任何时候都显得情绪亢进、眼睛血红、嗓音嘶哑。他以为自己正在创造历史，旋转乾坤，可事实证明，那不过是一次偶发的例行梦游而已"[2]。失败使得谭端午很快自我否定，甚至将这场自己全身投入极为亢奋的历史事件当成"一次偶发的例行梦游而已"。他开始自我放逐，漫无目的地在大江南北漂游，最终回到了家乡的招隐寺，逃匿到虚幻之中。在阅读欧阳修的《新五代史》的叹息中，表明自己是一个停止了思想的知识分子。他总是在现实和虚幻之中逃遁，他读，也喜欢虚幻飘逸的《庄子》。每天听一点海顿或莫扎特，是谭端午最低限度的声色之娱。唐宁湾的房子被人占了，这件事情颠覆了他40年以来全部的生活经验。"他像水母一样软弱无力。同时，他也悲哀地感觉到，自己与这个社会疏离到了什么地步。"[3] 他只是悲哀，叹息，现实完全击败了他，在自怨自艾中逃脱了自己的道德责任和精神担

---

[1] [美]拉塞尔·雅各比：《不完美的图像：反乌托邦时代的乌托邦思想》，姚建彬译，新星出版社，2007年，第37页。

[2] 格非：《春尽江南》，第23页。

[3] 同上书，第9页。

当。在对未来绝望的表达中,他自己也被困住了。他只关心当下,关心自己。他像哈耶克所说的那样:"当文明的进程发生了一个出人意料的转折时——即当我们发现自己没有像我们预料的那样持续前进,而是受到我们将其与往昔野蛮时代联想在一起的种种邪恶的威胁时,我们自然要怨天尤人而不自责。"[1] 知识分子的悲剧是由时代造成的,这往往是知识分子推脱责任和担当的言辞。但实际上,他们连自己也拯救不了。怨天尤人而不自责,正是谭端午那批 80 年代的知识分子在理想主义幻灭之后的精神症候。因而,端午引以为知己的绿珠也责备他:"我最不喜欢你们五六十年代出生的这帮人。畏首畏尾,却又工于心计。脑子里一刻不停地转着的,都是肮脏的欲念,可偏偏要装出道貌岸然的样子。社会就是被你们这样的人给搞坏的。"[2] 甚至指责他说,"你们这种人,永远会把自己摆在最安全的地位。"绿珠毫不留情地指责,公开揭露了当下这批知识分子的灵魂世界和精神处境,同时也表现出作者对这一代知识分子的深深绝望与批判。我们知道,知识分子如果充当救世主难免会带来灾难,但知识分子那双看清世界的亮眼被遮蔽起来,肩上的责任被卸掉以后,那么必然会引起道德的没落紊乱,而道德的没落紊乱,必然会加剧知识的混乱、堕退。知识分子的责任——"乃在求得各种正确知识,冒悲剧性的危险,不逃避,不诡随,把自己所认为正确、而为现实所需要的知识,影响到社会上去,在与社会的干涉中来考验自己,考验自己所求得知识的性能,以进一步发展、建立为我们国家、

---

[1] [英]哈耶克:《通往奴役之路》,王明毅等译,中国社会科学出版社,1997 年,第 18 页。
[2] 格非:《春尽江南》,第 66 页。

人类所需要的知识。"[1] 然而我们这个时代，"冒悲剧性的危险，不逃避，不诡随"的知识分子寥若晨星，坚持担当的代价太大了。就这样，知识分子卸掉了历史赋予的重担，苟苟且且、如同水母一样地生活着。这和沈从文痛切的 20 世纪 40 年代的社会现状很相似：

> 一种可怕庸俗的实际主义正在这个社会各组织各阶层中间普遍流行，腐蚀我们多数人做人的良心做人的理想，且在同时还像正在把许多人有形无形市侩化，社会中优秀分子一部分所梦想所希望，也只是糊口，混日子了事，毫无一种较高尚的感情，更缺少用这感情去追求一个美丽而伟大的道德原则的勇气时，我们这个民族应当怎么办？[2]

今日，我们同样面临着"我们这个民族应当怎么办？"的严峻课题。我们知道，"在一个国情如此、体制如此、风气如此的社会，想独善其身都不容易，还有什么道德精神力量驱使一个人去做一个好人？没有信仰，做好人太难了"[3]。像徐复观所说的那样，"冒悲剧性的危险，不逃避，不诡随"固然要付出很大乃至生命的代价，但一个民族如果没有这样的人物或者缺少这样的人物，就会成为可怜的奴隶之邦或者生物之群。我们这个时代的知识分子，连自己也拯救不了，更遑论照亮别人。格非用严厉的类似于鲁迅的"一个也不宽恕"的笔墨，画出了这个

---

[1] 徐复观：《中国知识分子的责任》，《中国人的生命精神》，华东师范大学出版社，2004 年，第 137 页。

[2] 沈从文：《云南看云》，《沈从文全集》（第 10 卷），第 79 页。

[3] 陈冠中：《盛世——中国，2013 年》，牛津大学出版社（香港），2012 年，第 166 页。

时代知识分子的魂灵，挤出了他们饫甘餍肥下的空虚无聊。同时也促使我们在深思和拷问，我们时代的知识分子"怎么办"？

四

从《人面桃花》开始，格非的写作有了明显的转向。值得注意的是，先锋写作形成的小说修辞经验，比如神秘、超现实、隐喻、象征、疯癫、预言，以及悲观主义的历史诗学，虚无、绝望的存在主义哲学，并未随着作者有意识地向传统回归而全然摒弃。在《人面桃花》三部曲中，这种经验依然或隐或现地出现，打上了先锋写作寻求新变，力图转换的鲜明"胎记"。当作家企图用小说再呼唤和重建历史意义的时候，这些修辞上的自觉如果得到恰切合楔的使用，往往会收到积极而极具价值的修辞效果。《人面桃花》和《山河入梦》充分地证明了这一点。然而，惯性的退拽使得"人面桃花"三部曲中仍然留下了玄虚神秘的内容。如《人面桃花》中发疯并离家出走的秀米父亲陆侃、神秘宝图、神奇的"忘忧釜"，突然出现的张季元等，使得小说笼罩着虚幻神秘的气氛，留有很大的空白。这种悬念设置并不点透，使得读者在理解作品时充满障碍，有时候"不仅是作者在人物形象塑造上的欠缺，也是作者在必要的故事叙说上的欠缺"。作为历史的重新叙述，自然允许适当的历史想象，但毕竟和悬念小说有所区别。我们知道，"一部严肃认真对待的历史背景小说的成功，靠的只能是作者的真知灼见，只能是作者对历史和历史人物的一次超时代的准确把脉和漂亮还原。悬念，是一种更适合用于体现聪敏灵巧的短小说中的写作技巧，很难将一个悬念罩住一部长篇更尤其是一部有历史跨度的长篇。且不说这样的悬念诱惑随着时间内容的加入会被大大削弱，对一个长篇小说来说，悬念这样的心机太小了，小得不适合"[1]。《山河入梦》中也有类似的玄秘虚幻。比如无处不在却无从看见的严密监控（"神秘的101"，和奥威尔《一九八四》中的"老大哥"很相似），姚佩佩躲避追捕跑了一个圆圈，又回到出发地等等。不过在处理上，更为圆润一些。在遭遇现实的《春尽江南》中，我们同样也能够看到一些神奇特异的事情：谭端午同母异父的疯子兄弟王元庆能预言未来，抢占庞家玉房子的李春霞闻到了庞家玉身上死亡的气味，给绿珠写了几百首十四行诗的"姨夫老弟"令人费解的单恋等等，这些都使得小说仍然有些许缥缈虚幻。如果这些处理不当，就会和现实产生悬隔，反而增加了新的迷雾。同时，小说在叙事上有很大的跳跃，从而使得情节比较突兀。比如若若的学习成绩在庞家玉大骂班主任，撒手不管之后突然变成第一；宋惠莲前后的变化很突然，也有些漫画化；"姨夫老弟"前面感觉就是暴发的地痞流氓，后来居然给绿珠写了那么多的十四行诗，再则，如何将绿珠从戈壁滩深处掳掠回来，也语焉不详，这其中，绿珠有没有反抗等。如以庞家玉染病之后的突然"觉悟"为例，按照小说前半部分的内容，庞家玉那样的务实、要强、当真，不大可能突然超越。以她的这种性格，至少是很困难的。死亡固然是个很有力量的东西，但在某些执拗倔强的人身上，即使死亡也不能够使其改变性格。生活中不乏这样的例子。小说的结尾和开头也多少有些老套，以作者的才华，应该处理得更吸引人些。第一章"招隐寺之夜"写得也不够透彻。按情理而言，谭端午抛弃了将初夜委身与他的李秀蓉，离开时，她还发着高烧，谭端午竟然掏

---

[1] 黄惟群：《神神乎乎的悬念和突变——格非的〈人面桃花〉解读》，《小说评论》2006年第4期。

走了身上最后一分钱,这样的人,可谓无情无义、道德败坏了。两年之后,已经改名庞家玉的李秀蓉企图新生。在她准备结婚的时候,邂逅谭端午,她不但没有指责报复这个无情无义的陈世美,还毫不犹豫地迅速结束自己的婚姻,重新投入这个带给她很大创伤的诗人的怀抱。这令人费解,至少不合生活的逻辑。

《春尽江南》里另一个很明显的现象,就是作者向以《红楼梦》为代表的中国古典小说传统回归。在《人面桃花》和《山河入梦》中,已有非常明显的迹象。[1]《春尽江南》的红楼韵味,在绿珠身上体现得尤为明显,作者甚至在叙述中直接点明。端午和绿珠第一次相遇分手的时候,绿珠感叹:"没有妙玉来请我们喝茶。"[2] 这里不由得使我们联想到《红楼梦》第四十一回。贾母、刘姥姥和宝玉去妙玉的寺院。妙玉招呼好贾母,将宝钗和黛玉带进耳房去喝茶,宝玉也跟了进去。茶叶未变,茶具却变了。宝、黛用其他茶具,唯宝玉用自己平时吃茶时的绿玉斗。这里面,表现出妙玉对宝玉的优待和心曲。绿珠具有妙玉的气质,其遭际、才华、性格和妙玉也有相通之处。她们都不能忍受"俗气",可以成为精神的朋友,而不能成为生活上的伴侣,因而她们在现实生活中无法"容身"。妙玉自小多病,在找了许多替身都不中用的情况下,只得自己遁入空门,在蟠香寺与邢岫烟作了十年邻居,到长安都中才17岁,后来进了大观园。妙玉蔑视权势,却又不得不依附权势,还要整天面对权势。同时,她还面临着大观园中王孙公子的侵扰。她自己也意识到了这种夹缝中生存的悲哀。再加之自己凄苦的身世,她形成了悲观的人生态

---

[1] 详见王俊敏:《回归传统:论〈人面桃花〉的红楼韵味》(《现代语文》2007年第1期)、谢刚:《〈山河入梦〉:乌托邦的辩证内蕴》(《文艺争鸣》2008年第4期)。

[2] 格非:《春尽江南》,第40页。

度。她认为,汉晋五代唐宋以来皆没有好诗,只要两句好——"纵有千年铁门槛,终须一个土馒头。"所以自称"槛外之人"。又常赞叹文是庄子的好,故又或称"畸人"(《红楼梦》第六十三回)。我们看看绿珠,她的身世几乎和妙玉一样。在周围的那群男人中,她对谭端午情有独钟。绿珠和妙玉一样,"气质美如兰,才华阜比仙",然而,两人具有几乎相同的生活轨迹。父亲死后,她在17岁那年和母亲大吵一架,离家出走。在游历了大半个中国之后,到了敦煌。在一个叫"雷音寺"的戈壁古刹,遇到了守仁。守仁他们连哄带骗,将绿珠带回鹤浦的"呼啸山庄"。绿珠虽和妙玉有相似之处,但其和妙玉又有很大的不同。比如她泼辣、乖戾、暴躁,出口时杂污言秽语。污浊的生活使她染上了一些坏毛病、坏习气,但她本真、执拗,仍然保持着自己的金玉之质,成为时代泥潭中一朵绚烂的奇葩。绿珠既有妙玉的古典气质,同时又有着浓郁的时代悲剧的气息,应该说是当代文坛人物画廊里一个独特的创造。需要注意的是,在20世纪中国文学中,张爱玲、林语堂、白先勇、欧阳山等都从《红楼梦》里汲取了自己需要的营养。但同时,它作为中国古典小说的高峰,又影响着作家的突破和创造。张恨水、张爱玲、林语堂、白先勇、欧阳山等人的创作,虽然吸取了其中的某些方面,创造出了自己的得意之作,但没有一部能够超越《红楼梦》,甚至出现画虎不成反类犬的现象。这就提醒向《红楼梦》借鉴的作家,既要做到深入其中,又需要跳脱出来,这才可谓继承性的创造。而这点,尤为困难。

  格非敏感睿智,其小说构思严谨缜密,叙述优雅从容,语言绚烂华丽,在深刻的历史的洞见和强烈的现实关怀之中,散发出悲怆凄凉的历史感叹和现实焦虑。这些都使得格非的写作在当代文坛成为鲜明的"这一个",具有不可忽略的重要意义。《春尽江南》的可贵在于,它表明了在中国这场亘古未有的历史转型面前,作家的在场、清醒和痛感。小说的字里行间,散发出令人窒息的绝望,以及麻木被刺穿的悲哀。他没有留给我们一丝希望,他将所有的悲哀都脱了出来。然而,掩卷之后,我们不禁要沉思,除了如同泰山压顶的悲哀之外,我们还会想起什么。我们理解格非的悲观、绝望,是的,"现实似乎没有给我们多少希望。不跟时代作对,而又要自外于时代委实是艰难的,也是痛苦的。诗在这时无疑给了我们安慰。但诗只能拯救诗人和读诗者的灵魂,却不能'改变世界',但重要的是改变世界。端午当然可以以庄子的无用之用乃是大用为自己辩解、宽慰乃至持守,可是,面对这样的时代,我们更迫切需要更加雄壮的诗"[1]。其实,诗歌也无法拯救端午自己。格非不给拯救的希望,将全部的黑暗倾倒出来,逼迫我们去应对。无尽的黑暗里,涌动的是作者对生存的焦虑,对知识分子懦弱的鞭挞。从《人面桃花》到《春尽江南》,格非探讨着花家舍百年来桃源梦的陨落,借此镜像中国现代化或者乌托邦过程中的"常与变"。"常"混沌而空缈,"变"触目而惊心,二者之间有渐无顿的历史逻辑和生活变迁,以及冲撞与张力,在小说的叙事中并不成功和完美。"失败者"或者懦弱者谭端午的努力和挣扎,如同鲁迅《在酒楼上》中的那个苍蝇一样,绕了一圈又回到外祖母陆秀米的原地,百年的追求画上了一个令人觉得吊诡、黯然的历史圆圈。那么谁来承担这一切,我们又该从哪出发呢?这是"江南三部曲"带给我们的无尽思考。

(本文原载于《小说评论》2016年第6期,
题为"论'江南三部曲'中的'常与变'")

---

[1] 郭春林:《春有尽,诗无涯》,《长篇小说选刊》2012年第2期。

短篇的重量

——聊聊爱丽丝·门罗

在 2013 年诺贝尔文学奖的颁奖词中，83 岁的加拿大女作家爱丽丝·门罗被誉为"当代短篇小说大师"。在此之前，门罗获得"莱南文学奖""欧·亨利奖""布克国际文学奖"等多项国际文学大奖，被誉为"当代最伟大的短篇小说家""当代契诃夫"。门罗的获奖对看好村上春树、阿多尼斯的人来说出其不意，对于看重长篇文体的小说家而言，也是莫大的惊诧。在我看来，门罗获奖的意义在于重建了人类对短篇小说的信心，挽回了短篇颓败的趋势。

门罗的小说多是关于她的故乡加拿大安大略省克林顿的小城故事。这个只有三千居民的乡村小镇远离尘嚣、荒凉僻静，无边无际的草场，稀稀拉拉的房屋，闲闲散散的马牛，是她几乎所有故事展开的背景。乡村小镇的成长疼痛、爱恨情变、生老病死是她小说反复书写的内容，普通女性隐含悲剧宿命的生活是她孜孜不疲展现的中心。她以张爱玲式的"荒凉"透视现代女性的生活细节，捕捉她们微妙复杂的情绪，常常能够洞悉她们灵魂的皱纹和心灵的微波。但她不是有感觉而无思想的小说家，她的反思在人类灵魂的勘探和对人类存在的忧虑上曲折行进。英国的《新政治家》周刊（*The New Statesman*）这样评价她："门罗的分析、感觉与思想的能力,在准确性上几乎达到了普鲁斯特的高度。"[1] 她的代表作《逃离》讲述了一个名叫卡拉的姑娘想离开丈夫的故事。她无法忍受她的丈夫,"他什么时候都冲着她发火,就像是心里有多恨她似的。她不管做什么都是做得不对的,不管说什么都是说错的。跟他一起过真要把她逼疯了。有时候她觉得自己已经疯了。有时候又觉得是他疯了"。卡拉非常宠爱的也是她感情寄托的小羊弗洛拉不幸走失,她的生活完全昏暗了。邻居西尔维娅了解了她的不幸之后,帮助这个没有钱、没有任何地方可以投奔的姑娘逃离丈夫,去投靠多伦多的一个朋友。卡拉登上了大巴车,希望能够寻回自己,第二次把一切抛在了身后。第一次是18岁的时候跟卡拉克私奔,逃离父母。她被卡拉克过去不太正规的生活吸引,她把他看作自己未来生活的设计师。她渴望一种"真实的"生活,在留给父母的字条里,她说:"我一直感到需要过一种更为真实的生活。我知道在这一点上我是永远也无法得到你们理解的。"可她的生活,一直无法逃离"伪真实"的状态。在大巴上,她颤抖得厉害。最终,一种无法名状的痛苦使她下了车,给丈夫打了个电话。小说由此陡然一转,具有欧·亨利式小说的冲力,但没有欧氏的匠气,具有自然而然的质朴和惊异。这时候,迷失的弗洛拉也回来了。西尔维娅从卡拉的出走以及情感上的波动似乎看到了真情的出现,觉得她丈夫对她的感情也同样是真实的。她觉得弗洛拉在自己和卡拉的生命中,都起着天使般的作用,她们两对夫妇都"以最不可思议的方式被连接在了一起"。《机缘》中的朱丽叶才21岁,已经获得了古典文学硕士

---

[1] 李文俊:《逃离》译后记,[加拿大] 艾丽斯·门罗:《逃离》,李文俊译,北京十月文艺出版社,2013年,第358页。

学位，正在攻读古代语言的博士学位。但在和异性的相处上，她的经验贫瘠得可怜。她"对于男人所有比较愉快的经验都是幻想式的"[1]，她觉得年龄比较大的男人在现实生活中都不太干净。她处心积虑，想做一个精明的男人观察家，但旅行中的一次偶遇，却使她落入了一个在她看来肮脏不堪的男人之怀，一时间连她自己也难以明白，自己为何会这样自轻自贱。《匆匆》中的朱丽叶回望痛苦的记忆，不由得为自己巧妙的美化手法而惊讶……那些在平淡生活的轨道里重复日子的女性，常常在偶然的考验面前迸发出预料不及的光彩，照亮了人性中的幽暗和命运中的冥冥神秘。

爱丽丝·门罗的中文译本，目前只有李文俊先生翻译的《逃离》，收有门罗的八篇短篇小说。这是一部令人震撼的短篇小说集。人的一生几十年的漫长生活，常在这些短篇里有着微缩而深刻的呈现。契诃夫、欧·亨利等短篇巨匠的技巧、探险般的叙述，以及比契诃夫、莫泊桑等更冷静、节制的叙述，使门罗成为当代短篇小说的集大成者。她给迷信长篇、生活严重同质化的中国小说家带来响亮的启示：短篇在字数上绝对少于长篇，但在重量上绝不轻于长篇。小说与篇幅短长无关，重要的是重量、质量和含量，短篇小说可以系千钧于"一丝"，长篇小说也可能含"一丝"于万言。在现代快节奏高强度的生活中，短篇的轻快便捷，在抚慰心灵和缓解压力方面，具有长篇小说无法企及的优势。因为门罗，短篇小说有了一次复兴，并有可能开启一个新的时代。

(本文原载于 2013 年 11 月 1 日《北京青年报》)

---

[1] 以上引文均为李文俊先生所译。

第二辑

"长安不见使人愁"

——民国文人的西安记忆与文学想象

袁枚在《赴官秦中二首》云:"闻道关中多胜迹,男儿须到古长安。"[1]诚如袁才子所言,凡是读书人,没有不对古长安羡慕向往的。长安是中华民族的根,是"中国历史的底片、中国精神的芯片和中华文明的名片"[2]。然而宋元以后,随着政治、经济和文化中心的南移,长安逐渐失去了全国的中心地位。以元初易名西安为标志,长安已由煌煌国都沦落为西北重镇。到了近现代中国,长安——西安,这座"灿烂中华文化的灿烂中心",由于地处偏隅、经济落后、思想闭塞和文化保守,成为"停滞中国的停滞典型"[3]。但长安作为千年古都的辉煌历史和深厚的文化遗存,却激发了一代代人的历史记忆和文化想象。"走长安",成为一代代文人墨客挥之不去的文化情结。民国时期的作家也不能置外,因为各种因缘际会,他们充满期待地踏上长安古道,但西安的破败荒凉、

---

[1] 王英志编纂点校:《袁枚全集新编》(第1册),浙江古籍出版社,2015年,第149页。

[2] 肖云儒:《汉唐记忆与西安文化》,陈平原、王德威、陈学超编:《西安:都市想象与文化记忆》,北京大学出版社,2009年,第338页。

[3] 秦晖、苏文:《田园诗与狂想曲——关中模式与前近代社会的再认识》,中央编译出版社,1996年,第45页。

凋敝落后，使得他们不约而同地发出了"长安不见使人愁"的喟叹。

1923年5月，北京女高师哲学部主任傅佩青和北大陕西籍学生张之纲受陕西省长兼督军刘镇华函托，邀请北京著名学者七人来陕讲学，拉开了陕西现代学术活动的序幕。当时杂志上的讲座公告言道：

> 陕西向以交通不便，故名流学者之在西安讲演者，向未之有。自去年西潼汽车路告成后，交通稍便。今年省长兼督军刘镇华于五月间函托傅佩青及北大陕生张之纲邀请现代学者数人，来陕演讲，以提倡西北文化，并鼓励陕人研究学术之兴味。傅张二氏当即邀请七人——即北大教授美人柯乐文，北大史学系主任朱逷先，哲学教授陈百年，理科教授王抚五，哲学教员徐旭生，美术专门学校教务长吴新吾，女高师哲学部主任傅佩青——已于七月初抵西安。各界人士竭力欢迎。讲演时期由八日起。兹将诸学者讲演题目列后。至于讲演地址，闻在省立第一中学、教育厅及教育会三处云。
>
> 傅佩青氏讲演题目：（一）轮化论。（二）孔教与宗教。（三）人生究竟何为。（四）印度日本及欧美之佛教状况。（五）世界之常观与无常观。（六）乐工主义。
>
> 徐旭生氏讲演题目：（一）概论科学与道德之关系。（二）科学之精神。（三）关于科学之误会。（四）道德之意义。（五）实践道德数则。（六）关于法国军政界感想。（七）张横渠之精神。
>
> 柯乐文氏讲演题目：英国政府问题：（一）如何养成公民——教育界。（二）军人在共和国之责任——军界共和国的个人。（三）与政府之关系——电政界。（四）谈话会。

朱遏先氏讲演题目：（一）文学之势力。（二）新史学之趋向。（三）法家之史学观念与统一事业。（四）古学与史学之关系。（五）司马迁之史学。

陈百年氏讲演题目：（一）扶乩的心理。（二）梦的心理。（三）催眠心理。（四）真理是什么。（五）人与物的区别。（六）有鬼论成立的一大原因。

王抚五氏讲演题目：（一）心物一体论。（二）进化概论。（三）科学与应用。（四）中国工业问题。

吴新吾氏讲演题目：（一）保存古美术品之必要及其方法。（二）纯粹的美术与应用的美术。（三）美术与人生的关系。[1]

确如讲座公告所言，陕西因交通不便，在西安到临潼公路通车以前，除了探险家和历史学家的寻宝访古，鲜有现代意义上的学术活动。柯乐文、朱遏先（即朱希祖）、陈百年等人的西安讲学，开启了陕西现代学术新的一页。[2]

次年的5月8日，傅铜领大总统之令，由北京女高师哲学部主任转任西北大学校长。[3] 上任不久，即有"拟藉暑期间延聘各大学教授来陕讲演，借以宣传文化，输入知识"——筹办"暑期学校"之计划。傅铜在牛津大学求学时，对牛津"造运动"即"为不能入大学者设法俾得

---

[1] 《陕西省城之学术演讲会》，《教育杂志》1923年第15卷第7期。
[2] 1923年9月，康有为游览华山后，到西安讲学，受到刘镇华的热烈欢迎，并因盗取卧龙寺宋藏经而致舆论哗然，是谓"康圣人盗经"事件。
[3] 《大总统令（五月八日）：任命傅铜为西北大学校长》，《江苏教育公报》1924年第7卷第5期。

略菇高等学识之谓"颇以为然，故云"此我暑期学校之所以设也"[1]。同陕西教育厅长马凌甫商议后，呈明省长兼督军刘镇华，得到允诺支持。傅铜遂去函邀请鲁迅赴西安讲学，傅铜所托的王捷三和王品青知道鲁迅正拟创作历史小说，曾有去西安一游之意，以"孔子西行不到秦"（元结《石鼓歌》）之语劝行[2]，慨然应允。1924年7月7日晚，鲁迅从北京西站乘火车出发赴陕讲学，同行的有《晨报》记者孙伏园、南开大学哲学教授陈定谟、人类学教授李济之、西洋史教授蒋廷黻、《京报》记者王小隐等13人。这样庞大强悍的阵容让西安的文化人充满期待。此外，暑期学校所邀学者还有东南大学教授陈中凡、刘文海、吴宓[3]等人。暑期学校的讲座题目如下：

王桐龄：（一）陕西在中国史上之位置
　　　　（二）历史上中国民族之研究
刘文海：近世大国家主义
李济之：人类进化史
蒋廷黻：（一）法兰西革命史
　　　　（二）欧洲近世史
李干臣：森林与文化
　　　　中国兵工问题
陈定谟：行为论

---

[1] 傅铜：《讲演集·序》，转引自单演义：《鲁迅在西安》，西北大学出版社，2009年，第12页。

[2] 同上书，第13页。

[3] 被邀学者部分因故未到，实际到陕者和预告有出入。

陈中凡：（一）中学国文教学法
　　　　（二）中国文字演进之顺序
　　　　（三）读古书的途径
周树人：中国小说之历史的变迁
王来亭：（一）社会主义与共产主义之源流
　　　　（二）卢梭之教育观
夏元瑮：物理学最近之进步 [1]

这次暑期讲座的学者中，鲁迅无疑是最为著名和最有影响的一位。后来的西安也有情有义，西北大学集鲁迅墨迹的校名（新中国高校校名以毛体字为主，用"鲁体"者并不多见），西北大学校园内的鲁迅雕像，易俗社至今高悬的"古调独弹"牌匾以及津津乐道的鲁迅捐赠的50元大洋等，足现鲁迅西安之行的影响和意义。鲁迅演讲的题目为"中国小说的历史变迁"，实际上是《中国小说史略》28篇的缩编和精华，而在某些论点和具体论述上，又有所发展而显得更加丰赡有力。[2] 暑期学校开讲后，听众推举代表反映：所邀学者讲座内容与他们职业没有关系，加之无讲义和语言不通，收获甚微。据当时报纸报道："暑期学校自开办后即有多数学员于学校大抱不满，盖听讲员大都系在小学教育界服务者，而其讲演则与小学教育毫无关系，结果不过为个人增添若干零碎知识而已。此时又因无讲义致不懂讲师语言者多莫名所谓，无法出席，故开讲之第二日即有人在黑板上大书'既无讲义又无成书，言

---

[1]《国立西北大学一周年纪念特刊》（1924年）。
[2] 此时鲁迅的《中国小说史略》已经写成，上册于他赴西安讲学前一年出版，下册于他赴西安讲学前一月印成。

之谆谆,听者茫茫,师生交困,恐无好果'之语,其感于困难者可想而知,昨日全体听讲员已忍无可忍遂公推某君上讲台向众发表意见。"[1] 鲁迅的讲演虽然能深入浅出、生动有趣,但中国小说史这个题目学术性很强,听众程度普遍不高(多为小学教师和军人),因而讲演的收效也不能高估。据1924年8月8日《新秦日报》报道:"报名簿上所书之七百余名听讲员,而每次出席者仅数十人,此外如下午之课堂钟点亦减去大半,且有数日无堂者,状颇萧条云。"但这也不能说鲁迅等人的讲座毫无意义,他们毕竟让这片古老而保守的土地沐浴到了现代学术之光。此外,正如陈漱渝先生所言:"在绝大部分学员翘课而且天气酷热的情况下,鲁迅能够坚持授课到底,体现出一种'韧'的精神和对学员高度负责的态度。"[2] 鲁迅"走长安"的主要目的,是为构思的长篇历史小说《杨贵妃》做创作上的准备。到西安之后,满目的颓败和荒凉,看不到丝毫的盛唐气象,反把以前的幻想都打破了。在同孙伏园出游时,孙看到西安到处都是木槿花,几乎家家园子里都有,都是白色的一大片。别处也有木槿花,但多是红色的一两株,遂颇有感触,便对鲁迅说:"将来《杨贵妃》的背景中,应该有一片白色的木槿花。"[3] 鲁迅静静地看着孙伏园,没有作声。五六年后,鲁迅在致日本友人山本初枝的信中依然表达了"走西安"的失望——"到那里一看,想不到连天空都不像唐朝的天空,费尽心机用幻想描绘出的计划完全被打破了,

---

[1] 原载于《新秦日报》1924年7月30日,转引自姜彩丽、王小丽:《单演义"鲁迅在西安"的研究及其意义》,《鲁迅研究月刊》2016年第4期。

[2] 陈漱渝:《鲁迅西安讲学成效不宜高估》,《中华读书报》2016年08月24日。

[3] 孙伏园:《鲁迅先生二三事·杨贵妃》,转引自单演义:《鲁迅在西安》,第70—71页。

至今一个字也未能写出。"[1] 实际上，我们看鲁迅所有的小说，就会发现：生活场景从来不是小说叙事的中心，他更侧重人物的心理分析和命运刻画，庶几可谓"心理小说"。他《故事新编》所收的八篇历史小说，具体的生活和历史场景几乎完全忽略掉了。单就历史小说的写作而言，鲁迅完全是凭借想象写作，可谓典型的书斋写作，到不到长安，管它是不是"唐朝的天空"，似乎关系不大。但长安的颓败荒凉，还是让鲁迅踟蹰了。这当然也跟鲁迅的才情气质有很大的关系，他以心理分析为主的小说人物较少，情节简单，适合中短篇的写作。倘要写长篇《杨贵妃》，唐代的历史情境、宫廷生活的具体场景、唐朝的风土人情与市井风貌，当然还有那位"渔阳鼙鼓动地来"的安禄山，均不能不去考虑和处理。我想，鲁迅更多的踌躇在这里吧。大体而言，鲁迅对西安之行是不甚满意的。他在《说胡须》里说："今年夏天游了一回长安，一个多月之后，胡里胡涂的回来了。知道的朋友便问我：'你以为那边怎样？'我这才栗然地回想长安，记得看见很多的白杨，很大的石榴树，道中喝了不少的黄河水。然而这些又有什么可谈呢？我于是说：'没有什么怎样。'"[2]

如果说鲁迅西安之行有所收获，那就是好不容易尝试吸了一次鸦片，不过没得到什么灵感，西安的名吃羊肉泡馍也肯定是尝了；看大小雁塔，逛灞桥，游曲江，主要精力花在碑林和南院门街市，买了土俑、弩机、造像、拓片等；对京剧颇有微词、对梅兰芳热嘲冷讽的鲁迅，

---

[1] 鲁迅：《致山本初枝》，《鲁迅全集》（第13卷），人民文学出版社，1981年，第556页。
[2] 鲁迅：《说胡须》，《语丝》周刊第5期（1924年12月15日）；收入《鲁迅全集》（第1卷），人民文学出版社，2005年，第183页。

对秦腔却颇有兴致,接连到易俗社看了五场演出[1]。鲁迅此行留下的文字,除讲稿《中国小说的历史变迁》、日记、杂文《说胡须》与《看镜有感》、信札《致山本初枝》之外,还有为易俗社所题的"古调独弹"的匾额。有趣的是同行的北京《晨报副刊》记者孙伏园的记述。一天,他跟鲁迅去逛古董铺,见到一个动物石雕,认不出是什么动物。问店主,店主说:"夫"。孙伏园一脸茫然,鲁迅马上悟出是"鼠"。西安方音将 shu 读作 fu。后来某天,鲁迅风趣地对孙伏园说:张秘夫(即张秘书)要陪我们去看易俗社的戏[2]。孙伏园对西安总体印象不佳,比如植被缺乏、文物保护不善等。但他觉得西安人不错,他认为从五胡乱华起一直到清末"回匪"之乱,以及民国时期的军阀战争,斫伤了"陕西人的元气",因而导致西安人"多是安静,沉默和顺的;这在智识阶级,或者一部分是关中的累代理学所助成的也未可知;不过劳动阶级也是如此:洋车夫,骡车夫等,在街上互相冲撞,继起的大抵是一阵客气的质问,没有见过恶声相向的"。这或许是他们碰到的西安人正好如此,实际同西安人的性格不合符节。他进而调侃说——"说句笑话,陕西不但人们如此,连狗们也如此。"不禁使人觉得玩笑开得有点过了,对西安人有些不太恭敬。不过此行还是让他很兴奋的,他在《晨报副刊》连载的著名的《长安道上》,洋洋一万二千余字,可见还是很有感触的。北京师范大学教授王桐龄,讲座的题目是"陕西在中国史上之位置"。他对西安做了详细的调查访问,出版了《陕西旅行记》,分"长安之建筑""长

---

[1] 鲁迅对秦腔颇有好感的原因有三:一是鲁迅在教育部任职时主管通俗教育,对移风易俗、与时俱新的易俗社颇为欣赏;二是秦腔同绍兴戏一样,慷慨刚劲,唱腔相近,有学者认为绍兴戏为秦腔旁支;三是易俗社主事者吕南仲为鲁迅老乡。
[2] 孙伏园:《长安道上》(三),《晨报副刊》1924年8月18日。

安之市街""长安之实业""长安之教育"等12节,洋洋四万余字,兴味也不可不谓盎然。参加西北大学和陕西省教育厅联办的暑期讲习班的这几位著名学者,乘兴而来,满目疮痍的废旧古都,难免让他们不满和失望。不过,也不是全无收获,至少了却了"男儿须到古长安"的蛊惑和念想,收获多少还是有一些的。比如陈中凡所撰的《陕西纪游》云:"游踪所及,举凡太华终南之奇,河渭伊洛之广,函谷潼关之险峻,曩昔所向往者,莫不登临,一览无胜,信足名生平之赏矣。"[1]

1928年,民国政府提出开发西北的战略,很快得到全国的支持和呼应。政府当局和公民个人无不以建设西北为当务之急,一时间,各种关于开发建设西北的计划、方案、报告和研究成果纷纷出炉,"到西北去""开发西北""建设西北"成为流行话语。他们或为西北开发和建设建言献策,或提供资金上的帮助,或游历考察西北,或到西北去工作,西北开发和建设掀起前所未有的高潮。作为西北桥头堡的西安,自然成为西北开发和建设的重中之重。1932年"一·二八"事变以后,民国中央政府决定以洛阳为行都,以西安为陪都,并将西安易名为"西京"。政治地位的提高,使得西安更加受到重视。不过,由于交通的不便,西安的发展限制也很大。陇海铁路从1905年开始修建,1915年才通到灵宝附近的观音堂。1931年12月,方修至陕西潼关。1934年12月27日,陇海铁路终于通车西安。陇海铁路的开通,加强了西安与中东部的联系,促进了西安与中东部的商业贸易、文化交流和人才流动,对西安的发展具有里程碑式的意义。

在"到西北去""开发西北"的声浪里,后来成为著名教育家的严

---

[1] 《国学丛刊》1924年第2卷第2期。

济宽同几个青年同伴来到了西安任教。在他的印象里，"西安的民情，十分淳厚，崇尚朴质，不事浮华。从衣食住行四大需要上都可以看得出来。他们的性情是刚强的，直爽的。不像南方人的滑头滑脑，这一点还保存着古人的风度，在奸刁诡诈的20世纪，这种人是不多见的了。可是他们也有短处，就是懒惰和吸食鸦片"。他觉得，"西安人和西安的地方一样，是很古朴的"：老人长袍大袖，飘飘然有古风；中年人也是长袍，不过款式多些；青年学生，夏天是白色的学生装，春秋是灰色的学生装，冬天，外面加件大衣。西装少年很少见，即使有，也是从南方来的。无论老年中年青年人，"他们所用的衣料都是棉制成的粗布，绝不用外国货的。……他们的朴素，就如江浙的乡下人差不多，这实在是一种极好的风气"。尤其是西安学生的彬彬有礼，给他留下了深刻的印象——"自五四运动之后，旧礼教被打倒，不知不觉地把一般的礼貌也打倒了。于是学生不敬仰师长也成为习见的事情。但是在西安，学生们仍然是有礼貌的。他去看先生，必先敲门，见面，一立正，然后讲话，讲完话后，又一立正，始慢慢地退出。如在路上遇着先生，必一面鞠躬，一面叫'×先生'，等先生走过了，再向前进。这样有礼的情形，在现在国内是很少见的。"但他觉得西安学生的天资，似乎要差一点。比如严济宽上英语课时发现，有几个人把day读die，他纠正了几次，没有一点成效[1]。总体去看，西安的教育很是落后，学校虽不少，但派别太多，缺少团结一致的朝气，成绩尤少。严济宽在西安工作了半年，对西安的印象是——"西安是个弥漫着古香古色的都市，没有电灯，没有自来水，一切都是东方固有的东西。"和他同去西安的几位朋

---

[1] 严济宽：《西安：地方印象记》，《浙江青年》1934年第2期。

友，是江南的时髦少年，是站在时代前面的人，"一到西安，他们就要大读其诗词歌赋，大卖其古董字画，俨然是冬烘头脑的老先生，足见这古老的都市，蕴藏着极大的复古的魅力"[1]。回到上海之后，他回想到西安的生活，觉得"俨然是在太古时代一般"，自己是从古代到现代穿梭了一次，"差别如是之大，这实在是梦想不到的"[2]。严济宽的所见所言，可谓是外省人对西安最具典型的感受和体会。

王鲁彦的到来——"蓦然有一个那么有名气的文艺家到西北来，的确是很使人兴奋的。"1934年2月上旬，王鲁彦离开上海到陕西合阳县立中学任教，8月下旬转任西安陕西省立高级中学教师（其间，7月下旬回上海），1935年年底回到上海。在陕西期间，他先后创作了《惠泽公公》《车中》《桥上》《鼠牙》《枪》等小说；《新年试笔》《厦门〈地方印象记〉》《叹骷髅选》（又名"巫士的打油诗"）、《婴儿日记》《父亲》《西行杂记》《西安印象》《寂寞》《四岁》《幸福的幻影》《听潮的故事》《关中琐记》《驴子和骡子》等散文，翻译了波兰作家斯文妥珂夫斯基的长篇戏剧《阿斯巴西亚》[3]，"把这荒僻的西北介绍到外面去"[4]，同时把新鲜的空气带进来。这些作品都在省外发表或结集出版（多在上海）。鲁彦所看到的西安，破败荒凉，寒鸦丛集。他在《西安印象》中写道：

> 西安的建设还在开始的尖梢上，已修未修和正在修筑的街道泥泞难走。行人特殊的稀少，雨天里的店铺多上了牌门。只有少

---

[1] 严济宽：《西安》，《中学生》1935年第54期。
[2] 严济宽：《西安：地方印象记》，《浙江青年》1934年第2期。
[3] 作品连载在当时在西安出版的《西京日报》副刊《明日》上。
[4] 戴思：《西北作家小志》，《西北文化月刊》1941年第5期。

数沉重呆笨的骡车,这时当做了铁甲车,喀辘喀辘,忽高忽低,陷没在一二尺深的泥泞中挣扎着,摇摆着。一切显得清凉冷落。

然而,只要稍稍转晴,甚至是细雨,天空中却起了热闹,来打破地上的寂寞。

"哇——哇——"

天方黎明,穿着黑色礼服的乌鸦就开始活动了,在屋顶,在树梢,在地坪上。

接着几十只,几百只,几千只集合起来,在静寂的天空中发出刷刷的拍翅声,盘旋地飞了过去。一队过去了,一队又来了,这队往东,那队往西,黑云似的在大家的头上盖了过去。这是倘若站在城外的高坡上下望,好像西安城中被地雷轰炸起了冲天的尘埃和碎片。

到了晚上,开始朦胧的时候,乌鸦又回来了,一样的成群结队从大家的头上刷了过来,仿佛西安城像一顶极大的网,把它们一一收了进去。

这些乌鸦是常年住在西安城里的,在这里生长在这里老死。它们不像南方的寒鸦,客人似的,只发现在冷天里,也很少披着白色的领带,他们的颜色和叫声很像南方人认为不祥的乌鸦,然而他们在西安人却是一种吉利的鸟儿。据说民国十九年西安的乌鸦曾经绝了迹,于是当年的西安就被军队围困了九个月之久,遭了极大的灾难。而现在,西安是已经被指定作为民国政府的陪都了,所以乌鸦一年比一年多了起来,计算不清有多少万只,岂非是吉利之兆?[1]

---

[1] 鲁彦:《西安印象》,《文学》1936年第6卷第1号。

女作家王莹这一时期也在西安任教，在她的眼里，西安是"一个墓场似地荒凉的旧都"，是一个沙漠里的城市。有风时黄沙满天，她"迎着那沙漠里的寒风"，离开了这个闭塞落后而又热情淳朴的古都。西安的黄昏留给了她难以磨灭的印象："是天空卷着了黄沙的时候，在满是乌鸦的院落里，窗口飘进了使人窒息着的叫声，屋子是灰暗的，火油灯闪闪地在寒冷的风中飘摇着，心是那么沉着的。"不过西安的女儿们，天真、可爱、俭朴，她们"恨许多女孩子缠脚哩""恨许多抽鸦片的人哩"、讨厌"街道也不清洁哩"。她们"有真挚的热情""有坦白的心胸"，"在天真的头脑里是不断地在织着美丽的梦"[1]，把对社会的不满一件一件告诉了外地来的女老师，给王莹留下了深刻的印象。王莹以女性自身的细腻和敏感，把握住了西安女儿们的灵魂。直至今天，西安的女儿们，跟王莹所言也差不了多少。

西安古迹，多如牛毛——"任踏一砖，即疑为秦；偶拾一瓦，又疑为汉。人谓长安灰尘，皆五千年故物，信然耶？"[2] 游客最怀恋者为碑林、大小雁塔、华清池、曲江、昭陵四骏（另两骏被盗卖于美国）、秦腔、咸阳古渡、周陵，当然，大家对西安的名吃也很感兴趣，比如老童家的羊肉泡，味道甘美，令不少游客垂涎。生于江苏武进的上海美专教授王济远，第一次吃羊肉泡，就咥（dié）了一大碗泡馍和羊杂碎外，并连吃三碟腊羊肉，觉得热辣可口、别有风味，赞不绝口。这样的早餐，于他"平生还是第一次"[3]。西安城墙和钟鼓楼的巍峨、方正、浑厚和严肃，几乎使得所有的到访者不由自主感叹它曾经的辉煌和建造时

---

[1] 王莹：《西安的女儿们——"古城里的记忆"之一》，《现代》（上海）1934 年第 4 卷第 6 期。
[2] 易君左：《西安述胜》，《上海青年》1937 年第 4 期。
[3] 王济远：《西安一日游》，《东方杂志》1937 年 9 月号。

代的雄伟浩大。1934年,后来成为著名汉学家的捷克留学生普实克到西安旅行,在回忆录《中国——我的姐妹》的第47章"曾经辉煌的城市——西安府"中,他详细记叙了西安城墙、城门、钟鼓楼、碑林、小雁塔、清真寺给他留下的印象。在他看来,只有城墙可以证明这座千年古都曾有的辉煌。他觉得"最好的时光是上午在城门楼上,观看太阳刚刚露出的笑脸",他"最喜欢消磨时间的地方是碑林"。他将西安同意大利和北京的古城做了对比,觉得西安周围因为植被的缺乏,不能像意大利废墟那样将古迹与绿色的植物协调,带给人美丽的感伤;也不能像北京的古城那样,"使人回忆起旧时光的宏伟壮丽",令人感到悲哀。西安——"这里的一切都覆盖着尘土,宝塔像一座座畸形的雪人站立在肮脏的工厂院子里。"[1] 西安和北平都是古都,都爱刮风,"只是西京的味道和北平不同。人们多欢喜北平,到西京的人都怀有莫奈何的心情,最欢喜西京这个地方的大概只有考古学家吧"[2]。确实如此。历史学家和批评家李长之到西安首先感受到的,是人们口语的古朴醇厚,比如答应的时从不用"是的"或者"唯唯",用的是秦始皇用的"制曰可"似的:"对"。比如买东西换货,伙计一定是郑重严肃地说"对",而不是"好""可以"之类。李长之所见,西安、咸阳到处都是吸大烟的。在长安住了三个夜晚,他觉得"这古城给人印象顶深的,是感觉宗教气息的浓厚,并且想见中国当时受外邦文化影响的剧烈。还有一点,就是一到长安,才对于唐代的文字,特别是诗,格外亲切起来。附带的,也了解唐代所谓隐士的一部分人的生活,他们隐是隐在终南山,就是京城的南城门外边。这样自然是很方便的,看了风景,却还不会和政局

---

[1] [捷克]普实克:《中国——我的姐妹》,外语教学与研究出版社,2005年,第402页。
[2] 莲青:《西安文坛》,《国闻周报》1935年第12卷第33期。

隔膜。所以大抵隐士是只有聪明人士会作的"[1]。

抗战爆发以后,到过西安的文艺界同人很多,有曹靖华、丁玲、田间、臧克家、宋之的、塞克、叶以群、崔巍、王震之、贺绿汀、左明、光未然、李初梨、沙汀、何其芳、卞之琳、叶鼎洛、端木蕻良、萧红、萧军、聂绀弩、徐懋庸、艾青、舒群、庄启东、方土人、吕骥、冼星海、向培良、吴奚如、徐迟等。不过,"大家对于西安似乎都无甚留意。滞留的期间大都很短。留下影响的因此也不多"。他们离开西安,或者去延安,或者去山西,或者去重庆,很快活跃起来,"到现在,西安依然是文艺上的一片荒原"[2]!诗人徐迟却在30年代后期感受到了西安现代化的一面。他下榻在当时西安最为豪华的宾馆西京招待所,这所当时军政要员、社会名流住宿的高级场所,不禁让他感叹西安同国内的其他大城市上海、重庆乃至国外并无多大区别——"我在西京招待所住了七天。暖气管,冷暖水龙头,弹簧床。当时,我坐在圆形的餐厅内,我想,除了空气干燥一点,这跟重庆的嘉陵宾馆有什么不同?鸡尾酒之后,又出现了冷盘、浓汤,再后是猪排、牛排、鸡、点心、水果、咖啡,味道跟重庆的胜利大厦又完全相同。"[3] 这种极为有限的现代和豪华在当时中国都市具有广泛的普遍性——现代与前现代的城市景观并存。正如林语堂所记:"这座城市充满了强烈的对比,有古城墙、骡车和现代汽车,有高大、苍老的北方商人和穿着中山装的爱国志士,和不识字的军阀和无赖的士兵,有骗子和娼妓,有厨房临着路边而前

---

[1] 李长之:《从长安到洛阳》,《旅行杂志》1938年第3期。
[2] 郑伯奇:《西安文艺现象点描》,《抗战文艺》1939年第4卷第1期。
[3] 徐迟:《回首可怜歌舞地——西安记游》,《徐迟文集》(第5卷),作家出版社,2014年,第22—23页。

门褪色的老饭店和现代豪华'中国旅行饭店'。"[1] 1940年茅盾行经西安，写了《西京插曲》和《市场》两篇游记。他看到遭遇空袭的西安城房倒屋塌，到处残垣断壁，店铺书肆上摆放着乱七八糟的书籍，妓院卷帘待客——"夹在两面对峙的店铺之中，就是书摊；一折八扣的武侠神怪小说和《曾文正公家书日记》《曾左兵法》之类，并排放着，也有《牙牌神数》《新达生篇》，甚至也有《麻将谱》。但'嫖经'的确没有，未便捏造。……在这'市场'的一角已有了'实践'之区。那是一排十多个'单位'，门前都有白布门帘，但并不垂下，门内是短短一条甬道有五六个房，也有门帘这才是垂下的，有些姑娘们正在甬道上梳妆。"[2] 徐迟、林语堂、茅盾笔下的西安，是古色古香的古都，虽有零星的现代气息，但总体上破败不堪、百业凋敝、教育落后、文苑荒芜，没有受到"五四"以来新思想、新文学和新文化的洗礼，是一个在经济思想和文学上与外隔绝的孤立的闭塞的盆地。

1940年至1945年，女作家谢冰莹在西安主编《黄河》[3]。她对西安有着详细的观察，对女性的命运尤为关注。在她的眼里，在西安可以看到"两种情调不同、相差两个世纪的女人"：一种，"是代表十八世纪的女人"，"她们一双裹得像红辣椒一般的小脚，走着东倒西歪的步子，夹在人丛里面，时时都有被挤倒的危险"。另一种，"是代表着二十世纪时代的新女性"，"她们穿着和男子一样的军装，打着裹腿，扎着皮带，穿着草鞋，走起路来那么雄赳赳，气昂昂地挺着胸膛，两眼直向前视。她们是正在中央战干团或者劳动营受训的'女兵'"；还有无数

---

[1] 林语堂：《朱门》，湖南文艺出版社，2012年，第16页。
[2] 茅盾：《茅盾散文速写集》，人民文学出版社，1980年，第353页。
[3] 《黄河》是当时西安影响最大的纯文艺刊物。

穿着中山装或学生装的女性，有的是机关的公务员，有的是在校的学生。这两种不同的女性，常常令人有时空错乱之感。小脚老太们永远想不到会遇到小姑娘这样的"天足"，这些和男人一模一样的小姑娘，在她们的脑海里，"不但是个奇迹，简直是个神话"。也有开明的老太太，诅咒"自己已死去了的黄金时代"，但少之又少。比如，邻居一位开明的老太太，就不让自己的孙女缠足。在她看来，现在是大脚时代，"世界变了，缠足不时髦，再说跑警报也不方便呀"。女人们很少出门，即使跑警报，也用头巾包得严严实实，尤以回民为甚。因此，在西安居住，要找到一个老妈或者奶妈，很是困难。蛮大的城市，没有荐头行。仅红十字会街有两家介绍河南妈子的挂着牌子，大车家巷张老太介绍本地的老妈子，但没有挂牌，非有熟人介绍不可。而外地人，几乎都不习惯本地的老妈子，"最大的原因是语言不通，其次是价钱太贵（她们要比河南女工贵一倍或二分之一），不清洁，而且脾气很大，动不动就回家"。不过也有例外，谢冰莹用过的郭妈，除了喜欢偷东西贪小便宜外，简直无可挑剔。她个性强、爱清洁，从不糟蹋东西，思想进步，同情遭遇家暴的同性，关心战事，一看到主人看报就问："打到那里了？日本鬼快败了吧？汪精卫死了没有？"谢冰莹称她"真是个西安的老新女性"。在谢冰莹看来，西安"妇女教育还在萌芽时期"——许多家长送他们的女儿上学，并不是他们重视妇女应该与男子一样受同等教育，而是害怕女儿不读书，不能嫁一个比较有好地位的女婿，因此他们送女儿上学，为的是获到一张可以当嫁奁用的文凭。在女孩子本身，大多数学习也不认真，将大量精力花在选择时装、烫头发和染指甲上。抗战爆发以后，许多学生流亡到西安，大量文化机关设在西安，杂志也雨后春笋般出版，西安群众的文化水平得到提升，文化教育事业大为进步。可能是西安长期作为帝都的原因,一般人的思想相当保守,妇女受到严重的轻视,男女极为不平等,女性好似一件物品一样没有半点自由。妇女识字班,很少有人去;妇女活动,很少有人参加,从事妇女工作的,一般都是外省的妇女,"西安的妇女运动实在太沉闷了"。她担心,抗战胜利后,外省妇女撤走,西安的妇女工作岂不要停顿下来。[1]正如她所担心的,西安的妇女工作非但停顿了下来,而且好长时间也没有进步。直至如今,西安的"大男子主义"仍然盛行,妇女的地位也没有提高多少。

民国文人的西安记忆与历史想象,是对这座千年古都的追寻与凭吊,更是对这个民族过去辉煌的确认,自然也蕴含着对这个曾经文明发达的民族未来的殷切期待。因此,无数中国人甚至包括大量外国人都对这座千年古都有着无限的兴趣。这从普通游客对西安的钟情和国外政要将西安作为访问首选之地不难看出。在林语堂以西安为背景的长篇小说《朱门》中,主人公李飞将西安视为"中国传统之锚"。虽然西安面临着由千年古都转变为现代都市的"混乱紊乱",但"他就爱这一片纷乱的困惑"。在他事业受挫、感情失意离开西安之时,西安成为他生命里一个奇怪的混合物。林语堂这样写道:"他永远是西安的一部分,西安已经在他的心里生了根。西安有时像个酗酒的老太婆,不肯丢下酒杯,却把医生踢出门外。他喜欢它的稚嫩、它的紊乱、新面孔和旧风情的混合,喜欢陵寝、废宫和半掩的石碑、荒凉的古庙,喜欢它的电话、电灯和此刻疾驶的火车。"[2]李飞的这种矛盾心理,实际上也是

---

[1] 谢冰莹:《西安的妇女》,《妇女新运》(南京)1942年第8期。
[2] 林语堂:《朱门》,第161页。

无数中国文人追溯历史、确认根源的隐性情结在发挥作用。民国著名文人易君左在《西安述胜》中言道:"夫游西北即等于还故乡,西北者,中华民族文化发源地,人未有不思故乡者,况久飘零异域之游子乎!"[1]他说的"西北",实际指的是"西安"。令人忧郁和伤感的是,无数的追慕者乘兴而来,辉煌的古长安杳不可见,亦无法寻觅,只能看到斑驳亏蚀的城墙和汉唐陵阙,重复那千年不变的惆怅。从鲁迅开始,民国的文人的"走长安",哪一个不是带着一腔愁绪离开的呢!

(本文原载于《山西大学学报》[哲社版] 2018 年第 6 期)

---

[1] 《上海青年》1937 年第 4 期。

"西望长安不见佳"

——老舍的西安记忆与文学书写

老舍幼年时期曾很多次听说过距离北京千里之遥的另一个古都西安。1900年8月14日,慈禧太后带着光绪皇帝出逃西安,守卫北京城的士兵并不知晓,仍殊死抵抗。老舍的父亲——负责巡逻和守卫皇城的旗兵,在次日八国联军的进攻中英勇阵亡[1]。老舍此时尚不足两岁,但与父亲之死联系在一起的慈禧太后逃到西安的家国之痛,在他的生命中刻骨铭心。随着年龄的增长,他对西安——这个遥远的古都应该有着愈来愈清晰的认识和特别的想象。辛亥易鼎,西安又再次成为老舍一家人的痛点。据老舍夫人胡絜青回忆:"辛亥时,西安出现了对旗人几乎全都杀尽的事情。老舍有一门亲戚是西安的驻防旗人,全家遇难。老舍家人听说此事,心里非常恐惧和难受。"[2]可以说,在老舍的童年乃至人生记忆中,西安是一座极其特殊并且难以忘记的城市。

抗战的爆发,终于让老舍踏上了这座古都。如果不是抗战,他也许会晚些踏上这座在他生命中有特殊意味的城市,不过,绝对很难"四

---

[1] 舒乙:《一个京城旗人贫儿的辛亥经历》,《散文》(海外版)2012年第1期。
[2] 阎崇年:《老舍先生与满遗情结》,见新浪博客文章http://blog.sina.com.cn/s/blog_62ae3b920100fk2g.html。

过西安，三宿平凉"，"去探望民族的故乡——到日月山前的草原上，到周秦陵墓两旁的古战场"[1]，并留下《剑北篇》——这样激动人心的长篇史诗。1939年6月28日，作为"文协"代表的老舍，随全国慰劳总会组织的北路慰问团从重庆出发，一路向西，五个多月的时间，在西北绕了个大圈子，行程近两万里。164天的长途慰劳，"经过川、陕、鄂、豫、甘、青、宁、绥八省，到达了当时的一、二、五、八、十，五个战区"，用当时《新华日报》的报道来说，历经艰险，"备极辛劬"[2]。在陕州，老舍几乎被炸死；在兴集，他差一点被山洪冲走。[3] 7月9日，老舍随团到达西安，参加慰问活动五天，受到热烈欢迎，17日到达洛阳；8月19日，老舍随团返回西安，"除参加慰问活动外，曾与友人同登终南山，往访秦汉隋唐大都旧址，沽酒韦曲镇（唐诗人韦应物故里），游临潼骊山等"，到9月1日随团祭扫黄帝陵，在西安停留十余天；21日后，随团经延安、洛川、耀县、三原到西安。至10月4日到平凉，在西安停留十余天；11月23日，从宁夏石嘴山返回西安，27日随团离开西安返回重庆，在西安停留五天。合计起来，老舍在西安停留的时间，至少也有一月有余，他在三秦大地上慰劳行走，至少两月有余。慰劳行走的这五个多月，老舍没有写任何稿子。他在致陶亢德的信中说："十年来，这是第一次脑子放假，完全作肉食动物的生活差不多半年！路上相当的辛苦，见了炕就想快睡，所以没法写作。加以，所见到的事虽

---

[1] 老舍：《剑北篇》，《老舍全集（修订本）》（十三），人民文学出版社，2008年，第252页。
[2] 《老舍传略》，曾光灿、吴怀斌编：《老舍研究资料》（上），知识产权出版社，2010年，第29—31页。
[3] 老舍：《八方风雨》，1946年4月4日至5月16日北平《新民报》；收入《老舍全集（修订本）》（十四），人民文学出版社，2008年，第398页。

是那么多，但是走马观花，并没看清楚任何一件；假如写出来，定是一笔糊涂账，就不如不写。"[1] 几乎搁笔半年，在老舍的创作史上，可能唯有此次。五个多月的时间，少一半的时间是在周秦汉唐——中国民族的"故乡"上行走，所以后来写成的长篇叙事诗《剑北篇》中有多一半的章节与陕西有关。直接写西安的有第7节《西安》、第18节《龙驹寨——西安》、第19节《长安观剧》、第21节《西安——中部》、第25节《榆林——西安》；写陕西其他地方的有《小引》、第3节《汉中——留侯祠》、第4节《"七七"在留侯祠》、第5节《双石铺——宝鸡》、第6节《宝鸡车站》、第8节《潼关》、第20节《临潼——终南山》、第22节《中部——秋林》、第23节《宜川——清涧》、第24节《清涧——榆林》、第26节《华山》。这还不计《沔县谒武侯祠》《潼关炮声》《留侯祠》等旧体诗，以及他在《大公报》上发表的对西北建设提出热情建议的长篇论文《归自西北》。15年后，当李万铭的事件发生后，老舍之所以难以遏制表达的冲动，亲赴西安调查了解，创作著名的讽刺剧《西望长安》，或许多少与他童年记忆的暗示以及15年前的西安印象有着某种隐秘而必然的关联。

一、抗战期间老舍在西安的演讲

抗战期间老舍所谓的"四过西安"是这样的——"慰劳团先到西安，而后绕过潼关，到洛阳。由洛阳到襄樊老河口，而后出武关再到西安。

---

[1] 老舍：《又一封信》，《宇宙风》乙刊第21期（1940年2月1日），《老舍全集（修订本）》（十五），人民文学出版社，2008年，第501页。

由西安奔兰州，到由兰州到榆林，而后到青海、绥远、宁夏、兴集"[1]，再返回西安，由宝鸡入川、渝。此时香港、成都、桂林、延安、襄樊已设有分会，长沙、内江、宜昌等地设有通讯处[2]。西安尚无分会，亦无通信处。老舍在致友人的信中说："西安应鼓励工作者，对分会可暂持缄默。"[3] 以此猜度，可能是西安文艺界的工作不能令人满意，也可能是西安地处国统区，工作不好展开，总之情况比较复杂，处事稳练圆达的老舍先生才不得不采取这样的策略。在西安的一个多月里，除参加慰问活动外，老舍访秦汉隋唐遗址、凭吊满城、沽酒韦曲、登终南山、游览临潼骊山，重要的文化活动还有发表演讲和观看秦腔。

关于演讲，有文字记录的有两次。一次是老舍初到西安时的演讲，当年的听讲者、诗人周启祥[4] 20世纪90年代回忆了当时演讲的情况，我们由此可一窥当时的情景。据周启祥回忆：1939年7月老舍始到西安，"全国文协西安分会"筹委会以"西线文艺社"的名义，组织了小型的文艺座谈会欢迎老舍，"时间定于七月某日晚七时，地点在西安东大街的基督教青年会"，参与者有十余人。老舍"中等身材，面容削瘦，

---

[1] 老舍：《八方风雨》，1946年4月4日至5月16日北平《新民报》；收入《老舍全集（修订本）》（十四），第398页。

[2] 老舍：《致周扬（一九三九年九月十六日）》，《文艺战线》第1卷第6期（1940年2月16日）；收入《老舍全集（修订本）》（十五），第544页。

[3] 老舍：《致重庆友人》，1939年10月25日《时事新报·文座》，发表时题为"信"，同上书，第551页。

[4] 周启祥（1918—1999），河南开封人，诗人、教授、文学史家。少年时代开始诗歌创作。20世纪30年代学生时期就在洛阳主编过《流沙》诗歌副刊，抗日战争开始，又先后编过洛阳《行都日报》与西安《国风日报》的文学副刊。参加过1935年"一二·九"学生卧轨请愿与示威游行活动，是中共领导下的西安《西线文艺》编委之一，并担任中共创办的"国际新闻社"晋冀鲁豫特约记者。1954年到河南大学任教，1999年春在开封去世。

而双目有神。穿了一身深灰色的、有三个口袋的'中山服',左上边胸前的那个口袋上别了一支'自来水笔'。给我们一个朴实、利落和整洁的印象"。在短暂的欢迎会之后,老舍即开始演讲。演讲的内容主要有以下几个方面:1.简要介绍了"全国文艺界抗敌协会"成立的始末和机构设置。2."全国文协"面临诸多困难,人手少,办事的只有三人;经费少,报上去的项目和计划只要涉及"要钱",就被搁置下来,石沉大海。3."全国文协"经费困难,外地作家来重庆,无法安置;贫病交加的作家,无钱救济和补助;"遇到重要的纪念日或节日,得出个什么纪念特刊,也不行,没有钱"。4."没有钱固然办不成事,而即使有了钱也不一定能办得成事",一些活动须经有关部门审查,限制过多。总而言之,"各位所仰望的'全国文协',似乎是一个了不起的'庞然大物',实际上是一个空架子的'稻草人'"。5.尽管如此,"文协"还是想方设法筹措资金,接济困难,出版刊物《抗战文艺》,"和其他文学书刊,都一包包地包好和捆好,详细地写上各个部队的番号与地址,送到政府主管宣传部门,请他们分发交给赴前方的汽车,送给在前线英勇杀敌的将士们,这都是他们所迫切需要的精神食粮的一部分。而这些文艺书刊从此就再也没有了消息"。多次询问这些书刊的下落,没有人知道,也没有人回答。老舍幽默而愤怒地说:"这些文艺书刊,大概都送到德国了吧!"我们知道,希特勒以烧书而著名,"送到德国",即被国民党烧掉了。6.尽管我们的抗战非常艰难,但老舍并不气馁,他坚信,只要我们咬紧牙渡过当前难关,最终会取得胜利——"我们中华民族是一个伟大的民族,从历史上看,是一个永远不会屈服、任何外力也都不能征服的英雄民族";打败日本之后,我们"必将出现一个在文学上万紫千红的时代,也必将产生我们自己的莎士比亚、自己的托尔斯泰、自己的契诃夫、自己的惠特曼、马克·吐温、自己的莫扎特、自己的贝多芬等等"。老舍的演讲朴实而饱含激情，无疑带给大家很大的鼓舞。周启祥先生在57年之后还清晰地记得老舍的言谈举止，并能生动地绘之眼前，从一个侧面也说明了老舍演讲的魅力和留给听讲者的深刻印象。此外，老舍的大烟瘾也使听讲者惊讶——"听说老舍先生的'烟瘾'（香烟）很大，又临时买了两包二十支装的好烟。我们亲眼看到老舍先生的'烟瘾'确是很惊人的。他从讲话开始，就不慌不忙、从容优雅地点起了第一支纸烟，讲着又不停地吸着，刚刚吸完第一支，就毫不停顿地立即接上第二支。他讲了约两个小时，纸烟就这么一支接一支地吸了两个小时。到讲话结束，两包烟就所剩无几了。"[1]周启祥先生是诗人和学者，文字很有表现力。他的回忆，也为老舍西安之行留下了宝贵的文字材料。

老舍的另一次演讲是1939年8月至12月返经西安时所作的《抗战与文艺——两年来全国文艺活动的报告》。报告主要向西安文艺界介绍全国"文协"的情况，内容有以下几个方面：1.文艺界空前大团结，"文协"团结了文艺界一切可以团结的力量，"中国虽然有了五千年的光荣的文化历史，但是，无论在哪个朝代，我们都找不出这样一个文人大团结的前例"；2."文协"为抗日宣传做了大量工作，但由于敌人轰炸，经费、印刷、运输、供给困难，做事情非常不易且有限；3.抗战以来，"后方感到剧本的质的方面太坏，前方则感到数量的不够"，"小说方面有一些好的，可惜都是短篇"，"诗歌作品的质的水准不太够"，我们的作家不要"一写就想成为莎士比亚，托尔斯泰"，而是"先写再说""看

---

[1] 周启祥：《回忆抗战初期老舍先生在西安的一次讲演》，《齐鲁学刊》1996年第6期。

需要以后再写"；4. 抗战以来，"新文学已经能够进入到社会层的每一个角落"，这是"五四"以来的新文学没有的成绩；看到后方的几个大都市远不如前方，"前方的军民对国家尽其最大的力量，尤其是妇女们也和男子一样积极地从事实际抗战建国工作"，"中国是有办法的"[1]！做这次演讲时，老舍刚从河南等地返回，沿途的抗战工作和老百姓留给老舍很好的印象，使得老舍对抗战建国工作充满了信心。这次讲演也极大地鼓舞了西安的文艺界。

二、"长安观剧"：老舍看秦腔

到了西安，自免不了看秦腔。鲁迅1924年也是7月到达西安，居留期间五次观看秦腔，捐款50大洋并题赠易俗社"古调独弹"，着实让秦腔骄傲自豪了近一个世纪。而老舍观看秦腔并留下的文字却很少有人注意，让人遗憾。其中的原因有两点：一是老舍的《长安观剧》[2]是老舍五千行长诗《剑北篇》中的一节，虽在40年代单独发表过，但后来成为《剑北篇》之一节，很少引人注意；再加上《剑北篇》在抗战背景下写成，有很大的宣传的成分，诗味欠足，长期不受重视，《长安观剧》不被注意也再正常不过。二是老舍谈论秦腔的其他文字散落在演讲和文章中，零零碎碎，没有细心者综合加以阐析。抗战爆发后，老舍一直关心着戏剧的大众化改造和宣传功能，力图用"艺术的热情配备着

---

[1] 老舍：《抗战与文艺——两年来全国文艺活动的报告》，黄光熹记录，1940年1月在西安出版的《力行月刊》第1卷第1期；收入《老舍全集（修订本）》（十八），人民文学出版社，2008年，第302—307页。

[2] 老舍：《长安观剧》，1940年10月30日《新华日报》。

枪炮"。在偏僻的西北,"话剧才刚长出嫩苗,／由陕甘直到河套,／那悲壮的秦腔是普遍的爱好;／而长安,正如平津之与京调,／又是秦腔的首都与领导"。在老舍看来,秦腔这种艺术,慷慨激昂,悲壮沉雄,"才是我们的情调"。在现代作家中,他第一个用大篇幅写下他对秦腔的观感:

> 悲郁是秦腔的基调,
> 像水在峡中,激而不暴,
> 水音在山的回音里,一片惊涛,
> 悲壮沉雄,不像京梆子那么轻狂浮躁,
> 可是举动太毛,
> 锣鼓乱吵;
> 歌腔雄浑,动作轻佻,
> 不中节的锣鼓又使动作无效!
> 再加上白口的急促,脸谱的粗糙,
> 使浑厚苍茫的气息变作村野繁闹!
> 在长安,秦腔的派别一老一少:
> 老派里,古腔古调,不变丝毫;
> 新派里,把新的内容里化入原来的圈套。
> 老班里,三天一次《武家坡》,五天里一次《哭祖庙》,
> 口授心传,只有叛逆才敢改造。
> 新班里,把实用视为最高,
> 大胆的给抗日的英雄穿靴扎靠。
> 这宣传的热心,有它的功效,

人们也并不因绿脸红袍，

就把愤激变为好笑。

不过，剧词太文，道白急躁，

剧情的新鲜，不是感动，成了唯一的号召，

假若，更加强一些民间的情调，

由最通俗的语言见出文艺的技巧；

假若，更大胆一些，从改进而改造，

抛弃那些张飞式的夜战马超，

而由民间的所需供给抗战的教导，

利用民间的故事，插入歌谣，

也许更能亲切，更多实效，

从抗战中给秦腔找出新的路道。[1]

老舍深谙中国旧戏的形式和特征，对之有着深刻而精到的见解并留下大量的文字。抗战以后，他一直关注着旧戏的改革，力图通过旧戏古老的艺术形式为民族抗战注入精神和力量。因而他看秦腔，首先将其置于抗战的大背景下，阐述其长处和不足。比如，秦腔的内容多为忠孝节义，故事陈腐，无法承担新的时代使命——"以昨天的恐怖，海盗的强梁，/ 或陈腐的故事——像秦腔与二黄——/ 想激励民众，反增了恐慌，/ 想将今比古，却掩断了革命的光芒；/ 恐怖令人绝望，/ 建设才使信心加强，/ 多战一天多一天的希望，/ 我们是从战斗，见出民族的优良，/ 是心灵的启迪，是精神的解放，/ 不是恐慌，也不是愚孝愚

---

[1] 老舍：《剑北篇》，《老舍全集（修订本）》（十三），第345—346页。

忠的痴妄,／才能使民心激励发扬。"[1] 其次放在众多的旧戏种类中,衡量其优劣。在他看来,在全民族抗战的热血急潮中,风花雪月、儿女情长的柔歌媚调已不合时宜,易水萧萧的慷慨悲歌"才是我们的情调",才适合歌唱金戈铁马的英雄,才适合表现这血与火的大时代。悲郁苍劲、热耳酸心、令人血气为之动荡的秦腔,其唱腔特点和悲剧风格无疑适合歌咏抗战的需要。更重要的是,秦腔覆盖大西北,具有广阔的艺术空间和广泛的群众基础,可以为抗战发挥不可预估的作用。而长安,"正如平津之与京调,又是秦腔的首都和领导",是研究旧戏新唱的理想之地。再加之此时开封与太原沦陷,河南梆子、蒲州梆子的男女伶工大量涌入长安,没有看过秦腔与河南梆子的老舍自然不肯舍弃这个难得的机会——"这学习的机会怎能放掉／我去听,我去看,我去比较"。他先将秦腔与京剧比较,肯定了其"激而不暴""悲壮沉雄,不像京梆子那么轻狂浮躁"的长处,指出其有"举动太毛,锣鼓乱吵""歌腔雄浑,动作轻佻""不中节的锣鼓又使动作无效""白口的急促,脸谱的粗糙,使浑厚苍茫的气息变作村野繁闹"的缺点。实际上,老舍的这种的优劣之辩,正是秦腔作为村场野台的大众艺术与京剧作为宫廷皇苑的雅致艺术的本质之别。在全民抗战的大背景下,秦腔这种下里巴人的艺术自然比京剧这种阳春白雪的艺术更契合时代和形势的需要。这也是老舍咏赞秦腔的最根本的原因。秦腔的推陈出新无疑走到了抗日戏曲旧戏新唱的前头,这也使得老舍颇感兴趣。老舍看到的秦腔,老派"古腔古调,不变丝毫",新派"把实用视为最高,大胆的给抗日的英雄穿靴扎靠",这样看似滑稽的行头,却"有它的功效,人们也并

---

[1] 老舍:《剑北篇》,《老舍全集(修订本)》(十三),第342页。

不因绿脸红袍，就把愤激变为好笑"。对此，老舍极力肯定。对其存在的问题，老舍也是毫不保留，如"剧词太文，道白急躁""张飞式的夜战马超"等。他建议"加强一些民间的情调"，剧词应"由民间的所需供给抗战的教导"，充分"利用民间的故事，插入歌谣"，"也许更能亲切，更多实效"，以期"从抗战中给秦腔找出新的路道"。老舍的这些意见和建议，抓住了秦腔旧戏新唱存在的核心问题，成为秦腔适应抗战需要，进行艺术革新的关键问题。后来的秦腔现代戏，正是朝着这个方向努力的，不过其革新地不是在西安，而是在聚集着马健翎等秦腔艺术家的延安。

在老舍看来，蒲州梆子"没有秦腔的雄沉""没有京梆子的激躁"，但"大面还有相当的重要"，且"有独立的旗号"，这使得老舍如获至宝，觉得大面即大花脸"那声调的雄沉、动作的大方与老到"，如"扮演起民族的英豪，他必能在抗战的宣传上得到功效"。同时，他也担忧社会上喜欢油头粉面的小旦而冷落大面的黄钟大吕之音。对于河南梆子（豫剧），老舍从"抗战热情的开导"着手，有着明显的"偏见"——"它使我感到一切的角色都是小丑的情调！假若这才真是民间的爱好，就更应当马上去改造。"他认为河南梆子与他看过的马来人的戏剧和舞蹈一样，"每一出必有个小丑打趣乱闹"，认为其带有一定的"原始性"——"据说，原始的戏剧都是开开玩笑！"实际上，河南梆子也并非老舍所谓的那样不堪重任，比如1938年，常香玉主演的宣传抗日的第一个豫剧新戏《打土地》就并非老舍所言。

老舍是从抗战宣传的实际功能去比较秦腔与京剧、蒲州梆子与河南梆子的优劣的，因而难免偏而不全、厚此薄彼。不过，西安观看秦腔，以及秦腔行头革新与旧戏新唱等，给老舍留下了至为深刻的印象，并启发他如何解决旧戏形式革新的问题。在后来的多篇文章和多个场合中，老舍反复以易俗社秦腔旧戏新唱经验为例，谈到旧戏形式革新的问题。对于抗战戏曲而言，"把新内容恰好合适的装入旧形式里是件很不容易的事"，老舍认为秦腔在此方面却比较成功。他仔细比较了秦腔和二黄戏的唱腔特点，提出了抗战戏剧旧戏新唱应该注意的问题——"我在西北所看到的，除了易俗社的几本新戏，便只有欧阳予倩先生编的《梁红玉》了。易俗社的剧本，先不管它们的好坏，是按照秦腔的规矩作成的。西北是秦腔的地盘，所以这些戏倒能顺利的流行。至于别处所编的剧本大多数依照二黄戏的规矩；二黄戏腔多字缓，有时候十几句就可以唱几分钟。此种剧本，因此，就往往很短；要想把它们用入秦腔，便嫌过于短促；秦腔中每每很快的一气就数下好几十句去。所以，此后要做旧戏，无论是利用哪一种剧形，必须作得长一些，以便各地方的改用，长了有法子改短，短了可不易加长。"[1] 易俗社演时事的旧戏也不错，这类剧目出于抗战的需要，"不改旧剧，而改剧本"，有很大的教育成分，"这种剧本看起来好像很容易写，因为形式是一定的，但实在情形并不如此。前方民众要知道是完整的故事，应从头到尾，话说了再说，不能一溜过去。结果我们所写的就往往太简洁，而不为民众所喜"[2]。秦腔剧本在民间流传久远，经过多次修改已趋"经典化"，且熟悉民间生活，深谙民众心理，因而繁简适度，宣传之效甚为显著。抗战戏剧旧戏新唱的行头是个棘手难题，老舍也为此困惑过。时事剧不用行

---

[1] 老舍：《抗战戏剧的发展与困难》，1940年1月1日《扫荡报》（元旦增刊）；收入《老舍全集（修订本）》（十七），人民文学出版社，2008年，第235页。

[2] 老舍：《抗战以来文艺发展的情形》，1942年7月、9月《国文月刊》第14、15期，同上书，第371页。

头吧,似乎总少点什么;用行头吧,似乎不大合适,也怕旧形式拘束新内容。易俗社的戏一定程度上解决了老舍的困惑——"行头问题是颇有趣味的。易俗社的新戏中的人物,即使是演目前的事实,都穿行头。畑俊六,我记得,是绿脸,插鸡翎的。虽然我自己也曾主张这样办过,可是头一次看这样脸的畑俊六,我也不免有点不得劲儿。但是,及至去看第二次,我又不觉得怎么难过了;大概这与看得惯不惯有点关系吧?易俗社终年在唱这路戏,若是没有很大的号召能力,恐怕演员们早已饿死了吧?"从易俗社的经验来看,老舍觉得"穿行头的问题与其说是在合乎情理与否,还不如说是在大家看得懂看不懂"[1]。这固然是习惯问题,但不用行头的时事剧未必不叫座,用行头的旧戏未必有效果。新的形式的吸纳,新鲜血液的输入,必须要抽掉一些旧的东西。旧的套数不减,新的花样日增,则吃不消,显得不伦不类;旧的套数要减,新的花样要加,但要恰到好处,只能在实践中慢慢摸索,这种摸索,实际上一直贯穿了抗战戏剧旧戏新唱的始终。老舍最早注意到这个问题,并且很内行地指出来,对于抗战戏剧而言,可谓意义非凡。

三、《剑北篇》中的西安:"勇敢地他担起西北的防线"

在抗战的烽火中,西安作为西北门户,凭借潼关之险峻、黄河之天险,拒日军于潼关之外,使关中大地免受日寇之涂炭。尤其是中条山之役,刚正勇悍的三秦子弟誓死杀敌、力挫劲敌,弹尽粮绝后八百壮士高吼秦腔集体跳入黄河,更可谓抗战史上气壮山河之一幕。老舍西

---

[1]《老舍全集(修订本)》(十七),第235—236页。

北慰劳之行，在三秦大地上折回往返数次，对于古都西安之历史、现状与未来均有深情之描绘，他觉得自己——"像浪子，啊，多少世代的流浪，去探望民族的故乡。"西安是中华文明的根脉和基座，曾经有着值得中华民族骄傲的灿烂文化。在老舍的叙事长诗《剑北篇》中，这座古都是"不朽之城""世界的长安"，在历史的春天，"文化之花芬芳灿烂，创造完自己的锦绣园林，再吸取异域的真美至善：景教的福音，佛国的经典，和绘画，雕刻，戏剧与弦管，……都像蜂蜜追寻蜜源，来繁荣来丰富世界的长安"。唐宋以后，中国文化的中心"由西而东，自北而南"，"冷落了南山，寂寞了长安"，并经历"那么多的历史与患难"，但依然像"衰年的慈母独守着家园"，"还是那么开朗安闲"，"陵园，园林，亭馆，到处是汉瓦秦砖"，这是"史的城、诗的园，文化的摇篮"，使我们想起民族遥远的辉煌的过去，激发起我们的自豪感，是抗战力量的源泉，并将肩负起新的历史重担：

  西安，这不朽的西安，
  以千百代的智慧经验，
  以千百代的沉毅勇敢，
  擦一擦老眼，挺胸而前！
  勇敢地他担起西北的防线，
  防堵着大河，紧守着潼关，
  关中，这文化的泉源，
  先贤古哲的陵园，
  神圣不可侵犯！
  啊，老当益壮的西安，

> 不仅为抗战而兴奋忙乱，
> 不仅想恢复了旧日的尊严，
> 也由全民族的冲杀血战，
> 得到更崇高伟丽的灵感。[1]

在抗战中，西安正如老舍所言，凭借黄河和潼关天险，"勇敢地他担起西北的防线"。西安是西北重镇，但地处内陆，地理位置相对偏远，不在国民党统治的中心，再加之国共双方都善于利用黄河和潼关天险，因而西安虽距离前线不过150公里，但日军一直难以找到进攻机会。在1939年，"日军的最近计划，预定向西方急进，夺取西安，把四川整个从华北诸省隔离开来。另一个更远大的计划，预定把这些省份全部攻陷，同时还想占领兰州——甘肃的心脏。但等不到华军四月间向西北各线的总反攻，而日军早已露出这些计划全部可靠的窘态了。黄河是阻止日军远袭的自然屏障。它亘绵数千公里，北自包头向南之后一面靠近西安朝东陡转，另一面在开封附近蜿蜒南下。在整个战争时期中，日军无论在那个地段都奈何黄河不得。他们只能在两处地方沿着堤岸前进。对峙的，高而难即的华方堤岸，就是扼制日方堤岸的防御境界"[2]。日军占领山西后，曾十余次进攻中条山，妄图打开进攻西安的口子，都以失败而告终。1941年6月，中条山陷落，国军惨败，但由于其他战场对日军的牵制以及日军兵力有限和补给困难，日军一直没有进攻西安。太平洋战争爆发后，日本先后三次制订了"西安作战计划"，但都

---

[1] 老舍：《剑北篇》，《老舍全集（修订本）》（十三），第288—289页。
[2] 苏联《消息报》特派员卡尔曼：《西安行》，舒恬波译，《星岛周报》1939年第14期。

因当时的具体原因未能实现，使"西安作战计划"一直纸上谈兵，未能实施。也正是由于西安的屏障作用，"才使重庆政权得以偏安，也使延安和陕甘宁边区安然无恙，西安在抗战时期的特殊地位和重要作用可见一斑"[1]。老舍以作家的敏感，以饱含激情的诗行咏唱了西安在抗战中的独特地位和重要作用。

不独如此，老舍还积极畅想了西安在抗战建国中的重要责任以及未来的壮丽蓝图。那时候，西安交通便利，公路连通陕甘、青海以至苏联，油、棉、盐、碱、炭、粮草、皮毛等，运输无阻，将"创出欧亚输运新的纪元"；陇海铁路连接平浦与平汉，一直"飞驰到海边"，那时候的西安，将是"新中华的世界的西安"。那时候，古都将重新焕发光彩，成为"地上的乐园"：

  西安，那时候的西安，
  虽然远离着海岸，
  却以开朗的城市，多水的郊原，
  以关中的棉，同官的炭，
  以丰富的西北的天产，
  以向东向西向北向南，
  向国内国外的交通路线，
  以工以商展开历史的光灿，
  教世上所有的言语称道着西安！

---

[1] 张天社：《论抗战时期日本"西安作战计划"的制订及其终止》，《抗日战争研究》2011年第1期。

> 那时候，汉唐的诗景又到人间，
>
> 由韦曲王曲直到终南，
>
> 惊人的花色，鸣蛙的稻田，
>
> 一路都是公园；
>
> 同样的，千古香暖的温泉，
>
> 有水陆庵与华子岗的蓝田，
>
> 当端午，中秋，每个休假的期间，
>
> 都由早到晚，歌声不断，
>
> 饱暖的工人，携着家眷，
>
> 和学生，贩商，连警察，都春风满面，
>
> 来休息，来游玩，
>
> 把古帝王的亭台池馆，
>
> 把美丽的山川，
>
> 把历史的责任，民族的健全，
>
> 用平等的享乐分布在民间！[1]

老舍西北之行所见，军民团结，精神焕发，安定、乐观、努力，虽然面临着多方面的困难，但在抗战中，"我们有了一个新的西北"，西北并不是万里荒沙，而是大有作为——"假如我们努力的话——建国的根据地之一。"[2] 遗憾的是，抗战建国因历史的原因而未能实现，老舍所展望的盛世西安，迄今依然为遥不可及的幻境。

---

[1] 老舍：《剑北篇》，《老舍全集（修订本）》（十三），第290—291页。

[2] 老舍：《归自西北之行》，1939年12月17日重庆《大公报》；收入《老舍全集（修订本）》（十四），第229页。

《剑北篇》是老舍抗战期间在中国西北部行走的精神记录,它"描绘、呈现了中国的大好河山,这里有历史文化的蕴含与积淀,更有中国西北地区人民的勇敢与坚定。诗中有一个叙述者老舍,更有一个抒情的主人公老舍。若是按照传统归类,《剑北篇》应该是游记诗,但是它远远超出了个人游历,也超出了对历史、风景和文物的欣赏与凭吊"[1],寄寓着老舍坚强的民族自信、抗战必胜的坚定信念和对民族未来的殷殷期待。老舍的知己、著名语言学家罗常培认为老舍"抗战以来的作品,还得算《剑北篇》魄力最大——虽然有人说:'It is anything but poetry'"[2]。应该很大程度上是就此而言的。"非诗"的指责,并非没有道理。老舍自己也是承认的:"草此诗时,文艺界对'民族形式'问题,讨论甚烈,故用韵设词,多取法旧规,为新旧相融的试验。诗中的音节,或有可取之处,词汇则嫌陈语过多,失去了不少新诗的气味。行行用韵,最为笨拙:为了韵,每每不能畅所欲言,时有呆滞之处;为了韵,乃写得很慢,费力而不讨好。句句行韵,弊已如此,而每段又一韵到底,更足使读者透不过气来;变化既少,自乏跌宕之致。"[3]《剑北篇》考虑到能朗诵,通篇用韵,确实"变化既少,自乏跌宕之致",诗味不足。同时,"欢呼狂叫的艺术,也存在着缺乏诗歌意境、缺少诗意的缺憾,缺少诗歌意象的探寻,缺乏诗歌意境的创造,这成为当时抗日诗歌的一种共性,老舍的抗战新诗也同样不能避免,在俗化的追求中呈现出缺少隽

---

[1] 徐德明著、舒济供图:《图本老舍传》,长春出版社,2015年,第161页。
[2] 罗常培:《我与老舍——为老舍创作二十周年作》,曾光灿、吴怀斌编:《老舍研究资料》(上),第226页。
[3] 老舍:《我怎样写〈剑北篇〉》,《老舍全集(修订本)》(十七),第436页。

永深邃诗意的缺憾"[1]。但在抗战的大背景下，老舍考虑诗歌的朗诵效果和宣传功用，是不难理解并不应苛求的。相反，这种新旧相融的艺术试验、唤醒国民抗日热情的奔走与呼吁，是难能可求与弥足珍贵的。

四、《西望长安》："西望长安不见佳"

1955年7月，当时号称"政治第一案"的"李万铭诈骗案"震惊神州大地。李万铭是陕西安康人，曾经做过国民党的小军官，中华人民共和国成立前夕逃到南京。在1949年到1955年的几年里，李万铭采用私刻公章，编造履历、证件，伪造高级领导的"电报"和"亲笔信"等手段，冒充老红军、志愿军战斗英雄和模范党员，混进了国家机关，窃据了重要的职位。案发前，他是中央林业部的行政处长，最后为了骗取更高的位置在西安被识破。1955年7月27日，国务院第一办公室主任兼公安部部长罗瑞卿在第一届全国人民代表大会第二次会议上提出倡议，希望中国也有个果戈理，也写一部中国的《钦差大臣》，对一些部门存在的官僚主义和不正作风进行讽刺。大家都在猜测，谁出来当这个"果戈理"呢，结果老舍站了出来。据舒乙讲："当时家人、朋友都不是很赞同他出这个头，毕竟很敏感，而且当时的文艺作品都是以歌颂题材为主，很少有这种具有讽刺意味的作品。但老舍先生还是克服了重

---

[1] 杨建龙：《新诗遇到了抗战　这是千载难遇的机会——论老舍的抗战新诗创作》，《甘肃社会科学》2013年第2期。

重阻力，孤身一人远赴西安，并假扮成提审员审起了李万铭。"[1] 老舍认为："戏剧应当具有多样性，外国戏剧一贯如此，中国的地方戏曲也是一贯如此。戏剧不能完全是一路货，他提倡写讽刺剧、写悲剧。"[2] 剧名为"西望长安"，地域指向明显，又是讽刺剧，难免会"污名"西安。剧作发表上演后的反应也确有此现象。对此，老舍做了必要的解释："旧诗中有一句——'西望长安不见家'。后来，被淘气的知识分子改为'西望长安不见佳'。'家'与'佳'同音。你若问一个知识分子：某事好不好？他便以'西望长安'四字表示不好——不佳。这变成了一种歇后语。李万铭的案子是在西安破获的，西安古称长安。所以我用《西望长安》为剧名，暗示他到了西安就不佳了。也可以这么解释：若有人问我：你的新剧本好不好？我答以'西望长安'，表示不佳，亦讽刺自己之意。剧名很不易拟，我用'西望长安'四字不过是求其现成而已，没有什么奥意。"[3] 由此可见，剧名是"求其现成而已"，并没有什么特别含义。老舍甚至不惜调侃自己，表现出难得的自嘲勇气和一贯的幽默风格。

《西望长安》为五幕话剧，情节的发展主要集中在四个空间场景：

---

[1] 为了更好地创作剧本，老舍特地到关押李万铭的功德林1号公安部预审局监狱见了李万铭。此时李万铭的案情已经基本查清。据曾经参与审理此案的雷皓回忆，老舍和工作人员向李万铭提问时，李万铭的口吃病发作了，脸憋得通红，半天才说出一句话来。老舍不仅没有丝毫的不耐烦，反而颇感兴趣地问了许多问题。（雷皓：《老舍在〈西望长安〉公演之前》，《纵横》2002年第7期）老舍"从李万铭口中得知了很多骗人的细节。这些一手采访得来的细节，使得《西望长安》写得生动真实，其中的幽默与讽刺体现了他一贯的文体风格"。不过，老舍的陪审员扮演得并不成功。事后，李万铭曾表示，他一眼就看出老舍"不是真的法官，因为扮得太不像了"。（《老舍先生今诞辰110周年 为写话剧曾在西安扮法官》，《华商报》2009年2月3日）

[2] 《老舍先生今诞辰110周年 为写话剧曾在西安扮法官》。

[3] 老舍：《有关〈西望长安〉的两封信》，《人民文学》1956年5月号。

一是西北农林学院，二是汉口农业技术研究中心，三是农林部办公厅，最后一个是西安的某招待所。为了空间背景的真实性，老舍亲赴西安调查。从剧作中，我们可以看到老舍此次调查所得的西安印象，如第一幕：

> 幕启：西北农林学院是在陕西省里的高原上，有大片的果园和农业试验场。我们望过去，高原上真是灿烂如锦：刚长熟了的柿子，象万点金星，闪耀在秋光里；晚熟的苹果还没有摘下来，青的、半红的都对着秋阳微笑；树叶大半还很绿，可是这里那里也有些已经半黄的或变红了的，象花儿似的那么鲜艳。在密密匝匝的果林里，露出灰白色的建筑物的上部，那就是学院的大楼。
>
> 我们离高原还有三四里地，所以高原上的果木与高楼正好象一张美丽的风景画。
>
> 越往离我们较近的地方看，树木越少。可是从高原一直到近处，树木的绿色始终没有完全断过，不过近处没有高处的果林那么整齐繁密罢了。在几株绿树的掩映下有一所房子，墙壁都刷得很白，院门对着我们。绿树的接连不断好象是为说明这所房子和学院的关系。它也是学院的一所建筑，现在用作农业训练班的教室和宿舍。管理训练班的干部一部分是由学院抽调的，一部分是由省里派来的。受训的都是各县保送来的干部。大门的左边挂着一块木牌，写着"陕西省干部农业技术训练班"。院墙前面是一片平地，象个小操场。白墙上贴着许多抗美援朝的标语。
>
> 咱们的戏剧就在这所房子外面开始。[1]

---

[1] 老舍：《西望长安》，《老舍全集（修订本）》（十一），人民文学出版社，2008年，第82—83页。

西北农学院地处杨陵，虽与西安距离很近，同处关中，但行政区划上并不隶属于西安。从文化风物上而言，当属大西安无疑。老舍寥寥几笔，勾勒出了渭北高原金秋时节的丰收景象，倘没有亲临其境的观察，是很难如此生动传神的。在剧作中，老舍也不忘借助人物之口，表现西安的沧桑巨变。比如在第五幕第二场中，杨柱国说："原先西安是马路不平，电灯不明，电话不灵；现在是平了，明了，灵了！""西安的建设真不得了啊！那么好的大马路，那么好的招待所，那么多的工厂、学校，真了不起！"[1]这里不仅有老舍西安之行的细致观察，也牵带着老舍过去对西安的记忆。观察和记忆融合在一起，为整个剧情提供了一个真实而可信的"长安"背景。值得一提的是，老舍此次的西安之行，得到了陕西文艺界著名人士的热烈欢迎。柯仲平、胡采、柳青、杜鹏程、王汶石、戈壁舟、魏钢焰等在西安饭庄设宴款待，戈壁舟所撰的《食鱼记》一文，详细记叙了他们在西安饭庄宴请老舍的欢快情景。老舍对尝到的菜品赞不绝口，对特色菜"奶汤锅子鱼"尤为称道，说："北京吃不上这样好的鱼！""那叫它漂洋过海咧？""准得个金质奖章！""我们中国有的好作品，也像这锅子鱼……"[2]不过，后来的《西望长安》并不像"这锅子鱼"，老舍也自认为，作品没有达到理想的境地。他说，《西望长安》"不是个好剧本，但它是讽刺剧，所以正面人物也要配合讽刺戏的风格，正面人物也要有风趣，这是形式的要求，否则风格就不统一了"[3]。实际上，不单是风格问题，而是讽刺的尺度、空间和程度问题。

---

[1] 老舍：《西望长安》，《老舍全集（修订本）》（十一），第151页。
[2] 戈壁舟：《食鱼记》，《中国烹饪》1983年10月号。
[3] 老舍：《关于业余曲艺创作的几个问题》，《老舍全集（修订本）》（十七），第702页。

《西望长安》初稿完成于1955年11月,发表于《人民文学》1956年1月号,同年3月由中国青年艺术剧院在北京搬上舞台。后来虽然获得了第一届全国话剧观摩演出会一等奖、剧本二等奖,但并未产生此前如《方珍珠》《龙须沟》等那样的艺术反响。在此之前,老舍主要是歌颂社会主义和新中国,而《西望长安》是讽刺剧,既要讽刺,同时也要把握住尺度,不能讽刺过度,攻击新社会和新制度。老舍写作的时候,就预设了不能将老干部写得太坏,要从这些官僚主义、形式主义者身上找出麻痹大意的小毛病和小问题,"他们基本上是好的"。正如老舍自己所言:"我的写法与古典的讽刺作品(如《钦差大臣》等)的写法大不相同,而且必须不同。《钦差大臣》中的人物是非常丑恶的,所以我们觉得讽刺得很过瘾。通过那些恶劣可笑的人物,作者否定了那个时代的整个社会制度。那个社会制度要不得,必须推翻。我能照那样写吗?绝对不能!我拥护我们的新社会制度。假若我为写得痛快淋漓,把剧中的那些干部们都描画成坏蛋,极其愚蠢可笑,并且可憎,我便是昧着良心说话——我的确知道我们的干部基本上是好的,只在某些地方有缺点,犯些错误。我只能讽刺这些缺点,而不能一笔抹杀他们的好处,更不能通过他们的某些错误而否定我们的社会制度。这就是今天的讽刺剧为什么必须与古典讽刺剧有所不同。"[1] 如此一来,作者就摇摆在两种处理方法之间:将栗晚成(即李万铭)"是写成反革命分子还是骗子呢?两者都像而又都不像。既没有写出骗子的典型,也没有写出反革命分子的典型。行为是骗子,而目的是反革命,两者缺乏有机的结合。栗晚成就这样被割成了两截,他的行为与目的分裂开来,而不是完整

---

[1] 老舍:《有关〈西望长安〉的两封信》,《人民文学》1956年5月号。

的性格"。所以，我们觉得，"剧本本身所达到的成就并没有完全相称于作家的政治热情。我们感到老舍对这个题材的社会意义还没有经过充分的发掘，同时，在写作中心情过于矜持，笔还放不开，对反面形象揭露不够深刻，缓和了这一题材所包含的尖锐的冲突，缩小了主题的社会意义"。从艺术上看，整个剧本采用剥皮的方法，直到第四幕才剥开骗子栗晚成的原形。在此前，整个戏剧是正剧的风格，喜剧性无法发展，讽刺效果也无由产生。由于整个戏剧缺乏喜剧情节（个别地方有喜剧情绪），重要的转变情节不够自然熨帖，如那些落后的革命干部被栗晚成蒙骗过于容易，林科长、杨柱国等人的检讨和转变过于突兀，均缺乏"准确的、合理的描写"。因此，"观众对剧中情景往往不能发出笑声，在他们心里经常发生疑问：这可能吗？"[1]。当观众对剧情的真实性产生怀疑，自然也就不会顺着作者的思路，产生讽刺的效果了。即使老舍的语言如何精彩出色，也于事无补了[2]。《西望长安》在艺术上失败了，但这不是老舍的问题，而是时代所造成的限制，并有着特殊的历史意味。从"百花文学"的小环境来看，《西望长安》"虽是秉承罗瑞卿的旨意而来，但也正是这一来自政治场的旨意为《西望长安》的讽刺性文体提供了必要的文学场合法性。《西望长安》在讽刺那些尸

---

[1] 李诃：《评〈西望长安〉》，《剧本》1956年第7期。

[2] 方言土话表现力强，但观众听不懂，就没有了表现力。《龙须沟》北京土话太多，有人反映听不懂，其他地方没法上演，就限制了宣传作用。因而，老舍在《西望长安》中汲取了这个经验，他说："在《西望长安》里我尽量避免用土话，几乎百分之九十是普通话，这个剧本虽不算好，但在全国各地都演出了。"（老舍：《文学语言问题》，1957年2月25日《新闻与出版》第10期；收入《老舍全集［修订本］》［十七］，第717页）就效果而言，老舍觉得"表现能力并不太差"。（老舍：《关于文学创作中的语言问题——鞍山业余文学报告会上的讲演记录，1956年《文学月刊》10月号；收入《老舍全集［修订本］》［十七］，第692页）

位素餐的官僚时,虽有吞吞吐吐,但毕竟为新中国的文学场开创了讽刺剧的先例"[1]。

1962年1月,西安市话剧院再度演出《骆驼祥子》,老舍写了《春节愉快》[2]的短文,预祝演出成功,并祝贺剧院全体同志和西安的观众春节愉快,身体健康。这篇发表在《西安晚报》上的短文,成为老舍和西安最后的最直接的文字联系。时隔近半个多世纪,2007年2月,为纪念中国话剧百年诞辰,国家大剧院将《西望长安》再度搬上舞台,并进行全国巡演。5月,《西望长安》又回到了"事发地"西安,在西安易俗社大剧院上演。这一次,演员们在台词中运用了大量的陕西方言台词,葛优扮演的栗晚成,再一次唤醒了老舍与西安——这座古都的联系。然而,绝大多数人并不知晓,老舍与西安,并不止《西望长安》这部话剧。在童年时期,老舍的家国之痛就和这座古都紧紧地绾结在一起;抗战时期,老舍慰军四到西安,演讲数次,足迹踏遍三秦大地,前后停留达一月有余,竭尽了一个爱国之士的所有力量宣传抗日;为写作《西望长安》,只身奔赴西安考察,开启了当代讽刺话剧之先河。比起老舍长期生活过的北京、济南、武汉、重庆、伦敦来,老舍在西安的时间实在算不上长,但在老舍的生命和创作中,除了北京外,西安无疑是另一座具有特殊意义的无可替代的文化古都。

---

[1] 徐仲佳、张文香:《老舍在文学场"小阳春"中的习性表现》,《中国文学批评》2017年第2期。
[2] 老舍:《春节愉快》,1962年1月30日《西安晚报》;收入《老舍全集(修订本)》(十五),第144页。

路遥的小说世界：德性论叙事的魅力及局限

路遥是文学上的道德主义者，他毕生都在致力于道德理想国的构建——他用强大的道德意念去面对生活中的问题和人生的苦难，用道德诗意去化解一切问题，用克己利他、仁爱善良去面对他人，用苦难哲学去反观人生和理想。他的德性论小说叙事，深深地扎根并契合中国传统道德伦理的内核，以对现实生活的精彩把握和生动呈现，为其做出了哲学意义上的辩护。德性，即我们通常所论的道德品质和道德情操。其首先要回答和确认理想完美的人格是什么，即应该做一个什么样的人。其次是如何按照这种道德预设自我完善，实现理想人格。路遥的小说叙事，紧扣德性论的目标和方法，聚焦城乡交叉地带，通过青年奋斗者在人生十字路口的两难选择，表现乡村生活与现代生活的互渗和冲突，展现传统道德与现代生活的纠结碰撞和矛盾冲突，形成了以道德书写为中心，以人情美和人性善为道德尺度，以道德完善为叙事母题，以道德理想国的审美重建为旨归的叙事特征。

路遥用质朴、诚挚和纯粹作为写作的墨水，总能把日常生活和平凡世界里的琐碎现象拉伸成道德信念和精神信仰的一部分。他不像托尔斯泰和陀思妥耶夫斯基那样去拷问灵魂，或者揭发人性的暗面；他倾力关注乡村生活的喜怒哀乐，书写底层群体和青年平凡、充实而又充满温情的生活，发现日常生活中的闪光点，平凡世界里有"金子般心灵"的人们。我们可以说他不是杰出的艺术家，但他绝对是伟大的布道者。他总是"把关注普通大众的人生作为自己审美的价值取向，总是于苦难意识与悲剧情节中展现一代农民（特别是青年农民）的奋斗的精神美，而这正是中国当代'城乡交叉地带'曾经拥有和正在拥有的现实"。他通过孙少平热烈赞美自尊自强、积极进取的向上精神："我们出身于贫苦农民的家庭——永远不要鄙薄我们的出身，它给我们带来的好处将一生受用不尽；但是我们一定要从我们出身的局限中解脱出来，从意识上彻底背叛农民的狭隘性，追求更高的生活意义。"这种不向挫折低头、勇于奋斗拼搏的精神，是路遥心中的理想人格，也是他对人生和青春意义的真诚诠释。他笔下的人物像广袤沉雄的黄土高原一样，用宽厚坚硬的脊梁承载起了一个家庭或村子的生存与发展。正如孙少安决定要办砖厂时作者所发的议论："什么是人生？人生就是永不休止的奋斗！只有选定了目标并在奋斗中感到自己的努力没有虚掷，这样的生活才是充实的，精神也会永远年轻！"这些奋斗和拼搏，不是现代社会弱肉强食的丛林法则，也不是狂热的英雄主义，而是一种如沐春风、坚实坦荡、深沉刚毅的"硬汉子精神"——以最为美好的道德信念和坚定的精神信仰为归宿。在《平凡的世界》中，传统道德在面对生活苦难、身份认同危机等方面，体现出巨大的道德和精神上的优势。孙少安、孙少平在一次次道德磨砺和苦难考验面前，不断趋于完善和完美，最终如虔诚的宗教徒一样，甘愿为理想道德和理想生活受苦受罪，成为真善美的化身。在路遥看来，这些普通劳动者身上蕴含着中华民族的传统美德，有一种生生不息的韧性、朴实和淳朴，这正是我们这个民族得以延续的最为宝贵的精神资源。孙少安有着自己的人生理想，但在传统的道德担当影响下，他还是义无反顾回乡务农，和父亲担起了家庭的重担。在历史和生活的双重重轭下，他表现出崇高的道德诗意。孙少平无论是对落难的郝红梅的搭救，还是在打工时对遭遇凌辱的小女孩的同情和帮助，都散发出浓郁的人情美与人性美。《平凡的世界》所具有的非凡感染力和震撼力，来源于对人性的强烈的道德关怀，以及对这种关怀进行的心理分析和价值确认。这种明确而坚定的道德理想和精神指向，是路遥小说最为突出和鲜明的艺术特征，同时也形成了他小说春风化雨般的感染力和同化力。路遥曾说："我们应追求作品要有巨大的回声，这回声应响彻过去、现在和未来。"他在历史、现实和未来之间寻找可以贯通的"永恒"，这种"巨大的回声"和"永恒"，既是强烈的时代精神，也是深沉的历史感，更多是纯净的道德诗意和灿烂的精神光芒。

路遥的这种道德叙事，与现代社会的个体生活无疑有着契合点，不仅仅是个人道德完善，同时也是现代社会中需要珍视保留的一面。也正因为如此，他小说中的道德诗意才获得了人们的巨大认同和强烈共鸣。不过，这种道德叙事存在的问题和弊端也十分明显。他的道德化叙事统摄一切，没有深入到人物的心灵深处，体现出浅表化、平面化和理念化的特征。在道德选择上，路遥也表现出矛盾的态度，不由自主地体现出对传统道德的眷顾和对现代生活的拒斥。一方面，路遥肯定传统道德在维系、保持美好人情、人性方面的作用，对传统道德体现出感情上的依恋；另一方面，他敏锐地感受到了传统道德的价值理性，在现代文明的工具理性和城市生活的物质压迫下失去了存在的基础和空间，不合时宜且不堪一击。在传统道德与现代文明的矛盾和两难中，路遥力图用善良、仁义、同情、包容等传统道德伦理，挽救现代文明冲击下的道德滑坡。这种努力，实际上是希望在现代性的背景中重建德性论的道德理想国，其契合现代社会个体道德的选择，却很难建立社会性的道德规则。谈到《在困难的日子里》时，路遥曾感叹道："在当代现实生活中，物质财富增加了，我们常常看到这样一种现象：人们的精神境界和道德水平却下降了；拜金主义和人与人之间表现出来的冷漠态度，在我们的生活中大量地存在着。"可以说，《在困难的日子里》以及《平凡的世界》都充斥着这种道德拯救的诉求，并且取得了空前的成功，我们的心灵也得到了道德净化。但现实中道德的困惑以及生活中的道德困境并不能因此涣然。在进行道德的自我审视和拷问的同时，我们不由自主会超越简单的道德抒情，去考虑具体化的道德语境和深层次的道德规范问题，去思索造成这些苦难的原因，谁对这些苦难负责，忍受这些苦难的必要性，苦难是否一定能够使人成功成材等问题，即苦难的正义性和合法性的问题。这些表面看来虽然超越了路遥的道德叙事，实际上却是路遥道德叙事和苦难书写的内在出发点。只有解决了这些问题，我们对路遥的道德叙事和苦难书写的透视和把握才具有本质性和历史深度。从这些方面来看，路遥表现出道德决定论和精神决定论的认知偏颇，缺乏道德探究和道德反思，存在着将苦难合理化、神圣化、诗意化，将道德简单化、抒情化和理想化的问题。在小说中，作者的道德激情常常遮蔽现实处境的复杂，悬置了道德的历史具体性。比如，田润叶和李向前的婚姻，是迫于社会关系的无奈结合，没有任何爱情基础，可谓"不道德"的婚姻。在丈夫遭遇车祸失去双腿之后，同情、怜悯、责任等使得田润叶弥合了爱情的伤痕，传统道德战胜了感情裂痕和个人意识，"不道德"的婚姻散发出道德的诗意。王满银游手好闲、不务正业，兰花忍受着肉体和精神上的双重折磨，但却固执地恪守传统的女性的"妇道"，不忍离开他，放弃对自己权利和幸福的追求。由此我们可以看到传统道德观念的凄美，以及巨大的文化惰性。一旦偏离了传统道德，他们就会受到惩罚。比如卢若华同高广厚的妻子相恋，拆散了高广厚原本和睦的家庭，遭到了传统道德的强烈谴责。浪漫的杜丽丽同诗人古风铃偶然出轨，在现代爱情和传统道德的煎熬中，杜丽丽同丈夫两人都痛苦不堪。路遥无意识地流露出对传统道德的赞同，体现出价值判断上的偏颇。再如高加林、孙少平在社会转型中表现出的身份危机，作者让他们完善自身的道德并广施善行，简单地用温馨的道德抚慰，掩盖了更为复杂的传统道德与现代观念、农村生活与城市文明之间的冲突。传统道德是否能够拯救他们，是否能够摆脱乡村社会固有的落后蒙昧，是否能够使他们完成精神上的现代意义的解放，是值得怀疑和思考的。

在路遥的小说的道德叙事里（尤其是《平凡的世界》），个体的道德追求是被预设好的，个体的任务就是发现什么是值得追求的并正确地去执行。我们要反思的是：难道意识形态和社会观念对人的道德意识没有影响吗？当意识形态的道德观念和个体普遍的、正确的道德追求冲突甚至相反时，个体的道德如何实现？意识形态会不会导致不道德的压迫性专制？另外一个问题也随之而来，当道德陈述和事实陈述相反，即某种虚假的道德成为一种悬浮的意识形态，而实际生活却遵循另一种道德伦理，那么道德就陷进了逻辑黑洞。路遥小说中人物所面临的问题和苦难，是城乡二元体制以及其他社会体制问题造成的，个人的奋斗和抗争根本无济于事。对于路遥而言，如何处理这一问题，是十分矛盾和疑惑的，他更多的用模糊的叙事予以回避，让人物回到自己道德的理想国，进行自我的道德完善，对体制化、等级化等社会问题并没有深刻地反思。当然，更重要的原因可能是路遥无法超越自己的知识结构和认知判断，形成思考社会体制的深层次问题的能力，或者他即使有这种能力，但心不在焉。在历史和生活的"当局"中，我们很难有作家像巴尔扎克那样，超越自己的出身的局限。再加之我们也知道，路遥写作的 80 年代，整个社会有着普遍广泛的共识，社会各个阶层有着流动和跨越的可能性，整体上体现出一种明朗、积极、乐观的理想氛围。不过，从《平凡的世界》里，我们还是可以看到路遥强烈的宿命感。高加林、孙少安、孙少平等的失败命运，透露出路遥心灵深处潜藏的悲怆和忧伤。他们都努力奋斗、拼搏过，但最后都失败了，没有一个是成功者。这是值得我们注意并思考的。

路遥小说的道德观念，是古典的前现代社会的德性论伦理学。德性论这种前现代的道德形态，既是路遥无法摆脱的历史局限，同时也形成了其无可匹敌的优点。路遥不可能双脚悬空，去书写现代社会的道德观念，他无力也不可能去书写，这也不是他文学世界的图景。路遥的道德叙事，同他的成长环境和时代限制有很大关系。他童年所遭遇的不幸、乡村社会道德伦理的势利，以及他经历的"文革"对传统道德美好方面的破坏，都使得他的道德书写具有一种"补偿"意识，因此他没有对国民劣根性进行挖掘、透视和表现，更多地积极表现传统道德与乡村伦理中美好淳朴、温情脉脉的一面，以此求得心灵上的慰藉，缺乏冷静的审视和理性的分析。在德性论雪崩和宏大的道德话语解体之后的道德价值虚无中，路遥的小说无意给我们提供了一种自我审视、自我评价的参照，无疑会磨砺我们的道德意识。但在道德表达和道德实践严重脱离甚至完全相反的情况下，无论如何，即使意识形态的强力号召，也绝不会成为康德所言的"道德的绝对命令"，形成社会的普遍道德与普遍伦理。更为关键的是，我们知道："道德评判文学作品，只能根据每一代人所接受的道德准则,不论那一代人是否真正按照道德标准生活。"(艾略特语)当文学中含蕴的道德观念与时代具有某种共鸣的关系时,它的声誉会不断增加;如果两个时代的关系是对立性甚至是敌对性的时,那么它的声誉就会丧失。文学史上这样的例子不胜枚举。因而,我们难以判断中国城乡的二元对立消失之后,在完成国民社会向公民社会、前现代的身份社会向现代的契约社会的转变之后,路遥的小说是否还会产生之前那样巨大的道德影响。这是路遥德性论小说叙事面临的严峻命运。

(本文原载于《文艺报》2017 年 7 月 21 日)

生命与艺术的淬砺

——陈忠实散文论

《白鹿原》完成之后,陈忠实曾说:"作为一部长篇小说的全部构想已经完成,……我永远再不会上那个原了。"[1]他是说再也不会写熬人心血的大部头长篇了,或者是《白鹿原》的续篇。这其中有年龄的考虑,当然也有创作积累的问题。不过,他并没有停下笔来,而是倾力于散文和短篇创作,并取得了不凡的成绩。特别是他的散文创作,在散文写作日趋滑坡甚至"穷途末路"[2]的当下,格外令人瞩目。

陈忠实散文创作的突破和喷发,是在《白鹿原》完成前后。《白鹿原》的写作不但形成了他独特的叙事方式,同时也使他找到了敞开心扉袒露心声的最佳角度。散文是一种对话性很强的文体,往往灌注着作者的乡土意识、童年经历和生命体验,真诚的、开放性的表达往往能与周围环境以及读者互为激荡,达到一种心领神会、情感交通的默契状态。在中国现代散文史上,鲁迅的《朝花夕拾》首次将"乡土散文"推到一个非常高远浑熟的境界,他将简练的叙述和淡淡的抒情融合得恰

---

[1] 李星、陈忠实:《关于〈白鹿原〉的问答》,《小说评论》1993年第3期。
[2] 王兆胜:《"形不散—神不散—心散"——我的散文观及对当下散文的批评》,《南方文坛》2006年第4期。

到好处，开拓了一种"记忆的还乡"的"乡土散文"范式。其后的何其芳、李广田、沈从文、师陀等人都在反复叙述着离开乡土的精神记忆。陈忠实与他们的不同之处在于，他一直没有离开乡土，在精神上一直保持着中国农民最为可贵和可敬的一面，因而他的散文也就消弭了离乡的知识分子与乡土隔膜疏远以及矫情造作的弊病，真正是一种名副其实的由"乡土人"书写的"乡土散文"。中国现代"乡土散文"的阅读对象是城市知识分子，在语言媒介上，这种文体使用现代汉语或者欧化味很浓的白话文，真正充满乡音的农民语言反而成为一种陌生的东西。这其中当然也有力图将乡音土话转变为现代白话的努力，然而成绩实在有限。到了50年代，乡土散文又陷入了"借景抒情、托物言志"的套式，中断了"五四"以来"乡土散文"的叙事脉络，甚至沦为"瞒和骗"的文艺。新时期以来，乡土是众多作家耕作不舍的园地，知识分子的"记忆的还乡"常常居高临下，使得乡土成为精神宣泄或是寻求灵魂暂时安妥的工具性场地。由于内在的隔膜限制了这类散文的境界和气度，写作者不能将其与生命融汇成胶着浑然的状态，终而沦为乡土的表象记录。陈忠实一直没有离开乡土，没有经历知识分子的"文化的流放"，乡土中的一草一木、一人一事，和他的生命是浑然一体的。正如他自己所说的，早年躺在打麦场上，看着农民丰收的喜悦，"我已经忘记或者说不再纠缠自己是干部，是作家，还是一个农民的角色了"[1]。因而陈忠实往往能将乡土、乡情、乡风自在圆润地融入自己的叙述当中，并以此来承载自己与乡土合为一体的生命状态，从而自铸一体，独具风格。从这个意义上讲，陈忠实丰富了"乡土散文"的内涵，成为"乡

---

[1] 陈忠实：《寻找属于自己的句子》，上海文艺出版社，2009年，第99页。

土人"写"乡土"的典范。

　　一个优秀的散文作家,必须是"一个具有优秀个性的人,同时他的个性与现实社会和人类的普遍命运必定有着某种内在的精神联系,并对美丑与善恶有着独立的思考和价值判断"[1],这样才能获得一种特有的品质和魅力。陈忠实在经历了生命与艺术的淬砺之后,散文创作获得了这种"特有的品质和魅力"。他的散文大致可以分为三类:一是童年生命历程的回忆,二是他的"行走见闻",三是"人生与写作"。生命历程的回忆,只要真情灌注,做到真切感人并不困难。我们知道,《白鹿原》很少写到景物,用作者的话来说,几乎都是"干货",冷峻而沧桑的叙述风格使我们对作者情感的丰富细腻之处难以有一个透彻的把握。童年生命历程的回忆散文展示出这个关中汉子感情中细腻和温婉的一面。《第一次投稿》《晶莹的泪珠》《生命之雨》《为了十九岁的崇拜》等回忆自己童年经历的作品,常在"半瓣花上说人情",把心交给读者,丰富地展露出这个关中汉子敏感柔软的一面。如《晶莹的泪珠》里写到的那个不希望他休学的女老师,在他将要离开的时候,她走过来拍了拍他的书包说:"甭把休学证弄丢了。"这时候——

> 　　我抬头看她,猛然看见那双眼睫毛很长的眼眶里溢出泪水来,像雨雾中正在涨溢的湖水,泪珠在眼里打着旋儿,晶莹透亮。我瞬即垂下头避开目光。要是再在她的眼睛里多驻留一秒,我肯定就会号啕大哭。我低着头咬着嘴唇,脚下盲目地拨弄着一颗碎瓦片来抑制情绪,感觉到有一股热辣辣的酸流从鼻腔倒灌进

---

[1] 陈剑晖:《新散文往哪里革命?》,《文艺争鸣》2006年第5期。

喉咙里去。我后来的整个生命历程中发生过多次这种酸水倒流的事，而倒流的渠道却是从14岁刚来到的这个生命年轮上第一次疏通的。第一次疏通的倒流的酸水的渠道肯定狭窄，承受不下那么多的酸水，因而还是有一小股从眼睛里冒出来，模糊了双眼，顺手就用袖头揩掉了。我终于扬起头鼓起劲儿说："老师……我走咧……"[1]

这种纯洁高尚的情感、滋润生命的温暖不仅一直保留在作者的记忆当中，同时也强有力地冲决了读者的情感栅栏。这种看似平淡却无限伟大的情感，不单是女性的一种怜才爱人的仁慈高洁，也是一种对于弱小者的同情、体恤和关爱，这不仅能给人在危难的时候以温暖和抚慰，给人一种温暖如春的宁静圣洁之美，同时也是一种使人终生铭记给人激励的温暖记忆。除此之外，这篇短文里写到的父亲在临终之前的道歉之语同样也令人肠热鼻酸。父亲苦苦支撑着家庭，因为没有了经济来源，供养不起两个学生，只能让在上中学的作者休学一年，等到家里经济出现转机的时候再复读完成学业。一年后，坚强的父亲还是让作者复学了。结果高中毕业推迟到1962年，由于国家经济十分紧张，高校招生人数大大缩减，作者无缘跨进大学的校门。结果在他休学的25年之后，也就是父亲临终之前，父亲却对儿子说："我不该让你休那一年学"，"错过一年，让你错过了二十年……"[2] 这怎么能怪父亲啊，社会政策的变迁给个人命运带来的转变，和父亲又有什么关系呢？然而，

---

[1] 陈忠实：《俯仰关中》，第205页，江苏文艺出版社，2010年。
[2] 同上书，第206页。

父亲却不怨天尤人,将责任完全归结于自己,这正是黄土地上忍辱负重、任劳任怨,无私供养着儿女的伟大父亲们的灵魂写照,读来不禁令人唏嘘。陈忠实的散文因为"真"而蕴含着"力",因为"力"又突出了"美"。这些生命历程的返观,不仅仅是对美好生命、人生足迹的重新品咂,同时表现出对生活的感恩、对人性中闪光之点的擦拭珍重以及心态的自然澄澈,表现出高远淡然的人生境界、阅尽人世沧桑的宽厚仁义,令人如嚼橄榄,回味不绝。

"行走见闻"可谓是散文中最难写的一种,一种景物,观者无数,很难出奇制特,因而千百年来的游记闻名者如柳河东的《永州八记》、王荆公的《游褒禅山记》、陆放翁的《入蜀记》、龚定庵的《乙亥六月重过扬州记》等为数寥寥。而这些作品又不简单是恣意名胜、放情山水的游玩之作,而常常是借景抒情、寓物言志,汇集着社会历史的感慨和人生体验的抒发,这对作者要求甚高,因而游记中的上乘之作并不多见。

陈忠实的上述两类散文,虽偶有佳作,但总体上成绩平平。真正圆熟丰润、饱含魅力和体现其风格的,是其"人生与写作"系列。在我看来,标志着他散文卓然形成自己独特风格的,是他那篇苍劲悲凉、酸心热耳、情真意切的《别路遥》。这个时候,阅历和体验被思想和智慧点燃了,流露出智慧的参悟,再加之粗犷劲硬的语言风格,形成了鲜明的个性和独特的魅力,产生了一批茕茕独造的作品。如《别路遥》:

> 我们不得不接受这样的事实,无论这个事实多么残酷以至至今仍不能被理智所接纳,这就是:一颗璀璨的星从中国的天宇间陨落了!
>
> 一颗智慧的头颅终止了异常活跃异常深刻也异常痛苦的思维。

这就是路遥。

他曾经是我们引以为自豪的文学大省里的一员主将,又是我们这个号称陕西作家群体中的小兄弟;他的猝然离队使得这个整齐的队列出现一个大位置的空缺,也使这个生机勃勃的群体呈现寂寞。当我们:比他小的小弟和比他年长的大哥以及更多的关注他成长的文学前辈们看着他突然离队并为他送行,诸多痛楚因素中最难以承受的是物伤其类的本能的悲哀。[1]

这种沧桑而有劲道的表达方式,实际上也正是他此时正在创作的《白鹿原》的语言风格。如果用关中方言朗诵这段饱含深情的文字,我们更能体会其类似于秦腔曲词的隽永和悲凉。作者深情以系的不仅仅是天妒英才的遗憾和"年长的大哥"为小弟离队送行的个人感慨,同时也是一种物伤其类的宏阔关怀。在此前的几个月,也就是1992年的夏天,他填过这样两首词:

小重山·创作感怀

春来寒去复重重。掼下秃笔时,桃正红。独自掩卷默无声。却想哭,鼻涩泪不涌。　　单是图利名?怎堪这四载,煎熬情。注目南原觅白鹿。绿无涯,似闻呦呦鸣。

青玉案·滋水

涌出石门归无路,反向西,倒着流。杨柳列岸风香透。鹿原峙左,骊山踞右,夹得一线瘦。　　倒着走便倒着走,独开水道

---

[1] 陈忠实:《陈忠实文集》(五),太白文艺出版社,1996年,第417—418页。

也风流。自古青山遮不住。过了灞桥,昂然掉头,东去一拂袖。[1]

陈忠实初试琴弦,便铮铮作响,这倒不在于这两首词如何对仗和工整,而是他借助这种形式恰当地、真实地排遣一种慷慨悲凉、倔强大气的情绪。而这些不简单是智慧或者阅历的表现,用陈忠实自己的话来说,就是"生命体验""生活体验"与"艺术体验"的融汇和结晶。这在他之后写作的《告别白鸽》《原下的日子》《五十岁说》等散文中表现得更为突出。到了长篇散文随笔《寻找属于自己的句子》,则将古槐老柏式的苍劲和纪伯伦式的睿智融为一体,讲述了自己的艺术寻找、剥离以及突破的蜕变过程。

陈忠实散文语言的突出特点就是质朴,犹如黄土一般纯朴无华。他熟稔地将历经岁月打磨而又容易被人接受的关中方言纳入叙述之中,如同一位智慧的老农在讲述岁月的变迁,显得土气,同时又彰显出大气和浓烈的地域风采,这同作者的诚挚和坦荡结合起来,"豪华落尽见真淳",形成了一种类似老托尔斯泰式的洗尽铅华的"笨拙"。这种写法,是才子式的"独抒性灵"或学者式的"感兴寄托"所无法企及的境界。同时,他摆脱了对生活表象的记录,在其丰富的"人生体验"磨砺升华之后,感慨系之,吐纳为一种博大的同情悲悯和饱经沧桑的睿智。《告别白鸽》写自己养鸽子的经历,同《晶莹的泪珠》一样,展现出这个地道的关中汉子柔情婉约的一面。在自己写作的寂寞岁月里,两只白鸽活跃了白鹿原下老宅的盎然生机,同时和"我"产生了一种超越动物种属的难得信赖。鸽子"捕食的温情和欢乐的声浪会使人的心绪归于清

---

[1] 陈忠实:《寻找属于自己的句子》,第163页。

澈和平静",使得作者享受生命的静谧并得到理智的清醒,更重要的是这种消除了动物种属的感情以及哺育幼崽的动人情景,"有形无形地渗透到我对作品人物的气性的把握和描述的文字之中"。[1] 当白鸽遭到鹞鹰的袭击的时候,作者表现出一种割肉饲鹰般的慈悲情怀来——"我在太阳下为它洗澡,把由脏手弄到它羽毛上的脏洗濯干净,又给它的腿伤上敷了消炎药膏,盼它伤愈,盼它重新发出羽毛的白色。然而,它死了……"[2] 在和白鸽的相处中,作者表现出对美的炽热的爱,对生命的尊重和呵护,对弱小者的体谅和同情,表现出一个作家伟大的敏感和仁慈的怜爱来。读到这里,我们不禁会想起陪伴路遥写作《平凡的世界》的那只可爱的老鼠。只有超越了庸俗的博大的仁爱,才能为作品注入坚不可摧的魅力,这是伟大作品普遍具有的共性。而这种东西,不是惺惺作态的故作高姿,而是如涓涓细流一般,从作品中润物无声地流淌出来。陈忠实和路遥的作品,无疑做到了这一点。

如果说《别路遥》标志着陈忠实散文风格的形成,那么,《原下的日子》则标志着他瘦硬苍劲、睿智淡泊的散文风格的成熟。白鹿原的旧宅老屋,是其《白鹿原》的写作完成之地,他在这里"思接千载,视通万里",展开了渭河平原五十年的历史变迁,复活了这个原上孜孜不息的人们,并赋予他们以血肉和精神。因而也可以说陈忠实在向农村或者家中老宅回归的过程中,爆发出了洞观历史、复原历史的写作冲动,并在这个灵魂栖息之地完成了一部民族的"心灵秘史",因而这个旧宅老屋可以说是陈忠实文学写作和精神生命中的一个原点。当重新回到

---

[1] 陈忠实:《俯仰关中》,第5页。
[2] 同上书,第10页。

这个精神原点的时候，他对这个宅院的历史进行了一个简略而沧桑的梳理：

> 我的这个屋院，曾经是父亲和两位堂弟三分天下的"三国"，最鼎盛的年月，有祖孙三代十五六口人进进出出在七八个或宽或窄的门洞里。在我尚属朦胧混沌的生命区段里，看着村人把装着奶奶和被叫作厦屋爷的黑色棺材，先后抬出这个屋院，再在街门外用粗大的抬杠捆绑起来，在儿孙们此起彼伏的哭嚎声浪里抬出村子，抬上原坡，沉入刚刚挖好的墓坑。我后来也沿袭这种大致相同的仪程，亲手操办我的父亲和母亲从屋院到基地这个最后驿站的归结过程。许多年来，无论有怎样紧要的事项，我都没有缺席由堂弟们操办的两位叔父一位婶娘最终走出屋院走出村子走进原坡某个角落里的墓坑的过程。现在，我的兄弟姊妹和堂弟堂妹及我的儿女，相继走出这个屋院，或在天之一方，或在村子的另一个角落，以各自的方式过着自己的日子。眼下的景象是，这个给我留下拥挤也留下热闹印象的祖居的小院，只有我一个人站在院子里。原坡上漫下来寒冷的风。从未有过的空旷。从未有过的空落。从未有过的空洞。[1]

这不仅仅是陈忠实对自己生命历程和家庭兴替的回望，也可以说是关中平原乃至整个中国农村千百年来农民生生不息的一个缩写。农村和农民正是以这样坚韧的生命力延续着历史的承接，支撑着整个中国社

---

[1] 陈忠实：《俯仰关中》，第96—97页。

会。作者并没有局促于一家之变迁，而是在其更迭过程中结合着社会历史的演变，贯彻着作者关于人生的纵深思考。农村从人丁"鼎盛"到"空旷""空落"甚至"空洞"，这是所谓的"现代化"带来的进步，还是令人忧郁的寥落？那种儿女子孙呼天抢地送别亲人的场面是否还在继续？那种延续几千年的被"火葬"代替的土葬所承载的民俗仪式，是否还可以找寻得到？……短短的一段文字，打破"一己之小我"，将"乡土中国"或者"乡土关中"转化为一种人生经验和民俗文化的"象征"，成为一种时代变迁的心灵记录，从而使得作者的叙述具有了人类学的意义。

2009年，陈忠实出版了讲述《白鹿原》写作前后的长篇随笔——《寻找属于自己的句子》。我们知道，文坛不乏创作谈或者写作手记，而用如此大的篇幅，讲述一部长篇小说的诞生，这在中国文坛乃至世界文坛，都是极为罕见的。这并不是说作者言语啰唆，而是作者将自己的探索、迷惑、彷徨、剥离纤毫不弃地呈现出来，没有成功者的涂脂抹粉或者夸大美化，而是坦诚真挚地披露了自己艺术创作的过程。我们知道，真诚是任何艺术获得永恒生命力的前提，也是打动读者最有力量的砝码。托尔斯泰曾说："在任何艺术中间，脱离正道的危险之点有两个：庸俗和做作。两点之间只有一条狭小的通道。而要通过这条小道全凭激情。如果有了激情而又方向对头，那么，可以躲过两个危险。两个危险之中，做作更可怕。"[1]作者不但深晓"庸俗和做作"的危险，同时将"真诚"内化为一种不可企及的人生素养。真诚是这部长篇

---

[1] [俄]列夫·托尔斯泰：《列夫·托尔斯泰论创作》，戴启篁译，漓江出版社，1982年，第92页。

随笔最为突出的特点，这首先表现在作者襟怀坦荡的自我否定上。

在英语世界里，"真诚"（sincerity）一词最早在16世纪30年代出现。它来自拉丁文sincerus，最初意义为"干净、完好或纯粹"，与词面意思完全吻合，多用于物而不是人。后来这个词涉及人，喻指一个人的生活是真诚的，是完好的、纯粹的或健全的，其德行是健全的。莎士比亚是从没有伪饰、假装这一层面来理解的。马修·阿诺德所理解的真诚，也是从行为、举止即所谓的在"差事"方面与自身保持一致，认为真诚"主要是指公开表示感情和实际感情之间的一致性"，体现在这种一致性上的价值"在历史的某个时刻成了道德生活的新要素"[1]，对于一个人来讲，则可能获得精神道德的浴火重生。当陈忠实在邻近知天命之年的时候，清醒的生命意识使得他不禁回视自己的创作——"记不清那一天算计到这个令人顿生畏惧的生命数字时，我平生第一次意识到生命短促的心理危机，几乎一生缠绕于心的文学写作，还没写出真正让自己满意的作品，眼看这就要进入乡村习惯上的老汉的标志性年龄了。"清醒的生命意识使得他能够勇敢地否定自己以前的创作，不斤斤计较外界的评价或者世俗的束缚，从而寻找新的突破和飞跃，给生命一个满意的交代。这种由清醒的生命意识萌生的勇敢的自我"剥离"、自我否定，使得他获得了一种超然物外的生命状态，而这正是任何一部杰作诞生的必要前提。苍天不负真诚之人。事实证明，陈忠实不但为自己造了"一本死时可以垫棺作枕的书"[2]，同时也给予历史一个深厚的交代，给文坛贡献了一部"令人震撼的民族秘史"。

---

[1] ［美］莱昂内尔·特里林：《诚与真——诺顿演讲集（1969—1970）》，刘佳林译，江苏教育出版社，2006年，第13页。
[2] 陈忠实：《寻找属于自己的句子》，第22页。

"真诚"不仅是要正视自己，否定自己，更重要的是要面对自己，超越自己。陈忠实在否定了自己以前的创作之后，接下来的是如何面对自己，超越自己。在很长的一段时间内，陈忠实走的是柳青的路子，以致在文坛有"小柳青"之称。在萌发《白鹿原》的创作欲念之后，他明白"一个在艺术上亦步亦趋地跟着别人走的人永远走不出自己的风姿，永远不能形成独立的艺术个性，永远走不出被崇拜者的巨大的阴影"[1]。然而，任何一个作家都无法和自己以往的经验完全斩断，而是必须在既有的经验上寻找突破和蜕变。陈忠实也在艰难地摸索和寻找，在了解了卡彭铁尔的创作历程之后，他自己明白卡氏那句话同样适用他——"在现代派的旗帜下容不得我"[2]，他必须在自己生活的土地上、在自己既有的写作经验上开辟新的道路。他意识到之前的创作由于没有和时代拉开距离，在同时代的胶着中往往丧失了独立的判断。或者说他意识到之前的创作使得他在处理现实题材的时候，无形中形成了某种潜在性的障碍，因而他必须突破自己的这一局限，在更广阔的历史视域里去激活自己的生活积存和艺术经验。这首先是文化历史意识的激活和写作方向的调整。在生活上，陈忠实相信自己"对乡村生活的熟悉和储存的故事，起码不差柳青多少"，差别在于"对乡村社会生活的理解和开掘深度上，还有艺术表达的能力"[3]。陈忠实这个自我剖析无疑是非常准确的。因而他开始调度自己的写作趋向，力图从历史、文化、人性的维度，重新审视这片他生活了几十年的土地，并摆脱柳青的"典型环境中的典型冲突"的阶级叙事模式，寻找一种属于自己的独

---

[1] 陈忠实：《寻找属于自己的句子》，第195页。
[2] 同上书，第10页。
[3] 同上书，第9页。

特的叙事方式。他开始尝试性地写了《蓝袍先生》，"不着重故事情节，以人物生命轨迹中的生活琐事来展示人物"[1]，这实际上是在他文学导师柳青"人物角度"写法基础上展开的一种探索，不过他在广度和深度上进行了开掘。这时候可以说陈忠实渐渐进入了艺术探索的自觉状态。他意识到"人物角度"写法"只是现实主义写作的一种方法"，"能否显示这种写作方法独具的艺术效力，关键还在作家对自己要写的人物深度理解上"，在于对"历史和现实生活的理解体验"[2]上。这时候他茅塞顿开，终于寻找到了一种属于自己的结构方式，那就是从"人物文化心理"进行把握。通过查阅史料县志，他重新审视历史并"回嚼"激活了自己的生活经验，从人性出发，完成了历史的复活和还原。这不仅是陈忠实个人写作上的突破和飞跃，也是中国当代长篇小说叙事的一个重大突破，那就是他突破了以柳青为代表的、通过"典型环境中典型冲突"塑造人物的阶级叙事模式，从"文化心理"来透析中国近百年来的社会历史变化。

《寻找属于自己的句子》不仅是《白鹿原》写作历程的全面回顾，同时也是作者艺术生命的提炼和总结。写作的经验固然因人而异，自然也不适宜直接拿来使用。然而，陈忠实关于创作是"生活体验""生命体验"与"艺术体验"熔合的简明概括却给人有醍醐灌顶之感。我们知道，自从延安文艺座谈会以后，"体验生活"或者"生活体验"成为文学创作的前提和基础。这种"体验生活"不是站在生活的边缘看生活，就是用先验的政治理念改造生活。新时期以后，理论家、作家都在不断

---

[1] 陈忠实：《寻找属于自己的句子》，第2页。
[2] 同上书，第44页。

辨析矫正这种固化的表述，然而总没有捅破厘清。陈忠实简单的一段话将这个问题说得非常透彻：

> 生命体验由生活体验发展过来。生活体验常常出问题，旁人不敢列举只敢面对自己，曾经以阐释"阶级斗争"而写下的小说处女作让我久久汗颜于文坛，如今才觉释然，想到那些尴尬如同想到曾经穿开裆裤一样。生命体验是可以信赖的，因为这不是听命于旁人也不是按某本教科书去阐释生活，而是以自己的生命所体验到的人类生命的伟大和生命的龌龊。生命的痛苦和生命的欢乐、生命的崇高和生命的卑鄙等等难以用准确的理性语言来概括而只适宜于用小说来表述来展示的那种自以为是独特的感觉。[1]

"生活体验"和"生命体验"的区别可以说是陈忠实艺术实践最为重要的收获，是贯穿《寻找属于自己的句子》的中心词，也是他对当代文学创作最大的理论贡献。我们知道，在当代文坛，不乏"生活体验"深厚的作家，然而由于不能上升到"生命体验"的高度，因而有"新写实主义"消除生命意义的生物性的写作，有眉毛胡子一把抓捕捉生活表象的自然主义写作，有遮蔽灵魂的欲望化写作……凡此种种，足以说明"生命体验"对于一个作家的重要性。"生命体验"不是对生活的个人化的简单反馈，而是在置于历史、民族、人类、人性前提之下的个人化表达。能否将"生活体验"上升到"生命体验"的高度，是区别一个平庸作家和优秀作家的内在性界碑。在对柳青经验的扬弃上，陈忠实对

---

[1] 陈忠实：《兴趣与体验——〈白鹿原〉获奖感言》，《当代》1995 年第 1 期。

"艺术体验"现身说法,做了启人深思的阐述。在他看来,"艺术体验"不是别人经验的照搬,而是融汇着自己思索的扬弃和升华,这样才能摆脱影响者的阴影,找寻到真正属于自己的风格。这点对那些"食古不化"或者"食洋不化"的作家来说,无疑是非常清醒的警诫。当然,他并没有将"生活体验""生命体验"和"艺术体验"分裂开来,这三者不是混合起来,而是互相渗透和互相交融,浑然一体,有机结合。

托尔斯泰在《莫泊桑文集》序一文中指出,一部真正的艺术作品必须具备三个条件:一是"作者对待事物正确的、即合乎道德的态度",二是"叙述的晓畅或形式美,这是一回事",三是"真诚,即艺术家对他所描写的事物爱憎分明的真挚情感"。[1]《白鹿原》《寻找属于自己的句子》以及陈忠实的大部分散文,都具备托翁所说的这三个必备的要素。正因为对文学的真诚和对生命的敬畏,陈忠实才在自己的艺术之路和人生之路上完成了辉煌的转折和惊人的飞跃。也因为真诚和忠实于自己的"生命体验",他的文学创作找寻到了一种属于自己的独特叙述方式,获得了史诗的品格和迷人的魅力。《寻找属于自己的句子》可以看作是《白鹿原》的孪生兄弟,同时也是一部袒露自己、将自身经验毫无保留的金针度人的真诚之作、厚重之作、大气之作。其心境的平和,襟怀的宽厚,表达的苍劲和睿智,同他的《白鹿原》一样,形成了独特的"这一个",是当代散文创作中不可多得和难以忽略的上乘之作。

(本文原载于《名作欣赏》2012年第1期,原题为"庾信文章老更成——陈忠实散文简论",收入本书时内容有扩充)

---

[1] [俄]托尔斯泰:《托尔斯泰读书随笔》,王志耕、张福堂译,上海三联书店,1999年,第26页。

白鹿之后待大雅，斯人文苑足千秋

2016年4月29日，西安。旭日初升，终南历历。这样一个温暖的早晨，无数读者与文友却心寒如冬，难以按捺心中的悲伤。残忍的4月在即将结束时，让一位极为坚强、极为深刻、极为睿智、极为和善的老人停止了思维。7点40分左右，陈忠实——这位白鹿原上瘦劲骨峭的硬汉倒下了，三秦大地上的文学大旗倒下了，中国文坛如秦岭般巍峨的一座高山倒下了。他的离世，意味着"文学陕军"失去了主帅，也标志着中国文坛一个时代的结束。

1993年，《白鹿原》引起了中国文坛的"地震"。著名评论家雷达曾这样描述这部小说带给他的冲击力——"我从未像读《白鹿原》这样强烈地体验到，静与动、稳与乱、空间与时间这些截然对立的因素被浑然地扭结在一起所形成的巨大而奇异的魅力。"[1] 著名评论家李建军则誉之为"一部令人震撼的民族秘史"。具体而言，《白鹿原》是一部民族的"心灵史""精神史"，更是一部"民俗史"和"文化史"。倘要了解我们这个民族20世纪上半段的历史、文化和生活，再也没有比《白鹿原》更恰当、更丰富、更饱满的小说书写了。《白鹿原》让中国文坛

---

[1] 雷达：《废墟上的精魂——〈白鹿原〉论》，《文学评论》1993年第6期。

刮起了强劲的"西北风",也给饱受市场经济大潮冲击的长篇以自信和尊严,同时也矗立起一座峰峦雄伟的艺术丰碑,成为之后长篇小说叙事必须逾越也很难逾越的艺术高峰。文学作品常常需要一个时间距离来检验和评判它的艺术水平和叙事魅力,来领会它回荡的气息和永不凋零的美妙。《白鹿原》发表23年来的持续畅销与不断升温的阅读热和研究热,已经充分证明了它的生命力。在当代文坛,没有一部作品能够引发如此巨大的关注,并在普通读者和专业阅读之间取得如此一致的认同。这无一不源于其深厚的文化蕴涵、人性洞察和丰沛的艺术魔力。

《白鹿原》重新叙述了20世纪前半期中国近现代历史上的重大事件,辛亥革命、国共合作、抗日战争、解放战争等在小说中或直接或间接地均有涉及。其中包孕的文化反思、政治思考和思想质询超越了之前所有的长篇小说叙事,表现出历史转型时期民族深处的精神躁动和文化蜕变,体现出深刻的历史洞察力、艺术透视力和文学表现力,将20世纪90年代的中国长篇小说推至一个全新的艺术境地。一方面,它完全摆脱了中华人民共和国成立以来宏大的革命历史叙事;另一方面,它创造性地将"革命历史小说""新历史小说"、拉美魔幻现实主义融汇于一体,通过地方经验的全新书写,在广阔的叙事空间,建构起蕴涵丰富的民族寓言。《白鹿原》通过"仁义白鹿村",解构了宗法礼制道貌岸然实际虚伪卑鄙的神话,抨击了"吃人礼教"对田小娥命运的摧残,将政治权力在白鹿原上的争斗,精辟地比喻为争夺烙饼的"鏊子",被烤在上面的,永远都是可怜的百姓。政治风云、家族争斗、革命风云、抗日烽火、爱恨情仇、四季农事、白鹿精灵、民俗风情等有机融合,历史事实、民间故事和日常生活被置于神话般的气氛之中,写实与反讽，描写与隐喻，现实与幻想熨帖无缝，达到了细密、厚实、筋道、浑然的艺术境界。白鹿精灵不仅是神奇的有灵性的传说，同时也是文化的象征和隐喻，使整部小说充满了神秘的魔幻色彩和浓郁的关中地域特色。值得注意的是，拉美文学的魔幻现实主义往往具有高度的现代审美精神，《白鹿原》中的魔幻则体现出典型的农耕文化和小农意识。这种混沌、感性、神秘的历史意识和诗性书写，不仅仅是作者援引的巴尔扎克所言的"秘史"，也是家族史和文化史，更是心灵史和精神史。

《白鹿原》面世以来，在国内外产生了持续而广泛的影响。截至目前，累计销售量已达200万册。1997年，《白鹿原》修订本获得第四届"茅盾文学奖"。其先后也以不同的艺术形式被搬上舞台。2006年5月，林兆华执导的同名话剧在北京人艺上演。2012年，由王全安执导的同名电影上演，并获2012年第62届柏林电影节最佳艺术贡献奖（摄影奖）。2015年6月，同名电视剧开机。就电影而言，改编是失败的，作者本人也很不满意。在电影中，小说重塑历史和民族寓言的空间几乎被完全削减，甚至连乡村宗法这个视角也不复存在，完全成了一个生存、欲望和伦理的故事。有人归咎于电影上演的是150分钟的删节本，而不是220分钟的完整版。实不尽然，两个半小时已接近电影院放映的极限，电影要做的是如何在这个极限里讲述一个完整紧凑的故事。就影视叙事来看，其有鲜明的影像风格，语言关中魅力十足。这也是其获摄影奖的关键因素。不过，整体上说，电影的导演理念依然没有突破"第五代"的限制，形成新的美学风格。

电影《白鹿原》使小说《白鹿原》在西方世界产生了一定的影响，

同时也由于改编的偏差，形成了严重的误读。遗憾的是，由于西语译本缺乏，西方的读者无法通过阅读小说来领受《白鹿原》的艺术魅力，《白鹿原》也无法在世界文坛确立它应有的位置。说到这里，就不得不谈到《白鹿原》的翻译问题。《白鹿原》自1993年发表以来，先后有日文、韩文、越南文、蒙古文等东方语种版。2012年，法国著名的色依出版社（Les Editions du Seuil）出版了《白鹿原》法文版，800余页，定价25欧元，译者为邵宝庆和Solange Cruveille。出版一月，即售出3000余部，读者反响不错。据邵宝庆说："我个人感觉，这个数字对于一部中国小说已经相当不错，尤其是这样的大部头。因为许多中国小说一共售出也不过几千最多万把册，已经见到的舆论反响也不错，巴黎一流的报纸和杂志都做了介绍。"[1] 这是《白鹿原》第一个西方语言本。也正是这个法语版，给《白鹿原》其他语种的翻译设置了障碍。陈忠实生前曾公开说："签约时，法方编辑说还想出别的外语版，要我把其他的外语版也签给他们。我想人家把咱的书翻译到其他国家，是好事，也没往深处细想，稀里糊涂就签了字。"结果《白鹿原》法文版出来后，再没其他动静了。而英美的出版社要出英文版，必须经得法方的授权，而出版者都想得到作者本人直接授权。因而，陈忠实遗憾地说："洋合同绊住了《白鹿原》的英文版。"[2] 在一个以英语为主导语言的世界文坛，《白鹿原》无法被专业人士阅读，也无法被更多的普通读者读到。这是作者的遗憾、中国文坛的遗憾，也是世界文坛的遗憾。因为西方读者要了解中国历史和西安的风土人情，《白鹿原》无疑是最佳读本。当然

---

[1]《法文版〈白鹿原〉月售3000部》，《西安晚报》2012年7月8日。
[2]《〈白鹿原〉出版20年无英文版　陈忠实：问题出在我》，《西安晚报》2013年3月11日。

也有一些评论家所说的另一个原因，那就是《白鹿原》中的陕西方言很难翻译。这确实是一个问题。美国曾有翻译家翻译一位陕西作家的作品，后来因为陕西方言翻译起来难度太大，就放弃了。这个圈子里的人都知道。记得当年沙博理翻译《创业史》时，遇到拿不准的地方，就请作者定夺。柳青英文极好，一一校订。比如书名，柳青后来就定为"Builders of A New Life"。对于不懂外语的作家而言，要把自己的作品恰切地译为另一种语言确实很难，更多的时候正如塞万提斯所说的那样——"如翻转花毯，仅得其背"。

《白鹿原》的艺术成就虽无法同一流的西方小说比较，但远远超过了西方的二三流小说和诺贝尔文学奖的平均水平，是中国当代长篇小说峻峭和巍峨的高山。其同肖洛霍夫的《静静的顿河》、奈保尔的《大河湾》、帕慕克的《白色城堡》一样，是20世纪上半期中华民族的心灵秘史，是这个东方民族的精神寓言。西方读者如果要了解20世纪上半叶中国的历史变迁和社会生活，《白鹿原》无疑是最富魅力的文学读物。对于那些要了解这个时段的西安风土人情的西方读者而言，《白鹿原》也是别无其二的选择。其中至为关键的一点，就是陈忠实不像同时代的其他著名作家那样，写作有着明显的模仿痕迹，甚至有意迎合西方审美趣味，或者给历史和现实泼倒肮脏而又单一的污水。《白鹿原》的写作，源于陈忠实自觉的生命意识和纯粹的文学追求。他将自己的生活体验、艺术体验和生命体验汇为一体，吐纳为饱经沧桑的睿智和诗性，熔铸成他期望的"死时可以垫棺作枕的"厚重。《白鹿原》既翩跹回翔，也豪迈宕逸，古拙厚重之中散出慷慨悲壮之意；同时又不落沮丧，展示出一种苍劲而富有韧性的生命力和开敞豁达的人生境界，展现出瘦硬劲峭的叙事风格和涵咏不尽的史诗魅力。

斯人虽已殁，鹿鸣永呦呦。白鹿之后待大雅，斯人文苑足千秋。

以《白鹿原》垫棺作枕，陈忠实先生安息吧！

（陈忠实先生逝世之后，作者受英国《金融时报》中文版之邀，介绍《白鹿原》的海外传播及在世界文坛的位置。此文刊于2016年5月1日《金融时报》中文版 http://www.ftchinese.com/story/001067348/unreg，发表时内容有删节）

陈忠实纪念专辑·主持人语

时光静寂,世事喧哗。恍惚间,陈忠实先生离开我们已经一年多了。白鹿原上的樱桃红了,白鹿原下的麦子黄了,可再也看不到瘦劲骨峭的先生手夹雪茄眺望深思的身影;再也听不见先生招朋唤友的爽朗而有磁性的声音……不过,他也不曾离开,他活在无数读者和研究者的心中——他与他的作品不断被人们谈论、缅怀、阅读、研究。他未曾看到的寄予厚望的电视剧《白鹿原》,停停播播,成为社会关注的热点,呈现出过渡时代复杂吊诡的面相,牵扯着无数"白鹿迷"们意味深长的纪念。

正如贾平凹先生在挽先生联中所书:陈忠实是"关中正大人物;文坛扛鼎角色"。他为人质朴醇厚,刚板硬正;为文瘦劲奇崛,气势雄健,"为人"与"为文"高度统一,用关中话说,就是"把人活成咧!"。他的离世,意味着"文学陕军"失去了一员主帅,古都西安失去了一位灵魂人物,也标志着中国文坛一个时代的结束。据我所知,民元以降的百年间,在三秦大地上有三位文化人的离世引发了数万群众自发的空前纪念,他们分别是:易俗社的创始人,与梅兰芳、欧阳予倩鼎足而立的著名剧作家孙仁玉;"文坛巨擘,报界宗师",被誉为"一代国士"的《大公报》总编张季鸾;最后一位,便是陈忠实先生。这既是对他们魁伟人格的无限钦敬,也是对他们艺术成就的高度推崇。就《白鹿原》而言，发表 24 年来的持续畅销，以及不断升温的阅读热和研究热，已经充分证明了它的生命力。在当代文坛，鲜有一部作品能够引发如此巨大的关注，并在普通读者和专业阅读之间取得如此一致的认同，这无不基于其深刻的人性透视、深厚的文化蕴含和丰沛的艺术魅力。

陈先生是本刊的顾问，多年来给予本刊大力支持和无私帮助，原计划在先生一周年时推出纪念专辑，后因种种原因推迟到本期，实在惭愧。时间晚了几月，不过我们内心的缅怀未曾缺席。本期推出的"陈忠实先生纪念文集"，头篇文章是张艳茜女士的《西蒋村赶考的少年》。张女士 1985 年大学毕业后分配到陕西作家协会的《延河》杂志当编辑，是陈忠实先生十多年的邻居和 20 多年的同事。她的《西蒋村赶考的少年》从先生 60 年前的赶考写起，回现了一个 13 岁的、腼腆自尊的农村少年，"穿着鞋底磨穿的旧布鞋，脚后跟流着血从一个不足百户的小村子里——西蒋村，走向灞桥，走向西安，已然堂堂正正地走向全国，走向世界，攀登上了中国当代文学殿堂的高峰"的生命历程，读来令人唏嘘不止、伤感不已、思念无尽。胡小燕教授从"奇观"（Spectacle）入手，剖析《白鹿原》给人带来的奇特的阅读体验以及文本的复杂性和矛盾性，认为《白鹿原》"以奇观化的方式重塑了中国文化传统，文本传递出的思想内涵是斑驳复杂的，其中不免评论家们所说的连作者自己都迷茫和矛盾的地方"，颇给人启发。王效峰教授的《试论〈白鹿原〉中的灾难书写》一文，考察了《白鹿原》的灾难书写，认为"对于创伤记忆的重新唤起，使《白鹿原》的灾难书写在再现历史的同时，也呈现出生命在愚昧中的悲壮与坚韧，表现出浓厚的文化反思和批判色彩"。整篇文章绵密细致，多言人之所未言，表现出出色的文本解读能力和对关中历史文化的熟稔。武汉大学文学院的研究生樊星同学，籍属渭北，熟悉《白鹿原》中的地理文化与风土人情。她从《白鹿原》中的"戏楼风景"切入，探讨文本内部舞台建构的表演性，以及"看"与"被看"的"戏楼风景"所包蕴的文化、权力、意识形态、价值观念之间的复杂冲突及多层隐喻，阐幽显微，不乏精彩之论和启人深思之处。鄙作《灞桥风雪吟咏苦——论陈忠实的旧体诗词创作》（此篇收入本书后名字有改动），通过考察陈忠实先生为数不多的自度旧体诗词，试图揭示其瘦硬劲挺、慷慨悲凉的艺术风格，以及《白鹿原》完稿之后陈忠实的创作心态和心灵世界。得之失之，还请方家不吝见教。

　　以上这几篇文章，从各个层面表现出陈忠实丰富的人格魅力以及《白鹿原》作为经典的不可穷尽的言说的可能性。记得在路遥的遗体告别仪式上，陈忠实深情地说："路遥获得了这个世界里数以亿计的普通人的尊敬和崇拜，他沟通了这个世界的人们和地球人类的情感。"（《别路遥》）这句话放在他身上，同样合适。只要那道白鹿奔跑的灞陵原在，只要《白鹿原》在，关于陈忠实的评说和研究就会永远持续下去……

　　　　　　　（本文原载于《新文学评论》2017年第3期）

灞桥风雪因鹿鸣

——论陈忠实的旧体诗词创作

陈忠实对诗歌的迷恋，可以追溯到初中时期。他初中二年级时喜欢上文学，初中三年级适逢"诗歌大跃进"，受时代氛围的影响，写了不少诗歌，其中有一首题为"钢、粮颂"，发表在1958年11月4日的《西安日报》上，为其见诸铅字的最早作品。[1]陈忠实后来回忆说："写诗是我年轻时的小爱好，那会儿我就爱写个短诗啊、小散文啊。那时候诗情来了，根本压抑不住，写诗的数量远远超过了散文，但因胆小怕羞也不敢往外投稿，只是自己没事抒发一下情绪而已。"1965年3月8日，他在《西安晚报》上发表了散文处女作《夜过流沙河》。早两日即3月6日，他在《西安晚报》发表了14行的诗歌《巧手把春造》[2]。《西安晚报》的编辑回信对他说，他的散文比诗写得好；另外，术业有专攻，人的精力有限，应该把重心放在散文上，重点突破。[3]由此，陈忠实在散文创作上花的精力多一些，不过很快即倾力于小说创作。邢小利考察

---

[1] 邢小利：《论陈忠实的创作道路与文学史意义》，《陕西作家与陕西文学》(上)，陕西人民出版社，2017年，第63页。

[2] 邢小利、邢之美：《陈忠实年谱》，陕西人民出版社，2017年，第11页。

[3] 职茵：《著名作家陈忠实 一生爱诗鲜有人知》，《西安晚报》2009年5月24日。

陈忠实的读书兴趣和文学接受发现："陈忠实早年读书，主要是小说，几乎没有见他提过散文、诗歌和戏剧，更不要说文学理论、文学批评以及历史、哲学、文化一类书籍了。这一点非常重要。诗歌和散文或者干脆说诗文，从某种意义上说，更多的是属于文人或者说是知识分子作家的雅好。陈忠实的文学趣味不在这里。这也是他后来几乎不写诗（平生只写了一首自由诗，写了二三十首不讲格律的旧体诗词），散文（多数为五十岁以后之作）也写得不是太讲究的原因。陈忠实似乎从一开始，就在潜意识里给自己定位为一位小说家。"[1]潜意识里做一名小说家的自我定位，使得陈忠实在小说的阅读方面尤为用力（尤其是当代小说和外国小说），对中国传统诗词的阅读和接受极为有限。不过他诗兴并未泯灭，在《白鹿原》完成之后，"诗人兴会更无前"，对古典诗词的阅读兴趣前所未见，并萌发了模仿写作的冲动。他"没有下过太大功夫研究旧体诗词的形式特点"，"只是利用旧体诗词这种形式来表达他当下的思想感情"。[2]也即是说，陈忠实的旧体诗词创作，是一种明心见性的陈氏自度诗词。且不去考虑其诗词是否合辙押韵、对仗工整，从中我们可以窥探到作者的创作心态、性情风骨与内心世界，这也是本文写作的主旨。整体而言，陈氏诗词有着鲜明的个人化特点——瘦硬劲挺、慷慨悲凉，类松柏虬枝，似秦腔唱词，热耳酸心之中不坠志向，沉郁之中不落颓丧，蕴含着胎息自然、不汩其真的诗学精神。这

---

[1] 邢小利：《陈忠实的读书兴趣和文学接受》，《陕西作家与陕西文学》（上），第120页。按：关于陈忠实新诗的写作数量，邢小利此文与他本人的《论陈忠实的创作道路与文学史意义》一文以及《陈忠实年谱》矛盾，也与陈忠实的回忆不符。应该是：陈忠实50年代末到60年代初写了不少自由新诗，发表的最少有《钢、粮颂》《巧手把春造》两首。
[2] 邢小利：《陈忠实的读书兴趣和文学接受》，同上书，第115页。

也是吸引笔者试以申论的缘由。

《白鹿原》书稿完成之后,得到了评论家李星、人民文学出版社编辑高贤均与洪清波的肯定,陈忠实心境豁然,迎来了"50年生命历程中最好的一个春天"。他"即景生情,因情生景",灞桥柳色、返青的麦田,以及河川与原坡满眼的绿色,使其"前所未见的敏感"[1],目视神遇、外与内符、心与物契、神与物游,使得其对古典诗词有了自己也难以料及的雅兴。在《寻找属于自己的句子》的第十六节,陈忠实以"读诗诵词,前所未有的闲情逸性"为题,记述了自己产生"闲情逸性"的原因:

> 这是我预料不到的一次阅读,竟然对几十年不断阅读着的小说(包括名著),在写完《白》稿之后顿然失去了兴趣,竟然想读中国古典诗词了。尽管未能接受高等文科教育,深知国学基础浅而又薄,然几十年来仍然兴趣专注于现当代文学和翻译文学作品的阅读,从来也舍不得把业余有限的时间花费到国产古典词章的阅读中去。这回突然发生的阅读中国古典诗词的兴趣,也并非要弥补国学基础的先天性不足,再说年届五十记性很差为时已晚了,可以说是没有任何功利目的纯粹欣赏的兴趣。我后来想过,这种欣赏兴趣的发生,在于古典诗词的万千气象里的诗性意境,大约是我刚刚完成小说写作的长途跋涉之后所最渴望沉湎其中的。然而,在《白》的阅审尚未确定的悬心状态里,又很难潜心静气地进入其中,以至用高声朗诵来排解对《白》可能发生的不堪的结局的

---

[1]《陈忠实文集》(九),人民文学出版社,2015年,第439页。

焦虑。现在，有了高贤均和何启治的肯定，也有李星的别具个性的语言的肯定，我便完全松弛下来了，进入一种最欣慰也最踏实的美好状态，欣赏古典诗家词人创造的绝佳意境就成为绝好的精神享受了。[1]

由此可见，灞桥春天辽阔盎然的诗意，与陈忠实完成"垫棺之作"后踏实舒展的生命状态互为感发、相互契合，激发了他不曾有的敏感，以及前所未有的诗情与诗性，古典诗词遂成为他情感慰藉与精神享受的最佳文体。这也是旧体诗词所独具的文学功能使然，正如有学者所言："旧诗有感情容量度，他种文学形式所能容者能之，不能者亦能之，其'娱乐性'或有用性似在此；旧诗虽不盛，方块汉字一日存在，旧诗终当不灭，而维持其'娱乐性'或有用性。"[2] 旧诗如此，词亦如此。在吟咏李白、杜甫、苏东坡、陆游的诗词的同时，陈忠实按捺不住自己的"诗性"，开始尝试用诗词袒露自己的创作历程与心情心态。1992年夏天，他填了平生第一首词《小重山·创作感怀》，不久，又填了《青玉案·滋水》。两首词如下：

小重山·创作感怀

春来寒去复重重。掼下秃笔时，桃正红。独自掩卷默无声。却想哭，鼻涩泪不涌。　　单是图利名？怎堪这四载，煎熬情。注目南原觅白鹿。绿无涯，似闻呦呦鸣。

---

[1]《陈忠实文集》(九)，第440页。
[2] 高旅：《散宜生诗·高序》，聂绀弩：《聂绀弩旧体诗全编》，武汉出版社，2005年，第7页。

青玉案·滋水

涌出石门归无路,反向西,倒着流。杨柳列岸风香透。鹿原峙左,骊山踞右,夹得一线瘦。　　倒着走便倒着走,独开水道也风流。自古青山遮不住。过了灞桥,昂然掉头,东去一拂袖。

为了《白鹿原》这部死后可以做"垫棺枕头"的大书,陈忠实四年磨一剑,万人如海一身藏于白鹿原,过起归园田居的清淡生活。大作竟稿,尚待评判,其中甘苦,翻江倒海。他自己曾立下誓言:《白鹿原》如果砸了,他就和老婆回家养鸡。虽说"有心人,天不负",但苍天负人何曾少见!回味四年辛酸,他情不自禁。前一首写创作之苦,或者可谓是他笃信的那句"文学是愚人的事业"的诠释。开篇作者见景生情,感物而动。时光飞逝,春来冬去,四载春秋,与世隔绝。"掼下秃笔时",已是"桃正红"。知作者者,谓为理想而求索;不知作者者,谓为名利而自囚。接下来,作者突以问句承接——"单是图利名?怎堪这四载,煎熬情",自问自答,由写景转入写心境,自然妥帖,浑然天成。究竟是什么能够支撑作者绳床瓦灶孜孜以求呢?未尽之语,作者进一步点明——"注目南原觅白鹿。绿无涯,似闻呦呦鸣。"正是南原那群呦呦鸣叫的吃享苹草的白鹿,使作者"寤寐思服"。作者巧妙地将《诗经·鹿鸣》中的典故嵌入其中,以指代其《白鹿原》,一语双关,言近旨远。后一首寄情山水,借以言志,别有韵致。上阕写滋水独特的自然气象,"涌出石门归无路,反向西,倒着流"。一个"涌"字,力显喷发之势,起笔不凡。自古河水顺东流,滋水反其道而行,足见其特别。表面上写自然景观,实为自喻。《白鹿原》写作之时,恰逢下海大潮,众人皆东而唯作者向西,足现作者其志之笃、其力之坚。不独"杨柳列岸风香透",更有"鹿原峙左,骊山踞右,夹得一线瘦"。如此情境,不但要有"咬定青山不放松"之坚强,还得有"千磨万击无改变"之韧劲,才能在众声喧哗中发出自己的声音。"透",足见诱惑之大;滋水在白鹿原与骊山之间,被"夹得一线瘦",如丝如线,"夹"与"一线瘦"足见环境之险恶。下阕直抒胸臆,一腔豪迈。"倒着走便倒着走"显作者之决绝,"独开水道也风流"彰作者之气魄。辛稼轩云:"青山遮不住,毕竟东流去。"确如此言,一时之喧闹浮华瞬间即会风流云散,留下来的只有灵魂冲突孕育出来的佳作。至此,作者笔锋突然一转,吟出"过了灞桥,昂然掉头,东去一拂袖"的惊人之句。"夹得一线瘦",不过形势使然,但这也是"苦其心志、劳其筋骨"、成其事业之地,"过了灞桥",情势就截然不同了。这里我们顺便说说陈忠实的出生地灞桥。用陈忠实的话来说,灞桥是他"心灵中最温馨的一隅",这个以折柳送别而闻名于世的地方曾得到历代诗人的不断咏叹,陈忠实在《故乡,心灵中最温馨的一隅》一文中深情地讲述了灞桥对其创作的哺育——"灞桥是我家乡,生我,养我,培育滋润了我。我有幸在家乡工作二十年,服务不够,却得益匪浅。正是那里的如韩康一样'卖药不二价'的父老乡亲,给我以深刻的影响;在那二十年的乡村基层工作中,我才逐渐加深了对社会和人生的了解和体验;完全可以这样来概括,如果没有那二十年的乡村工作实践,我的全部文学创作都是不可想象的,或者说完全会是另外一种面貌。基于这样一种情怀,我向你们鞠躬了,故乡的父老乡亲。"[1] 灞桥风雪吟咏苦,这里我们不由得联想到"灞桥风雪"的著名典故。唐昭宗时宰相郑綮善作诗,"或曰:相国近有新诗否?对曰:诗思

---

[1]《陈忠实文集》(五),人民文学出版社,2015年,第398—399页。

在灞桥风雪中、驴背上，此处何以得之？盖言平生苦心也"（［五代］孙光宪：《北梦琐言》卷七）。足见作诗之苦。陆放翁即有"灞桥风雪吟虽苦，杜曲桑麻兴本浓"（《耕罢偶书》）之句，现代著名学者钱锺书亦有"灞桥风雪驮诗物"（《戏问》）和"灞桥驴背雪因风"（《寻诗》）之句。陈忠实的《白鹿原》，正是在"灞桥风雪"中磨砺孕育出的佳作巨制。文章千古事，灞桥风雪寒。"过了灞桥"暗合此典故，无折柳送别之愁绪，有坚卓毅然之豪情。

除这两首词之外，陈忠实袒露自己创作心路的铮铮之作还有《七律·和路友为先生诗》和《七律二首·故乡》。路友为即著名剧作家芦苇[1]，他既是陈忠实的朋友，也是电影《白鹿原》的编剧。在赠陈忠实的诗里，他写道："壮哉秦风妙手传，如史如诗白鹿原。笔意纵横八百里，墨痕点染五十年。但听滋水歌当哭，难解白鹿情与缘。敢问雍村枕书人，方志续修更几篇？"路友为赞誉老友《白鹿原》之如椽巨笔，期待老友新作问世。陈忠实酬唱道："欣慰拙著有人传，沟通两心是古原。稚少痴梦艺苑里，老大醉耕不计年。遭遇灾变谁无哭？醒来沉静我有缘。寄语钟情白鹿人，体验不深不谋篇。"[2]"稚少痴梦艺苑里，老大醉耕不计年"云其对文学的执着，为自己文学之路的真实写照；"寄语钟情白鹿人，体验不深不谋篇"言创作体验，可谓"金针"与人。"金针"即陈氏所谓的将"生活体验""生命体验"与"艺术体验"高度融汇的"三体验"创作理念。80 年代中后期，陈忠实开始调整自己的创作，

---

[1] 芦苇，原名路友为，著名剧作家，1950 年 3 月出生于北京，在西安长大。其先后编剧的著名电影有《疯狂的代价》《黄河谣》《一地鸡毛》《霸王别姬》《活着》《秦颂》《红樱桃》等，导演的电影有《西夏路迢迢》等。

[2] 《陈忠实文集》（十），人民文学出版社，2015 年，第 424 页。

有意识地激活自己的生活积淀，剥离体验生活带来的限制，自觉地从生活体验的层面进入生命体验的层面。他认为："作家进行文学创作唯一依赖的是一种双重性的体验，由生活体验而发展到生命体验，由艺术学习发展到艺术体验，这种双重体验所形成的某个作家的独特体验，决定着作家的全部艺术个性。"[1] 对于生活体验，陈忠实"强调的是作家个体体验不仅要尊重生活，研究生活，更要使作家的思想情感深陷生活去真切感受却不停留于生活，努力去开掘生活的本真层面及其意义，即便是历史生活"[2]。在他看来："生命体验由生活体验发展而来，生活体验脱不出体验生活的基本内涵。……普遍的通常情况是，一般的规律作家总是经由生活体验进入到生命体验阶段的；并不是所有作家都能经由生活体验而进入生命体验的，甚至可以说进入生命体验的作家只是一个少数；即使进入生命体验的作家也不是每一部作品都属于生命体验的作品。"[3] 生命体验是一种陌生化的个人化体验，"生命体验首先也是以生活为基础的，生命体验不单是以普通的理性理论去解剖生活，而是以作家个人独立的关于历史关于现实关于人的生存的一种难以用理性言论做表述而只适宜诉诸形象的感受或者说体验。这种体验因作家的包括哲学思维个人气性等等方面因素而产生，所以永远不会重复也不会雷同"[4]。如何从"生活体验"进入到"生命体验"，陈忠实这样论述："我觉得从生活体验进入到生命体验，好像已经经过了一个对现实

---

[1]《陈忠实文集》（六），人民文学出版社，2015年，第214页。
[2] 冯希哲：《从"三个学校"到"三种体验"——论陈忠实文学创作观念的转变》，《陕西日报》2013年11月26日。
[3]《陈忠实文集》（六），第215页。
[4] 同上书，第216页。

生活的升华的过程，这就好比从虫子进化到蛾子，或者蜕变成美丽的蝴蝶一样。在幼虫生长阶段、青虫生长阶段，似乎相当于作家的生活体验，虽然它也有很大的生动性，但它一旦化蝶了，它就进入了生命体验的境界，它就在精神上进入了一种自由状态。这个'化'的过程就是从生活体验进入到生命体验的一个质的过程，这里面更多地带有作家的思想和精神的色彩。……对于一个作家来说，他的创作发展也有一个从生活体验到生命体验的过程。有些作家能够完成这个全过程，而有些作家可能从来也没有完成这个过程，这种作家是大多数的。就我的感觉，属于生活体验层次的作品是大量的，而进入了生命体验层面的作品是少量的。"[1] "生命体验"不是对生活的个人化的简单反馈，而是在置于历史、民族、人类、人性前提之下的个人化表达。"艺术体验"不是别人经验的照搬，而是融汇着自己思索的扬弃和升华，这样才能摆脱影响者的阴影，找寻到真正属于自己的风格。经历了80年代痛苦的剥离之后，陈忠实对柳青"三个学校"（生活的学校、艺术的学校、政治的学校）的创作理念进行了深刻的反思和清理，同时祛除了1949年以来简单化的"体验生活"带来的问题和弊端，开掘出自己独特的创作方法论——即"三种体验"（生命体验、生活体验、艺术体验）相互融合，并以自己的创作尤其是《白鹿原》，充分证明了其艺术思考及其实践的合理性和深刻性，留给我们弥足珍贵的理论资源和艺术经验。"体验不深不谋篇"一句虽短，却蕴含着陈忠实几十年创作的深刻经验。《七律二首·故乡》其一回顾自己半个世纪的创作历程，不禁感慨："轻车碾醒少年梦，乡风吹皱老客颜"，当年那个在文学路上逐梦的少年，已经

---

[1]《陈忠实文集》（七），人民文学出版社，2015年，第383—384页。

满脸皱纹，垂垂老矣；"来来去去故乡路，翻翻复复笔墨缘"，回乡之路与文学之路一样，情感愈老愈笃，因而，有尾联"踏过泥泞五十秋，何论春暖与春寒"之句。其二回忆自己当初创作《白鹿原》的豪情："魂系绿野跃白鹿，身浸滋水濯汗斑"，如今作品虽已完成，但世事依然无奈，因而不禁生发出"从来浮尘难化铁，十年无言还无言"[1]的叹惋。在写这首诗的1996年，陈忠实身处文坛、官场（当然他从来没有将自己当作官），已经感到某种不适应和无奈。到了新世纪后，这种不适应和无奈更为强烈，他干脆回到原下居住，《原下的日子》中写道："我站在院子里，抽我的雪茄。……这个给我留下拥挤也留下热闹印象的祖居的小院，只有我一个人站在院子里。原坡上漫下来寒冷的风。从未有过的空旷。从未有过的空落。从未有过的空洞。"正如有论者所分析的："一连三个排比句，三个'空'字，三个斩钉截铁的句号，极力表达着作者内心的空茫和宁静。"[2]陈忠实写道："我不会问自己也不会向谁解释为了什么又为了什么重新回来，因为这已经是行为之前的决计了。丰富的汉语言文字里有一个词儿叫醍醐。我在一段时日里充分地体味到这个词儿的不尽的内蕴。"在这里，"陈忠实反复斟酌拈出的'醍醐'一词，已经透露了他复归原下的原因。具体是什么'醍醐'，没有必要追问"[3]。文章结尾，陈忠实引用白居易咏灞桥的七绝《城东闲游》，"借他人酒杯，浇自己块垒"，表明自己的态度——"宠辱忧欢不到情，任他朝市自营营。独寻秋景城东去，白鹿原头信马行。"并进而发挥道："这是白居易的一首七绝。是诸多以此原和原下的灞水为题的诗作中的一

---

[1]《陈忠实文集》（十），第425页。
[2] 邢小利：《论陈忠实的创作道路与文学史意义》，《陕西作家与陕西文学》（上），第73页。
[3] 同上。

首。是最坦率的一首,也是最通俗易记的一首。一目了然可知白诗人在长安官场被蝇营狗苟的龌龊惹烦了,闹得腻了,倒胃口了,想呕吐了。却终于说不出口呕不出喉,或许是不屑于说或吐,干脆骑马到白鹿原头逛去。还有什么龌龊能淹没脏污这个以白鹿命名的原呢?断定不会有。"[1] 这可谓是陈忠实的慷慨明志:某种场上的生活是肮脏的、龌龊的,"任他朝市自营营";白鹿原是干净的,没人能"淹没脏污",自己"白鹿原头信马行",要保持独立和清白。

陈忠实袒露自己创作历程和创作心态的诗词,风格以瘦硬劲峭为主。不过,他也有细腻婉约的诗词,如《阳关引·梨花》《菊花诗二首》《凤栖原》等。他写于1994年3月的《阳关引·梨花》为此风格的代表。朋友送他四株梨树,陈忠实植于后院。四年后的清明节,一夜春风,梨花盛开。词的上阕,描摹梨花盛开之状,不惜笔墨,"春风撩拨久,梨花一夜开。露珠如银,纤尘绝",梨花天姿灵秀,意气高洁。"看团团凝脂,恰冰清玉澈"之句,绘白锦无纹、琼葩堆雪如在眼前,不与群芳同列之格调顿出。下阕转入抒情,寄托遥远,"自信千古,有耕耘,就收获"。当时路遥去世不久,作者同时借此词寄托自己的悲痛,因而有"花无言,魂系沃土香益烈"之句,令人不禁联想起陆放翁"零落成泥碾作尘,只有香如故"的名句。

陈忠实的旧体诗词,只是用诗词的形式来抒怀遣兴,传情达意。一时兴起,无暇顾及韵律和平仄,是独抒情性的自度之作。因此,他多自吟自赏,很少示人。讲究平仄、恪守韵律固然能增强诗词的美感,但如果不敞开灵魂、吐露本心,又极易落入旧套式的藩篱,也难以动

---

[1] 《陈忠实文集》(七),第232—238页。

人以情。他一生共创作了 23 首旧体诗词，大致可分为四类：创作述怀、写景状物、时事感发与友朋酬唱，创作述怀因灌注了自己的深刻体验，真诚感人，也是他的诗词里可读性和艺术性最好的。写景状物类稍次，时事感发与友朋酬唱类平平，艺术性较差。就写法而言，用清代词人况周颐的话来说，陈忠实的诗词"重、拙、直"。"重"，即"沉重之调，在气格，不在字句"，"情真理足，笔力能包举之，纯任自然，不加锤炼，则'沉着'二字之诠释也"。"拙"，是拙硬、拙厚、拙朴、古拙，出自天然，而非拙劣、拙笨、拙陋。(《蕙风词话》[卷一])庄子所说的"既雕既琢，复归于朴"，即指此。明末清初的著名书法家傅山论书艺有"宁拙毋巧、宁丑毋媚、宁支离毋轻滑、宁直率毋安排"的"四宁四毋"论。书艺如此，诗词亦然。陈忠实的书法（他称自己不是写书法，而是用毛笔写的毛笔字而已），也多少切合此论。"直"，是指用词直接，不避奇峭，刚劲倔强，以骨气见胜。陈忠实的诗词，注重心灵与主观感受的表现，含婀娜于刚健，自然真率，凝重沉着，可谓其人格与文品的真实写照。尤其是创作述怀类的诗词，任心而动，摆脱了音律和平仄的束缚，直抒胸臆，气畅势顺，元气淋漓。既翩跹回翔，也豪迈宕逸，古拙厚重之中散出慷慨悲壮之意。同时又不落沮丧，排遣了一种慷慨悲凉、倔强大气的情绪，展示出一种苍劲而富有韧性的生命力量和开敞豁达的人生境界，既耐得住咀嚼，也提供给我们一个洞察作者文学园地和心理世界的独特窗口。

（本文原载于《新文学评论》2017 年第 3 期）

红柯纪念专辑·主持人语

就在原计划的"红柯研究专辑"编讫四天后——2月24日,即戊戌年正月初九清晨,竟传来红柯猝然离世的消息。难以接受的震惊,如同电击中的木然,揪心的痛切与哀息,一霎间在微信朋友圈飞速传布开来。天道无亲,难与善人。这员"陕军"中最富活力的中年骁将的陨落,使得这个曾经辉煌的阵容一下子出现令人难以接受的空缺和寥落!大家也不敢去揣想,这样一个正值壮年、抱负巨大的极富才华的作家,在撒手人寰时,该有多少不忍和不甘!出师未捷身先死,长使英雄泪满襟!这位生于岐山、跃马天山的西府汉子,冥冥中竟又一次没有跳脱出历史诡秘的谶命,让人何等凄恻和惘然!

2月14日,我们还在微信上交流专辑的事情。2月15日(除夕)晚上7点20分,他一连发来三条微信:一条是"这波新疆舞,跳得真是漂亮!好久没看过这么歹的舞蹈了,我循环了100遍……";一条是"鹰的重生,百看不厌,请送你身边的人";一条是嵌有自己名字的拜年春联。对于新疆舞,我一无所知,这个视频让我第一次感受到了新疆舞舞姿之优美、旋律之欢快、场面之漂亮,接连看了几遍。鹰的重生,不禁让人想到死亡中的再生与灵魂的涅槃:鹰可以活到70岁,要维持如此长的生命,必须在40岁的时候做出艰难而又重要的决定——用150天的时间,爬到山顶,撞向悬崖,磕掉生满老茧的喙,等待新喙的长出；新喙长出后，再用其拔出老化的指甲；新的指甲长出后，再用其把旧的羽毛一根根拔掉，等待新羽毛的长出。这是一次血淋淋的再生。红柯似乎借此隐喻言说自己创作的裂变，他近年的创作已表现得相当明显。第三条是嵌有自己名字的拜年春联——"红梅香雪海，柯柳笑春风"。现在想来，第二条和第三条，冥冥之中似乎已有告别之意。他当然也没有料到，天妒英才，他生命的时间只剩余一个多星期。他离世前的正月初八晚上11点，我驾车返回西安，整个古城依然沉浸在春节的喜庆当中，摇曳的灯笼火热而温暖，我蓦然想起他新出的长篇《太阳深处的火焰》，岂料这是如何让人难以接受的预兆和感应！

红柯先生离世后，我们重写主持人语，重新编辑文章，将"红柯研究专辑"改为"红柯纪念专辑"，以示我们对这位有着巨大才华而英年早逝的西府汉子的哀悼与缅怀。

在去世之前，红柯完成了长篇力作《太阳深处的火焰》。这部遗作可谓是红柯鹰一般浴火涅槃后的倾力结晶，发表之后即好评如潮，并荣登各类小说排行榜前列。我们可以看到，那个剽悍勇猛的"西去的骑手"，在新疆与陕西的不断游走、参照和交叉中，将浪漫与现实、热烈与平静、冷峻与温柔，熔铸成"漫天奇光异彩"：一边是"一千个太阳"，一边是"我是死者，我是世界的毁灭者"。关中文化与新疆文化的冲突与缠绕、交锋与互补所形成的艺术张力，使"整部作品充满了烈焰燃烧一般的叙事激情，汹涌动荡，有一种强大的裹挟的力量，给予精神的冲刷和审美的震撼"（付秀莹语）；当代学林和知识分子的冷峻书写与深刻描摹，"在神光与鬼气之间切换自如，明暗对接之间，端的是奇气缭绕。神明与鬼魅之间不断交战，激越辽阔与阴鸷狞厉纵横交错，意境之混茫堪称红柯小说之最"（张春燕语）。在飘逸雄奇的《西去的骑手》之后，红柯抵达了"新疆—陕西"两地书写的另一个高地，两部作品在某种意义上构成了红柯"两地"书写之"双璧"。神奇的新疆与古老的关中完成了不曾有过的沟通与融汇。

这里我们不得不提到《西去的骑手》，这部新世纪文坛的重要收获，已成为红柯的另一个名字，如同《阿Q正传》之于鲁迅、陈奂生之于高晓声。20世纪90年代中期以后，红柯以雄奇瑰丽的新疆风情、狂野贲张的神性血气、清新刚健的事物意象，拓展了西部文学的境界，刷新了西部文学的高度。其《美丽奴羊》《跃马天山》《黄金草原》《太阳发芽》《老虎老虎》等小说，以对自然、对生命的崇拜和敬畏，对生态和人类命运的思索，唤醒了读者在平淡麻木的现代物质与精神世界的感觉，促使读者去思考人类理想的生存和生活方式，在文坛产生了广泛而持久的影响。尤其是《西去的骑手》，文字如朔风，似烈酒；如野马，似山鹰，体现出民族史诗式的气度，吸引了无数读者。迄至今日，或许我们觉得马仲英的形象过于完美，但就当代英雄史诗的写作和古典主义的骑士精神而言，我们似乎还找不到一部可以与之媲美的作品——这也是作者的第一个艺术峰巅。

2004年，"西去的骑手"回到周原故地和长安城中。不少读者都在担忧长安城古老的城墙和封闭守旧的关中会拘牵"骑手"的诗情。但红柯的心中有"火焰"，他"跟着太阳走"，新疆的绚烂与奔放给予了他不竭的艺术生命力和创造力，在与古老关中文化的不断碰撞、对话中，《乌尔禾》《百鸟朝凤》《少女萨吾尔登》《太阳深处的火焰》等汩汩而出，关中文化和新疆文化在前所未有的渗透与交融中，呈现出烈焰燃烧一般的激情，以强大的裹挟力，带给读者久违的精神冲刷与强烈的审美震撼。似乎也可以说，红柯以自己的小说叙事，使老杜的那句名诗——"西望瑶池降王母，东来紫气满函关"获得了现代形式与现代意义。令人痛惜的是，这种充满智慧和激情的探索，因天不假年，戛然而止，留给我们无尽的遗憾和叹惋。

这一纪念专辑所收的文章，从各个角度阐析了红柯"新疆—陕西"两地写作的艺术魅力与文化意义。韩春萍博士跟踪研究红柯十余年，她指出，红柯很少重复自己，"他不断在向前探险"。如果觉得红柯从《太阳深处的火焰》抛弃了浪漫主义而介入现实，则可能遮蔽和简化了其创作的丰富性和可能性。如果非要阐明，勉强可以说，红柯的小说"是一种在路上的状态，是一种异域探险和他者发现，是两种目光寻找故乡"。这无疑是一个深刻的洞见，对红柯研究者也是一个重要的提醒。徐翔副教授认为，《百鸟朝凤》在重寻生命强力的过程中，红柯"完成了他对传统文化的反思，对民族古老文明的重新发掘"，颇入肯綮。高春民博士是生态文学的研究专家，他从生态叙事的角度阐析红柯的"天山系列"小说，深刻地指出了红柯极具人性化与异质化的艺术表达和审美书写的文学意义。彭冠华博士认为，《太阳深处的火焰》将复调小说的叙事策略贯穿始终，结合文本的具体分析不时给人启发。陕西师范大学现当代文学专业的任杰非常喜欢并长期关注红柯的创作，他从"兄弟""皮影""太阳"三个关键词入手，阐析了《太阳深处的火焰》丰富而魁伟的艺术世界。他认为，当红柯"要有意地更多地进入社会内容的时候，往往就破坏了他小说的特点"。然而正是通过这种"破坏"，"红柯融历史、文化、社会和民族于一体，在交织缠绕的复杂场域中反思现代社会与传统文化的弊病，探寻着文化的起源和生命的本初"。郑悦同学结合作品，分析了红柯爱情叙事的光彩与魅力，表现出较为出色的文本分析能力。六篇文章，切入角度和分析的作品虽不相同，但均有独特之处，也表现出红柯文学书写及研究的丰富性。

红柯已离去，但他创作所留下的丰富而辉煌的艺术光焰依然灿烂夺目，也必将给后来者以无限的滋养。他留下的巨大的无人可以填补的空缺也使得这种光焰更加熠熠生辉。他的贡献和意义，也势必会得到更加丰富、更加充足的研究与阐释。

(本文原载于《新文学评论》2018年第3期)

安黎：黄土地上的现代"公牛"

安黎的博客名为"耕地的公牛"。这头"公牛"，与文学"陕军"中的"秦川牛"截然不同。这"牛"属于别一世界。它走出了农业文化的圈限，没有土地依恋、村庄情结和农民意识，没有自卑、自闭、自大的文化心态。它以现代精神审视现实生活和生存体验，充满启蒙精神、反思深度和悲悯情怀。它通过理性和诗性的融合与飞跃，给我们呈现当代中国人的精神"痉挛"、"小人物"的疼痛，以及"时间的面孔"的诡谲。安黎的第一部长篇《痉挛》，曾引起人们的惊叹，发行量有20万册之巨。花城出版社小说编辑室主任读了《痉挛》之后，惊叹道：陕西竟然有这样厉害的作家！陕西作家比较保守传统，循规蹈矩，普遍脚上沾泥，裤上带土，很是农民化。安黎的小说却完全是荒诞的写法，而且写得那么好，充满现代精神。[1]因此可以说——安黎是黄土地上或文学"陕军"中的现代"公牛"。

安黎的第一部长篇小说《痉挛》，以对现实的严峻关注、情感的超越愤激和表现的深切老辣引起文坛的瞩目。这部小说虽然命运多舛，但时间还是证明了这是一部不可多得的杰作。小说以农村姑娘李亚红的悲惨遭际为主线，对历史和现实进行了尖锐和深刻的逼视，几乎含

---

[1] 安黎：《〈小人物〉背后的小人物》，《耳旁的风》，漓江出版社，2016年，第200页。

纳指涉了当代生活所有的主题——饥饿记忆、"文革"惨祸、权力异化、拜金化、商品化、物质化，粗鄙的生活维度和令人战栗的人性之恶，无不得到触目惊心的诗性呈现。"痉挛"可谓是时代精神的精妙镜像：情欲的渴望与虐杀、心灵的沉沦和挣扎、人性的扭曲与变形、生存的病态与荒诞等，深深切入生活的本质和人们的内心之中，关联着当代人们良心、道德和精神所面临的紧迫问题。安黎以丰沛的激情，形象地阐发上述历史、社会、精神、道德、伦理问题，深刻的思考自然地融合于精湛的叙事之中，再加之机智而又锐利的幽默蕴涵的独特诗意，以及人道主义精神和理想主义光芒，使《痉挛》成为当代长篇小说独特的"这一个"。《小人物》是安黎的第二部长篇力作。小说以小县城的一群"小人物"（中学教师、医生、校长、派出所所长、售货员、小官吏、妓女等）为对象，展示了他们卑琐而又麻木的生存。他们类似于卡夫卡笔下的小人物，在名利、欲望场中互相追逐，尔虞我诈，在充满矛盾、扭曲变形的世界里寻找出路。他们不曾触犯律条，也不曾僭越道德，但他们身上有着巨大的、可怕的被人们忽略的"平庸之恶"，这恰恰是腐蚀人性，使人性、道德、底线等坍塌的最可怕的蝼蚁。作者深刻地"挖掘"出这些生活深层的本质性内容，暴露出"小恶"冷酷、自私、残忍、褊狭等如何累积成可怕的"大恶"，以敏锐的心理洞察表现了我们民族的根性，以及荒诞而又可怖的"敞视监狱"式生存。第三部长篇《时间的面孔》，以独特的艺术力量刺激我们的神经，使我们不得不在巨大的冲击和震动中，对我们的当下生活和生存世界进行严肃的思考。作者直面纷纭而惨淡的现实生活，以归国华人田立本回乡投资的遭遇及所见所闻为主线，将世纪之交中国社会生活的方方面面都绾结其视域之中，对生活的诸多层面进行了形而上的深邃思考：城镇化带来的问题、农民工的生存问题、城市底层人的生存困境、知识分子的皈依问题、"离乡"与"归来"问题、中美文化的差异问题、人性的复杂问题等等都得到了本质化的体现，渗透出作者对生存、生活以及生命的巨大焦虑和深沉思考。正如有评论家所言："《时间的面孔》更像是'现实的面孔'，安黎用疾风暴雨般的'现实'毁灭了我们对过去的留恋、对'未来'的期许，一个改革者的浪漫主义乌托邦的命运，就是一个生命被悬挂的命运。小说带有强烈的寓言性，人的原始欲望的现代显现、中国乡土伦理境遇的崩溃、国民精神蒙昧的文化想象形成的种种神秘的、冲突的张力，经由几十个人物的互相背叛和相互伤害的狂欢图景，把人性对'现实'的绝望和对罪恶永恒轮回的可怕境遇的想象推向了极致。"[1]作者在追寻时间的意义，在精神领域内孜孜不倦地探索和询问，力图把人们从严酷现实的狼嘴里解救出来，找到精神、哲学乃至宗教上的安身立命之所，为这个支离破碎的世界寻找可以凭依的赤火炎炎的精神不死鸟。这是真正的小说存在的理由，也是《时间的面孔》以及安黎小说创作的卓越之处。

安黎的小说具有焦灼的精神关怀，以及思考、反叛和行动的自由。反抗、自由和激情在他的小说叙事中，成为稳定的三极，支撑起自然均衡的艺术世界。他的小说具有一种加缪所谓的"高贵的风格"，一种蕴含着尊严、骄傲和反叛的风格。他的艺术世界是深刻的，同时也是博大和悲悯的。由于现代艺术精神和基督教的影响，他的小说一方面是对病态、残忍、荒诞现实的"反虚构化"揭示，另一方面是按捺不住

---

[1] 何同彬：《批判现实主义者的当代命运——读安黎〈时间的面孔〉》，《小说评论》2009年第2期。

的同情、体谅、反抗与悲悯。这两方面合二为一，内化为一种个人化的叙事风格。如《时间的面孔》中的"我"（黑豆），体现出浓郁的宗教气质，具有悲天悯人的同情与仁爱。小说极其自然地叙述着灵魂污染、精神拯救等具有宗教关怀的生活事件，蕴涵着对人的尊严的呵护和坚守，处处闪耀着真实、真诚与思想的力量。在小说精神上，安黎是现实主义者；但在小说叙事上，安黎是现代主义者。他熟悉现代主义小说，黑色幽默、意识流、荒诞等都被他融化为自己血肉，并高度个人化和风格化。他以笑写泪，以喜剧写悲剧，以黑色幽默写黄土地，以热烈的感情关注生活的阴暗、残忍，存在的荒诞和绝望，以痛切的嘲讽态度放大个人与环境的互不协调、互相扭曲，透视人性和灵魂的畸形变态，使人既感荒诞滑稽，又觉沉重苦闷，形成了精彩绝伦的本土化的"黄土地上的黑色幽默"。这既具有极强的可读性，同时又给人以强烈思想震荡和审美冲击。我们能够感受到他小说的现代主义的叙事方式，但他呈现给我们的却完全是中国化的。更难得的是，他剔除了现代主义文学的虚无和绝望，以清醒的意识、可贵的诚实和执着的坚持，反叛历史和现实，具有"秦川牛"的倔强性格和现代"公牛"的精神气质。

　　安黎的散文也非同凡响。他的散文自然质朴，思考深刻，情怀宽广，境界宏大，是当代散文天地里个性非常鲜明、成就非常突出的一位。他的散文具有健全的"逻辑"和清醒的"常识"，能够发现、确认我们的弱点和盲从，赋予我们智慧和理智。加缪说，"智力是明亮的阳光的姐妹"。安黎散文中"明亮的阳光"，溶解了附着在现实与历史上的冰块，裸露出了现实、历史以及存在最本质的面容。他通过质朴自然的叙述，呈露生活的芜杂和无奈，用智力的红外线穿透现实与历史坚硬的外壳。他注视着、揭露着、鞭挞着人性的残忍和人的灵魂的丑恶，但不以鉴赏、拷问为目的，也反对任何形式的忍从，最终都指向绝望的反抗和灵魂的救赎。他的两部散文集《丑陋的牙齿》和《我是麻子村村民》涉及光怪陆离生活的方方面面，素朴而又真挚，痛切而又悲悯，为智慧的清澈和灵魂的纯洁做出了自己的努力。虽然还没有受到足够的重视，但已引起了文坛的一定关注，相信迟早会得到应有的位置。

安黎用思想创造着自己的小说与散文世界，他具有当下作家所缺少的刺穿谎言的能力，以及呈现的能力。他清醒而不高傲，悲悯而不矫情，沉痛而不绝望，耻辱与尊严、冷漠与激情、痛苦与幸福、黑暗与光明、虚无与热情，总能臻于理性的均衡和冷静的统一。他用自己的"犄角"，顽强地撞击着最尖皮厚的现实磐石，用严厉的思索重建着被摧毁的东西，力图使得正义、同情、关怀、悲悯等稀缺的东西，在我们生存的这片土地上成为普遍的可能。

我们需要这种不断以头撞墙的西西弗斯式的现代"公牛"！

（本文原载于 2016 年 7 月 15 日《文艺报》）

以思想和爱意为犁铧的垦荒者

——评安黎新编散文集《耳旁的风》

散文是一种平易近人的文体,它自由随意、和蔼可亲,讲求感情的真诚,追求生命的本真。真诚坦率、去私去蔽的散文,常能将心灵与时代交互震动,能将作者的文化人格和精神气象融合其中,形成元气淋漓、任天而动的叙事境界和文学个性,透出沛然莫御的生命底气。

散文也是一种极易琐碎化、平庸化和犬儒化的文体。它极易沦为家长里短的记录,阿猫阿狗的逗趣,花草美食的赏玩,导致担当的缺失和精神的休眠。我并不反对世俗化的生活散文,毕竟每个人都生活在世俗之中。但当下四处开花的充满"烟火气"的杂碎鸡汤,无疑会遮蔽我们思维的火焰,熏伤时代的精神视力。还有另一类散文——学者散文和文化散文。这种上世纪八九十年代风靡的写作,作者多为某一领域的大家、名家。他们博雅贯通,思想敏锐,针对某一话题侃侃而谈,四两拨千斤,能将体验与理性、情趣与品位自然呈现。如今很少有这样的作者,但学者散文和文化散文依然兴致未艾。其中大多为东施效颦式的学究式写作,炫耀知识、堆砌材料,食而不化;篇幅如同懒婆娘的裹脚布,无所限制;缺乏情趣和品位,缺乏文学性;观念陈腐落后,缺乏现代气息……凡此种种,不一而足。最严重的是精神追求和诗意品质的严重流失。还好，我们还有安黎这样的散文家，有这样属于"别一世界"的散文写作。

精确与简洁是散文的首要美质。散文所要求的是思想，没有思想，再漂亮的语句也全无用处。普希金如是说。安黎的散文立象尽意，自然成文，思想如同无声的泉眼汩汩流出。他以真实为基点，以思想为犁铧，寻绎中国历史的死结，关注芸芸众生的灵魂，注目纷纭杂乱的当下，以自由的心态，独立的精神，穿透历史的、意识形态的、文化心理的种种捆绑和束缚，质朴而又炽热，沉痛而又深刻。这种精神的勃郁、坦然的担当和嶙峋的风骨在当下的文坛，已成为绝对稀缺的文学品性。他执着于个人经验，确立了自己散文独立的话语姿态；他的散文自由舒展，富于质感，经过思想的过滤和感情的浸润，饱含启蒙意识和精神含量，浸透因爱而生的痛切。在他看来，长城"表象上的雄霸、壮观、不可一世"，"遮掩不了内心的纠结、战栗与虚空"（《关垭子》）；阵亡的国军共军，"都是一个个有血有肉的生命，都是父母日夜牵挂疼爱的孩子"，"无论战争的目标何等冠冕堂皇，无论怎样为战争梳妆打扮，但战争本质上的青面獠牙，却无法遮掩"。他谴责"所有的杀戮""所有的战争"（《人之墓》）。对流行的"中国精神"，他毫不留情地揭下了这种宏大话语的假面。他认为，漫漫的皇权笼罩之下，"中国人的精神形态已经普遍淤泥化，别人把他捏弄成什么形状，他就是什么形状"（《站直，中国精神之期待》）。因此，"中华民族既是一个悲哀的种族，又是一个坚韧的群体"。说其悲哀，"是因为在长达数千年里，一个被誉为巨龙的民族，其实一直处于被管制被拘押的状态。揭开巨龙的彩绘衣钵，看到的是一个个佝偻而蜷缩的身姿。那些身姿，不是蟒蛇，不是飞禽，不是走兽，而是一个个无脊椎的软体动物"。说其坚韧，是因为他们以精神胜利法为治疗心灵创伤的良药,"赶走一个旧皇帝,迎来一个新皇帝……变化的是监狱长,不变的是监狱"。他"厌恶一个民族在精神的膨胀和虚荣中陶醉,但从不鄙夷那些'精神胜利'的个体"。他们"需要自己给自己寻找活着的理由,自己给自己编织价值的外套"(《阿Q精神》)。他坚信,"一个一个具体的中国人有了尊严,中国就有了尊严;一个一个具体的中国人站立了起来,中国才能真正地昂首挺胸"。这些思考,不能说有多深刻,但我们可以看到与"五四"启蒙精神的血肉联系,也极易联想到胡适的那句名言——"争你们个人的自由,便是为国家争自由!争你们自己的人格,便是为国家争人格!自由平等的国家不是一群奴才建造得起来的!"这在盲目自信的当下,是何等可贵!

安黎的散文远离文坛的热闹和喧哗。他关注具体的生命个体,关注具体生命里的精神。他将同情和悲悯引向内心,把人和事物内在的逻辑拓展到日常生活和历史经验之中,用真诚的思考去梳理其中繁复的悖论关系,我们能深切体会到心灵的缠绕、纠结、撞击与焦灼。他笔下有贫穷而万人敬仰的县委书记(《一个人远去的背影》),有诚实而屡遭欺骗以至致死的包工头子(《一个老实人的生与死》),有台湾社会现实和道德现状的观察与思考(《台湾的里子与面子》等),有对汶川灾民心灵的同情与悲悯(《路过汶川》),有在城墙脚下招揽顾客的理发师(《城墙下的理发师》),有对米兰·昆德拉小说的独特解析(《开不起的"玩笑"》)……在他这里,"万事热心成浩叹,一樽撩眼怕长迷",散文已不是通常我们所谓的文类,而是同理解、宽容、怜爱、悲悯、自审,以及对人的痛感、命运、价值等紧紧粘连,成为他生命本身,成为同他日常生活、思想镜像、写作气质和人格追求融汇的文学存在和精神现象。

陈忠实先生曾言：在西安后起的作家里，真正有实力的就安黎一个。他的散文随笔，写得非常漂亮。读过安黎散文就会明白，陈忠实先生的这个评价绝对不是客套的恭维，而是对一个后起之秀的客观评价和高度认可。安黎的散文返归生命的本真，以良知、独立、勇气、悲悯、同情等为关键词，以思想和爱意为犁铧，踽踽开垦荒芜的原野和板结的心灵。这种写作，在"形销肉堆"和"失魂落魄"的当下散文界，绝对是独特的"这一个"。

（本文原载于 2017 年 1 月 23 日《中国艺术报》）

第三辑

《剑桥中国文学史》"1841—1949"部分错疏举隅

孙康宜和宇文所安主编的《剑桥中国文学史》中文版[1]问世以来，在学术界引起广泛关注。下面仅就《剑桥史》"1841—1949"部分存在的错误、纰漏及问题胪列并做讨论。

一、史实错误和疏漏

就《剑桥史》"1841—1949"部分而言，错误和疏漏确实不少，且就主要举隅如下：

（一）1841年仲夏，学者、诗人龚自珍暴卒于江苏当阳书院。（465页）

龚自珍卒于1841年9月26日，农历八月十二，时属仲秋，而非"仲夏"。卒地是江苏丹阳云阳书院（亦称"丹阳书院"）[2]，而不是当阳

---

[1] [美]孙康宜、[美]宇文所安主编：《剑桥中国文学史》，生活·读书·新知三联书店，2013年，以下简称"《剑桥史》"。本文只讨论下卷，引文凡出自本卷，只标注页码。

[2] 郭延礼：《龚自珍年谱》，齐鲁书社，1987年，第221页。

书院,当阳书院在湖北,亦名玉阳书院。

(二)梁启超(1873—1929),二十世纪之初文学革命的领军人物,曾经形容自己一度被龚自珍的诗作震撼,初读若"受电然";然而,再读则"厌其浅薄"。……龚自珍或许预料到梁启超日后对他的批判,辩称自己的诗歌简单易读,甚至在思如泉涌、不可抑制之时,依然保持这一特点。(466页)

梁启超在《清代学术概论》中说:"自珍性跅弛,不检细行,颇似法之卢骚;喜为要眇之思,其文辞俶诡连犿,当时之人弗善也。……晚清思想之解放,自珍确与有功焉。光绪间所谓新学家者,大率人人皆经过崇拜龚氏之一时期。初读《定庵文集》,若受电然,稍进乃厌其浅薄。然今文学派之开拓,实自龚氏。"[1] 梁启超此处主要论"今文学派",而非龚定庵之诗作。至于"龚自珍或许预料到梁启超日后对他的批判"的后见之明,纯属臆测。后文提到龚自珍的《赋忧患》一诗,又误之为"文"。(486页)在征引龚自珍的"九州生气恃风雷"的时候,又误写为"九州风气恃风雷"(618页)。

(三)在第一次鸦片战争前夕,他已经作诗宣扬末世论调:"秋心如海复如潮,唯有秋魂不可招。"(467页)

"秋心如海复如潮,唯有秋魂不可招"出自龚自珍《秋心三首·其一》,这三首诗作于道光六年(1826年),谓之"第一次鸦片战争前夕"

---

[1] 梁启超、章太炎、朱自清:《三大师谈国学》,上海三联书店,2007年,第82—83页。

亦无不可，但谓其"宣扬末世论调"却不妥当。此年3月，龚自珍第五次参加会试，名落孙山。次年龚好友谢阶树、陈沆、程同文等相继离世，其心情之坏，甚于三年前写《夜坐》时。《秋心三首》伤己悼友，凄凉落寞，既有痛苦与执着，亦有希望和幻灭。云其"宣扬末世论调"，未必也。再则，原句为"但有秋魂不可招"，而非"唯有秋魂不可招"。[1]

（四）1877年，黄遵宪的一次重要职务变动对他后来的诗学观念造成了直接影响。他不再从传统仕途中谋求升迁，而是接受了一个外交官职位的礼聘。在此后的二十余年时间，他遍游美洲、欧洲和亚洲多国。

他提出，"诗之外有事"，"诗之中有人"，这恰恰阐释了他为自己的主要诗集取名《人境庐诗草》（1911）之个中缘由。（471页）

据黄遵宪年谱，"八月，先生中式顺天乡试第一百四十一名举人。旋入赀为知府，以五品衔拣选知县用"[2]。同年12月，列入派往日本使馆的成员名单中，为参赞官。其做外交官，走的是传统的仕途，而且是"入赀"，即纳钱财获得功名，而非"礼聘"。黄遵宪海外使节时期为1877—1894年，非"二十余年"。"诗外有事，诗中有人"是黄遵宪1902年《致梁启超书》中提出的诗学理想，非"诗之外有事"，"诗之中有人"。

---

[1] 参见郭延礼：《龚自珍年谱》，第114页；孙钦善选注：《龚自珍诗文选》，人民文学出版社，1991年，第95—96页。

[2] 吴天任编著：《清黄公度先生遵宪年谱》，台湾商务印书馆，1985年，第25页。

（五）"桐城三祖"戴名世（1653—1713）、方苞（1668—1749）、刘大櫆（1697—1780），都是安徽桐城人，自幼即被目为神童。（472页）

"桐城三祖"为方苞、刘大櫆、姚鼐，学界已为惯常。方苞以"义法说"、刘大櫆以"神气说"、姚鼐以阳刚阴柔与神理气味格律声色说，共同奠定了桐城派散文的理论基础。三祖之说，盖源于方东树《昭昧詹言》："愚尝论方刘姚三家，各得才学识之一，望溪之学，海峰之才，惜翁之识，使能合之，则直与韩欧并辔矣。"[1]另，对于戴名世是否为桐城派创始人，学界一直存在争论。

（六）其中四种最为出名：《新小说》（1902—1906），《绣像小说》（1903—1906），《小说月报》（1906—1908）和《小说林》（1907—1908）。（497页）

学术界一般认为，晚清最著名的四种小说杂志分别是：《新小说》《绣像小说》《月月小说》《小说林》。《小说月报》晚出，也非最著名者。另，《小说月报》的创刊和停刊日期均错误。《小说月报》1910年7月创刊，1931年12月停刊，共出版22卷。

（七）他最负盛名的作品《二十年目睹之怪现状》，自1903年在梁启超的《新小说》上甫一连载，立即受到读者欢迎。连载至

---

[1] 转引自朱东润：《中国文学批评史大纲》，上海古籍出版社，2001年，第344页。

1910年全书完成，共计一百〇八回，是当时最受瞩目与称道的小说。（500页）

《二十年目睹之怪现状》并非在《新小说》杂志连载完。其初连载于1903年至1906年的《新小说》杂志，刊至45回《新小说》杂志停刊，后广智书局出版单行本，分八册，至1910年出齐，共108回。这种情况下，应该对成书过程予以介绍。

（八）民国初年，文坛突然出现一股以骈文写作小说的热潮。
《玉梨魂》的极度流行不仅是因为上述爱情故事复杂的主旨。小说用优美的骈体文写就，让爱情以既熟悉又陌生的面貌打动读者。（511页）

骈文实际上是民国初年的官方文体。1915年，孙中山发起讨伐袁世凯的二次革命时，其宣言就是用优雅的古文写成的。（515页）

民国初年出现了旧派言情小说热，其写到婚恋悲情，都是"骈四俪六，刻翠雕红"，但叙述也用散文，很难说其是骈文写成，而是骈散结合的文体。至于说骈文是民国初年的官方文体，更是无稽之言。民国初年的官方文体是文言文，即一般意义上的古文。古文常指除赋、骈文等有韵之文外的古代散文，不讲究押韵、对偶，句法灵活，长短不一。《剑桥史》将骈文和古文混为一谈，全书多处滥用。

（九）桐城派呼吁信、达、雅，促进了"古文体"，中和了烦琐复杂的"时文"，因此为新写作方式的兴起开辟了道路。（516页）

信、达、雅是严复提出的翻译标准。严复虽为桐城派，但信、达、雅是否成为桐城派的共识颇值得怀疑。另，严复《天演论》之后的译作摒弃了意译而以直译为主，刻意模仿先秦文体，愈来愈艰涩难懂，说其"中和了烦琐复杂的'时文'，因此为新写作方式的兴起开辟了道路"并不符合史实。

（十）研究者常常把五四运动视作中国迈向现代化途中的一大转折点。这一场在全国范围内兴起的文化政治运动，始于1919年5月4日，针对第一次世界大战后退让畏缩的国际政策，呼吁自力更生。（462页）

爱国抗议活动迅速席卷所有主要城市，并发展为一场全国性的运动，强烈呼吁社会政治改革和文化革新。文学一向被视为思想改革的关键因素，文学革命于是成为此次运动的主要目标。（517页）

关于五四运动的传统叙述，一般始于1915年。当时，康奈尔大学的一群中国学生，就文学改革中语言活力的问题展开了一系列辩论。在辩论的高潮阶段，当时主修哲学专业的胡适抛出了"文学革命"的观点。（518页）

广义的"五四"新文化运动包括三个层面的内容，即1915年开始的思想革命，1917年开始的文学革命，1919年开始的"五四"学生爱国运动。《剑桥史》认为，学生爱国抗议活动引发了"社会政治改革和文化革新"，"文学革命于是成为此次运动的主要目标"，这与史实不符。

"社会政治改革和文化革新"和"文学革命"早在学生爱国运动之前开始。

1915年夏,胡适与任鸿隽、陈衡哲、赵元任等在康奈尔大学就白话文与文言文展开争论,彼时胡适为康奈尔大学文学院学生。同年9月,胡适进入哥伦比亚大学哲学系。

(十一)激进知识分子陈独秀接续胡适之说,在1919年2月号的《新青年》中提出了文学革命的三个原则:推倒雕琢的阿谀的贵族文学,建设平易的抒情的百姓文学;推倒陈腐的铺张的古典文学,建设新鲜的立诚的写实文学;推倒迂晦的艰涩的山林文学,建设明了的通俗的社会文学。(519页)

陈独秀的《文学革命论》一文刊载在《新青年》1917年2月第2卷第6号上,而非1919年。

(十二)批评家们指出,鲁迅或许受到了果戈理同题小说及其他国外作品的启发。同样重要的是,鲁迅笔下的狂人也有中国本土的文化血缘,他的形象可以追溯至屈原的《离骚》、庄子笔下的孤僻隐士,以及六朝时期放荡不羁的名士狂人。(524页)

鲁迅在《我怎么做起小说来?》中公开承认自己与果戈理在艺术上的关联,并非批评家的发现。至于说"狂人"的形象"可以追溯至屈原的《离骚》、庄子笔下的孤僻隐士,以及六朝时期放荡不羁的名士狂人"也是风马牛不相及。

（十三）较之其他鸳蝴派小说作者，向恺然和李寿民受到革命思想批评家更为猛烈的批评。（542页）

在此节所论的"鸳鸯蝴蝶派"中（537—542页），鸳鸯蝴蝶派几乎包括了清末民初的所有通俗小说。"鸳鸯蝴蝶派"是一个充满争议的文学流派，一般认为，此派指的是清末民初专写才子佳人题材的文学派别，因常用"卅六鸳鸯同命鸟，一双蝴蝶可怜虫"而得名。其主要作家有包天笑、徐枕亚、周瘦鹃、李涵秋、李定夷等。一些学者为避免"鸳鸯蝴蝶派"扩大化，将张恨水等人的社会言情小说，归入通俗文学来论述。至于向恺然和李寿民的武侠小说，学界几乎无人将其纳入鸳鸯蝴蝶一派，此点深值商榷。另外，《剑桥史》不用大家耳熟能详的向恺然和李寿民的笔名平江不肖生和还珠楼主，也极为不妥。这两位武侠小说家以笔名发表作品，读者接受和熟知的也是笔名，《剑桥史》从头到尾未提两人笔名，令读者如坠云雾。

（十四）戏剧方面，年轻剧作家曹禺（1910—1996）的作品《雷雨》（1933）1934年在山东济南上演，引发轰动。接下来的两年中，此剧在上海、南京甚至东京频繁演出。（556页）

关于《雷雨》的演出，学术界通常认为，中国留日学生1935年4月27日至29日以中华话剧同好会的名义在东京神田一桥讲堂举行的公演为首演。当时，日本两位关注中国文坛的青年学者武田泰淳和竹内好读过剧本后深为感动，便去找到中国留日学生杜宣。在讨论中一致认为《雷雨》"是戏剧创作上的巨大收获"，决定把它搬上舞台。于是，

1935年4月27日、28日、29日,《雷雨》以中华话剧同好会的名义,在东京神田一桥讲堂首次与世人见面,导演为吴天、刘汝醴和杜宣。[1] 1993年,刘克蔚先生经过"多方寻觅史料和反复考证",又提出"《雷雨》首演不是1935年4月在日本东京,而是1934年12月2日在浙江省上虞县的春晖中学"[2]。时至今日,尚无《雷雨》在山东济南上演引发轰动,接下来两年在上海、南京和东京频繁上演的说法。恰恰相反,《雷雨》在日本东京的演出引起了巨大轰动,墙外开花墙内红,进而才在中国引起巨大反响。

(十五)1926年,年轻的台湾人刘呐鸥(1900—1940)来到上海,进入震旦大学学习法语。……这些年轻的现代派作家将自己的风格称为新感觉派。(576页)

刘呐鸥1905年出生于台湾台南县,而非1900年。新感觉派也并非这些现代派作家的自我命名,而是出自楼适夷的《施蛰存的新感觉主义——读了〈在巴黎大戏院〉与〈魔道〉之后》(《文艺新闻》第33期,1931年10月)一文,如施蛰存始终不承认这一命名。

(十六)京派作家和海派一样是一个松散的文学团体,涵括了不同风格的作家如巴金、卞之琳、老舍、林语堂、凌叔华、沈从文、周作人、萧乾(1910—1999)和林庚。(580页)

---

[1] 田本相:《曹禺传》,北京十月文艺出版社,1988年,第160页。
[2] 刘克蔚:《〈雷雨〉国内首演钩沉》,收入中国艺术研究院话剧研究所、南京大学戏剧影视研究所编:《中国话剧研究》第7期,文化艺术出版社,1993年,第120页。

京派虽在组织结构上是比较松散的作家流派，但有大致的文学观念。在态度倾向上，他们的作品注重与人生的紧密联系，关注平民世界，反对作品的商业化，远离左翼文学和政治斗争；艺术上主张个人化和个性化的创作，追求情感的内敛、理性的节制与和平静穆的艺术境界。巴金和老舍的创作，就作品内容和艺术风格而言，同京派并无多大联系。学术界也从未有巴金和老舍属于京派的提法。至于老舍的"京味小说"，同京派也是完全不同的两个概念。

（十七）同时，鲁迅和胞弟周作人合作翻译、出版了多部东欧小说，以图唤醒中国大众。（523页）

鲁迅和周作人出版了两部《域外小说集》，悄然宣告了一种严肃而忠实的外国文学的硬译方式。1909年3月和7月，这两本书在两兄弟求学的东京仅各印了一千五百册。在东京和上海两地共售出区区二十余册。……它对翻译的力量郑重其事，将其作为一种减轻他国被压迫人民的不公和苦难的方式。（593页）

以上两段论述，前矛后盾。前面说鲁迅和周作人合作翻译、出版了"多部"，后面说两部。《域外小说集》售出的册数，也与事实不符。鲁迅在《域外小说集·序言》中说："半年过去了，先在就近的东京寄售处结了账。计第一册卖去了二十一本，第二册是二十本，以后可再也没有人买了。……于上海，是至今还没有详细知道。听说也不过卖出了二十册上下，以后再没有人买了。"按鲁迅提供的数字，在东京和上海最少售出了60册，而非《剑桥史》所说的"在东京和上海两地共售出区区二十余册"。"它对翻译的力量郑重其事,将其作为一种减轻他国被压迫人民的不公和苦难的方式"也颇扞格。

(十八)创造社由著名诗人郭沫若和有争议的短篇小说家郁达夫创建于日本。(602页)

创造社的发起组织者除郭沫若和郁达夫外,尚有成仿吾、田汉、郑伯奇、张资平等人,绝非郭沫若和郁达夫两人之功。

类似表述不够准确的问题在《剑桥史》中屡见不鲜。如介绍台湾日据时期的小说家张文环时说:"张文环还创办了厚生演剧研究会。"(653页)实际上,厚生演剧研究会发起组织者除张文环外,还有吕赫若、王井泉、林博秋、吕泉生、杨三郎等百余人。

(十九)共产党有着自己的文学根据地延安,最为著名的是1942年毛泽东在文艺座谈会上宣讲他的文艺政策。同时,几乎所有信仰各异的作家都加入了中华全国文艺界抗敌协会,这是一个老舍任主席的无党派爱国组织。抗敌协会推动反日作品的创作,组织战地访问团,并提倡报告文学等文类。1945年日本投降之后,战前活跃在上海的著名作家,仍然返回上海。抗敌协会更名为中华全国文艺界协会,仍然代表着全国的无党派作家。1949年共产党接管上海之后,它便不复存在了。(607页)

"文协"成立于1938年3月,很难说与1942年毛泽东在文艺座谈会上的讲话处于"同时"。老舍任中华全国文艺界抗敌协会的总务主任,而非主席。言"抗敌协会更名为中华全国文艺界协会，仍然代表着全国的无党派作家"，很难成立。因为更名之前，"文协"成员中既有共产党员和国民党员，也有民主派和无党派人士。更名之后，至少也有共产党员作家。另外，中华全国文艺界协会的不复存在，同1949年共产党接管上海也无因果关系。

（二十）陈三立（1859—1937）是清末民初宋诗派的领衔人物之一，被誉为现代中国最后一位才华横溢的诗人。1937年反抗日本入侵之际，陈三立忧愤绝食而死。陈早年对维新充满热情，但在认清民国现实之后，他宁可成为"神州袖手人"。然而这一位旧派诗人为了他宁愿袖手旁观的新中国而身亡。（616页）

陈三立1853年9月21日（公历10月23日）出生于江西义宁[1]，而非1859年。"被誉为现代中国最后一位才华横溢的诗人"不知出自何处。陈衍《石遗室诗话续编》以为，"五十年来，惟吾友陈散原称雄海内"，因而称"现代中国最后一位才华横溢的诗人"未必妥当。所引"神州袖手人"，出自陈三立1895年所作《高观亭春望》："脚底花明江汉春，楼船去尽水鳞鳞。凭栏一片风云气，来作神州袖手人。"此时并非民国。再说，"来作神州袖手人"完全是愤激之辞，他若是只顾自得自了汉，岂会因日寇侵略绝食而亡。另，不知"新中国"何指，此句亦不通。

（二十一）根据1946年2月南京政府军事法庭的数据，三百四十万的中国百姓被杀害，远东国际军事法庭的数据是二十万。（620页）

---

[1] 马卫中、董俊钰：《陈三立年谱》，苏州大学出版社，2010年，第6页。

上文说的是南京大屠杀。经 1946 年 2 月南京军事法庭查证：日军在南京集体大屠杀 28 案，死者 19 万人，零散屠杀 858 案，死者 15 万人，合计 34 万。由于对战犯的审讯是在八年后进行的，再加之许多事实法庭难以短时间查实，如成千上万的人被枪杀后又被浇上汽油焚烧，尸骸被抛入长江，许多活埋的秘密地点尚未被发现，到底有多少南京居民被屠杀，难以统计，34 万只是粗略的统计。但也不至于《剑桥史》所说的"三百四十万"，不知是笔误，还是另有所据。

（二十二）1955 年张爱玲离开上海，移居香港，1952 年远走美国。（645 页）

张爱玲于 1952 年离开上海移居香港，1955 年远走美国。

（二十三）以延安作为中心的文艺活动，遍及山西、河北、察哈尔、热河、辽宁等省的乡村地区。他们统称为"三边"：晋（山西东北部），察（察哈尔西南部），冀（热河南部和河北大部分）。……新诗和传统歌谣多发表在《大众文艺》《新诗歌》《诗建设》《诗战线》等杂志上，主要撰稿人被合称为"晋察冀诗派"。（649 页）

抗日战争时期，晋察冀边区、晋绥边区、晋冀鲁豫边区从来没有合称"三边"；现代"三边"通常是指抗日战争时期陕甘宁边区的行政区分，为原安边、定边、靖边三县的合称，从这个角度讲，《剑桥史》这样的命名并不妥当。

（二十四）这首（指《王贵与李香香》）近一千行的叙事诗采用的是陕西北部的歌谣形式"信天游"：以两行为单位，第一行的意象通常是一个明喻或者隐喻，第二行揭示比喻的喻旨。（649页）

对于信天游所用的艺术手法，介绍则完全是错误的。信天游两行一节，节与节之间可以自由换韵，音节大体一致，末行押韵，节奏感强。作为抒情的民歌体，因其善于运用比兴手法而著名。比兴是中国文学中独有的修辞方式，"先言他物以引起所咏之辞也"。前一句中的"比"，先言相关的事物以引起联想，引起"兴"味，形成美好的氛围，后一句落到叙述和歌咏的主体。这同明喻或者暗喻完全属于不同的修辞方法。

（二十五）他（吕赫若）的第一篇短篇小说《牛车》写于1935年，次年在日本发表。（653页）

吕赫若的短篇小说《牛车》1935年1月发表在日本的《文学评论》上，而非1936年。

（二十六）1945—1946年，吴浊流完成了以日文写作的长篇小说《亚细亚的孤儿》。（655页）

《亚细亚的孤儿》完成于1943—1945年，而非1945—1946年。

另外，《剑桥史》还存在一些编校错误上的错位，如萧三成了"肖三"（621页）、吴祖光成了"吴组光"（623页）。一些表述也很拗口，如"1906年，他（鲁迅）自称在观看了一场幻灯片之后，改变了职业规划"（523页），将鲁迅"弃医从文"说成"改变职业规划"，意思上没错，但措辞上落入到俚俗鄙野的趣味了。限于篇幅，上述类型错误不赘。

二、贸然的学术判断

文学史的写作，同一般研究有所不同。其要做出学术判断，必须对文学思潮、文学现象、作家作品有全面深刻的了解和把握，力求做到客观公允。一家之言的研究成果也可吸纳，但也得有充要的论证和坚实的可信度。如果贸然将自己的没有经过"小心求证"的学术猜想嵌入其中，故作惊人之论，以求所谓新颖独创，往往会适得其反。《剑桥史》就严重存在上述问题，兹举其中一些例子如下：

（一）这部小说着重刻画了侠女何玉凤因父亲被军中副将所害，发誓为父亲之死报仇。在实施复仇计划的过程中，她无意间救下了年青书生、孝子安骥。仇人的突然死亡打断了她的复仇大计，她最终接受了与安骥的婚姻安排。小说阐述了两种世俗的生活理想，即儿女和英雄，以及二者合二为一的可能性。（484页）

这是在介绍《儿女英雄传》的梗概。这个介绍虽然没错，但有偏颇。何玉凤仇人已死，欲出家，终被劝动，同意嫁给安骥。安骥有妻张金凤，亦曾被玉凤所救，两人睦如姊妹，后各有身孕，故此书初名《金玉缘》。《剑桥史》自始至终不提张金凤，不当。

（二）他在著作《大同书》中描绘了晚清乌托邦的未来蓝图：这是一个包罗万象的社会，繁盛、强大、进步。另一位仰慕者梁启超从龚自珍处继承了"少年"意象，并在《少年中国说》一文中着意宣传。鲁迅似乎被诗人对"狂士"和"狂言"的偏爱所吸引，并将自己小说处女作的主角塑造为"狂人"。最后，现代中国诗人和政治家乐于塑造的"崇高形象"也来自龚自珍打破传统的诗歌。毛泽东在1958年推动人民公社运动时所引用的一首关于宇宙力量的诗作，正是龚自珍的作品。（486 页）

鲁迅是否被诗人对"狂士"和"狂言"的偏爱所吸引，并将自己小说处女作的主角塑造为"狂人"，纯属猜想。鲁迅笔下"狂人"是一个患有"迫害狂"的精神病患者，是一个反抗吃人礼教和封建专制的精神叛逆者，同梁启超的"少年"大不相同。毛泽东在人民公社中所引的"九州生气恃风雷，万马齐喑究可哀。我劝天公重抖擞，不拘一格降人才"不是歌咏宇宙力量，也不是从龚自珍诗的本义出发，而是头脑发热，盲目鼓动愚民跃进，带来巨大的社会灾难，毫无积极意义。[1]《剑桥史》不做丝毫分析地予以罗列，芜杂而唐突。此段行文跳跃，逻辑混乱。

（三）晚清小说的兴起，通常认为肇始于严复和夏曾佑（1863—1924）在1897年发表的《本馆附印说部缘起》一文。（492 页）

---

[1] 参见毛泽东1958年4月15日于广州写的《介绍一个合作社》，见《毛泽东著作选读》（甲种本），人民出版社，1964年，第521—522页。

《本馆附印说部缘起》通常被认为是第一篇具有近代意义的小说美学专论，而非晚清小说兴起的标志。晚清小说的兴起，早在此文发表之前。

（四）王国维在现代中国文学史中的地位多有争议，这源自他对清王朝的忠心耿耿及对古典文学的情有独钟。

1907年是王国维生涯的转折点。他意识到自己强烈的情感力量为知识界所不容，于是从西方哲学转向中国文学，在接下来的岁月中致力于文学尤其是词学研究。他不满于儒家说教，受严羽、王夫之和王士禛"性灵说"的启发，独创"境界说"。（494页）

学术界对王国维之死因有争议，但对其在中国文学史上的地位并无大的分歧。至于说他"在现代中国文学史中的地位多有争议"，源自"他对清王朝的忠心耿耿及对古典文学的情有独钟"，并无依据。

王国维1907年由西方哲学转向中国文学，其原因是他已"疲于哲学"，欲从文学中寻求"直接之慰藉"。他说："而近日之嗜好所以渐由哲学而移于文学，而欲于其中求直接之慰藉者也。"（《三十自序二》）之所以选择词，其一因为"词之为体，要眇宜修，能言诗之所不能言，而不能尽言诗之所能言。诗之境阔，词之言长"。（《人间词话删稿》）其二因为其素有挽词业于颓败之志，他在《人间词甲稿序》有"六百年来，词之不振"的慨叹。其三，其填词时有佳作（如《蝶恋花》之"昨夜梦中"、《浣溪沙》之"天末同云"），有底气，亦有同前人争衡之意气。《剑桥史》却谓"他意识到自己强烈的情感力量为知识界所不容"，于是弃西方哲学而以填词为职志，不知道据何。

王国维的"境界说"既是对中国古典诗学理论的总结,同时又融入了他所推重的叔本华、尼采等人生命体验哲学,既有中国传统诗学的启发,亦有西方哲学的疏浚,是化合中西文学的一个诗学概念。《剑桥史》只言受严羽、王夫之和王士禛的影响,而不言西来哲学和美学的浇灌,以偏概全。

(五)次年,钱玄同出版了与王敬轩的辩论,后者是由钱氏和友人、文学革命支持者刘半农(1891—1934)共同炮制的桐城派学究。这场争议举国瞩目,并引发林纾在以古文写就的小说《妖梦》和《荆生》中进行反驳。(516页)

1918年3月,《新青年》杂志4卷3号上发表了一篇由钱玄同化名王敬轩写给《新青年》杂志社的公开信,历数《新青年》和新文化运动的罪状。同期发表了刘半农的《复王敬轩书》,对前文逐一驳辩,以期引起了社会的广泛注意。《剑桥史》不但没有清楚地说明"双簧戏"事件的前后经过,反而让人不知所云。"钱玄同出版了与王敬轩的辩论,后者是由钱氏和友人、文学革命支持者刘半农(1891—1934)共同炮制的桐城派学究",语句不通。是"钱玄同出版了与王敬轩的辩论"吗?钱玄同化名为王敬轩啊,他曾和自己辩论?"钱氏和友人、文学革命支持者刘半农(1891—1934)炮制的桐城派学究"为何物焉?不知。另,"双簧信"并未引起"举国瞩目",《妖梦》和《荆生》出现稍晚,除影射攻击三位主张"废汉字、灭伦常"的"少年"钱玄同、陈独秀和胡适外,还讥讽"白话学堂"校长蔡元培。

（六）在鲁迅和郁达夫之间，一时涌现出大量感时忧国的作品。（526页）

这样的表述，不知道有何意义。接下来所述的台静农、王统照、叶绍钧的创作也很难说居于"鲁迅和郁达夫之间"。

（七）狂人之后，狂妇横空出世。晚清以降，女性在文化和社会领域引发越来越多的关注。（527页）

鲁迅笔下的"狂人"是一个文学意象。《剑桥史》混淆文学人物和创作者，不加区别、分析得让其从文学作品走到人间。"狂妇"有谁呢？《剑桥史》上溯到秋瑾、陈撷芬、徐自华等人，重点论述陈衡哲、冰心等人。这样的命名，石破天惊。

（八）"'左翼'五君子"之一，鲁迅的学生柔石（1902—1931）在1931年被国民党政府逮捕和暗杀。他写作了短篇小说如《为奴隶的母亲》（1930），感动了大批读者。小说中母亲抛下亲生骨肉，为富裕的地主生子，最后落得骨肉分离。（554页）

柔石和胡也频、殷夫、冯铿、李伟森五位"左联"作家，于1931年2月7日在上海龙华被国民党淞沪警备司令部秘密枪杀，史称"'左联'五烈士"，已为惯常。《剑桥史》生造的"'左翼'五君子"，让人一头雾水。就字面意思而论，君子未必死亡，烈士肯定舍身。另外，对《为奴隶的母亲》的介绍七绕八拐，就是挠不到痒处，点透"典妻"风俗。让人不明白小说中的母亲为何要"抛下亲生骨肉，为富裕的地主生子，最后落得骨肉分离"。

（九）晚清的文本和翻译实验挑战了传统和现代文化的敏感性的局限，无法长久存在。……1920和1930年代，现代化和国家建构已经进行，总体而言，翻译的任务如同文学创作一样，被视为唤醒阶级意识的工具，不得不为政治意识形态服务。（592页）

"晚清的文本和翻译实验挑战了传统和现代文化的敏感性的局限"一句，不知云何。至于说上世纪二三十年代的翻译任务是"唤醒阶级意识的工具，不得不为政治意识形态服务"，未免过于绝对。

（十）《小说月报》一度是晚清通俗小说鸳鸯蝴蝶派的大本营，经茅盾之手出现了意识形态的转向，开始出版刊登俄国和法国文学及"被损害民族的文学"的专号。（594页）

革新过的《小说月报》作为文学研究会的机关刊物，主要刊登"为人生"的"写实主义"文学，说其同鸳鸯蝴蝶派时期发生"意识形态的转向"，不够妥当。另，茅盾接编的《小说月报》除刊登俄国和法国文学及"被损害民族的文学"的专号之外，还出过《泰戈尔号》《拜伦号》《安徒生号》等。

（十一）文学研究会在1920年12月经过仔细的计划和协商后成立。（601页）

文学研究会于 1921 年 1 月成立于北京。上文的表述语义含混不清，既可以说成立于 1920 年 12 月，也可以推后。

（十二）中国文学本有以古喻今的悠久传统。它既反映儒家思想赋予历史及史学的道德权威，同时也提供士大夫逃避文字治罪的自保之道。（624 页）

以古喻今作为一种写作方法，同儒家思想并无多大关联。再则，以古喻今既可以以古"赞"今，如文人所谓的处于盛世，如置三代；也可以借古"讽"今，如抗战时期的"南明史剧""太平天国剧"。

（十三）赵树理（1906—1970）是契合《讲话》精神最成功的小说作家。他是山西本地人，1943 年以描写两位农民反抗父母落后思想、追求爱情的《小二黑结婚》奠定了自己的声誉。这部作品以及其他作品如《李有才板话》（1943）中，赵树理捕捉到了山西农民方言土语的韵味，避免了"五四"文学中常见的欧化汉语。（652 页）

之所以出现"他是山西本地人"，是因为前文将山西当作以延安为中心的文艺活动辐射的"三边"之一（关于"三边"，见本文第一部分二十三条）。对赵树理小说艺术特色的介绍，完全抓了芝麻，漏了西瓜。赵树理小说的特点主要在于继承了传统章回体话本小说的框架，注重情节的连贯性和完整性，在情节冲突中塑造人物，适合农民的欣赏习惯和审美要求。当然，语言上的明快、简约、幽默和方言化，也是其重要的艺术特色。但只讲语言,无法完整说明赵树理的艺术特征。

此外,《剑桥史》的叙述多处晦涩拗口,扞格不通。如"文学——作为一种审美观念、学问规划以及文化机构——在经历了激烈的角逐形构之后,最终形成今天我们所理解的文学"(462页),"在曾国藩手中,桐城派最终完成了爬升至文学和政治巅峰的过程"(475页),"抗日战争造成了许多文化体制的迁徙"(628页)等等。

三、"被压抑的现代性""感时忧国"与"抒情传统"

通览《剑桥史》"1841—1949"部分,不难发现"被压抑的现代性""感时忧国"与"抒情传统",这三个海外现代文学研究的著名概念相互呼应,在所谓的"文化现代性"或"审美现代性"眼光的筛选和论证中,历史本身的纹理和逻辑被抽空,中国现代文学成为预设的颓废、娱乐、消遣、游戏以及抒情主导的、具有某种天然崇高性的西方"想象"。

"被压抑的现代性"是王德威发明的著名概念。他认为,晚清"不只是一个'过渡'到现代的时期,而是一个被压抑了的现代时期。'五四'其实是晚清以来对中国现代性追求的收煞——极仓促而窄化的收煞,而非开端"[1]。他发掘的"晚清小说现代性"不是指梁启超等倡导的改革"小说界革命",而是"另一些作品——狎邪小说、科幻乌托邦

---

[1] [美]王德威:《被压抑的现代性——晚清小说新论》,北京大学出版社,2005年,第56、24页。王德威曾在《被压抑的现代性——晚清小说的重新评价》(1998)、《被压抑的现代性:没有晚清,何来"五四"》(2003)中阐述过相近的观点,《被压抑的现代性——晚清小说新论》一书可谓是该观点的总括。

故事、公案侠义传奇、丑怪的谴责小说，等等"[1]。《剑桥史》开头即重弹旧调——"诚然，'五四'一代作家发起的一系列变革，其激烈新奇之处是晚清文人无法想象的。但是，五四运动所宣扬的现代性同样也削弱了——甚至消除了——晚清时代酝酿的种种潜在的现代性可能。"（462页）晚清文人变革思想的激烈程度可能一点不亚于"五四"一代作家，但是"五四"现代性的宏阔和多元远远超过了晚清。并不是"五四"运动压抑了晚清时代种种潜在的可能性，恰恰是晚清文学（尤其是王德威所钟情的那些）不能顺应时势而成为历史的"过渡"或者"弃儿"。"五四"新文学在成为主流之后，旧文学并未完全销声匿迹，与其说"五四"新文学压抑了晚清的现代性可能，不如说晚清文学已经不合时宜、不合人心，自身的弊病导致了其边缘化。"五四"新文学所打开的新世界，体现出晚清文学难以企及的现代精神、现代意识和人文主义，其不是"窄化"，而是开阔了人们的视野，使得人们自然而然远离、拒绝甚至摒弃以消遣、娱乐、媚俗、谴责等为叙事中心的晚清文学。王德威在《被压抑的现代性——晚清小说新论》一书中用了50多页的篇幅讲述晚清文学，论证晚清文学"种种潜在的现代性可能"。叙述的错误时有出现且不说，新文化运动和"五四"新文学篇幅上还不到晚清文学的一半。这种"偏见"源于他预设的观念和情感。王德威是"以日常生活的文学叙事或者说颓废的文学叙事来定位文学的现代性的。因而对于与此相对的启蒙文学或现代民族国家建构文学的宏大叙事他是根本排斥的。虽然他发掘出晚清文学（小说）过去被忽略、被压抑的一

---

[1] 王晓初：《褊狭而空洞的现代性——评王德威〈被压抑的现代性——晚清小说新论〉》，《文艺研究》2007年第7期。

面，但对于同样推动了中国文学（小说）的现代性变革的另外一些革新却持否定态度"[1]。他认为，夏志清所谓的"感时忧国"是"五四"作家的普遍（症状）（486页），这种病的"代价"一是"流为一种狭窄的爱国主义"，二是"目睹其他国家的富裕，养成了'月亮是外国的圆'的天真想法"。（611页）其影响呢，使他们对那些启蒙文学之外的文学失去兴趣，极大地削弱和窄化了晚清以来形成的"众声喧哗"的文学景观和文学趣味。

"五四"作家感时忧国的"写实主义"（他们不光是"写实主义"，还有浪漫主义、象征主义等），同中国文学现代性发生的历史背景密不可分，在积贫积弱、内忧外患的历史条件下，感时忧国的启蒙主义无可厚非，可以说是历史的必然和应然。倘若他们遵从王德威所谓的"现代性"，沉浸于王氏津津乐道的"狎邪小说、科幻乌托邦故事、公案侠义传奇、丑怪的谴责小说"等，抛开思想启蒙、写实主义和"为人生"的态度，历史不知会呈现出何种可怖可怜的图景！中国文学的现代性不仅仅包括王德威所沉醉的近代通俗文学的兴起和文学刊物的兴盛，更重要的方面还有现代意义上的启蒙文学叙事、现代性的审美意识、构筑民族国家意识的文学叙事以及文学本体发展嬗变的内在要求等。中国"现代文学的现代性在不同历史阶段的不平衡的显现，除了各种现代性相互冲突激荡的作用外，更重要的是还受到中国现代化历史过程中不同时代的不同历史焦点的制约。正是由于在倾斜的历史语境中建构现代民族国家和启蒙主义的思想诉求成为中国现代化的历史主线，因而建构现代民族国家的文学叙事与启蒙主义的文学叙事必然成为中国现代文学的主要

---

[1] 王晓初：《褊狭而空洞的现代性——评王德威〈被压抑的现代性——晚清小说新论〉》。

潮流，它们之间相互融合互补、冲突激荡的旋律勾画出中国现代文学历史发展的基本线索"[1]。王德威所谓的晚清现代性没有从文学发展的自身逻辑出发，对中国现代文学的"多重内涵与多种向度"以及不平衡的冲突激荡没有深刻的洞察和精准的把握，忽略了具体的社会条件和历史语境，混淆了文学史叙述和文学写作的边界，不依靠文本研究的推进，而是用文学想象置换历史起源的因果探究，"寻找文本证据来证明预设观点"[2]，为晚清文学镀上所谓的现代光彩。晚清文学是"五四"文学现代性萌生的历史基础，是中国古典文学走向现代文学的蜕变过程，体现历史中间物的过渡特征。但只有到了新文化运动之后，才在真正意义上完成了由传统到现代的过渡，汇入了世界文学的整体格局，才完成了思想的现代化、人的现代化和文学的现代化，形成了现代的精神、道德、价值观念，形成了现代的民族国家意识，形成了"用现代文学语言和文学形式，表达现代中国人的思想、感情、心理"的现代文学和审美意识。[3]"被压抑的现代性"将晚清文学的这种"过渡特征"一味放大，模糊了晚清文学和"五四"文学的本质性区别，无限膨胀研究主体的情感体验，体现出强制阐释和过度阐释的研究特征。

"被压抑的现代性"虽是旧调重弹，但将龚自珍逝世之年1841年视为中国现代文学的肇始，可谓旧曲新唱。在王德威看来，"从多种方面来说，龚自珍的人生和著作均可视为一条纽带，与早期现代中国文学

---

[1] 王晓初：《褊狭而空洞的现代性——评王德威〈被压抑的现代性——晚清小说新论〉》。

[2] 王晓平：《后现代、后殖民批评与海外中国文学研究——以王德威的研究为中心》，《文学评论》2012年第4期。

[3] 钱理群、温儒敏、吴福辉：《中国现代文学三十年（修订本）》，北京大学出版社，1998年，第1页。

最为显著的诸般特点紧相缠绕。尽管出身士绅阶级，接受了深厚的儒学考据训练，龚自珍却广为宣传他对'情'和'童心'极具个人化的阐释，以此回应晚明的'情教'论。他关注当代地理政治，从个体知识分子与帝国的全新关系中重新审视历史。他对中国西北地区的研究预见了晚清帝国版图的变革。更为重要的是，龚自珍深受公羊学派的影响，这让他对国家进步不仅有一个乌托邦式的时刻进度表，而且身怀一种面对世变的神秘天启——诗性（mythopoetic）观点"。（456页）龚自珍开创性的贡献，"在于他将历史识见与抒情才能融会贯通，创造了一种文学形式。这种文学形式乍看似曾相识，细读之下却与传统有着根本的区别"。龚自珍的诗作，"情"与"史"并重，"最明显的特征在于一种主观情感的倾向，一种对历史活力的想象，以及一种潜藏末世视野中的政治能动性"。（466页）在其看来，龚自珍认为"情"是人性精华所在，这点与李贽、王士祯、袁枚一脉相承，龚自珍"更进一步地相信，声音及文化构制，即语言，是情的直接表现"，"更珍视'情'为一种持续的政治和文化动力，他希望在这样的语境中重新理解历史"。作为章学诚反传统史学的追随者，龚自珍在公羊学派看到了相似的精神，认为"历史必将首先发生衰颓，触目所及，复兴无望"。（467页）

龚自珍承袭了李贽、王士祯、袁枚等的尊性重情，其在"尊心论"基础上对传统的"道"的批判就深度和力度而言，可能有所深入，但其视域依然在传统的"天下"和"道"之内，并未跨出李贽、王士祯、袁枚的圈限。历史也证明，其"主逆复古"的文学变革途径并不如与他并称的魏源的"经世贯道"的变革途径更具有可行性。龚自珍在鸦片战争爆发的次年离世，其虽具有反叛思想和精神，但其视野情怀依然是传统士大夫的视野情怀。魏源则有幸成为第一批"睁眼看世界"的晚清知识分子。在文学观念上，两人都主张一时代就有一时代的文学，强调文学的"经世匡时"功能，并无多大区别，只是转换再造的方式不同，龚主张"尊心"，魏主张"经世"。在创作上龚"尊情"而魏"重气"，魏成就虽不如龚，但在当时的影响，一点也不亚于龚。魏诗"如雷电倐忽，金石争鸣，包孕时感，挥洒万有"[1]，风格奇崛险怪，具有碧海掣鲸的气势。尤其是其山水诗，山水清音中有时代强音，虽现代以来鲜有学人论及，但在当时颇负盛名。郭嵩焘在《古微堂诗集序》中曰："先生所著书流传海内，人知宝贵之，而其诗之奇伟，无能言者。"李柏荣《日涛杂著》中云，魏源"在前清嘉道年间，声名满宇内，文人学士、贩夫妇孺，无论识与不识，俱以一觇丰采为快……"曾朴曾云："龚定庵、魏源两人崛起，孜孜创新，一空依傍，把向来的格调，都解放了。魏氏注意在政治方面，龚氏是全力改革文学。无论是教导诗文词，都能自成一家，思想亦奇警可喜，实是新文学的先驱者。"[2] 在思想上，两人在后期差异很大。龚自珍提出了"具有人本主义色彩的'众人造天地论'、追求精神解放的'尊心论'、预言未来时代大变革的'三时说'"三个具有近代意识的命题。但由于在鸦片战争爆发后一年就去世，不了解也没有来得及了解西方，趋向传统和守旧。魏源则编纂了具有划时代意义的史地著作《海国图志》，提出了"师夷之长技以制夷"的主张。师夷方向和经世思想的结合，使魏源"对文学功能的强调也由'贯道''救时'转向激发忧愤、开通民智。这是经世文论的发展，也预示了文学功能论的新方向，成为清末以文学'鼓民力、开民智'的文学启蒙论的滥

---

[1] （清）林昌彝：《射鹰楼诗话》，上海古籍出版社，1988年，第36页。
[2] 曾朴：《译龚自珍〈病梅馆记〉题解》，收入时萌编：《曾朴研究》，上海古籍出版社，1982年，第195页。

筋"[1]。因而，倘要说龚自珍的"尊情"文学标志着现代文学的开端，可能不如说魏源的"经世"文学标志着现代文学的肇始更能经得住考量。

《剑桥史》对"五四"作家"感时忧国"情怀和写实主义精神的批评，伴随着对"抒情传统"和"抒情主义"的揄扬。"抒情传统"——这个由陈世骧提出的以中国古典抒情诗为内容、以西方古典史诗和戏剧为参照中心的学术概念，虽然缓解了面对西方文学的焦虑，但这种"西学中用"的眼光本身存在着严重的局限和偏颇。[2] 关于中国文学的"主情"特征，民国以来朱光潜、闻一多、郑振铎、郭绍虞等学者都曾讨论，但能否形成"抒情传统"，他们都很慎重。陈世骧没有像闻一多和朱光潜等人那样从正面论述中国上古没有诞生史诗的原因，而是从反面切入——没有诞生史诗正体现了"中国抒情传统"。然而当我们脱离中西文学比较的视野，"回到中国文学的本身，如果仍然被绝对普遍性的'抒情'本质占据所有的诠释视域，而不能从经验现象层次去正视中国文学在不同历史时期、不同区域环境、不同社会阶层与群体、不同文学体类所呈现的相对'特殊性'，仍旧将一切中国文学都涵摄在绝对普遍性的'抒情'本质去诠释，则中国文学在经验现象层次所呈现的多元性，将被这种一元的'覆盖性大论述'遮蔽无遗"[3]。从其本质来看，

---

[1] 王飚：《魏源经世文论对传统文学原则的改造——魏源文学观的近代意义》，《文学与文化》2014 年第 2 期。

[2] "抒情传统"是美籍华裔学者陈世骧在中西文学比较的视野和背景下提出的关于中国古典诗歌的艺术传统的命题，美籍华裔学者高友工则建立起"抒情美典"体系，蔡英俊、吕正惠等续其薪火，使之成为一个颇有影响的学术概念。

[3] 颜昆阳：《从反思中国文学"抒情传统"之建构以论"诗美典"的多面向变迁与丛聚状结构》，柯庆明、萧驰主编：《中国抒情传统的再发现——一个现代学术思潮的论文选集》，台湾大学出版中心，2009 年，第 739—740 页。

"抒情传统"强调的"自抒胸臆的主体性"实际上是西方浪漫主义的"主体经验",其形塑于陈世骧上世纪三四十年代的诗歌写作以及与艾克敦的学术互动,这点学界已有充分的讨论。[1] "抒情传统"以浪漫主义重构诗学,强调主体体验,使个体绝缘于社会条件和历史环境的影响,成为以自我为中心的现代主体,从理性、责任和义务中解脱出来,"从有关抒情传统的论述中所包含的审美主义的超验主体可以看出,'抒情传统'的特定政治面向即是要创造一个不承认任何外在法则的自主精神场域"[2]。在王德威这里,"抒情"成为统摄诗歌、小说、散文等文类的一个普遍性概念。那么,这种现代文体与古典抒情诗如何互动而从古典形态迈入现代形态,他语焉不详。实际上,他是从概念到概念,为概念寻找内容。在"抒情中国"一节,他轻易地完成了文类与时间的跨越。他说:"抒情主义作为一种文学类型、一种审美视角,一种生活方式,甚至一个争辩平台,在中国文人和知识分子对抗现实并形成一种变化的现代视野之时,都理应被认为是一种重要资源。……现代中国抒情作家自觉地用语言重现世界。现实主义者将语言视为反映现实的一种工具;抒情主义者在精炼的词汇形式中,寻找到模仿之外的无限可能性。"(566—577 页)在他看来,抒情与写实的区别,在于一个是"自

---

[1] 陈国球:《"抒情传统论"以前——陈世骧与中国现代文学及政治》,《现代中文学刊》2009 年第 3 期。

[2] 苏岩:《公共性的缺失:"抒情传统"背后的浪漫主义美学反思》,《名作欣赏》2015 年第 16 期。对于"抒情传统"偏颇的检讨,可参见徐承:《陈世骧中国抒情传统论的方法偏限》(《文艺理论研究》2014 年第 4 期)、汤拥华:《"抒情传统说"应该缓行——由王德威〈抒情传统与中国现代性——在北大的八堂课〉引发的思考》(《文艺研究》2011 年第 11 期)、冯庆:《"有情"的启蒙——"抒情传统"论的意图》(《文艺研究》2014 年第 8 期)、龚鹏程:《不存在的中国文学抒情传统》(《延河》2010 年第 8 期)。

觉地用语言重现世界",另一个是"将语言视为反映现实的一种工具",而抒情的优越性在于还能"寻找到模仿之外的无限可能性"。这种简单的区分,源于普实克关于现代文学"抒情的"与"史诗的"文类互换的启发,但普实克比较谨慎和理性,王德威将其更为泛化、扩展为"叙述模式、情感动力,以及最为重要的,社会政治想象"。(615页)王德威一方面不断谴责"写实"的"感时忧国",另一方面又将"抒情"扩展为"社会政治想象"。在他看来,革命(政治)甚至和抒情(文学)成为等同的概念,抒情使得蒋光慈、瞿秋白等魅力尽显,最终抒情成为革命的消费。卞之琳、何其芳的"遥拟晚唐颓靡风格的诗歌试验",周作人"对晚明文人文化的欣赏",胡兰成还原到"天地不仁"的自然状态乃至"自然法"的高妙"抒情"[1]等都是现代性的最正当的、最积极的内容,"抒情"成为一个庞杂的、不分内容、不分格调的"无限可能性"。相较之下,"五四"文学"感时忧国"的启蒙主义和写实主义成为"狭窄的爱国主义",削弱和窄化了晚清以来形成的"众声喧哗"的文学景观与"抒情传统"。其超验的审美主义,实际上是要建立一个不受启蒙主义、责任义务、公共意识等渗透与约束的超自由、超自在的"自主精神场域"。因而《剑桥史》中说:"面对民国期间无休止的人为暴行和自然灾难,抒情主义反求自我,和现实保持距离,以为因应。但在卓越作家的笔下,抒情也能呈现与现实的辩证对话的关系。抒情作家善用文字意象,不仅表达'有情'的愿景,同时也为混乱的历史状态赋予兴观群怨的形式,在无常的人生里构建审美和伦理的秩序。"(566页)在我看来,这种超然自主、大善大美的"抒情"成为某个作家的追求或特征

---

[1] 王德威、季进:《抒情传统与中国现代性——王德威访谈录之一》,《书城》2008年第6期。

倒无不可，但要形成"传统"，不知是祸是福。

除上述三大方面的问题之外，《剑桥史》的分期与体例上可讨论之处也甚多，比如"西方文学和话语之翻译"与"印刷文化与文学社团"实际上是两篇完整的论文，硬性嵌入叙述之中，似也不妥，且内容叠床架屋等等。此文已很冗长，再不详叙。据书前《序言》说，《剑桥史》起初是针对西方读者的，但既然译成了中文，还是要对中国读者负责些吧！

（本文原载于 2015 年 11 月 5 日《文学报》，发表时内容有删节）

越过深渊的见证

——论陈徒手的知识分子研究

1949年后中国知识分子的命运，是一个错综复杂而又严肃沉重的历史课题。因为众多限制，诸如档案尘封、材料匮乏、当事人的逝去以及出于各种原因的隐讳和遮掩，使得这段历史成为光秃秃的树桩，甚至连树桩也漫漶不清。不过，这却无法割断其与现实内在的隐秘关联。马克思说："人们自己创造自己的历史，但他们并不是随心所欲地创造，并不是在他们自己选定的条件下创造，而是在直接碰到的、既定的、从过去承续下来的条件创造。"[1]我们之所以对历史缺乏深刻通透的认知，正因为我们生活在历史造就的现实之中。不细察造成现实的历史，就无法认识现实。现实的反思，也需要历史的反刍来增加情味和深度，并从中得到一定程度的照亮，"一个隔断历史的当下，不管它建立在何种意识形态基础之上，不管它有多少民生举措，事实上它已经限定了人们卑微的生存方式"[2]，也限定了人们的思维方式和生存状态。现实的回望和透视由于时间的拉开，才有了洞穿历史烟云的可能。

---

[1] [德]马克思、恩格斯：《马克思恩格斯选集》（第1卷），人民出版社，1995年，第585页。
[2] 李庆西：《"有关政治的超越政治话语"——读库切新作〈耶稣的童年〉》，《读书》2013年第9期。

历史与现实的不断回应与镜照，也使得我们有可能祛除遮蔽，无限逼近历史的真相，从而趋向整体的把握和贯通的认识。

历史是过去的事实，也是人们对过去事实有选择的记录和阐释。历史有的被表述，有的被省略。看法总会陈旧，事实却永远不会过时。历史学的首要任务，即是寻找真实可靠的史实，还原历史情境，通过复杂诡异的历史表象，洞察其中的深层逻辑。陈徒手的《人有病 天知否——1949年后中国文坛纪实》和《故国人民有所思——1949年后知识分子思想改造侧影》（以下简称为"《人有病 天知否》"和"《故国人民有所思》"）以及一系列文章，耗费数十年之精力，"上穷碧落下黄泉"，大量查阅档案文献，走访当事人，让"外部文献"（公开出版物）与"内部文献"（原始档案、内部简报、会议记录、汇报检讨以及当事人的口述史料）[1]互相释正、互相补正和互相参证，以扎实的史料、丰富的细节和通融的叙述，见证知识分子个体在历史运动中的纠结、矛盾、痛苦和承担，呈现出充盈丰润的历史质感，建构了研究对象的"全息图像"[2]。王蒙称赞陈徒手的文章"写得细，生动，材料挖掘得深而且常有独得之秘至少是独得之深与细，他的文章十分好读。读着读着'于无声处'听到了惊雷，至少是一点点风雷"[3]。林斤澜也高度评价陈徒手的研究："在这上面辛苦工作的人，查档案，找材料，访人物。为真也

---

[1] "外部文献"与"内部文献"互为参证，是谢泳受王国维"二重证据法"提出的当代文学史料研究的方法论（详见谢泳：《思想利器——当代中国研究的史料问题》，新星出版社，2013年，第104—112页）。"外部文献"与"内部文献"的互证，是陈徒手虽未明言但有充分自觉的方法。

[2] 陈徒手：《人有病 天知否——1949年后中国文坛纪实》（修订版），生活·读书·新知三联书店，2013年，第509页。

[3] 同上书，第4页。

为美，青灯黄卷，善哉善哉！"[1]陈徒手的研究，将不为人知的历史细节呈现于读者眼前，通过史料的比较辨析，打开了通向历史真实以及历史场景中受难者内心的大门。其不仅为历史研究和文学史叙述提供了不可或缺的史料，同时也为我们反思现实提供了清晰的历史镜像。这项工作的意义，正如雅斯贝尔斯致海德格尔的信中所言："我隔着遥远的过去，越过时间的深渊向你致意，紧握着过去曾经存在、而今也不可能化为乌有的事物。"[2]陈徒手越过各种"深渊"，向苍黄风雨中的落难者"致意"，同时也向我们提供了非常年代的集体记忆和共同见证。

  陈徒手通过大量官方的、未公开的原始档案材料和历史当事人口述的挖掘、披露和分析，将"内部文献"与"外部文献"互相参证，呈露出历史冰山下隐藏的部分，带我们走进了风诡云谲年代知识分子的心灵世界，呈现知识分子的真实生活和真切情感，为历史的重塑提供了坚实的史料支撑，也为知识分子研究和当代文学学科建设做出了意义重大、影响深远的贡献。在《旧时月色下的俞平伯》的题叙中，陈徒手讲述了自己找材料的困难：为了查阅俞平伯的档案，他利用各种关系，终于获得了中国社会科学院人事局的同意，却由于自己的"非党员"身份差点搁浅。后来终得查阅，所翻看的不过是俞平伯当年填写的几张简易人事表格，无非是学历、特长、简历之类的东西。他感慨道："离开时我望着摆放在桌上那高高的档案袋，心中充满不舍和遗憾。我知道，俞先生纠结半生的坎坷命运都浓缩在这些发黄的纸片中，这些纸片是无语的，也是无助的，黏附着斗争的神秘信息而永远沉睡在纸

---

[1] 陈徒手：《人有病 天知否——1949年后中国文坛纪实》（修订版），第3页。
[2] [美]马克·里拉：《当知识分子遇到政治》，邓晓菁等译，中信出版社，2014年，第29—30页。

袋里。"[1]这不仅仅是陈徒手个人的慨叹,也是当代历史研究的无奈。类似这样的情况,陈徒手只得通过历史当事人的口述,结合"外部文献",复活具体的历史场景,推测各类运动中的雨骤风疏。他20世纪90年代即开始做口述,被陈远誉为"口述文学的推动者"[2]。他走访了大量的历史当事人,用他们的口述史料同公开文献互相补充、互相印证,立体再现了历史暴风雨中知识分子的遭遇。写俞平伯,他以《红楼梦研究》批判运动为中心,采访《红楼梦研究》当年的责任编辑文怀沙,俞平伯社科院文学所的同事曹道衡、王平凡、邓绍基、乔象钟、吴庚舜、张白山,当年曲社的成员张允和、楼宇烈、樊书培,以及俞平伯的家人亲属,挖掘出许多鲜活的、耐人寻味的历史细节。如俞平伯在九三学社做检查时,说对《红楼梦研究》是"敝帚自珍";开会时,他"坐沙发上抽烟很凶,烟叼在嘴唇上,烟灰落在胸前不拍不扫";去世前几年随手写下不少随感,如"卫青不败因天幸,李广无功为数奇。两句切我平生。一九八九年试笔""赤条条来去无牵挂,心静自然凉。丁卯十月四日记"[3]等,俞平伯在政治批判中的学术自信,对政治运动的排斥、怀疑和观望,晚年心境的颓唐以及对命运的不甘等,都跃然纸上。1949年之后沈从文的"转业"是学术界关注的热点,但对他"转业"后的生活情形和内心状态知之甚少。陈徒手曾努力找过有关部门,但沈从文的官方档案难以看到,也没有正规的查询渠道。他通过走访沈从文当年历史博物馆的同事,还原了一个谨小慎微、默默奉献、不断努力,而总是受到批评,怎么也不被认可、被接纳的"多余人"。用沈从文1951

---

[1] 陈徒手:《人有病 天知否——1949年后中国文坛纪实》(修订版),第8页。
[2] 同上书,第197页。
[3] 同上书,第23页。

年没有发出的信中的话说:"关门时,独自站在午门城头上,看着暮色四合的北京城风景……明白我生命完全的单独……因为明白生命的隔绝,理解之无可望……"[1] 在新时代话语的重压下,"他在信中连续四次说到'个人渺小'"[2]。他努力想跟上时代,写小说歌颂炊事员,用阶级斗争的方法写跟土改有关的小说《财主何人瑞和他的儿子》,甚至还有写知识分子参加革命的长篇小说的写作计划,但最终都失败了。博物馆房间宽裕,沈从文却要不到一间办公室,在午门楼上和走廊里转了十年。这些都没能阻止他奉献的热情:他自愿当解说员,潜心服饰史的研究,甚至自己出钱为馆里收购文物。他处事低调,不愿张扬,整风时有人动员他发言,他三缄其口。《人民画报》的记者要拍一组他怎样培养学生的照片,他大发脾气,坚决不让拍。他"为社会做了很多服务工作,有求必应,把知道的东西全告诉你,很多人在学问上得到他的帮助"[3]。在陈徒手的见证叙述中,事实和感受通过象征糅合在一起,历史和现实、有形和无形的"午门"构成的"压迫和震慑",成为压在沈从文心口的磐石。上边不解决沈从文实际的生活困难,他宏大的没有任何私心的学术研究计划也被漠然置之。沈从文失望至极,一走了之,"再也没有回到那待了二十多年的大建筑物里,其情伤得之深显而易见"[4]。《老舍:花开花落有几回》主要依据北京人艺完整的艺术档案,这些资料几乎没有被研究者利用过。从中我们可以看到"两个老舍":一方面,老舍觉得赶任务是光荣的,他紧跟形势写剧本"歌颂",但却

---

[1] 陈徒手:《人有病 天知否——1949年后中国文坛纪实》(修订版),第33页。
[2] 同上书,第30页。
[3] 同上书,第39页。
[4] 同上书,第59页。

"屡屡拐进艺术的僵局中";另一方面,他有"强烈的自省精神"[1],他的艺术直觉本能地抵触外加的东西,甚至偶尔会拒绝高层的意见。比如周恩来建议《女店员》中的齐母要转变,《茶馆》第一幕发生的年份要调整。他都拒绝了。[2] 正是在这种矛盾纠结的状态下,曹禺、焦菊隐、欧阳山尊等人注意到剧本《一家代表》第一幕茶馆戏的经典性。在他们的集体催生之下,《茶馆》这部经典话剧开始孕育。老舍起初担心"配合不上","配合不上"很快成为当时北京文艺圈子里的名言。[3] 剧本一出来,曹禺称赞《茶馆》第一幕"古典""够古典水平","是古今中外剧作中罕见的第一幕"。焦菊隐形容第一幕是"一篇不朽的巨作"[4]。1956年稍为宽松的外部环境,以及曹禺、焦菊隐、欧阳山尊、于是之等的合力激励,《茶馆》这部作者"复杂而奇妙、独一无二"[5] 的艺术高峰矗立了起来。《茶馆》舞台经典化的过程,我们可以看出人艺艺术群体的凝聚力,"看出其间他们的艺术痴迷投入,也可见他们深刻的裂痕和伤疤。这种裂痕或许一触及就让人伤神,但蕴藏着无比的真实度,显示了不正常岁月中光明与晦暗的两面性,缺一不可。它们衬托出《茶馆》戏中戏的独特分量,反射出老舍先生身上同样具备的复杂性和人生境界的暗喻性"。令人惊奇的是,这部剧作使得他们无间地融合为一个整体,"这一群充满艺术灵性、充满交错矛盾的艺术家们满台生辉,各自达到自己一生的巅峰"[6]。关于丁玲、赵树理、汪曾祺、郭小川等的研究

---

[1] 陈徒手:《人有病 天知否——1949年后中国文坛纪实》(修订版),第84页。
[2] 同上书,第99页。
[3] 同上书,第101页。
[4] 同上书,第102页。
[5] 同上书,第106页。
[6] 同上书,第65页。

均是如此，陈徒手常常能在丰富的"内部文献"中复现历史的复杂性和个体的矛盾性。比如丁玲"文革"后的言行，学界多有不解和批评。陈徒手通过大量史料文献的整理辨析，窥见了人们了解甚为有限的丁玲的真实内心世界——"多少年背运和折磨使她的处世方式粗疏和困惑，真实的她与场面上的她是有很大出入的，她自己也在为此相争和纠结，有时为了刻意突出自己的'左'反而让自己愈演愈烈下去，到了无法收拾的地步之后倒有了几分释然。"[1] 赵树理的"农民式真诚和不明事理的'迂腐'"，郭小川的单纯、质朴和执着，汪曾祺"文革"中的谨慎和为难，都是詹体仁所谓的"平心尽心"之见。陈徒手的文章材料充分，揆情度理，叙议相洽，能够在不同的观点之间取得考证的平衡；文笔质朴，鲜活生动的细节使得叙述"感性十足，柔软有致，人物的形象也得以丰富而变得可爱可亲"[2]，极大地弥补了文学史叙述的生硬和干瘪带来的不足，成为了解当代文学和知识分子内心世界必不可缺的重要参考。

　　谢泳发现，当代文学史写作有一个令人深思的现象——"前代文学史叙述与后来的文学史叙述，在史料方面相差并不大，而评价立场和价值选择却发生了极大的变化。"这种"翻烙饼"的写作现象从一个极端走向了另一个极端，思维方式并没有发生多大改变。要改变思维方式，大量可靠的新史料是必不可少的基础。傅斯年就认为："史料的发现，足以促成史学之进步。而史学之进步，最赖史料之增加"[3]，足见史料对于历史学科之重要。当代文学史学科虽有史料工作，但专注者寥寥无几，

---

[1] 陈徒手：《人有病　天知否——1949年后中国文坛纪实》（修订版），第146页。
[2] 同上书，第197页。
[3] 傅斯年：《历史语言研究所工作之旨趣》，《傅斯年全集》，联经出版事业公司（台湾），1980年，第1307页。

材料零星散乱，不够完整，也很少有系统的整理、辨析和拓展，大量的材料还没有发掘（包括公开的和未公开的），"这些都在相当大的程度上影响了中国当代文学史学科地位的稳定"。这也与史料工作的特殊性有关。做史料一来"需要长期积累"，二来"这个工作相当枯燥"，三来"不大可能获得名声"。[1] 还有一个重要原因，就是其中风险很大。陈徒手的研究拓展了当代文学研究的史料视野，夯实了这一学科的学科基础。凡是成熟的学科，无不具有稳定的史料基础和文献系统，这也是任何一个学科发展的逻辑起点。王蒙说，陈徒手"是以一种极大的善意敬意写这些离我们不远的作家们的，善人写，写得对象也善了起来可敬了起来。话又说回来了，不往善里写你往恶里写一下试试，光吃官司的危险也足以令作者吓退的。不全面是肯定的，不粉饰也不歪曲却是有把握的"[2]。比如，陈徒手虽然坚持"一切以事实说话"，但还是有许多难以预料的"意外"。1999年，范曾和陈明就《午门城楼下的沈从文》与《丁玲的北大荒日子》两篇文章，分别公开撰文予以辩驳。陈徒手没有公开回应，再版时就细节的不够详尽周全之处做了补充订正。他坚信历史真相不可被摧毁，不能被抹杀，也无法"瞒和骗"，保留了主要事实。耐人寻味的是，陈徒手多次采访陈明，经其修改、同意后发表的《丁玲的北大荒日子》，陈明后来却写文章公开反驳。他对陈徒手解释说，陈徒手的文章发表后，不少老同志打来电话说有问题，"扛不住老同志的压力，只有写文章提意见来缓解"[3]。笔者也曾遇到被采访者转身不承认自己所说之话的事情。由此足见史料发掘、整理与写作的艰

---

[1] 谢泳：《思想利器——当代中国研究的史料问题》，第114—116页。
[2] 陈徒手：《人有病 天知否——1949年后中国文坛纪实》（修订版），第5页。
[3] 同上书，第146页。

难。这里面还有一个"内部文献"的规则和边界问题：如何使得"内部文献"的使用既能遵守《档案法》《保密法》等相关规定，同时又能利于学术繁荣，并在遇到危险时能够得到学术共同体的援助，成为"内部文献"整理研究的一个关键问题。[1]

在史料的占有、熟悉之上，陈徒手形成了敏锐的历史悟性和洞察力，能够"力透纸背"，呈现诸多因素、条件、环节之间的历史关联，读解出不少意在言外的东西。邵燕祥在《故国人民有所思》"序言"里这样评价："尤其难得的是，虽然事隔五六十年，却非道听途说，乃是根据当时官方材料的记录。姑不论对相关情况的表述（包括当事人的一句玩笑半句牢骚）因来自巨细无遗的层层报告，而是否或有失真之处；至少其中对人、对事的判断、定性以及处理意见等等，的确见出各级党委当时当地的真实立场和态度。"官方材料能否真实地反映历史真实，需要仔细地分析甄别、综合关联和深刻洞穿。这种洞穿力以所见知未见，捕捉到文字背后的东西，通过恰切的历史想象，还原历史史实的"冰山"整体。陈徒手通过长期的研究和积累，获得了这种难得的穿透力。如20世纪50年代初马寅初任北大校长时，中共曾高调宣传，在知识界影响很大。1954年高教部检查北大，检查报告称："北京大学在和马寅初、汤用彤等的合作上基本做到尊重其职权，校内的一切公事都经过马寅初批阅，大事情都和他商量，做了的工作都向他汇报。在他出国的时候，江校长每月亲笔向他报告工作。"陈徒手注意到当时北京大学党委书记江隆基1953年、1954年起草的几份工作报告，却是以自己名义上报，一字不涉马寅初，甚至一些会议，也独缺马寅

---

[1] 谢泳：《思想利器——当代中国研究的史料问题》，第112页。

初。另外一个细节也很具说服力——"马寅初不大管（或不能管）教学上的大事，却对校内清洁卫生工的调动、职员的大小事情都很关心，一有变化都要人向他报告。有一次北京政法学院工友因个人琐事打了北大一职员，北大写信给政法学院请求解决，马寅初竟花了很多时间亲自修改这封信件。"从这些，我们不难看出马寅初校长任上的苦涩与无奈。1956年国家专家局负责人雷洁琼召集教授对高等教育的意见会，马寅初感叹自己不过是一个有职无权的"点头校长"。在他不知情的情况下，上面突降新的经济学主任，这让经济学出身的他大为不快。除此之外，校党委想尽一切办法，架空他在行政上的权力。有意思的是，马寅初有时候也"抓权"。如"有一次马寅初从上海返京，心事重重地进了办公室，对工作人员说：'有什么你们可得告诉我，（别）像交通部有一校长（黄逸峰）一样，许多事情下边做了，他还不知道，现在犯了错误，要撤职。'"（1953年4月20日市高校党委统战部《各校上层统战工作情况》）马寅初抱怨有职无权，同时又担心因不知情被蒙蔽而受到处分，何其难哉！历史有时候像蒙着一层雾霾，朦胧难辨；有时候像水中的影子，一个涟漪也能使它扭曲变形。陈徒手缜密地将这些历史的"碎片"连缀在一起，打破历史的雾影，体察历史与人心的微妙处，曲尽马寅初在北大校长任上的尴尬处境。陈徒手的议论更令我们深思——"我们可以退一步设想，假如马寅初握有校长的实际权力，他能搞好北大的全面工作吗？答案是超乎其难，时代已经根本不赋予他天时、地利的条件，他无法具备驾驭超速失控、不按常规行驶的列车的能力。反过来说，马寅初不掌权应属他个人的幸事。"为什么？缘于他的性格、为人和教养。因为随后的此起彼伏的大批判脏活，事无大小，"都是要反复承受人心的巨大折磨，表现教条般的死硬态度，不能有一丝温情和犹豫，才能冷漠对待昔日的同事，从容布置斗争方案。马寅初下不了手，他后半生只有被人批判被人宰割的痛苦经验"[1]。这种见微知著的洞察、明心见性的体贴和困心衡虑的思考，成为陈徒手历史研究的显著特征。

由于关注一个时段，陈徒手的一些研究对历史现象和人物内心的"变化"揭橥不够，体现出"有顿无渐"的倾向。对历史研究而言，不仅需要"截取观察一个无限小的单位（历史的差异，即人们个人的趋向），用艺术的方法把它们连结起来（即发现这些无限小的单位的总和）"[2]，同时也需要将其置放到较大的历史阶段里去考察审视，这才可能接近历史或研究对象的本质。这要求历史学家不仅能走进历史的腹地和人物的内心，同时要求具有宏阔的视野，能知人论世，能透视历史整体。专注某阶段，就这一阶段来看并没有错谬，但如果用"大历史"的眼光来透视，就可能发生了问题。某一阶段的研究当然不可能面面俱到，但在研究中必须综合考虑，既能微观考察，又能宏观透视，才不致被某一时段的材料束缚。比如冯友兰的多次转变，如果不综合他的一生，只截取某一个时段，就无法得出合理服人的解释。1950年10月5日，新中国成立伊始，冯先生即致函毛泽东："决心改造自己思想，学习马克思主义，准备于五年之内用马克思主义的立场、观点、方法重新写一部中国哲学史。"毛在回函中说："不必急于求效，可以慢慢地改，总以采取老实态度为宜。"此时知识分子改造运动尚未开始，冯先生自我

---

[1] 陈徒手：《故国人民有所思——1949年后知识分子思想改造侧影》，生活·读书·新知三联书店，2013年，第35—53页。
[2] 雷海宗、林同济：《文化形态史观·中国的文化与中国的兵》，吉林出版集团有限责任公司，2010年，第141页。

否定以迎王师,是"读史早知今日事"?还是觉得"天将降大任"于其身?"文革"中,冯先生作为"梁效"的顾问,代"四人帮"立言,批林斗孔,风光一时。"文革"结束后,冯先生虽受到学界讨伐,但因他的自我批判和学术影响很快又被重新尊崇。冯先生在《三松堂自序》中说:"他是立其伪而没有立其诚,意思是,自兹以后,他已经立其诚不再立其伪了。"有人则认为:"冯先生一生与世沉浮,他的'伪'已经在他的主观意识上与'诚'凝为一体,他自己已经分辨不开了。在我们外人看来,他是吾道伪以贯之。从这中间,使我深深悟到宋朝人为什么一口咬定朱熹是'伪道学'的道理之所在。"[1] 当然不能简单地说冯友兰的道"伪以贯之"。如果不综合冯先生所受的"经世致用"哲学的影响和内心深处的"帝王师""帝王相"情结,就很难看清冯先生思想的真面目。冯先生的一生,可以说为"儒学离不开政治"和"儒生离不开政治"这两个命题做了最真切的注脚。这同时引发出当代史研究的另一个问题,就是有些东西档案材料并不能反映,必须慎思明辨,注意到表态性发言和内心真实想法的背离。如果照单全收,不但不能说明问题,还可能遮蔽一些问题。陈徒手主要考察冯友兰在 50 年代到 60 年代前期的转变[2],但由于缺乏整体性的眼光,缺乏透彻的把握,"顿"明显而"渐"不足。这一方面由于写作设定的时段带来的限制;另一方面,走进哲学家、物理学家、科学家的内心,把握他们的思想和心灵,也需要一定的学力和长期的时间。职是之故,《故国人民有所思》就生动和深刻而言,较《人有病 天知否》有明显的逊色。

---

[1] 赵俪生:《桑榆集》,新世界出版社,2009 年,第 42 页。
[2] 陈徒手:《故国人民有所思——1949 年后知识分子思想改造侧影》,第 80—107 页。

从陈徒手笔下这些知识分子的命运遭遇上，我们可以看到"道统"与"政统"的艰难抗衡，以及"道"与"势"较量中前所未见的心灵悲剧。在此起彼伏的运动浪潮中，他们人人自危、人人企图自保，但最终没有几个人能够逃脱。一方面，他们在巨大的外在压力下不断自我矮化、自我贬抑和自我践踏，丧失了独立个性、思考能力和生存空间，逐渐完成了个体心灵和精神文化的"国有化"[1]；另一方面，他们紧跟形势不断"变脸"，为求自保，互相伤害、互相倾轧。每个人都是受害者，但很少有人守住底线，不去伤害别人，也极少有人对自己的行动进行反思，表现出一种阿伦特所谓的无动机无思想的服从权威和规则的——在我们每个人身上都存在的"平庸的恶"。谢泳认为："中国知识分子一旦进入权力中心，便极少有人表现出对弱者的同情，在具体的工作中，宁左勿右是他们的工作方针。……他们处在权力中心的时候，对别人的痛苦麻木不仁。但他们没想到，自己一旦被权力抛弃，面临的是比他们当年所面对的弱者更为悲惨的结局。……在权力中心的冲突中，知识分子并不是绝对没有保留良知的可能，可惜中国知识分子普遍缺少这样的勇气。"[2] 实际上，在高度原子化和孤立化的处境下，没有进入权力场的知识分子绝大多数亦是如此。当风暴没有牵涉到自己的时候，更多的是自保、侥幸，甚至是幸灾乐祸和落井下石。当自己也陷进去的时候，料想不到遭遇会更为悲惨。为什么会这样？有人说："中国的问题不是没有高人、智者，是成熟过度、自我封闭的制度、环境把这些高人、智者一代代斗争、放逐、边缘化，就像老虎没有青山，猴子没有丛林，

---

[1] 刘再复：《历史角色的变形：中国现代知识分子的自我迷失》，《知识分子》（纽约）1991年秋季号，第42页；转引自谢泳：《思想利器——当代中国研究的史料问题》，第270页。
[2] 同上书，第137页。

再大的本事也没用。"[1] 是"成熟过度"的文化，还是"自我封闭的制度、环境"导致了这奔流不止的悲剧？或者还是其他原因？或许心理学家米尔格伦的"艾希曼实验"更能说明问题。这个实验表明，在组织化的社会环境中，承受各种巨大压力的个体服从于权威，道德、伦理、良知、底线等对人的基本制约迅速失效，人性"恶"的一面主宰了人并不断扩大。组织化的社会环境并不需要作恶者，但一旦置身于这个环境之中，任何人都可能成为作恶机器的运作部件或工具，关键是个体如何来"捍卫自己"。

陈徒手通过自己的研究和写作，将历史场域里局部性的个人经验互相连贯，立体、复杂、多面地呈现出整体性的历史景象和公共记忆，既对历史情境有创造性的解释，又能将现实情怀投射在历史的研究之中。我们知道，公共记忆不仅塑造个体生命的本质，也塑造一个民族的心灵品性。何兆武曾说："江青一死竟带走了一部中国现代史，尤其是一部活生生的'文革'史；这真是中国史学史上无可弥补的巨大损失。……我们自身经历的事情，只有我们自己知道最清楚。为什么我们这一代人不尽到自己的责任，如实地记录下来，一定要留给子孙后代再去煞费苦心地挖掘那些已经不可再现的历史事实呢？"[2] 由于我们缺乏耐舍尔所言的进行"语义记忆"的博物馆、公共论坛、杂志刊物等"记忆场所"，因而，以个人回想和历史口述为主的"事件记忆"尤为重要。当"真实"出现了问题时，我们更为需要见证，尤其是关于历史真相的见证。陈徒手在档案汇报、思想检查等原始材料中恢复历史的具体情

---

[1] 查建英主编：《八十年代访谈录》，生活·读书·新知三联书店，2006年，第101—102页。
[2] 何兆武：《苇草集》，生活·读书·新知三联书店，1999年，第524页。

境，将其与回忆文章和口述史料互相发明，将"内部文献"与"外部文献"互为补正，以卓越的历史感和敏锐的洞察力，通过周详贴切的阐释和情理相洽的叙述，抵达历史场域的幽眇深微和复杂晦暗之处，将人们对历史的粗疏认识转化为对历史的体验，为隐没在历史隧道里的知识分子画形绘心，凿壁留像，矫正史之偏，补正史之缺，尽到了何兆武所谓的"一代人的责任"。他将情愫压在冷静的叙述之中，在如史直书中体现出自己深远厚重的历史关怀，即历史学家吕森所说的——"我们应当借助回忆这个模式让历史变成一个具有改变现状之潜力的文化酵母，让那些历史的价值在人类精神的发展演变过程中构成文化的恒定因素，并且使得一个文化时代的结尾成为另外一个新的文化时代的开头。"[1]陈徒手所做的，是对遗忘的抵抗，是对一个人、一个群体的公共记忆的打捞和历史经验的见证。不仅如此，压在纸背的，是他积极寻找反思历史、改变现状的"文化酵母"的努力。正如他在《〈人有病　天知否〉初版后记》中所说的："这本书文字里构筑的一切成了绝对历史，一去而不复返，那将是民族、国家的福音，是我们和儿女这一代人的幸事。"杜少陵有诗云："人生有情泪沾臆，江水江花岂终极？"世事能如人意吗？但愿吧。

（本文原载于《南方文坛》2017年第3期）

---

[1] [德]耶尔恩·吕森：《雅各布·布克哈特的生平和著作》，[瑞士]雅各布·布克哈特：《世界历史沉思录》，金寿福译，北京大学出版社，2007年。

蓝苹与鲁迅

一、"文青"蓝苹

1936年10月19日,鲁迅病逝于上海。巨星陨落,山河同悲,自发的群众纪念活动如火山喷涌,席卷全国、遍及各界。各类悼念缅怀文章浩如烟海,数不可计。其中有篇署名"蓝苹"的《再睁一下眼睛吧,鲁迅!》叙中有议,议中有情,叙述简洁,议论恳至,情感真挚,很值一看:

再睁一下眼睛吧,鲁迅!

蓝 苹

一个挨着一个,静默地向前移动着。

当我挨到了棺材前的时候,突然一种遏止不住的悲酸,使得我的泪水涌满了眼眶,同时从深心里喊出:

"鲁迅,你再睁一下眼睛吧!只睁一会儿,不,只睁那么一下!"我张大了眼睛期待着。但是他没有理睬我,仍旧那么安静的睡在那儿,象是在轻轻的告诉我:

"孩子,别吵了,让我安静一下,我太疲倦了!"于是我带着两汪泪水,一颗悲痛的心,悄悄的离开了他,攒进了那个广大的行列。

这种难以言喻的哀痛,在不久以前曾经苦恼过我一次:在看复仇艳遇的新闻片里,我看到另外一位斗争到死的伟人——高尔基。我看到高尔基生长的地方,又看到他老年来那种刻苦的精神,最后那个占领全银幕的,紧闭着眼睛的头,使我象今天一样的噙着眼泪恳求着:

"高尔基!再睁一下眼睛吧,那怕只睁一下!"但是……

我象一个小孩似的,在戏院里哭了。

由千万个人组成的那个行列——那个铁链一般的行列,迈着沉重的,统一的大步走着。无数颗跳跃的心,熔成一个庞大而坚强的意志——我们要继续鲁迅先生的事业,我们要为整个民族的存亡流最后一滴血!太阳象是不能再忍受这个哀痛似的,把脸扭转在西山的背后。当人们低沉的哀歌着"请安息"的当儿,那个傻而执拗的念头又在捉弄我:

"复活了吧,鲁迅!我们,全中国的大众需要你呀!"

没有一点儿应声,只听见那刚劲而悲愤的疾风,在奏着前夜之光。

黑暗吞没了大地,吞没了我们的导师。每个人象是失去了灵魂似的,拖着滞重的脚步,跨上了归途。

但在每个心头都燃烧着一个愤怒![1]

文章简练峭拔,沉郁悲痛,诚挚的崇敬和真切的哀悼裹挟着简洁

---

[1] 蓝苹:《再睁一下眼睛吧,鲁迅!》,《绸缪月刊》第3卷第3期(1936年11月15日)。

的场景描摹和悲伤的抒情议论,似突如其来的飓风,在短暂的篇幅里骤升到情感的高潮。如此的写作才华,比起郁达夫的名文《悼鲁迅》虽有逊色,但与同龄的文艺青年相比,22岁的蓝苹应该远在同侪之上!鲁迅逝世后,10月25日的《大公报》上海版刊登了电影、戏剧界司徒慧敏、赵丹、唐纳、费穆、欧阳予倩、蔡楚生、柯灵、史东山、应云卫、袁牧之、郑君里、蓝苹等十余人署名的题为"悼鲁迅先生"的专文,文中说:"在这一星期里面,文化界所发生的最大的变故,像一个晴空的霹雳,震慑着每一个中国人,乃至全世界的文化人的心,使他们震惊、悲悼、叹息,并且深切的受着像失去了什么似的空虚之感的,是鲁迅先生的溘逝。……鲁迅先生的死所给予我们的,又岂止是失去文学师的悲戚呢。这损失是整个中国民族的,也是全世界的被压迫人群的!……'鲁迅先生不死,中华民族永存!'假如我们相信这挽语的铁一般的声音,那么,让我们祝福这一位苦斗了一生的战士的幽灵,静静地在地下安眠罢。"鲁迅逝世,"民众丧战士 青年失导师"(联华书局挽词),同样带给文艺青年蓝苹巨大的震撼和悲痛。青年蓝苹受到了"五四"精神和鲁迅作品的影响。她追求自由、光明和爱情,蔑视没有感情的婚姻形式,崇拜反抗出走的娜拉。她30年代成名后接受采访谈到自己的阅读时说,她高小毕业辍学在家自修,"真的什么书都看过,从《西游记》《红楼梦》起,到《呐喊》《羔羊》《虹》,还有从外面翻译过来的小说,现在叫我背还都背得出来"[1]。在这些文学作品之中,尤以"五四"以来的新文学和鲁迅的作品影响最大。她将这些文学作品的影响浇筑到自己的人生之中,消弭了艺术和现实的距离。在人生舞台上,她一直竭

---

[1] 李成:《蓝苹访问记》,连载于《民报》1935年8月28日至9月1日。

尽全力地饰演着对当时知识女性影响最大的娜拉形象，用力寻找一条光明和自由之路。据郁风讲述，蓝苹"非常敏感，求知欲很强，那富于幻想的大眼睛常常专注地直瞪着你说话，在生活中也像入了戏。我当时认为她是个很有希望的好演员"[1]。鲁迅的逝世带给蓝苹巨大的震撼，饱蘸着失去精神导师的悲痛，她写出了《再睁一下眼睛吧，鲁迅！》。

此时的蓝苹是左翼电影明星，也是追求进步时有作品发表的文学青年。她的创作起步于1931年7月到1933年4月在青岛大学半工半读时期。1931年7月，李云鹤供职的山东省立实验剧院倒闭，经创办者教育家赵太侔（此时改任青岛大学教务长）介绍，她到青岛大学半工半读，每天上午到中文系旁听课程，下午和晚上在图书馆上班，顶头上司图书馆长为梁实秋。这一时期她和梁实秋接触较多，读了不少文艺作品。中文系的课程曾选修过闻一多的《名著选读》、沈从文的《中国小说史》和《散文写作》、杨振声的《写作辅导》等。蓝苹喜欢文学，写过诗，写过剧本《谁之罪》，散文和小说曾受过沈从文的指导，表现出一定的写作天赋。[2] 1933年秋，李云鹤与俞启威一同离开山东，南下上海，加入海鸥剧社，重续她的演员之梦。1935年3月，李云鹤进入上海电通影业公司，改名"蓝苹"。[3] 不过她的文学之梦并没有停止，

---

[1] 郁风：《江青的上海历史：生活中也像入了戏》，《文史博览》2006年第27期。

[2] 见陶方宣：《江青与沈从文、汪曾祺交往始末》，《名人传记》（上半月）2013年第2期。这段材料出自 Witke Roxane: *Comrade Chiang Ch'ing*, Little, Brownand Company, 1977年，第43—62页，但陶没有注明出处。

[3] 据蓝苹自己说：李云鹤到了上海找职业。组织上让她去电影厂，有一个导演给她取名蓝平，但别人写错了字，才变成"蓝苹"。李云鹤觉得"蓝色的苹果"有新意，就用这个名字当演员，在舞台上，也在银幕上。张可可：《1930年代电影明星的文学创作研究——以王莹、艾霞、蓝苹为例》，华东师范大学硕士论文，2012年，第38页。

她先后以"张淑珍""云鹤""蓝苹"为名,在《新社会》《中学生》《电通》《中国艺坛画报》《大晚报》《青年界》《大公报》等刊物发表了20余篇小说、散文随感和书信。纸上的蓝苹,勇于追求个人自由与幸福。她读房龙,主张"为自由而战牺牲",感叹人类的可悲——"真是怪事!世界上没有一样有生气的东西是不喜欢自由的。尤其是称为万能的人类,有时竟为争自由牺牲了生命。"她悲天悯物,舅舅送她一只小鸟,关在笼里,失去了自由,不吃也不睡,过了一个晚上就死了。她感叹道:"一个雀子尚且为求自由死了,那么人,尤其是受着重重的束缚的妇女,当然更应该勇敢的去争取自由了!自由神可以说是我们妇女争自由的一段记录。"[1] 她出身贫苦,从生活的底层走来,一直在努力地"争自由",她喜欢自己扮演的娜拉,不喜欢卡嘉邻娜,她说:"把娜拉的话当作我的,把我的情感作为娜拉的,什么都没有担心,只是像流水似地演出来了",觉得自己"和卡嘉邻娜之间就好像隔离了几千里的路程"。[2] 更重要是卡嘉邻娜是被男人抛弃的女人,而娜拉是抛弃男人的女人。她同情底层民众,关心民族存亡,能将个人自由上升到民族自由的高度,并阐述两者的关系:"我们现在不但要使中国的卡嘉邻娜能够活下去,而且还要英勇的,和男人们共同去背负起民族革命这个伟大的任务,因为只有在整个民族自由解放的时候,我们妇女才能得到真正的自由!"[3] 她热爱演艺事业,对于演员的角色、演技、素养以及责任都有深刻的理解。她说:"一个人如果专靠着美貌,或是一点儿聪明去做一个演员,那是危险的!""一个演员要是只能扮演那种比较适合

---

[1] 蓝苹:《为自由而战牺牲》,《电通》半月画报1935年8月第6期。
[2] 蓝苹:《从〈娜拉〉到〈大雷雨〉》,《新学论》第1卷第5期(1937年4月)。
[3] 蓝苹:《〈大雷雨〉的卡嘉邻娜》,《妇女生活》第4卷第7期(1937年4月)。

自己的角色，那就谈不到演技。那只是一种自我的表现而已！"[1] "我们不仅需要健全的身体，还更需要健全的思想和意志；因为演剧再不是一种纯娱乐的东西，而演员也不是一种玩偶；我们的演剧应在我们这个苦难而伟大的时代中充分地发挥出它的社会效能。"她清醒地意识到："生活的糜烂——这糜烂的生活是演员的艺术之最大的敌人，它毁灭着演员本身及他的艺术。一个演员在目前这样社会中，是很容易走上糜烂的道上的，这一半是由于那恶劣的环境促成的，不过演员个人的自暴自弃也是重要原因。"[2]这些文字，融汇着她对艺术的体验和理解，虽然说不上令人振聋发聩，但境界也不失高远，至今仍具有现实意义。她那篇名满上海滩的同唐纳绝交的"公开信"[3]，也思维清晰、情理俱至，确是简洁明快的文字，远远超出一般的文艺青年。

蓝苹同当时无数追求进步的文艺青年一样，尊敬鲁迅、崇拜鲁迅，以鲁迅为精神导师。故而在鲁迅逝世之后，她提笔为文，字字含情。当文学青年蓝苹成了"文化旗手"江青之后，她依然大谈鲁迅对她的影响以及她与鲁迅之间的因缘。1972年8月，纽约州宾翰顿大学东亚历史系副教授罗克珊·维特克访问江青，在北京谈话以及广州的六天长谈之后，维特克出版了 *Comrade Chiang Ch'ing*（《江青同志》）一书。1977年，该书由维特克授权 Little, Brownand Company 在美国印刷，在美国和加拿大同时发行。在该书中江青谈到："鲁迅是她最为敬仰的一位文化巨匠，正如毛泽东是她心目中的一位政治巨人一样。"维克特说："江青毫不掩饰她对这两位伟人的崇拜。为了维护她在'文化大革命'直至

---

[1] 蓝苹：《随笔之类》，《大晚报》1936年1月1日。
[2] 蓝苹：《我们的生活》，《光明》第2卷第12期（1937年5月25日）。
[3] 蓝苹：《一封公开信》，《联华画报》第9卷第4期（1937年6月5日）。

70年代中期一直领导的某种意识形态,她在讲述自己中引用了一系列经过精心挑选的例证,表明她对这两位伟人之间相互的仰慕与敬重之心的觉察力。"第四章"从左翼到舞台中心",江青谈到了鲁迅。她说:"当她在上海时有人告诉她,鲁迅曾观看过她的演出,但说这话时她脸红了。"她"一再强调,她只是听说而已,并不知道这是否属实"。[1] 鲁迅的确看过蓝苹的演出。当时蓝苹虽饰演过《娜拉》并有不小的名气,但不足以引起鲁迅的注意。1935年11月,上海业余剧人协会公演《钦差大臣》,邀请鲁迅观看。鲁迅观看了11月3日的夜场,他在当天的日记里记道:"夜同广平往金城大戏院观演《钦差大臣》。"[2] 我们知道,鲁

---

[1] Witke Roxane: *Comrade Chiang Ch'ing*,第95—115页。

[2] 鲁迅:《鲁迅日记》,人民文学出版社,1959年,第974页。朱正在《谬托知己》(《鲁迅研究月刊》1999年第2期)一文中引用了张颖所著的《风雨往事——维特克采访江青实录》(河南人民出版社,1997年)中的说法,说江青对维克特说:"鲁迅在《申报》自由谈里称赞我,我没有见过他。他是看了我的戏。我演了《娜拉》《钦差大臣》《大雷雨》,其实我不想当明星,一举成名,电影老板都来找我订合同";"30年代在上海,我是第一流的演员,但这并不是我的主要工作。我做革命工作,地下党,领导工人运动。最主要是领导文艺运动。那时候鲁迅是革命文艺的旗手。……鲁迅对我是很赏识的,不仅对我的戏,对我的文章,对我这个人。鲁迅说我是个真正革命的女性……";"1936年鲁迅病逝了,我们组织了上万人的大游行,也就是送葬的行列,我们绕着人多的大马路走,我扛着大旗,走在最前面。一排人手挽着手,昂着头,你想想看,那有多么神气。我一点都不怕国民党特务,走在最前面……"。但若对照维克特英文原版,一些纯属虚构,一些严重失实。江青谈论鲁迅较为客观,也有自知之明。她说她在上海时常看鲁迅的杂文和鲁迅在《申报》上发的文学评论,并没有说鲁迅在《申报》自由谈里称赞过她。她说鲁迅可能看过她的演出,但她不能确定。她说为鲁迅送葬时她"站在送葬队伍的最前列","高歌除了《国际歌》之外的所有革命歌曲",并没有说自己"扛着大旗,走在最前面"以及后面的"多么神气""不怕国民党特务"云云。她谈鲁迅对她的影响以及她与鲁迅的精神联系,也不失实。遗憾的是,*Comrade Chiang Ch'ing* 迄今尚无中译本,否则可正视听。张颖时任外交部新闻司副司长,作为历史当事人之一的回忆自然成为《江青同志》一书的重要资料,张颖在书中写道:"下面所有叙述的都是两人的原话,我只在文字不通处稍修改,但不可能是全文而是有删节。"(第21页)"我下边摘录当时的部分谈话记录。可能有点(转下页)

迅非常喜欢和熟悉果戈理的《死魂灵》和《钦差大臣》等作品，不仅翻译了《死魂灵》，还多次在《暴君的臣民》《路》《答〈戏〉周刊编者信》征引《钦差大臣》的人物、故事、语言阐述自己的观点。上海业余剧人协会希望鲁迅能够提提意见，鲁迅提出了中肯而善意的批评，但并未形成文字，而是托丽尼代为转达。鲁迅逝世的当天，丽尼想起此事，奋笔撰写了《要学习的精神》，公开了鲁迅的意见——"我又记起'业余剧人'公演果戈里的《钦差大臣》之后，先生在看过以后，教我带给排演者的批评。先生以为那钦差大臣所住的旅馆，门该是朝里开的，所以在门外偷偷看的人才能一个不留神跌了进来，如果朝外开，则是绝然跌不进去的。又说，市长的妻子必定是个丑妇，所以和女儿争风才有喜剧的效果，如果像业余所演出的那样俊扮，就和作者的本意大有差别了。又指出了各个性格上的正确的理解，如仆人不能像那样聪明，因为傻而自作聪明的仆人是俄国文学的传统。又说到服装，在这里，引证了《〈死魂灵〉百图》里的绘画。"[1] 市长太太的扮演者是当时的著名影星王莹，鲁迅委婉地批评了其未能忠实剧情、与原作抵牾的弊病，表现出对剧社以及年轻演员的提醒和呵护。蓝苹饰演的木匠妻戏份不多，却演活了丧偶的青年寡妇的愤激，不过鲁迅未有只字片语的评价。倒是鲁迅批评过的《赛金花》，后来却成为批判江青的靶子。

（接上页）乏味，文字也不流畅，但这是真实的记录。"（第41页）"为了保持真实，我尽量不改、不删节。"（第83页）然而，通读全书后却让人感觉并非如此，歪曲之处甚多。详见仰青：《如此"实录"——评张颖：〈风雨往事——维特克采访江青实录〉》，见网址：http://www.360doc.com/content/09/0322/10/24830_2880823.shtml。

[1] 丽尼：《要学习的精神》，《光明》第1卷第10号（1936年11月25日）。后收入1937年文化生活出版社出版的《鲁迅先生纪念集》。

1936年4月初，夏衍的《赛金花》在《文学》杂志第6卷第4号发表，同月中旬剧作者协会召开了张庚、凌鹤等戏剧家参加的"《赛金花》座谈会"，之后因蓝苹同王莹争演《赛金花》的女主角而搁置，最终在11月由王莹饰演赛金花而获得巨大成功。鲁迅在同年8月23日所撰的《这也是生活中》批评《赛金花》剧本的主题先行和歪曲史实，其中也隐含着鲁迅对"国防文学"的批评："作文已经有了'最中心之主题'：连义和拳时代和德国统帅瓦德西睡了一些时候的赛金花，也早已封为九天护国娘娘了。"[1] "文革"开始，旧事重提，鲁迅对《赛金花》的批评横扫了一批人；"文革"结束，蓝苹同王莹争演赛金花则成了路人皆知的狼子野心："赛金花媚外投降，是个民族败类；赛金花荒淫无耻，是个社会渣滓；赛金花盘剥妓女，是个大吸血鬼。不管剧本给她涂抹上多厚的油彩，这个粉墨登场的赛金花也还是无法掩盖她自己反动的丑恶本质。江青争演《赛金花》主角未成，恰好说明她早在三十年代就向往着要当一个赛金花式的人物，计划着去搞阶级投降和民族投降的罪恶勾当。历史终于证明了，她正是这样做的。"[2] 客观地讲，蓝苹可能虚荣好胜、爱出风头，但由此远远推导不出那时候她就"计划着去搞阶级投降和民族投降的罪恶勾当"。这种望风使舵、深文周纳、落井下石的论调，逻辑混乱、滑稽荒诞、卑鄙俗气，可惜至今不但没有绝迹，而且更为盛行。

---

[1] 鲁迅：《"这也是生活"》，《且介亭杂文末编》，人民文学出版社，1973年，第11页。
[2] 天津师院图书馆大批判组编：《江青三十年代参加演出的话剧、电影简介（供批判参考）》，《天津师院学报》1977年第1期。

二、"娜拉"蓝苹

蓝苹在30年代引人瞩目的不是"文学青年",而是"左翼明星"。"左翼明星","它本身就是一个复杂的、悖论的概念:既要革命,又要成为电影明星,这也是他们的身份特征"[1]。20世纪20年代至30年代的上海是新兴的中国电影之都,一大批导演明星云集于此,采用自然主义和现实主义的布景与技巧,着力反映穷人生活、女性解放、工人阶级觉悟以及失业问题等城市题材。左翼电影运动的领导者田汉、夏衍、阳翰笙等人塑造了左翼电影,同时也为蓝苹、王莹、艾霞等出身底层的女影星提供了舞台。蓝苹在这里找着了自己的梦工厂,她的革命向往和明星梦想则通过娜拉的饰演有了一个美好的开端。娜拉这一形象契合了蓝苹的遭际、性格和气质,使她迅速成为左翼电影的当红明星。

1935年6月下旬,上海各报纷纷报道《娜拉》的公演,颇有影响的《时事新报》刊出了《新上海娜拉》特辑,刊头是蓝苹的大幅剧照。上海金城大戏院门口高悬话剧《娜拉》的巨幅演出海报,上面写着"亮晃晃的演员!白热化的演技!大规模的演出!""直追闺怨名剧!堪称独创风格!"以及"赵丹、蓝苹领衔主演"等宣传标语。此时赵丹已是上海滩的著名演员,陌生的"蓝苹"首次亮相,吊足了观众的胃口。《娜拉》由上海业余剧人协会承演,这是其同年4月成立之后的首次演出。这个业余性质的演出团体,聚集了当时上海的知名导演和影剧明星如史东山、袁牧之、应云卫、金山、沈西苓、赵丹、宋之的、王莹、王人

---

[1] 葛飞:《向左转:波希米亚式艺术家在1930年代之上海》,《海南师范大学学报》(社科版)2012年第6期。

美、蓝苹、施超等。在公演《娜拉》之前,蓝苹虽然已经进入电通影业公司,但还是临时演员,完全是试验性质。正式签订合同是在公演《娜拉》成功以后。[1] 27日晚,《娜拉》在金城大戏院成功上演,蓝苹一炮而红。演出翌日,《民报》评论蓝苹说:"人物配得适当而演技也恰到好处的,应当记起蓝苹,金山,魏鹤龄,吴湄,赵丹五人,每个人物的性格,是被他们创造了,而对白也那样完美。尤其是第二幕,为了蓝苹的卖气力,那动作和表情,就像一个乐曲的'旋律'一样,非常感动人,到带着眼泪,跳西班牙舞时,这旋律是到顶点了,觉得全人类的自私与无知,都压榨在她身上,可怜极了。"[2]《晨报》则比较了赵丹和蓝苹的演技:

> 赵丹,他是一个年青的艺人,他的长处并不是天赋的,他没有标准的健美体格,而且他也并没有怎样好的嗓音;但他努力,诚恳,对于剧中人的人格,思想,情感,肯下功夫去体验。而在艺术上,他肯刻苦地锻炼。在《娜拉》中他饰娜拉的丈夫郝尔茂先生。他能刻画出郝尔茂这样的一种人物来,一个家庭的主人翁,一个社会上有着相当地位的功利主义的绅士。在易卜生当时代的欧洲一直到现代的中国,郝尔茂正不知有多多少少。在《娜拉》这剧中,郝尔茂要算是难演的角色,但赵丹很轻易的胜任了。
>
> 其次,我要说出我的新发现。饰娜拉的蓝苹,我惊异她的表演与说白的天才!她的说白我没有发现有第二个有她那么流利

---

[1] 李成:《蓝苹访问记》。

[2] 海士:《看过〈娜拉〉以后》,《民报》1935年6月28日。

（流利并不一定指说得快）的。自头到尾她是精彩的！只有稍微的地方显缺点，即有时的步行太多雀跃了；有时的说白太快因而失却情感了。

二十一岁的蓝苹，头一炮打响，她成功了！

她能够演好娜拉，除了她自己的演技之外，还有重要的一点，她跟娜拉心心相通！

她一遍又一遍读《娜拉》。她发觉，娜拉那"叛逆的女性"跟她的性格是那样的相似！她以为，娜拉是她，她就是娜拉——她成了娜拉的"本色演员"！[1]

诚如论者所言，蓝苹饰演娜拉之所以能够成功，"除了她自己的演技之外，还有重要的一点，她跟娜拉心心相通！""娜拉是她，她就是娜拉！"蓝苹回忆道："当我初读《娜拉》的时候，我还是一个不知道天多高地多厚的孩子。但是无形中娜拉却成了我心目中的英雄，我热烈地崇拜着她，我愿意全世界被玩弄着的妇女都变成娜拉。"她自己也终于受时代风气的鼓动，成了抛弃家庭追求信仰的叛逆女性。"没有多久，我也离开了家庭。虽然和娜拉出走的情形不一样，但是我却要照着娜拉所说'做一个真正的人！'……"[2] 正是遭遇的近似、个性的相近与气质的契合，使蓝苹对于角色有着全面透彻的感受、理解和把握。她对记者说："我总觉得'娜拉'底个性太和我相近了，所以我很喜欢演这个脚色。就是对于'娜拉'底台词，我从没死读过。告诉你，我还只念过两

---

[1] 苏灵:《观〈娜拉〉演出》，《晨报》1935年7月2日。
[2] 蓝苹:《我与娜拉》，《中国艺坛画报》1935年9月13日。

遍，不知怎地，连我自己也都觉得莫名其妙，竟会很自然地从我底口中背出来。"[1] 在演出时，"我在台上真是自在极了，好像娜拉与我自己之间没了距离，把娜拉的话当作我的，把我的情感作为娜拉的，什么都没有担心，只是像流水似地演出来了"[2]。蓝苹将娜拉定位为女性反叛者，她自己是娜拉式的人物，她和娜拉几乎是完全重合的。她希望通过自己饰演的娜拉和卡嘉邻娜，为妇女解放和妇女自由呐喊。她为妇女鼓与呼："一九三五年上演的《娜拉》，以及最近上演的《大雷雨》都是以妇女问题为主题的戏。并且在演出上也有着很大的意义。""站在一个妇女和演员的立场上，我要求剧作者，在今年，在这被称为话剧年的一九三七年，大量的替我们，被窒息将死的妇女们产生剧本！"[3] 同时，她也在思考"娜拉们"的出路。鲁迅说"伊孛生是很不通世故的"，他"是在做诗，不是为社会提出问题来而且代为解答"，"他也不负解答的责任"。[4] 蓝苹模糊了艺术和现实的距离，却慨叹易卜生没有给娜拉安排出路，她说："不过我自始至终相信在高唱'妇女回到家庭去'的声浪中演出《娜拉》，正如吴湄女士所说的，的确是有很重大的意义的了；但可惜易卜生没有把出走后的娜拉应该怎样去找出路的法子告诉我们……是的，不应该做'小鸟儿'；做男子底奴隶和玩具，不应该把自己底生命为男子而牺牲，我们妇女应该自立，不应该做寄生虫！"她觉得只要女人能像娜拉那样觉醒、反抗和出走，其他问题自然会迎刃而解，她说："这何必要管他呢？……我总觉得我们尤其女人更应该从重

---

[1] 李成：《蓝苹访问记》。
[2] 蓝苹：《从〈娜拉〉到〈大雷雨〉》。
[3] 蓝苹：《三八妇女节——要求于中国的剧作者》，《时事新报》1937年3月8日。
[4] 鲁迅：《娜拉走后怎样》，《坟》，人民文学出版社，2006年，第164页。

重的压迫之下觉醒过来,至少;也得要像娜拉这样有反抗出走的精神,想法子能使自己多学习一点东西,把自己底力量充实起来之后再说。不要说恋爱问题,就是其他一切,都不难解决的。"[1] 蓝苹以娜拉自诩,她确实也选择了娜拉之路,曾经多次"出走"。但娜拉走后怎样呢?鲁迅说:"不是堕落,就是回来"[2],蓝苹没有回来,她继续出走。她试图在鲁迅所言的"堕落"和"回来"之外,为无数娜拉探寻另外一条继续革命和反抗的道路。在《一封公开信》中她公开了自己的人生困境,愤然离开上海,像成千上万的皈依者一样,选择了一条在当时青年看来很光明和很进步的道路——奔赴延安。这绝对说不上是"堕落",这是当时以及之后革命叙事中青年们最为理想和完美的归宿,青年们只有融入革命集体的汪洋大海之中,才能重新获得身份、生命和意义,才能完成自己的真正救赎。蓝苹在革命的熔炉里,却走出了一条谁也难以预料和想象的辉煌"岔路"。

三、"自由神"蓝苹

电影明星和文学青年蓝苹在上海滩虽没有大红大紫,但也闹出不小的名声,这其中当然有她和唐纳以及章泯之间的婚恋纠葛。对此,蓝苹当年的好友郁风说得中肯:"许多从 30 年代知道蓝苹的人,后来谈到或写到江青,都是谈虎色变,说她从早先就是个野心勃勃、阴险狠毒、自私无情、虐待狂、玩弄男人的女人。说实话,我可没看出来。然而

---

[1] 郁风:《江青的上海历史:生活中也像入了戏》。
[2] 鲁迅:《娜拉走后怎样》,《坟》,第 164 页。

江青果然就是蓝苹,即使她后来忌讳,最好不承认这个名字。也许作为一个女人的原始性格的某些特点,如虚荣、泼辣、逞强、嫉恨、叛逆……始终存在于她的血液中。但是,蓝苹远远还不是江青。"[1] 著名电影评论家瞿史公在30年代所写的《毛泽东的新夫人蓝苹女士》一文也较客观地评价了蓝苹。[2] 全文不长,照录如下:

毛泽东的新夫人蓝苹女士

瞿史公

毛泽东夫人,大家都知道是"女战士"贺子珍(原名降春)。但在这里我要说的,并不是贺子珍女士,而是我们的"自由神"蓝苹女士。

蓝苹并不姓蓝,本姓李,山东人,一九一三年生于济南府,屈指算起来,今年是廿六岁了。

她很朴素,终年穿的是土布旗袍,也从来不施脂粉;她没有嗜好,始终不晓得烟与酒、跳舞的味儿是怎么样;不过,一定要说有的罢,那么,她很爱吃苹果(这或许是她那名字"蓝苹"的由来吧?)又欢喜留前刘海(额发),此外便是散步、歌唱、读书,还好写作,只是她并不想靠写作而过笔墨生涯。

是的,她至今还是一个流浪者!天南地北,那一处没有留过

---

[1] 郁风:《江青的上海历史:生活中也像入了戏》。
[2] 瞿史公(1912—1984),原名陈鹤,字九皋,笔名鲁思。江苏吴江人,著名电影评论家、戏剧电影教育家。中学时代开始发表作品。1931年入复旦大学政法系,后参加左翼电影戏剧活动,主编《民报·影谭》等,为剧联骨干成员之一。抗日战争爆发后,他在上海"孤岛"坚持进步文化工作,参加剧社、担任教师。1949年后曾在《上海人民文化报》编戏剧副刊。后任教于上海戏剧学院,担任上海电影专校电影文学系主任。著有《影评忆旧》。

她的足迹？在济南的老家，还有一位高年的老母，廿一岁的弟弟，三十多岁死了丈夫的姊姊，以及两个没有了爸爸的小姨甥。她的家境很坏，父亲早在她五岁的那个年头去世了，遗下来的薄薄田产，还不够她念完中学校的书呢。十八九岁时，靠她自身努力，和朋友的帮助，她总算挣扎起来了，跑进山东实验剧院所去研究戏剧理论，又为了要救自身、救社会、救国家，便同时追随着她的爱人Ⅹ君艰苦地共干着革命的地下层工作。

一九三四年，她来到上海，睡地板、饿肚子，但是她并不灰心，仍旧热心地穷干着戏剧运动。翌年，她因为主演"娜拉"而在上海的剧坛上红了起来；就是这一年，她与"电通"签了合同，开始尝试水银灯下的生活，演过的片子有《自由神》《都市风光》等；那时月薪六十元，但她自己只用二十元，余下来四十元，便寄回家里去。从这点看来，蓝苹还是个孝顺女儿呢。

"八·一三"的沪战爆发，她便奔赴内地，转辗万里，进了延安府的"ⅩⅩ大学"，脱下旧时的旗袍，穿上红军的制服，牺牲了她心爱的前刘海，戴上雄赳赳的红星帽子；扑朔迷离，陌生人休想辨她是雌雄。

"Ⅹ大"毕业后的她，受聘为鲁迅艺术学院的教授，很得学生们的爱戴；有时，她仍登台演戏。

我不想替她隐讳，她从济南的那个情人Ⅹ君而又唐纳（当年在杭州六合塔下结合的三对中之一对就是她们），而章泯，带现在的毛泽东，已经嫁过四次了；这前前后后，在章回小说家的眼中，倒是一部"四嫁夫人"的现实题材。更不必说的，一辈冬烘先生看了我上面的叙述，在他们的脑海里，早已把蓝苹幻想成一个潘金莲式的淫妇了罢!

那当然是莫大的错误,并且对于蓝苹也是莫大的侮辱!蓝苹的私生活十分规则而严肃,绝对没有丝毫可指摘的糜烂之处;她的离合多次,只是为了思想不合,志趣相左,事业不同,加之感情冰冷,那么为甚么定要作无益的留恋呢?

我同情蓝苹。同时,我敬佩着她!

一句话,蓝苹的好处,是刚强、勇敢、干脆、决断,不怕穷!肯吃苦!不妥协!真的,她是那种勇往直前,不屈不饶的精神,是值得上海的一般女艺人们学习的![1]

从郁风的回忆和瞿史公的文章来看,蓝苹并不是"潘金莲式的淫妇"。她的"私生活十分规则而严肃,绝对没有丝毫可指摘的糜烂之处;她的离合多次,只是为了思想不合,志趣相左,事业不同,加之感情冰冷"。唐纳三次自杀,舆论哗然,蓝苹遭到媒体和众人的嘲讽与责难。郁风回忆说,当时"我对她还是很同情,也只能用幼稚的革命人生观大道理劝慰她。当时正发生阮玲玉'人言可畏'而自杀的事件,轰动一时。她说:'你们放心吧,我绝不会像阮玲玉!'"[2]她毫不掩饰自己对阮玲玉的喜欢,在接受采访时她对记者说——"在我最喜欢的就是阮玲玉,的确她是很会演戏,而且能够扮的角色很广。她可以说是中国最有希望的一个女演员。还有王人美底那像野猫般的姿态和表情,我也很欢喜。的确,她完全是出于自然的。像陆丽霞那样,就觉得做作和扭捏了。至于胡萍和胡蝶她们底经验当然是够丰富,修养工夫也很充

---

[1] 瞿史公:《毛泽东的新夫人蓝苹女士》,《幽默风》1939年第4期。

[2] 郁风:《江青的上海历史:生活中也像入了戏》。

足的了，但和我都是无缘的；我不喜欢看她们所演的戏，并且她们底演技看起来也老是停止在这步似的，一年一年都是这样，总看不出有什么进步。"[1] 但她不喜欢阮玲玉结束自己的方式，在具有娜拉性格与气质的蓝苹看来，自杀是弱者的选择。在文章里，她曾多次表示，她不会像卡嘉邻娜和阮玲玉那样选择自杀。在接受罗克珊访谈时，她建议罗克珊读读鲁迅那篇为阮玲玉辩护的《论人言可畏》，并说"你在那里可以找到我自己生活的线索"[2]。但她没有被报章和舆论的力量左右，设身处地为阮玲玉也为自己着想过，能够坚强地面对自己的选择，没有成为流言蜚语的牺牲品。但吊诡的是后来的江青还是自杀了，我们并没有像鲁迅体恤阮玲玉所言的"且不要高谈什么连自己也并不了然的社会组织或意志强弱的滥调，先来设身处地地想一想吧"[3]，而是将她钉在历史的耻辱柱上吐唾沫，她是否能够完全承担得起这历史的罪责却令人深思。江青并不是天生的祸水，至少在名为蓝苹的上海时期，她是追求进步、自由和光明的文学青年，她是曾经风光一时的左翼电影明星。她参加学运、积极入党，从事地下工作，甚至被捕入狱；她个性自由、性格独立，有主见有爱心，具有强烈的人道主义关怀和阶级意识……1937年7月抗战爆发不久，同当时中国的不少热血青年一样，她满腔热忱地奔往革命圣地延安，并担任以自己最为崇拜的文学巨匠鲁迅命名的"鲁迅艺术学院"戏剧系指导员。她在1937年5月14日所写的《我们的生活》中写道："我什么也不希望，只希望我能做一个演员。"然而她易名"江青"之后很快告别了文艺舞台，终了"在一次历史的回流中偶然被推到

---

[1] 李成：《蓝苹访问记》。
[2] Witke Roxane: *Comrade Chiang Ch'ing*，第139页。
[3] 鲁迅：《论人言可畏》，《且介亭杂文二集》，人民文学出版社，1973年，第93页。

历史舞台的前景，充分发挥作为演员的本性，扮演了一个荒诞的历史丑角"[1]。蓝苹的悲剧，早在她30年代谈到《大雷雨》中的卡嘉邻娜时已经预言："处在那旧的社会制度转变到新的社会制度的过程中的人们，尤其是青年人，特别受那旧势力迫害的人，是会时时刻刻挣扎在一种异常矛盾而苦闷的生活里的。认识清楚而意志坚定的人就能逃出那旧势力的魔手，走向新的前途。否则，不但逃不出那魔手，并且还会把它捏碎！卡嘉邻娜就是被那封建的魔手捏碎了的一个。所以我们说卡嘉邻娜的悲剧不是她个人的，而是那时候的整个时代的悲剧。"江青的悲剧如卡嘉邻娜一样，不是她个人的，而是那时候的整个时代的悲剧，也是我们民族和文化的悲剧。正如鲁迅所言："我一向不相信昭君出塞会安汉，木兰从军就可以保隋；也不信妲己亡殷，西施沼吴，杨妃乱唐的那些古老话。我以为在男权社会里，女人是决不会有这种大力量的，兴亡的责任，都应该男的负。但向来的男性的作者，大抵将败亡的大罪，推在女性身上，这真是一钱不值的没有出息的男人。"[2] 可惜在中国，"不闻夏殷衰，中自诛褒妲"的没有几个，"女人的替自己和男人伏罪，真是太长远了"[3]。如果我们不能正视历史，跳不出妲己亡殷，西施沼吴，杨妃乱唐的历史预设，就很难认识真实的蓝苹，所谓的历史反思也就没有多大意义。

（本文原载于《粤海风》2015年第2期）

---

[1] 罗艺军：《江青与电影》，《电影文学》1995年第1期。

[2] 鲁迅：《阿金》，《且介亭杂文》，人民文学出版社，1973年，第170页。

[3] 鲁迅：《女人未必多说谎》，《花边文学》，人民文学出版社，1973年，第7—8页。

吴宓对洪深早期戏剧活动的影响

——以吴宓日记为中心

《吴宓日记》作为吴宓的"心灵史",可谓倾注和凝聚了其毕生的心血精力。他从十几岁开始记日记,到晚年的足膑目盲,60余载从未辍弃,其心恒恒如一。其毅力之坚定,自非常人可及。对记日记之难以坚持,吴宓也深有体味。在1910年日记的序言里他写道:"天下之事,不难于始,而难于常,所以毅力为可贵也。日记,细事也,然极难事也。"在20世纪的学人中,有记日记习惯并留下完整日记的,仅有胡适、竺可桢、叶圣陶、吴宓等人。由生活·读书·新知三联书店出版的皇皇十几卷《吴宓日记》,不但忠实地记录了其一生的志业、感情与遭际,也如实记载了社会变迁和文化嬗变在中国知识分子内心引发的巨大冲击和震荡,同时也为我们"记下了文人与学术的巨细之事,记下了文人与社会的关系和感触,记下了天气与时事,记下了文化人们之间的交往关系以及特有的敏感的精神气质的活动。这是《日记》的一个重大成就,是无可取代的贡献"[1]。

对于自己的日记,吴宓有着清醒自觉的价值意识。他曾经这样评价好友吴芳吉的《碧柳日记》:"此精详之日记,实为世间之一伟著,可

---

[1] 张曼菱:《关于日记与灵魂的失落》,《文学自由谈》2000年第4期。

以表现作者特出独具之毅力、精神、聪明、道德；可以洞见个人身心、情智、学术、志业之变迁、成长；可以晓示家庭、社会生活之因果、实况；可为二十世纪初叶中国之信史。而尤可为《碧柳诗集》之参证及注释，凡曾读碧柳之诗者，乃知有吴芳吉之名者，均不可不细读此日记。"[1]此番言语，诚可当作夫子自道之语。1957年8月20日，他萌发撰写自传的想法，觉得自传可以和诗集及历年日记互相参读，相辅而行，"虽记私人生活事实，亦即此时代中国之野史。其作法亦即史法，虽以自己为线索，其书之内容实有可传之价值，而人之读之者，必亦觉其亲切有味也"。更为重要的是，吴宓自称"中国之野史"的日记，是逢"三千年未有之大变局"的转型时期的知识分子的"心灵史"，也是中国现代高等教育制度的备忘录。同时也是中国现代学术、现代文学起步发展的见证。对于现代文学这一学科而言，吴宓和梁实秋、林语堂、凌叔华、闻一多、朱自清、叶圣陶、巴金、卞之琳、丁西林、叶公超、庐隐、李健吾、林徽因、钱锺书、沈从文、谢冰心、周作人等人不同程度和深度的交往，记录呈现了民国时代文人学者的学术研究、文学创作和精神风貌，从中我们可以窥知中国现代学术、现代文学建立过程某些潜隐复杂的现象，甚至可能梳理出现代学术、现代文学孕育生发的耐人寻味的蛛丝马迹来。细览1920年以前的《吴宓日记》，我发现，吴宓笔触涉及最多的现代作家，就是和其后来成为清华、哈佛同学，被称为"中国赴美专攻戏剧第一人"的著名剧作家洪深。

洪深是著名的剧作家、杰出的戏剧教育家、戏剧理论家和导演，同时也是中国现代戏剧的拓荒者和奠基人，他与欧阳予倩、田汉被称

---

[1] 吴宓：《吴宓诗集·空轩诗话》，中华书局（上海），1935年，第130页。

为"中国戏剧的三个奠基人"。"戏剧"这一概念，即是洪深确立的。辛亥以来的"爱美剧"，是宋春舫按"Amater"一词译出的谐音。洪深认为极不妥当，将"爱美剧"一律改正为"戏剧"。在《从中国的新戏说到戏剧》（马彦祥著《戏剧概论》一书序言）一文中，他评述了"新戏""文明戏""爱美的戏剧"的名称存在的问题与不当，阐述了"戏剧"的正确的意义。洪深不但在概念上摆正了"戏剧"，同时也建立起严肃规正的现代戏剧表演体制。1922年，师从著名戏剧家、哈佛大学教授乔治·皮尔斯·贝克（George Pierce Baker）的洪深学成归国，率先冲破"文明戏"兴起以来中国戏剧"男扮女"以及当时"男女合演"被视为大逆不道、有伤风化的陋见，演出了一出角色全为男性的《赵阎王》，打开"男女合演"戏剧的新局面。同时，针对"文明戏"散漫松弛的"幕表制"，他改编导演了王尔德的名剧《少奶奶的扇子》（1924年4月），建立起规范严肃的戏剧演出制度，使得"戏剧"在"京戏和文明戏的夹缝中露头角，争得了存在"[1]。

　　洪深对中国现代戏剧的确立与发展的贡献自不待言，然而，其早期的戏剧兴趣的萌生以及演出实践，极为有限的文献资料并未提供多少信息。也可能由于其仓促谢世，没有来得及整理记录。庆幸的是，《吴宓日记》细致地记录下了洪深在清华和哈佛读书时期的戏剧实践和戏剧活动，为早期的洪深研究存档了一份非常宝贵的资料。洪深学名洪达，字伯骏，号潜斋、浅哉，1894年12月31日出生在江苏武进（今为常州市的一个区）的官宦之家，和吴宓同庚属马（吴宓生于8月20）。他的"名"和"字"十分有趣，"深乎？""浅哉！"好像一问一答。洪深1912年考入清华学校后，和1911年进入清华的吴宓成为同班同学。洪深在

---

[1] 茅盾：《祝洪深先生》，《新华日报》1942年12月31日。

吴宓日记中最早出现是 1914 年 1 月 1 日（吴宓日记 1912 年不全，1913 年缺，不知是吴宓未记还是"文革"中丢失）。这一年的元旦会餐是洪深操办的，吴宓和同学非常满意。他在日记中写道："十时，偕同班诸君十馀人大宴于食堂，食馔甚丰，洪深君所经理者也。"[1]

吴宓和洪深的交往加深是洪深一次题为"敬惜字纸"的演讲。吴宓 1914 年 3 月 3 的日记中写道："夕，洪深君约往工字厅。盖洪君将从事与中文竞争演说，特先期练习，约余为观察纠正。其演题为《敬惜字纸》也。"[2] 三天后，洪深又邀请吴宓观察纠正其演说，吴宓 3 月 6 日记道："午后，复为洪君深见招。练习中文演说。"[3] 在 20 多天后的 4 月 2 日，洪深再次邀请吴宓观看其演说，此时吴宓正为同学瑶城一再向自己借贷而常受经济之困难，并因其有"不欲依赖家庭，并友朋可恃"之意烦恼。所以在这一天的日记中，吴宓迁怒于洪深："洪深是夕侮犯余至再，余颇不能忍，顾亦无如之何。君毅笺致余，言其人穷凶极恶，宜远避慎防为是；并谓余不善御外侮，故易为人所轻，若瑶城，则远出余上矣。余颇以为然。然天下事何乃竟如此伤心！正直聪慧之人乃常厄于境遇，为龌龊卑鄙之小人所欺。世界如此，余何乐而长住哉？"[4] 后来洪深中文演说得了第二名，请对此事有帮助的同学吃饭，独独忘记了吴宓，吴宓颇有点怨言。[5] 不过这只是两人交往中的小芥蒂而已，并无大碍。

吴宓慷慨好义（很大程度也由于其嗣父吴仲旗的影响。吴仲旗有视金钱如粪土的"侠士"风范，于右任称之为"大侠"），再加上经济比

---

[1]《吴宓日记·第 1 册：1910—1915》，生活·读书·新知三联书店，1998 年，第 261 页。
[2] 同上书，第 301 页。
[3] 同上书，第 306 页。
[4] 同上书，第 325 页。
[5] 同上书，第 336 页。

较宽裕,一直乐于解人之急,因而才被同学"一再借贷"而烦。应该说吴宓不是小气的人,只是由于他也是向家中索款,再加之自己生活购书开支不菲,帮助的同学也不是一二人。如他对好友吴芳吉的帮助,以至于后来负担起吴芳吉一家六口人的全部生活费用。据笔者大致计算,吴宓一生中慷慨资助的同学朋友乃至不认识的人不下数十个。另外,由于吴宓老实笃厚,处事公正,热心于公共事务,同学友朋也乐于找其帮忙倾诉。无论是早期参加清华学生社团,还是作为哈佛时期(1920—1921)留学生审查委员会的主要人员(如审查哈佛中国学生会成员罗景崇利用职权贪污腐化之事是明显的例子[1]),还是1925年的履任清华国学研究院主任,都能充分地说明这一点。另外,从吴宓早期和洪深的交往、20年代中后期和王国维的交往,以及与陈寅恪持续大半生的"管鲍"之交,也不难看出吴宓的为人。洪深是恰好碰到吴宓烦恼的节骨眼上,不过,请客吃饭,独忘了帮其指导纠正的吴宓,也难怪吴宓抱怨。作为十七八岁的年轻人,发几句牢骚也不难理解。

忘记请吃饭的小小嫌隙并未影响吴宓和洪深的友谊。相反,他们后来成为来往密切的挚友。茶余饭后,他们经常海阔天空地乱侃,洪深向吴宓等人"历述数年来政变之秘相,及种种黑幕中之运动,愈出愈奇,再演再幻",吴宓"殊觉津津有味"。[2]陈通夫结婚,吴宓与洪深共致贺仪。[3]洪深约吴宓作笔记一种,售之《小说月报》,吴宓应允合作。[4]后来吴宓又有点后悔,在日记中写道:"余前受洪君深邀,作

---

[1] 《吴宓日记·第2册:1917—1924》,生活·读书·新知三联书店,1998年,第205—209页。
[2] 《吴宓日记·第1册:1910—1915》,第343页。
[3] 同上书,第455页。
[4] 同上书,第342页。

《榛梗杂话》笔记一种，售之《小说月报》。今洪君必欲续之。余以此等事似不衷于道，且余原非宜从事获利者，然苦无术辞托，只得勉强行之。此亦行事可悔之一错也（后登在商务出的《小说海》月报中，详见《吴宓日记》1915年2月13日）。"[1] 他们也经常聚餐或是去看戏。洪深对戏剧感兴趣由来已久，在上海徐汇公学、南洋公学读书时，当时风行的时事新剧引起他的强烈兴趣。在清华学校时，他常常利用假日到学校附近农村访贫问苦，与贫民百姓交朋友，听到了许多凄惨故事。吴宓1915年1月16日的日记记录了洪深在清华学校的戏剧演出："晚，观剧于礼堂。剧名《五伦图》，洪君深所主办，意思尚佳。"[2] 后来洪深创作的我国戏剧史上第一部比较完整的剧本《贫民惨剧》，就是从当时积累的生活素材中提炼出来的，且获得很大成功。洪深后来回忆说："记得我从前在清华读书的时候，凡是学校里演戏，除了是特别团体如某年级的级会不容外人参加的以外，差不多每次有我的份；我又是很高兴编剧，在清华四年，校中所演的戏，十有八九，出于我手……"[3] 也就是在这一年即1915年，洪深创作了处女作——独幕戏剧《卖梨人》。

1916年8月，洪深公费赴美留学，喜欢戏剧的他却选择了实业救国，入俄亥俄州立大学学习化学工程的烧磁工程专业。他发愤读书，同学谓其为"书虫"。他改学戏剧是极其偶然的。一次洪深一位同学经过哥伦布市探望他，见洪深满架满床都是文学书，桌上却摊着未完的化学算稿，待描的砖窑图案。他劝洪深说："你读烧磁，未必读不好，但你终究不过做一个平常普通二三路的工程师而已；你如一心一意研究

---

[1]《吴宓日记·第1册：1910—1915》，第356页。

[2] 同上书，第389页。

[3] 洪深：《戏剧的人生》，《洪深文集》（一），中国戏剧出版社，1957年，第474页。

戏剧，前途未可限量也！"[1] 这一席话促动洪深下决心放弃了烧磁而改学感兴趣的戏剧。此时洪深的父亲因宋教仁案而被处死，也促动了他学文弃工。洪深的父亲洪述祖，曾任袁世凯政府内务部秘书，因宋教仁案于1919年被处绞刑。他在狱中曾寄信告诉在美国读书的洪深不必回国，并附有一诗："服官政祸及于身，自觉问心无愧怍；当乱世生不如死，本来何处着尘埃"。父亲被处绞刑后，洪深同鲁迅一样，觉得重要的是唤醒国人的"魂灵"，戏剧或许是个较好的途径。他向哈佛大学著名戏剧教授贝克（亦称贝克特）邮寄作品，受到赏识并成为贝克唯一的中国戏剧硕士生，也成为最早专业学习戏剧的中国留学生。

入哈佛后，除了名师的指导之外，同学中也是人才荟萃。如1936年获得诺贝尔奖的尤金·奥尼尔即和洪深同班，奥尼尔的《琼斯皇》（1920）对洪深的《赵阎王》（1922）影响很大。洪深在哈佛的实验剧场"四七工厂"尝试舞台艺术创造，赴波士顿表演学校、柯普莱广场剧院等机构学习表演、导演和艺术管理，也曾在纽约的职业剧团参加演出，积累了丰富扎实的戏剧实践经验。在参与戏剧实践的同时，洪深也开始戏剧创作，先后创作了三幕英文剧《为之有室》(*The Wedded Husband*，1918）和独幕英文剧《回去》(*The Return*，1918）。

洪深在吴宓的哈佛日记中出现，是1919年9月17日。不过，吴宓对洪深印象不佳："下午，清华旧同班洪深、曹懋德诸君来。洪君专来此学戏剧一科。宓导之见校中执事人等。哈佛旧日中国学生，皆老成温厚，静默积学之人。此次新来者，则多少年俊彦、轻浮放荡之流，于是士气将为之一变矣。"[2] 吴宓之所以有如此话语，是因为美国一部分

---

[1] 洪深：《戏剧的人生》，《洪深文集》（一），第479页。
[2] 《吴宓日记·第2册：1917—1924》，第72页。

中国留学生游手好闲，不务正业，因而愤慨不满，并非针对洪深而言。如同年9月从纽约来的同学向吴宓讲述纽约留学生情形，"若辈各有秘密之兄弟会，平日出入游谈，只与同会之人，互为伴侣。至异会之人，则为毫不相识"。这些学生以竞争职位和纵情游乐为业，基本上不学习。此种兄弟会亦甚多，如鸭党（起于清华）、Flip-Flap（简称F. F.）、仁友社（起于清华）、诚社（Sincerity）等，"其范围及宗旨，皆非如其会名所包括者。多系少数好事逐名逐利之人，运用营私而已"。他们竞争职位，"必皆以本党之人充任，不惜出死力以相争，卑鄙残毒，名曰'Play Politics'"[1]。胡适日记亦载："留美之广东学生每每成一党，不与他处人来往，最是恶习。"（《胡适留学日记》[1914年9月25日]）由吴宓、李济等组成的审查委员会（1920—1921）审查哈佛中国学生会成员罗景崇利用职权贪污腐化之事，即是有力的例证。[2]

在吴宓1919年的日记中，洪深和陈寅恪、汤用彤（锡予）是吴宓交往最多、最为欣赏的同学兼朋友。除常和陈寅恪、汤用彤切磋学术、议论时政之外，吴宓还和洪深经常讨论戏剧、观赏戏剧，如：

> 9月25日晚，"洪君深来，谈戏曲之学，兼及小说，颇多心得。由其曾专心研究，多费时力故也。宓学无专长，应读之书，多知其名，而未开卷，模糊度日，殊自惭矣"。[3]
>
> 10月5日，送梅光迪回国赴南开学校任英文教员。"归后，在洪深曹懋德处闲谈。每一种人谈话，各有其题目，各有其口吻；易

---

[1] 《吴宓日记·第2册：1917—1924》，第60页。
[2] 同上书，第205—209页。
[3] 同上书，第77页。

席之顷,竟隔天渊,如风马牛"。[1]

10月7日,"晴。午一时,课毕。偕锡予及洪君深,赴波城,至醉香楼午饭。饭后在Tremont戏园,观名优Walter Hampden演莎士比亚'Hamlet'(By Shakespeare)一剧",看完后又一起进晚餐。[2]

10月26日晚,"洪深来,商编戏之情节等"。[3]

11月8日,"洪君深来,谈编戏之方书及经验,颇多心得也"。[4]

11月22日晚,"在洪君深及陈君振宏处谈,曾谈及足球之事"。[5]

11月24日晚,"本校及Radcliffe College女校戏剧科学生The 47 WorkShop演剧。洪君介宓等往观。……是晚,凡演三剧:(1)'The Next Step On'(《下一个加速行动》);(2)Mother Love(《母爱》);(3)Cook & Cardinal(《厨师和红衣主教》)"。[6]

11月27日晚,"偕锡予及洪君深,赴波城醉香楼吃中国饭"。
11月29日晚,"洪深君等来,议共编戏剧一本"。[7]

12月20日晚,"洪君深等,来室中编《徐氏三女》一剧。又唱京戏"。

---

[1] 《吴宓日记·第2册:1917—1924》,第78页。
[2] 同上书,第80页。
[3] 同上书,第87页。
[4] 同上书,第90页。
[5] 同上书,第93页。
[6] 同上书,第94页。
[7] 同上书,第96页。

12月21日,"洪深、胡光两君述其办事之经验,美国各地中国学生之行事,及夏令年会中,男女学生交际之情形,殊为短气"。[1]

12月22日,"和洪深等人邀请同学凌幼华看戏"。[2]

洪深是否也和其他同学经常讨论戏剧、观看演剧,无从知晓。从吴宓的日记中,我们可以看洪深常和吴宓"商编戏之情节""谈编戏之方书及经验",甚至"议共编戏剧一本",应该说二人的审美趣味甚为相投。虽然吴宓毕生没有从事戏剧创作,但其有极高的审美鉴赏能力,日常的交流探讨自然会对洪深的戏剧理想、戏剧兴趣产生影响,尽管这一影响究竟有多大,无从考察和衡量。当然,也不是没有分歧,吴宓对洪深的某些演剧做法,也是不以为然的。如1919年12月18日,洪深有两张赠票,赠吴宓一张,两人同看。波士顿有一戏剧业余爱好者组织演《黄马褂》,此为描摹中国旧式戏台景象的中国戏,且不对外售票,只是亲友宾客自娱,因为洪深曾指示襄助,得赠戏票两张,邀吴宓一同观看。吴宓批评其中一些情节失真,如"杀人于台上,取其首级而玩弄之,嗜杀之心、残忍之语,则实为吾国旧戏所无","太子见美女而悦之,月下相偎抱,接吻不止,则中国罕见者","另有西宫之子,为纨绔,而其手爪之长,竟逾一尺,以形中国人之长爪。凡此皆以意度为嘲笑之资者"。[3] 吴宓以为,《黄马褂》描摹中国旧式戏台景象,逢迎欧美趣味,严重失实乃至侮辱亵渎中国旧戏曲。其"嗜杀之心、残忍

---

[1]《吴宓日记·第2册:1917—1924》,第108页。

[2] 同上书,第109页。

[3] 同上书,第107页。

之语,则实为吾国旧戏所无""太子见美女而悦之,月下相偎抱,接吻不止,则中国罕见者",对"西宫之子"嘲讽恶搞,并不符合中国旧戏实情,有有意丑化中国传统戏曲之嫌疑,吴宓因而大为不满。即使我们今天看来,亦愤愤不快。从另一个角度来看,《黄马褂》将中国旧戏"洋化",极有可能采用了荒诞漫画化的西洋剧法,并不一定是有意嘲笑侮辱,但对坚持古典主义审美趣味的吴宓看来,显然是过分了。

吴宓虽素不喜中国旧戏,但对精彩之演出却不吝啧啧。如1919年的圣诞节,吴宓和同学一起赴校中青年会的会厅庆祝年节会,他在日记中记道:"(年节会)会序甚长,中有洪君深唱《打棍出箱》及《李陵碑》二剧。"[1] 散会时已是晚十一时,洪深去吴宓住处,述其在俄亥俄州立大学办会务及演剧之经历,引发吴宓无限感慨。圣诞节后的第三天,即12月28日,洪深和其他同学晚饭后在吴宓处闲聊,并诵读其戏剧,吴宓不仅钦佩其才华并自责在学业上没有专攻。他在日记中写道:"洪君深诵读其新编 The Wedded-husband(《为之有室》)剧本(这是洪深投考哈佛时寄给贝克特的两个剧本之一),系春间所编而在 Columbus, Ohio 排演者,当时甚受欢迎。洪君专研戏剧之学,确有深造,此剧尤属完美。窃观此间同人所学,多不免浮泛敷衍之病,求其能如洪君学戏之殚心竭力、聚精会神者,不可多得也。"[2] 在次日日记中,吴宓又自责学不精专,并谓:"陈君寅恪之梵文,汤君锡予之佛学,张君鑫海之西洋文学,俞君大维之名学,洪君深之戏,皆各有专注,高明出群。"[3]

---

[1] 《吴宓日记·第2册:1917—1924》,第110页。
[2] 同上书,第111页。
[3] 同上书,第112页。

哈佛时期二人亦有摩擦抵牾。清华时，洪深多次请吴宓为其纠正观察演讲，吴宓觉得厌烦，但还是前往帮助。哈佛时期，洪深将吴宓视为可以知无不言言无不尽的朋友，总喜欢在吴宓处闲聊。如在吴宓日记里有："1920年正月四日，午，陈君寅恪、洪君深来谈。"[1]洪深絮叨，浪费了吴宓的时间，吴宓自然就不高兴了。1920年4月18日记道："晚，略读书。洪君又来。洪君近因办宴请人事大会之事，与卫君互有芥蒂。自谓办事掣肘，多不如意。在此畅发牢骚，直至深夜二时始去。宓因之入寝甚迟。如此闲谈周旋，耗费时间，殊可哀也。"[2]虽有抱怨，1920年4月30日晚上，哈佛大学中国学生和认识的美国人开会欢叙，吴宓还是颇有兴致地观看了洪深的演出，并指出其存在的问题。他在日记中记道："会中有洪君深编排之中西戏剧，并有幻灯影片，中国风景等。惟英文戏剧，虽系中国人物，然摹仿美国男女交际之事，作者固然煞费苦心，然来客之高明者，则不免讥中国人之易染习俗也。"[3]同观看《黄马褂》一样，吴宓责备洪深演出并不纯正，并没有把原汁原味的中国戏剧呈献给高明的来客，则"不免讥中国人之易染习俗也"，同时也羼杂了吴宓自觉复杂的爱国心理。

吴宓1921年回国后，应梅光迪之邀在南京高等师范学校任教，并开始编辑《学衡》杂志。一年后，东南大学成立西洋文学系，吴宓任教授。1922年2月9日，鲁迅化名"风声"在《晨报副刊》发表《估〈学衡〉》一文，吴宓被鲁迅称为"假古董"，从此被视为封建复古派的代表，开始了半个多世纪的沉寂。直到上世纪八九十年代被重新"发现"，才

---

[1] 《吴宓日记·第2册：1917—1924》，第119页。
[2] 同上书，第151页。
[3] 同上书，第160页。

被学界广泛研究。洪深于1922年回国,曾先后在复旦大学、暨南大学、山东大学等校任教授。他在复旦大学任教时,领导成立了"复旦剧社",推动了大学戏剧活动,不久又与田汉等人成立了"戏剧协社"和"南国社",成为"戏剧界最有权威的人"。由于地理上的隔阂和专业方向的不同,回国后两人交往甚少,洪深在吴宓日记中出现的次数也很少。1923年9月3日吴宓记道:"访洪君深于赫德路民厚里,未遇。晤其夫人,取得寄存之白璧德先生照片及哈佛大学画册等。"[1] 1924年7月29日:"洪深君招宴于陶乐春酒馆,肴馔至精美。"[2] 1924年8月1日:"洪深君来访。"[3] 十几年后,在1936年7月26日的吴宓日记中洪深出现,这一次是为张骏祥作函介见洪深。[4] 此后吴宓日记中再很难找见洪深。

概而言之,吴宓见证和参与了洪深早期的戏剧实践和戏剧理想的萌生成长,并在长达十年的时间里,同洪深互相琢磨切磋戏剧,探讨编戏、演戏的心得经验,对洪深的戏剧实践和戏剧创作产生了不可忽视的重要影响。甚至可以夸张地说,洪深早期的戏剧创作和戏剧实践,也多多少少凝结了吴宓的心血,尽管我们无法确定其程度大小。吴宓和洪深对中国传统戏剧的看法不同甚至抵牾(部分由于审美趣味不同),但在长期的交流学习中,二人互帮互助,切磋相长,最终都成为中国现代文学、现代学术的巨擘,在各自的领域做出了杰出的贡献。

(本文原载于《咸阳师范学院学报》2010年第3期)

---

[1]《吴宓日记·第2册:1917—1924》,第249页。
[2] 同上书,第267页。
[3] 同上书,第269页。
[4]《吴宓日记·第6册:1936—1938》,生活·读书·新知三联书店,1998年,第22页。

劳动观念主导下的爱情伦理

——农业合作化小说爱情话语分析

别林斯基曾夸张地说,爱情是"生活中的诗歌和太阳"。爱情之所以被捧到如此高的地位,不仅因为它是一个人的自我价值在另一个人身上的反映,同时也是人类感情中最炽热、最丰富的一面。正因为如此,爱情成为文学中历久弥新的永恒主题,也成为对读者最有吸引力的部分。不过,即使最纯粹的爱情也不可能祛除时代风气的浸染和社会环境的约束。因此,文学作品中的爱情,对于"了解人们对爱情的看法及表现方式,对理解一个时代的精神是个重要因素"。进一步说,"从一个时代对爱情的观念中我们可以得出一把尺子,可以用它来极其精确地量出该时代整个感情生活的强度、性质和温度"。[1]

在延安文艺座谈会之后,革命成为爱情实现的前提、基础和保障。在李季的长诗《王贵与李香香》中,王贵正是参加了革命,才得以和心爱的李香香结合。革命的成功,促成了爱情的实现。在"十七年"时期,积极劳动成为革命进步的新内涵,是爱情萌生、实现的前提和基础,同时也是择偶的决定性标准。闻捷在1956年出版的《天山牧歌》

---

[1] [丹麦]勃兰兑斯:《十九世纪文学主流·法国的反动》,张道真译,人民文学出版社,1986年,第221页。

里，用优美的诗行展现了这一转变：

追　求

你不擦胭脂的脸，比成熟的苹果鲜艳；一双动人的眼睛，像沙漠当中的清泉。你赶羊群去吃草，我骑马追到山前；你吆羊群去饮水，我骑马跟到河边。我是一个勇敢的猎人，保护你的羊群平安，你问我另有什么愿望？请看看我的两只眼。你要我别在人前缠你，除非当初未曾相见，去年的劳动模范会上，你就把我的心搅乱；你要我别在人前夸你，除非舌头不能动弹，你光荣的劳动事迹，为什么不该传遍草原？你纵然把羊群吆到天边，我也要抓住云彩去赶；你纵然把羊群赶到海角，我也会踩着波浪去撵。你脸上装出对我冷淡，心里却盼我留在你身边；我固执地追求着你呵，直到你答应我的那一天。

在农业合作化叙事中，集体劳动是爱情诞生的河床，也只有在追求共同理想的劳动中诞生的爱情才是坚固和迷人的。《在田野上，前进！》中的吴小正高小毕业，觉得待在农村没有前途，一直为寻找出路而苦闷。在集体劳动中他和贞妮子走到了一起。贞妮子读书到小学五年级，哥哥离开农村参加了工作，弟弟在上中学，家里没有劳力，她就辍学参加劳动了。在共同的劳动中，他们产生了爱情，也"清清楚楚地看见了光明的前途"，两个人的命运从此绾结在一起。他们一起学习，一起按照杂志上讲的办法对农业社的种子拌种，一起改造沙滩地，对社员们讲深耕密植和使用优良品种的科学道理。充满诗意的劳动是他们爱情萌生的基础，也是他们爱情加速的媒介。两人感情上产生的细小芥蒂，也在恬淡美好的劳动中很快冰释。他们唱着"我们往前走哟，把生活来改变啦；我们手拉手哟，把生活来改变啦"，无限憧憬地走向新生活。刘绍棠将这种诗意的劳动推向了极致。在《山楂村的歌声》中："轻纱帐里，飘出合作社排水队欢唱的歌声，年青小伙子们的心胸，就像这晴朗的天空，这边歌声刚落，那边又升起更高的姑娘们的声音，他们那嘹亮的嗓子，穿过一望无际的绿色的庄稼地，震动着整个运河平原。银杏听得呆了，后来歌声被南风吹断，她看看她爹，说：'瞧瞧人家合作社，一边排水，一边还人工授粉。再瞧瞧咱们，哼！'她白瞪着眼，撇撇嘴。"[1]农业合作化使得女青年们走出家庭的小圈子，融入更为广阔的天地中去。同时，也可以和男青年广泛接触，物色自己的意中人。一旦她们获得了爱情，又将快速地分化、瓦解不进步的家庭，迫使家中的反对力量参加农业合作事业。劳动不仅是新爱情诞生的基础和标准，同时表现出强大的改造功能。新的爱情观念"削弱了家庭对个人的控制，从而促使公民形成一种以改造传统社会为宗旨的新型社会组织形式"[2]。在农业合作化叙事中，代表进步的"入社"成为青年人筛选对象的唯一标准。如《前进曲》中二梅就向大宝提出，只要他动员父亲朱克勤参加了合作社，她就等他。她不肯到大宝家里做媳妇，大宝的妹妹喜子几乎从不参加劳动，"平时连菜园都走不到"，她嫁给大宝自然亦是如此。她刚从家里斗争出来，不想又陷进去。二梅觉得"跟男人同样参加生产，同样学习，我就感觉到根根站得稳，腰板挺得直"。刘澍德《归家》中的朱、李两家是40年的患难之交，因为他们在农业

---

[1] 刘绍棠：《山楂村的歌声》，新文艺出版社，1955年，第52页。

[2] ［美］斯图尔特·施拉姆：《毛泽东》，红旗出版社，译者不详，1987年，第227页。

合作化道路上的分歧，老一辈绝交，年轻一辈朱彦和菊英的婚约解除。五年之后，这对恋人在对合作化共同的积极参与中，爱情之火又被点燃了。合作社里有集体活动，可以唱歌跳舞，上识字班学习，可以读报了解外面的世界。对于年青人来说，参加农业合作化可以和异性交往，显然比待在家里有趣得多。比如师陀《写信》中的国香，去副社长石小柱家里可以唱歌，读报，说笑话。同时，"入社"在政治上又意味着"进步"，自然使被新生活涌动、对未来充满憧憬的青年不甘落后。大宝因为家里没有入社，"感到比人家低一等"，就不肯到年轻人聚集、有说有笑的场上去，以至于最后离家出走，杳无音讯。我们可以看到，是否参加农业合作化，不仅是婚姻爱情选择的尺度，同时也成为对个体生命意义进行评判的重要标准。

《三里湾》中的范灵芝和王玉梅在选择对象上，起初都倾向于有文化的初中生马有翼。但马有翼的父母思想落后，不但不想入社，还阻止儿子参加农业社的集体活动。马有翼性格懦弱，不爱劳动，也没有勇气冲出家庭的束缚，只能窝在家里受气，村里的年轻人也看不起他。范灵芝起初觉得马有翼是方圆数里最有文化的人，人也不差，是自己最为理想的人选。可一想到他落后的家庭、懦弱的性格和劳动差，就不由得动摇了，而将目光投向了热心发明、一心扑在集体事业的王玉生。她虽然也考虑到了王玉生的没有文化，但这并没有带来多大影响。在她看来，玉生真诚踏实、聪明能干、积极进步，是个绝好的人选。于是便向玉生直露地进行了表白，并赢得了玉生的心。[1]《春种秋收》中的

---

[1] 范灵芝考虑到了王玉生的没有文化，却丝毫没有考虑他曾经离过婚，不能不说这是一个疏漏。也许笔者过于多虑，但在当时的农村中，青年们在选择对象上，很难说一点也不考虑这一方面。

刘玉翠，也是在劳动中彻底改变了自己的爱情观和价值观。她"没有考上中学，却带了一个一心向往城市的思想"。她觉得一辈子待在老山沟里是没有出息的，她向往城市，找对象的条件是要"'两高两相当'——地位高，文化高；年岁、长相也得相当……"[1]。对于她后来的恋人周昌林，她起初不屑一顾：

> 周昌林……一辈子待在老山沟里，初小怕还都没有毕业，只会个笨劳动！这样的人有什么出息！有什么稀罕！我在外面碰见的那些，哪一个不比他强……[2]

在周昌林的眼里，刘玉翠"她那脑瓜子里装满了资产阶级享乐思想的……说得好，是我没那福分！说得不好呀，我起根儿就瞧不起她"[3]！刘玉翠窝在家里没意思，托人在城里找对象没音讯，就去田里劳动。在地头三次遇到周昌林，周昌林帮她收拾农具，给她讲国家建设的消息，谈第一个五年计划，玉翠没想到周昌林文化程度虽然没有自己高，政治觉悟却比自己强百倍，又那么热爱集体，劳动那么出色，于是改变了自己的看法。周昌林也慢慢地了解到"玉翠不仅劳动上努力，便在其他方面也并不是很轻浮的姑娘"。他们"谈开了化学肥料和新技术的事……"，在劳动中恋爱，在恋爱中劳动，"不光是恋爱成功"，"还闹了个'公私兼顾'——他们那两块地都给侍弄成了丰产地"，赢得了人们的赞誉。

---

[1] 康濯：《春种秋收》，人民文学出版社，1980 年，第 309 页。
[2] 同上书，第 313 页。
[3] 同上书，第 310 页。

这种以劳动为中心话语的恋爱观在当时就受到了质疑。批评者说："作家们写工人一回到家里就跟妻子谈技术革新,写农民在新婚的晚上通宵达旦地跟爱人谈改良土壤,写党委书记听到爱人病重的消息却处之泰然,无动于衷。我们可不知道,当作家和爱人在一起的时候,是不是言必称鲁迅或高尔基？当作家在工作的时候,是不是连爱人和孩子生病都不去看看？假如不是这样的话,作家有什么理由一定要强迫他笔下的人物那样做呢？有什么理由把人物处理得那么不近人情呢？如果在我们的生活中,爱情与工作基本上并不矛盾的话,那么,我们有什么理由常常在作品里把爱情和工作处理成为矛盾状态并以此来刻画人物所谓的高贵品质呢？反之,如果生活里爱情问题的确曾经引起过社会关系的错综复杂的冲突,并因此而深深激动着人们的心灵,影响着人们的生活,表现了人们的性格,那么,我们有什么理由在文学作品里回避这些描写呢？"[1] 细察这些作品,我们发现劳动和爱情呈现出这样的话语关系:政治话语在强力地控制和改造爱情话语,"政治话语似乎彻底征服了爱情话语,但就在爱情话语面临着被政治话语全面代替的'危机'之时,爱情话语与政治话语的关系却表现出非常微妙的复杂性:爱情话语开始改头换面,以政治话语为掩护展开隐蔽的爱情对话"[2]。在《三里湾》爱情处理的争议上,我们可以清楚地看到这一点。争论的焦点是《三里湾》中有没有爱情描写,但实质上是在质疑小说中改头换面的爱情话语。在批评者看来,赵树理并没有真实地反映农村青年的恋爱——"不！姑娘们不是这样的！姑娘们挑小伙子决不是跟挑花布一

---

[1] 黄秋耘:《谈"爱情"》,《黄秋耘自选集》,花城出版社,1986年,第447页。

[2] 余岱宗:《被规训的激情——论1950、1960年代的红色小说》,上海三联书店,2004年,第200页。

样:'这块料子结实、便宜、不掉色,就是花样不够雅致,可是在这小地方也再难找到比这更好的料子了!'"作者在处理爱情时,"一个政治上要求进步的人总是喜欢一个有着同样品质的人,但是这决不能描写成为他们是从抽象的恋爱条件出发,或是用像处理行政事务的方法那样去恋爱的"。因而,尽管《三里湾》写了三对青年的恋爱,但"在感情上却是冷淡的,就像在一件精致的淡蓝色衬衫上缝上一块土黄色糙布的口袋似的,使人看着不舒服"。作者"把年轻人恋爱时的感情描写得过于粗糙生硬,不满意作者在处理人物的爱情命运时过于匆忙的态度"。在作品里,"是三角恋爱的架势突然变成了三对未婚夫妇:玉生得了个不请自来的中学生灵芝;玉梅接受了一个还需要好好改造的有翼;满喜捡了一个表示忏悔的小俊。看了这些意外的、快速的婚姻,使我感到这些当代的新青年在对待婚姻问题上,那态度未免过于草率了"。[1] 傅雷著文反驳了《三里湾》中没有"爱情"的说法,他从作者的艺术手法和农村青年的恋爱方式来分析《三里湾》中的爱情。他说,之所以有人这样认为,"多半由于人物缺乏外形描写;同时或许是作者故意不从一般的角度来描写爱情,也多少犯了些矫枉过正的毛病。但基本上还是写得很成功。情节的安排不落俗套,又有曲折,又很自然。真正关心恋爱的只有灵芝、有翼与玉梅;玉生、小俊、满喜三人的结局都不是主动争取的,甚至是出乎他们意料的。前半段写灵芝、玉梅与有翼之间的三角关系非常微妙。中国人谈恋爱本来比较含蓄,温婉;新时代的农村对爱情更有一种朴素与健全的看法。康濯同志写的那篇

---

[1] 鲁达:《缺乏爱情的爱情描写——谈〈三里湾〉中三对青年的婚姻问题》,《文艺报》1956年第2号。

《春种秋收》也表现了这种蕴藉的诗意。灵芝选择对象偏重文化水平，反映出目前农村青年中普遍存在的一个现象；灵芝的觉悟对他们是个很好的教训"[1]。傅雷所说的"人物缺乏外形描写"确是事实，不过赵树理并没有"故意不从一般的角度来描写爱情"的想法。赵树理并不擅长描写爱情，这点从他早期的作品可以看出来。即使写爱情较多的《小二黑结婚》，也不过是淡淡的传统小说的线条勾勒。此外，《三里湾》作为一部命题小说，农村的实际同意识形态的要求恰恰相反，因而，他只能用这种仓促的方式来给小说结局。农村青年的爱情之所以难以捕捉描绘，傅雷所说的"中国人谈恋爱比较含蓄、温婉"固然是重要的一面，但灵芝单刀直入地问玉生一样——"你要我吗？"显然不是含蓄，而是过于直白。傅雷认为，灵芝的觉悟对农村那些选择对象偏重文化水平的青年"是个很好的教训"，这句话实际上道出了赵树理在爱情处理上捉襟见肘的原因。针对"没有爱情的爱情描写"的批评，赵树理说那种"有爱情的爱情描写"，他在当时还写不了，因为"咱们农村，尽管解放多年了，青年们都自由了，但在恋爱、婚姻上还不能像城市那么开放。如果我把他们的恋爱写成就像你们所说的那样有声有色，花前月下呀，舞厅公园呀，目前在农村还办不到。农村的青年人很忙，即便是自由恋爱，也没有时间去花前月下谈情说爱的。他们没有星期天，也没有周末"[2]。赵树理说的固然是实情，更重要的是劳动虽然已成为爱情的中心话语，但在农村青年的实际选择中，文化水平却是优先考虑的因素，赵树理对此是熟悉的。如何来表现劳动中萌生发展的爱

---

[1] 傅雷：《评〈三里湾〉》，《文艺月报》1956年7月号。
[2] 赵树理：《关于〈三里湾〉的爱情描写》，《赵树理文集》(第4卷)，人民文学出版社，2005年，第186页。

情，他显然无能为力，因为只能生硬地按照时代话语去做别扭的处理。因而，与其说批评者质疑赵树理的艺术处理，不如说在质疑以劳动为中心的爱情观念。

在夏志清看来，"灵芝选择对象偏重文化水平"是一种"文化势利"。他认为《三里湾》中插入三对青年人的爱情描写是"失败"的，赵树理"极力想把这些浪漫插曲描写得生动有趣，可是他失败了，这也是意料中的事。在共产党的统治下，一个人对自己爱人的评价，完全是以政治意识及工作能力为标准，主观的浪漫感情是绝对不许可的"。范灵芝放弃念过初中的、懦弱的马有翼，"开始倾心于村中的爱迪生王玉生"时，犹豫起来："这小伙子：真诚、踏实、不自私、聪明、能干、漂亮！只可惜没有文化！"最后还是抛弃了这个顾虑，跟玉生走到了一起。夏志清认为："这种中国青年的'文化势利'眼，应该是个很有趣的题目，可惜赵树理并没有好好的处理。"[1] 这种"文化势利"，几乎是所有农业合作化叙事作者所面临的生活与艺术难题。"文化势利"主要表现在女青年的文化水平比男青年高，且不安心待在农村，向往城市；男青年文化水平不高，有着明显的"文化自卑"，但思想好，热爱劳动。《春种秋收》中的刘玉翠和周昌林、《三里湾》中的范灵芝和王玉生、《创业史》中的徐改霞和梁生宝等都是这样。但在时代话语的强烈辐射下，农业合作化叙事中的"文化势利"被劳动完全抹平了。在当时，爱情有了全新的价值内涵——"爱情，只有建筑在对共同事业的关心、对祖国

---

[1] [美]夏志清：《中国现代小说史》，刘绍铭等译，第421页。按：男女青年在择偶上将文化水平作为考虑的一个重要方面，无可厚非。值得注意的是，这种倾向在当时被视为"轻浮""不安心扎根农村"，甚至被视为"小资产阶级思想"受到打压或者批判。

的无限忠诚、对劳动的热爱的基础上,才是有价值的、美丽的、值得歌颂的。"[1]如在《创业史》中,郭世富的儿子——中学生永茂在给改霞的情书中劝改霞"在家中自修,把小学六年的功课五年赶完",然后考中学,言辞高傲。改霞觉得永茂"侮辱了她","脸上出现了厌恶的表情"。作者通过秀兰之口道出了时代的要求:"他学习不是为咱国家,光是为他自己将来寻职业,挣得钱多"[2],因而遭到了唾弃。农业合作化就是要完成对这种自私自利的"文化势利"倾向的改造和转变,使基于共同理想的劳动成为他们择偶的唯一标准。《三里湾》中的范灵芝放弃了中学生马有翼,选择了文化程度不高的"发明家"王玉生;《春种秋收》中的刘玉翠选择了大字不识几个的周昌林……都是顺从时代话语,完成了这种改造和转变。

与此同时,"文化势利"使得男青年在选择对象上处于弱势地位,显示出明显的"文化自卑"。也正由于这种"文化自卑",使得男青年不能主动地追求喜欢的人(当然,这其中也有忙于合作化事业无暇考虑个人问题者),而女青年却处于主动地位。如在《三里湾》中,灵芝直接问玉生,"你觉着我这个人怎么样?""你爱我不?""现在请你考虑一下好不好!"《蓝帕记》中的杨月娥,搭便车的时候遇到赶车的苗青山"使坏",被颠来颠去,掉了蓝手帕。苗青山喜欢上了她,藏起手帕不肯归还。但他知道杨月娥高小毕业,就打消了追求的念头——"人家是个高小毕业生,咱算什么?——连初级小学也没毕过业啊!有些上过高小的女学生,都不想嫁庄稼汉了,说什么'一工二干三军官,死也不嫁

---

[1] 了之:《爱情有没有条件?》,《文艺月报》1957年3月号。
[2] 柳青:《创业史》(第1部),人民文学出版社,2005年,第201—202页。

受苦汉',有些姑娘嫁了种地的,三天两头闹离婚,咱一个庄稼汉,怎么马马虎虎地找起高小毕业生的对象来了?他还没有见过高小毕业的女学生嫁庄稼汉的事,他自己更没有过找女学生的想法。"在苗青山的头脑里,杨月娥高小毕业成为他恋爱追求中最大的阻力。当杨月娥主动到他家里"相家"的时候,他依然说:"你是高小毕业生,我可是个连初级小学也没毕过业的老粗啊!"杨月娥则说:"怎么,高小毕业生没有资格跟农民结婚,——我是什么?我在家里当副会计不是农民?婚姻法上又没有这样的规定——禁止学生跟农民结婚!"[1]在时代话语看来,杨月娥表现了新妇女的性格思想,"确信农村社会主义建设有美好的前途,认定农村社会主义建设中的先进人物,是共同建设农村的最理想的爱人",这样的人,"不但在爱情上会开放出幸福的花朵,在农村社会主义建设的洪炉中,也必然会熔炼成为值得仿效的人物"。[2]《创业史》中,梁生宝喜欢改霞,并希望她和他一条心。改霞上了两年学,就带给他很大的压力。在郭县买稻种躺在车站票房的那个春雨之夜,梁生宝回忆起了主动和他接触的改霞:

> 现在,已经二十一岁的改霞,终于解除婚约了,他可怜的童养媳妇也死去了。他是不是可以和她……不!不!那么简单?也许人家上了二年学,眼界高了,看不上他这个泥腿庄稼人了哩!……[3]

---

[1] 韩文洲:《蓝帕记》,《火花》1958年第3期。
[2] 宋爽:《两个农村姑娘——读〈火花〉3月号上的〈蓝帕记〉和〈变〉》,《文艺报》1958年第11期。
[3] 柳青:《创业史》(第1部),第88页。

在他与改霞的交往中,这种"文化自卑"一直压迫着他,并成为他们之间一道看不见的隐形鸿沟。他为此不断地给自己舒缓压力:

> 不管有多少人提亲,关口在改霞本人的思想儿哩。要是她的心变了,爱上知识分子了,咱不同人家争!她的思想儿变了,那就说:不是咱的人啦。你说对吗?咱打定主意走这互助合作的道路,她和咱不合心,她是天仙女,请她上她的天![1]

梁生宝的"文化自卑"导致了他在和改霞的爱情中始终处于被动地位(他忙于互助组的事务似乎成了一个重要理由)。在小说中,我们可以看到,每次总是改霞主动和他靠近。他一直忧虑:改霞会喜欢上文化人。他这样的泥腿子,安心待在农村,热心互助组的事业,在爱情竞争中是处于劣势的。因而,最终还是和改霞分手。从某种程度上,正是由于梁生宝的缺乏信心和底气不足,才使得改霞彻底绝望而离开蛤蟆滩的。改霞毕竟是喜欢生宝的,她在下定决心之前,看重的还是生宝的态度。"文化自卑"加上听说改霞不安分的传闻,使得梁生宝在处理两人的关系时莽撞而武断,与其说两人的性格不合,更不如说是"文化势利"而导致的必然结局。梁生宝后来选择大手大脚、劳动好的刘淑良,则祛除了心中的"文化自卑",同时也契合了当时的爱情观念。

在农业合作化叙事中,劳动不仅主导了青年的爱情观念,同时荡涤了传统的婚礼风俗,代之以全新的"劳动型"的革命婚礼。这种革命婚礼首先体现在婚礼的简单上。范灵芝和玉生结婚,玉生说:"有什么

---

[1] 柳青:《创业史》(第1部),第123页。

要准备的？依我说什么也不用准备，还跟平常过日子一样好了！""就连收拾房子的工夫也没有！"一说到收拾房子，灵芝便又想起他南窑里那长板凳、小锯和别的东西，便说："不要收拾了！那些东西安排得都很有意思！""连件衣服也没有做！""有什么穿什么吧！一对老熟人，谁还没有见过谁？"说到这里两个人一齐笑了。[1] 梁生宝决定和刘淑良结合的时候，他很腼腆地问："我看咱这事情，你要是没意见了，咱就简简单单……"刘淑良站起来，不好意思地笑一笑，说："那么还敲锣、打鼓、坐轿呀？"[2] 婚礼虽也表现出喜庆的气氛和热闹的场面，但最后几乎都千篇一律地转移到新人热爱劳动的美好品质上。刘绍棠《婚礼》中的春梅子是社里的好劳力，同时兼任农业社的副队长。她的未婚夫在城里当工人，公公婆婆思想落后，不肯入社。她担心这时候结婚，社员们以为她要去工厂当家属。坚持等到公公答应入社，并要她当家，她才和未婚夫完婚。婚礼的当天，她的嫁妆格外引人注目。她披红戴花，带着社里的分红，一辆四轮大车，满载着粮食，来到了新家。这不是她个人的嫁妆，而是要卖给国家的统购粮。《山乡巨变》中刘雨生和盛佳秀的婚礼是农业合作化叙事中最具代表性的：

> "亲嘴。"谢庆元高声倡导。爆发一阵大鼓掌，锣鼓也响了。青年们一拥上前，包围新郎和新娘，推的推，搡的搡，把他们拉起拢来。……新人们抵抗不住，彼此身子挨近了，盛佳秀满脸绯红，红绒花落了，头发也稍现零乱，模样却显得更为俏丽和动人。

---

[1]《赵树理文集》(第 1 卷)，人民文学出版社，2005 年，第 296 页。
[2]《柳青文集》(第 2 卷)，人民文学出版社，2002 年，第 244 页。

大家扠着他们的颈根，推着他们的脑壳，把两人傍在一起，挨了一挨。[1]

接下来的情景却发生了突转，新人们在大喜之日不是享受新婚的快乐，而是热切地关注着农业社里的事情。刘雨生说："我要到社里看看，社里社外，到处堆起谷子和稻草，今天演了戏，人多手杂，怕火烛不慎。"在《山那面人家中》中，周立波重复了同样的写法。农业社的保管员邹麦秋和卜翠莲结婚，"床是旧床，帐子也不新；一个绣花的红缎子帐荫子也半新不旧。全部铺盖，只有两只枕头是新的"。在举行仪式的堂屋里，"靠里边墙上挂一面五星红旗，贴一张毛主席像"。仪式开始，"主婚人就位，带领大家，向国旗和毛主席像行了一个礼，又念了县长的证书"，退到一边。新娘则说："'今天我结婚了，我高兴极了。'她从新蓝制服口袋里掏出一本红封面的小册子，摊给大家一看，'我把劳动手册带来了。今年我有两千工分了'。""'我不是来吃闲饭，依靠人的。我是过来劳动的。我在社里一定要好好生产，和他比赛。'"新娘在展示完自己的"真正嫁妆"之后，却找不见新郎了。几十个人打着火把，往"山里、塅里、小溪边、水塘边"去寻找，结果在农业社储藏红薯的地窖里发现了新郎。在《八十亩胶泥地》里，赵茂森和田秀云新婚之夜讨论如何治理村里那八十亩胶泥地，"小两口越谈越高兴，到睡着的时候，头鸡已经叫了"。听房的人见小两口说胶泥地的事情，止不住插言献计。新郎的母亲嘲笑他们说："你们是听房来了，还是开小组会来了！"在《春大姐》中，玉春与明华的新婚之夜，"明华紧紧和她

---

[1] 周立波：《山乡巨变》，人民文学出版社，2005 年，第 537 页。

拥抱着，看着她被幸福染红的脸"，这时候，明华"忽然想起七岁的那一年，社长赵金山是如何紧紧地抱住他，温暖地安慰他的"，笔锋突然转向对体现政治话语的村长的赞颂上，"有这样的村长，社会主义的幸福日子一定会早日到来"。新婚之夜这样一个非常个人化的空间，在农业合作化叙事中几乎看不到私人话语，劳动、农业社、集体财物、社会主义觉悟、美好未来的展望等这样的政治话语、公共话语成了填塞替代的内容，爱情和婚姻被极端政治化和"纯洁化"了。

在农业合作化叙事中，恋人之间的亲昵和新婚之夜的描写一样，呈现出"纯洁化"的叙述倾向。不可否认，"爱情里确实有一种高尚的品质，因为它不只停留在性欲上，而是显出一种本身丰富的高尚优美的心灵，要求以生动活泼、勇敢和牺牲的精神和另一个人达到统一"[1]。但同时，"不应该把精神和肉体分开。这会导致人的本质的变态，导致扼杀生命"[2]，因为"即使在最崇高的爱情中也有肉体的基础"。正常的爱情描写，不但会体现出丰富美好的人性，同时会产生迷人的艺术魅力。如果否定摈弃了爱情中正常的肉欲基础，倡导清教徒式的纯洁、崇高，必然会导致"人的本质的变态"[3]。那么，农业合作化叙事中的爱情为什么呈现出"纯洁化"的倾向呢？"革命的成功使人们'翻了身'，也许翻过来了的身体应是'无性的身体'？革命的成功也许极大地扩展了人们的视野，在新的社会全景中'性'所占的比例缩小到近乎无有？革命的成功也许强制人们集中注意力到更迫切的目标，使'性'悄然没入文学

---

[1] [德]黑格尔：《美学》（第2卷），朱光潜译，商务印书馆，1979年，第332页。

[2] [保加利亚]基·瓦西列夫：《情爱论》，赵永穆等译，生活·读书·新知三联书店，1984年，第19页。

[3] 同上书，第9页。

创作的盲区？也许革命的成功要求重写一个更适宜青少年阅读的历史教材，担负起革命先辈圣贤化的使命？"[1]是这些原因吗？

　　洪子诚认为："从晚清到现代，'革命'与'恋爱'已经是小说的基本模式之一。50年代以后，由于'革命'的崇高地位的强化，也由于现代'言情小说'受到'压抑'，作家对这一问题的处理，更加谨慎、节制。"[2]实际上，早在延安时期，爱情在革命文学中就退居到了边缘。周扬在1944年指出："在新的农村条件下，封建的基础已被摧毁，人民的生活充满了斗争的内容。恋爱退到了生活中最不重要的地位，新的秧歌有比恋爱千万倍重要，千万倍有意义的主题。"[3]延安文艺也写到了爱情，但爱情显然不是中心的主题，而是为了突出革命在爱情实现中的决定性作用。在革命文学中，基于共同革命理想的爱情固然会促进革命的热情，但同时爱情也会削弱瓦解革命者的激情与意志。在经典的革命文学中，几乎都在张扬祛除肉欲的崇高爱情。对于革命者而言，必须全身心地投入到革命事业中去，自愿吃苦而不言苦，放弃包括爱情在内的一切人生美好享受。牛虻、奥斯特洛夫斯基这样的革命英雄，典型地体现了革命爱情的禁欲主义特征。在1949年以后，文学作品中的爱情叙事遵循了这一纯洁化和无欲化的规范。丁玲在1954年谈到了这一倾向："在我们的一些文学作品里面没有讲恋爱的场面，但是在苏联小说、电影里好像差不多都有；而读者、观众心里也喜欢这一点。"[4]

---

[1] 黄子平：《"灰阑"中的叙述》，上海文艺出版社，2001年，第63—64页。
[2] 洪子诚：《中国当代文学史》，北京大学出版社，1999年，第134页。
[3] 周扬：《表现新的群众的时代》，《解放日报》1944年3月21日。
[4] 丁玲：《怎样阅读和怎样写作》（1954年2月16日在北京师范大学中文系所做的报告），《丁玲全集》（第7卷），河北人民出版社，2002年，第382页。

在农业合作化叙事中,《运河的桨声》《山乡巨变》《创业史》等极少几部作品虽在一定层面上突破了禁欲主义的桎梏,写到一些爱情场面之外,但总体上呈现出纯洁化和无欲化的趋向。在《运河的桨声》中,区委书记俞山松和农业社副社长春枝相恋,在诗意化的运河畔,"俞山松贴近她身边,抚摸着她……俞山松激情地捧起她的脸,那美丽的面孔混合着痛苦和期待,她闭上眼,俞山松低下头,吻着她,他感到,春枝的身体在剧烈地颤栗。"[1]《山乡巨变》中陈大春和盛淑君幽会的情景在当时也是惊世骇俗的:"一种销魂夺魄的、浓浓密密的、狂情泛滥的接触开始了,这种人类传统的接触,我们的天才的古典小说家英明地、冷静地、正确地描写成为:'做一个吕字'。"爱情是极为强烈和炽热的感情,青年男女一旦涉入爱河,"就会像一个罗盘的指针不能指向正确的方向"[2],拥抱和接吻是最自然不过的情感表达,但这在当时还是受到了严厉的批评,批评者认为盛淑君与陈大春的情感表达过于直白,"不足以表现农村新的一代爱情"。同时期《林海雪原》中少剑波和白茹的爱情,则被批评为"笔调轻浮又缺乏美感"[3]。在农业合作化叙事中,性爱是和"地富反坏右"的道德败坏紧密相连的政治道德修辞,如《创业史》中素芳和姚士杰的奸情、《在田野上,前进!》郑洪兴和坏娘儿魏月英的私通、《山乡巨变》中反动分子龚子元诬蔑互助组副组长谢庆元与张桂贞有"私情"……同时,这也是革命者道德完美的反衬,如梁生宝对"坏女人"素芳的呵斥、高增福对三妹子的厌恶、萧长春对孙桂英的

---

[1] 刘绍棠:《运河的桨声》,新文艺出版社,1955年,第169—170页。
[2] [德]艾克曼:《歌德谈话录》,朱光潜译,人民文学出版社,1978年,第70页。
[3] 牛运清:《中国当代文学研究资料:长篇小说研究专集》(中册),山东大学出版社,1990年,第79页。

拒绝,都突出了这些社会主义新人的完美道德。

对于革命者而言,情爱不能撼动革命者的伟大理想和坚强意志,这是不能怀疑和亵渎的革命纪律。文学作品中如果突出爱情的魅力,则无疑会腐蚀软化革命者的精神世界,体现出"小资产阶级的情调"。对于革命者而言,当彻底摒绝肉体诱惑追求真理的时候,才会保证革命精神的纯正,并爆发出巨大的能量来。因而,在农业合作化叙事中,我们可以看到革命事业对于爱情与欲望的巨大规约作用,以及作家在遇到爱情描写时的审慎处理。徐改霞和梁生宝的爱情场面典型地体现出这一时代规范:

> 她的两只长睫毛的大眼睛一闭,做出一种公然挑逗的样子。然后,她把身子靠得离生宝更贴近些,……
>
> 生宝的心,这时已经被爱情的热火融化成水了。生宝浑身上下热烘烘的,好像改霞身体里有一种什么东西,通过她的热情的言辞、聪明的表情和那只秀气的手,传到了生宝身体里去了。他感觉到陶醉、浑身舒坦和有生气,在黄堡桥头上曾经讨厌过改霞暖天擦雪花膏,那时他以为改霞变浮华了;现在他才明白,这是为他喜欢才擦的。
>
> 女人呀!女人呀!即使不识字的闺女,在爱情生活上都是非常细心的;而男人们,一般都比较粗心。
>
> 生宝在这一霎时,心动了几动。他真想伸开强有力的臂膀,把这个对自己倾心相爱的闺女搂在怀中,亲她的嘴。但他没有这样做。第一次亲吻一个女人,这对任何正直的人,都是一件人生重大的事情啊!

共产党员的理智,在生宝身上克制了人类每每容易放纵感情的弱点。他一想:一搂抱、一亲吻,定使两人的关系急趋直转,搞得火热。今生还没有真正过过两性生活的生宝,准定有一个空子,就渴望着和改霞在一块。要是在冬闲天,夜又很长,甜蜜的两性生活有什么关系?共产党员也是人嘛!但现在眨眼就是夏收和插秧的忙季,他必须拿崇高的精神来控制人类的初级本能和初级感情。……考虑到对事业的责任心和党在群众中的威信,他不能使私人生活影响事业。

……

生宝轻轻地推开紧靠着他、等待他搂抱的改霞,他恢复了严肃的平静,说:

"我开会去呀!人家等组长哩……"[1]

作者对这对恋人的心理分析毫不吝惜笔墨,这在农业合作化叙事中是极为少见的。当梁生宝要爆发出正常的情欲冲动的时候,作者用"共产党员的理智",克制住了梁生宝身上"人类每每容易放纵感情的弱点",革命纪律表现出强大的约束力。这场相遇应该说是徐改霞和梁生宝爱情成功与否的决定性"交锋",如果梁生宝表现出自然正常的感情来,徐改霞极可能会选择留在农村。但梁生宝是共产党员,身上肩负的是崇高伟大的事业,他必须摒弃世俗的情欲冲动。梁生宝是这样做的,但在徐改霞去北京长辛店当工人之后,他又表现出惊讶和些微的伤感。可见革命苦行主义的爱情伦理,并未彻底祛除爱情中世俗人性

---

[1] 柳青:《创业史》(第1部),第487—488页。

的内容。勃兰兑斯指出:"在表现爱情时,和在别的事情上一样,人们的目的是想超越自然,结果要么损害了自然或是虚伪地忽视了自然。"[1] 革命的理性自然也不能压抑这种正常的感情,但在农业合作化叙事中,革命的理性却经常压制自然的人性人情。在革命者看来,爱情和革命事业是冲突的,"共产党员的理智"是能够克制"人类每每容易放纵感情的弱点",不能因为个人的感情而影响革命事业。这样的爱情叙事导向使得爱情呈现出理念化、空泛化的特征,销蚀了其本身所蕴含的魅力。如果恋爱双方能够拥护农业合作化并对美好未来取得一致性的认同,那么他们的爱情便以喜剧结局;如果产生分歧,便会以悲剧告终。这样的爱情突破了两人感情的世界,表现出更大的社会关怀,无疑是值得肯定和尊敬的爱情观念。然而,强调爱情的社会关怀,并不能以挤压爱情的私人空间为代价,使爱情成为某种观念的演绎。农业合作化叙事中的爱情明显存在着这一弊病。比如陈大春,作者虽然饱蘸了感情,想尽力表现出他性格的复杂性,他追求进步、听党的话,性格鲁莽、脾气暴躁,一着急就想用绳子捆人。在和盛淑君的交往中,他反应迟钝,如同木头一般,沉浸在农业合作化实现之后的美好想象之中,连盛淑君也责备他"一心一意,只想拖拉机"[2]。在和盛淑君激情拥吻之后,他甚至觉得自己的行为"邪恶",埋怨盛淑君打破了他原来的崇高计划,即他要等到满28岁,第二个五年计划实现了,村里来了拖拉机才恋爱结婚的理想。柳青也是从革命爱情伦理的角度去表现梁生宝处理爱情问题上的崇高的。在小说中,梁生宝这样的表现有着充分的叙

---

[1] [丹麦]勃兰兑斯:《十九世纪文学主流·法国的反动》,张道真译,第238页。
[2] 周立波:《山乡巨变》,第183页。

述动力和性格基础，一个人为了崇高的事业，"觉得人类其他生活简直没有趣味。为了理想，他们忘记吃饭，没有瞌睡，对女性的温存淡漠，失掉吃苦的感觉，和娘老子闹翻，甚至生命本身，也不是那么值得吝惜的了"[1]。那么，"共产党员的理智"克制住"人类每每容易放纵感情的弱点"，也就不足为奇了。

在上世纪二三十年代的"革命加恋爱"小说中，性爱"是对权力关系的清晰表达"，革命和爱情的关系是"互惠的、互相可以交换和补充的"，并不存在矛盾的关系，这些左翼作品"所表达的浪漫精神和主体性"，在一定程度上"暗示了他们与五四精神的密切联系"[2]。在延安文艺之后，爱情在革命文学中退居到了附属地位，爱情成为革命要实现的目标，只有在革命中才能保证并得以实现爱情。与此同时，爱情描写被最大限度地纯洁化和精神化。农业合作化叙事续接了这种爱情表达的伦理，在情爱主体的话语空间上，渗透着社会主义爱情伦理的重塑。其中以劳动为主导的爱情伦理成为爱情叙事的中心主题，隐含着鲜明的道德评判，以及政治和阶级路线的选择。农业合作化叙事愈到后来，这种倾向愈加明显。到了"文革"前夕，结果成了"一切男女关系也只是阶级关系"[3]。

（本文原载于《中国现代文学论丛》第 14 卷第 1 期）

---

[1] 柳青：《创业史》（第 1 部），第 90—91 页。

[2] [美] 刘剑梅：《革命与情爱——二十世纪中国小说史中的女性身体与主题重述》，郭冰茹译，上海三联书店，2009 年，第 263 页。

[3] 姚文元：《文艺思想论争集》，人民文学出版社，1966 年，第 338 页。

李準：黄河流不尽

我知道李準先生的名字是在20世纪90年代中期。不过，根据《黄河东流去》改编的同名电视剧，却早在20年前就植入到我的成长经历之中，成为颇为有趣的童年记忆。1987年，我上小学二年级，电视剧《黄河东流去》热映。当时农村电视很少，看电视不方便。农村孩子放学回家，要帮家里干农活，也很少有空余。在同学家里，我断断续续地看了一些。通过班上的同学讲述，故事情节都连贯上了。课间活动或打柴割草，我们一帮小孩子在房前屋后、田间地头重新编排演绎剧情，玩得不亦乐乎。我领受的角色是"四圈"，后来变成了绰号，被同学喊了大半年。电视剧中"四圈"由老演员陈裕德饰演。他是南阳人，幼时随父母逃荒到西安，后来考入上海戏剧学院，接受了专业的训练。他熟悉生活，能把握人物的内心世界，再加上演技精湛，把"四圈"演活了。"四圈"是个阿Q式的人物，是不幸者，也是个不争气者。在赤杨岗他是小偷小摸、东游西逛的痞子，出了村子他看大门、拉包车，做过"中将梦"，也曾有过"桃花运"，可惜都破灭了。李準以幽默甚至嘲讽的笔调同情他、揶揄他，不过对于他身上的道德闪光和人性意识也不吝赞词。小孩子玩耍，喜欢饰演英雄或正面人物，我当然也不喜欢"四圈"这个角色，但我们班长的命令无人敢违逆，我只好认真饰演。就这样，"四圈"在我的童年记忆里留下了烙印，我也在不知不觉中走进了李凖创造的艺术世界。

童年的记忆美好而温馨、悠远而顽韧。后来读李凖的作品，唯有《黄河东流去》带来的阅读热情和艺术震撼不曾减弱，这既缘于其在我童年经历中留下的深刻记忆，同时也由于其浑厚苍劲、大气磅礴的美学力量。在我与"四圈"以及其他"河南侉子"的不断重逢中，阅读、欣赏、玩味逐渐沉淀为沉郁的情感共振和沧桑的人生体验。黄河东流去，难民西逃来。每当在陕西的西安、咸阳、铜川等地听到高亢硬直、慷慨酣畅的豫剧唱腔，我都不由得会想起那幅悲壮遒劲、令人"血气为之动荡"的"流民图"——《黄河东流去》。

逐渐了解了李凖，他强烈的自省精神、自我解剖的无畏勇气所表现出的道德境界和人格光辉，更令人尊敬、钦慕。《黄河东流去》正是在这样的精神视镜里"涅槃"重生的佳构杰作。他在《黄河东流去》"开头的话"中写道："……我们整个中华民族在一场浩劫之后，大家都在思考了：思考我们这个国家的过去和未来，思考我们为之付出的带着血迹的学费，思考浸着汗水和眼泪的经验。我作为一个作者，思考不比别人更少，这两年来有多少不眠之夜啊！"20世纪80年代的读书人，确是李凖所谓的"思考的一代"。他拿起手术刀，严厉地解剖自己。他的"思考"，不是清算某些个体在历史中的责任，而是"造成这些浩劫的根源"，即"我们这个古老的中华民族的伟大的生命力和因袭的沉重包袱"（《黄河东流去》"代后记"）。李凖以强烈的历史忧患意识和难得的道德勇气，严肃甚至严苛地审视和反思自己前期的写作，同时也是在以个体为经验，翻检一个时代的文学。他发现，包括自己在内的不少作家，在为时代"鼓与呼"的同时，丧失了自己独立思考的权利。他说，"作家必须独立思考，没有独立思考就不要当作家了"，这是几十年来的惨痛经验。正是缺乏独立思考的精神及环境，他的创作才沦为政治、政策的简单传声筒："五十年代我们都是正统思想，上级说啥就写啥，什么小脚女人、黑社会，回头看看真惭愧，把自己宝贵的精力浪费在那最无价值的描写上，太可惜了。"这样绑在政治战车上的写作，不仅浪费了光阴，创作出的作品也很快被遗忘——"我国农村题材的文艺作品受庸俗的政治干扰最大。我写了十几个电影，现在重新复映的只有三四个，还是凑凑合合拿出来的。人没死，作品已经死了，或者上半年写的，下半年就死了。"[1] "我欠了很多账。这个账就是我五十年代写了一些不真实的作品。当时我是满腔热情，太幼稚，只知紧跟形势，配合运动，没有独立思考。我在合作化期间写的反对'小脚女人'，批判'右倾保守'的作品，今天都拿不出来了。为什么？就是不真实。这是我要永远记取的教训：粉饰生活的虚假的东西好写，但是短命；反映生活真实的作品难写，但有生命力。"[2] 这种披肝沥胆的自我反思，痛陈弊病，带有李凖豪爽质朴、快人快语的个人风格。这种理性思考的意义不会局限于他的创作，必然牵涉到一批作家，涉及一个时代作品的重新估量，因而引起不少人的不快甚至批评。李凖并没有因此停息，直到1997年，他还在反思自己的作品，担忧自己的作品"甜、少、速朽"[3]。

回顾李凖的小说写作，从《不能走那条路》到《李双双小传》再到电影《大河奔流》，他的作品清新、朴实、浑厚、幽默，"洗练鲜明，平易流畅，有行云流水之势，无描头画脚之态"（茅盾语），洋溢着喜剧气氛，但几乎都是观念先行，机械化、简单化地反映生活。他在与时

---

[1] 《"文艺的社会功能"五人谈》，《文艺报》1980年第1期。
[2] 《在黄山笔会上的发言》，《安徽文学》1980年第10期。
[3] 孙荪：《怀念李凖》，《牡丹》2000年第3期。

代的"共名"中确立了自己的位置,同时也失去了独立的思考。《不能走那条路》反映的主题固然重大,但不是作者提出来的,基本上是对政策、路线的文学性阐释,没有作者的深刻思考,更谈不上对文化、伦理、人性等的挖掘和表现。《李双双小传》相对则比较成功,人物性格鲜明、生活气息浓郁,歌颂了敢想敢为、关心集体、大公无私的精神,批评了基层干部自私自利的行为。不过,李双双的形象渲染过度,完美而不真实。她学技术、搞改革,养猪、办食堂,干一样,成一样,几乎没有丝毫缺点;她方向明确,意志坚定,思想没有丝毫的犹豫和反复,村支书对她也是言听计从……这些都过于简单。作者停留在生活的表层,回避了现实生活中的严峻矛盾,乐观地表现了农民对"大跃进"的认同,体现出浪漫主义精神,但缺乏现实主义力量。他也曾偏离主流意识形态预设的轨道,但很快就被拉了回来。当然,这不是李凖或个别作家的问题,而是时代规约下的普遍限制。夸过其理,名实两乖。"运动文学"是没有生命力的,李凖对此有着极为清醒的认识。他通过全面的反思和自省,回到了对现实和历史思考的自觉状态。他要写一部不朽的大书,这就是《黄河东流去》。

这部书的底子,是电影《大河奔流》。《大河奔流》是失败的,李凖按照"三突出"的理论塑造人物,只写了李麦一家人的命运。更令人难以接受的,是李麦竟然成为林道静式的英雄。这部电影上座率很低,观众不买账,李凖自己也承认"失败了"。《黄河东流去》在《大河奔流》的基础上另起炉灶,写了七家人的命运,四分之三的情节和电影不同。他摒弃了工具论、阶级论的羁绊,恢复现实主义的活力和传统,探索民族文化和民族灵魂。他反思:"文艺到底是干什么的?是塑造整个一代人的灵魂,是潜移默化,是整个人类创造出来'美'的信使,也是大自然的介绍人，绝不是'传声筒'！"《黄河东流去》要"在时代的天平上，重新估量一下我们这个民族赖以生存和延续的生命力量"。他"决不再拔高或故意压低人物"，不去塑造叱咤风云的英雄，而是着力表现"有缺点和传统的烙印"的普通人，"生活里是怎么样就怎么样"。(《黄河东流去》)他以"乡村能人"去塑造李麦，形象骤然鲜活了起来。他按照生活本来的样子塑造的"河南侉子"群像，也逼真饱满，呼之欲出。他不再根植于政治观念之上，简单地咀嚼苦难或者诠释人民创造历史的命题，而是将目光投向人们的精神世界，直面历史的存在，关注我们民族沉重的历史和苦难的岁月，自觉地将触角伸向历史和人生的深层，探究中华民族的生活方式、生存状态、道德伦理和生命精神，称量中华民族的生命力量、生命韧性与创造精神，找寻这个古老而伟大的民族生存、发展的精神支柱，表现出恳切质朴的民族情怀与浑厚浩然的民族精神。

《黄河东流去》之所以能做到以"丰满的塑造带着沉重的历史负担、面对重重困难而坚韧不拔的民族性格"(张光年语)，源于李準拥有"生活的浓度"。他说："有人以为文学作品最难的是编故事的能力和表达它的文字功夫，其实不然，最难的是作品的生活浓度，生活有多少'浓度'，才是衡量作品高低的不可缺少的标准。……生活的浓度不是一种技巧，而是体现在作品的各个方面的生命线。比如：主题思想的鲜明度，选择题材的切入点，人物形象的立体感，故事情节的自然流泻，以及语言、细节、风格、氛围等等，生活的浓度无所不在，无所不包。"[1] 1942年，李準作为流亡学生，跟随黄泛区的难民由洛阳逃荒到西安，

---

[1] 周民震：《一掬抱憾的泪水——祭亡友李準》，《民族文学》2003年第1期。

目睹体验了难民流离失所的悲惨遭遇和惝惶生活,看到了他们顽强地保持着的生活习俗和道德精神;中华人民共和国成立初期,他在黄泛区从事信贷工作,看到了人民的苦难与热情,也进行了大量的调查;1969年起,他成为"黑帮",被下放到黄泛区监督劳动了三年,了解了无数难民的"流亡史"。在创作《黄河东流去》时,李準已经和这片多灾多难的土地融为一体。正是因为有着"生活的浓度",有着对民族精神和生命力把握的热情,《黄河东流去》中的人物才如大刀阔斧砍出来的一般,粗粝、质朴、真实,泛着浓郁的泥土气息。倘若说"生活是创作的源泉"是普遍意义上的创作律则,那么,李準的"生活的浓度"则是贯彻和融会着李準独特经验和体验的写作诗学。

"黄河水白黄云秋,行人河边相对愁。"(白居易《生离别》)面对人祸天灾,人们只能抛家离舍,仓皇逃命。当"家"被抛弃的时候,他们在逃亡中会表现出怎样的生活状态和生命精神呢?《黄河东流去》围绕着"家"的迁徙流转而展开,要回答的就是这一问题。李準说:"几千年来,农民总是和他们的'家'联系在一起的,他们的土地、茅屋、农具和牲畜,构成了他们独特的生活方式,从而产生了他们特有的伦理和道德。但是,当他们的田园被淹没、家庭被破坏,变成了一群无家可归的流浪者的时候,他们会怎样呢?他们的伦理观、道德观,以及大批流入城市以后,他们的家庭、人和人的关系会有些什么变化了呢?本书就是希图从这一方面,给读者介绍一些真实生活。"(《黄河东流去》"代后记")李準正是通过"家"这把认识中国的"钥匙"来透视中华民族的生活方式、伦理道德和精神心理。他集中描绘了七个家庭的迁徙和遭遇,通过几十口人的命运,塑造了坚忍不拔的中国民族群像,给我们展示了具有文化内涵和历史意义的精神世界,谱写了一曲波澜壮阔的史诗般的历史卷轴。李麦刚强善良,海老清倔强朴实,徐秋斋迂腐正义,王跑狡黠自私,陈柱子精细周到……这些人物让我们看到了中国农民的勤劳勇敢、善良淳朴、刻苦耐劳、互帮互助的优秀品质,看到了他们对故土家园的热爱、对传统道德的坚守、对爱情的执着追求和坚忍不拔的生活意志。作者在极力刻画中华民族坚忍顽强的生活意志、生生不息的生命精神、互帮互助的伟大人情的同时,毫不隐讳中华民族长期背负的"因袭的沉重包袱"。对于海香亭、海骡子、孙楚庭、四圈、王跑等的鱼肉乡里、阿谀奉承、见利忘义的民族劣根性,作者也毫不掩饰,严肃地予以揭示和批评。李準用历史的辩证法,既彰显了伟大的民族精神和坚韧的民族生命力,同时也揭橥了这个古老民族之所以因循守旧、停滞不前、多灾多难的内在原因。

不过,作者宏大的写作意图和作品实际有着一定的距离。李準在将视点转向历史深处和人们的精神世界的时候,由于思想认识和前期创作心理的顽强孑遗和惯性作用,简单地将道德性和阶级性等同起来,并没有彻底地从人的视角去表现个人与群体、社会的关系,将民族性与阶级性辩证地统一起来。我们在《黄河东流去》中看到,地主、官僚、富裕者全是坏蛋,他们道德败坏,如海南亭凶狠毒辣、海福元为富不仁、孙楚庭草菅人命等等。而贫穷者如李麦、海老清、徐秋斋等则有道德上的优越感,"身上闪发出来的黄金一样的品质和纯朴的感情",他们身上的小农意识和民族劣根性被温情脉脉的乡情遮蔽住了。这种道德上的划分依然没有超越唯阶级论的藩篱,民族文化心理依然小于阶级性,也不完全符合社会生活的实际。由于作者过分喜欢这些人物,他们明显被理想化和拔高了,灵魂内在的冲突以及传统文化的负面价值都没有被深刻地揭示出来。如此,就很难深入人物心理的深层,表现出其灵魂上的、道德上的多维冲突，也很难深入到生活和历史的深处，再现那一时期的真实生活状态和复杂社会关系。这也同作者要刻画群像，笔墨过于分散不无关系。其次，作者试图通过议论来增强历史感和哲理性，但多处不能与作品血肉般地相连，表现出明显的说教气。此外，赤杨岗难民在洛阳、西安、咸阳等地逃难的历史性揭示不足，艺术表现上也比较弱……这些都使得小说不能深邃地透视到民族灵魂的深处，揭示出我们民族的生命精神。

"亦是今生未曾有，满襟清泪渡黄河。"（龚自珍《己亥杂诗》）以《黄河东流去》为转折点，李準痛定思痛，从时代和集体的束缚中挣脱出来，完成了思想上的重建、精神上的重塑和艺术上的丕变。他进入到人物命运的深处，进入到历史的深处，进入到中国民族精神的深处，"万里写入胸怀间"（李白《赠裴十四》），不仅在小说上创作出了民族的精神史诗，还在电影文学方面创作了《牧马人》《高山下的花环》等脍炙人口的佳作。只要中华民族还在、奔涌的黄河还在，人们便不会忘记千百万黄河儿女迁徙逃难的悲惨历史，不会忘记李準的《黄河东流去》。

（本文原载于 2015 年 6 月 17 日《文艺报》"纪念李準专刊"，收入本书时题目有改动，内容有删节）

第四辑

历史的吁请与现实的召唤

——论李建军的《大文学与中国格调》[1]

"五四"新文化运动以来,中国文学在西方文化的刺激和西方文学的典范效应下,披沙拣金、内生分合,实现了古典文化、文学到现代文化、文学的艰难蜕变和现代转型。然而,由于强势的西方的存在和典范作用,以及积贫积弱、力图富强的历史焦虑,西方与东方、传统与现代等复杂的文化现象、价值观念被化约为非此即彼的简单二元对立,文化和文学的转型表现出功利主义主导的文化品质和历史表征。如果说清季知识界以西方观念为参照,审视中国文化的内核时,尚能持有部分认同的话,那么"五四"时期知识界的"全盘西化"论已经很难看到对传统的些许肯定。"五四"新文化运动的历史功绩和现代进步意义虽不容抹杀,但由于"数千年传统政治秩序与文化秩序的高度整合所遗留下来的'支援意识'使得中国知识分子无形中要求一元化的解答"[2]。他们大多以整体的方式对传统文化和文学予以全盘性的否定和攻击,从而使得政治问题、社会问题、思想问题等被简单笼统地化约为文

---

[1] 李建军:《大文学与中国格调》,作家出版社,2015年。
[2] 林毓生:《热烈与冷静》,上海文艺出版社,1998年,第172页。

化和文学问题,中国文化和文学传统中一些经过上千年筛选和沉淀的精粹部分,也被良莠不辨地抛弃在历史的垃圾堆里。当时即有人指出了这一问题:"吾国自与西洋文明相接触,其最占势力者,厥惟功利主义。功利主义之判断美恶以适于实用为标准,故国人于一切有形无形之物,亦以适于实用与否为标准。……而又以归纳法之不精,想象力之薄弱,故凡故有文明与功利主义相妨者,则破坏之;外来文明之与功利主义直接之影响者,亦唾弃之。即功利主义之本身所谓最大多数之最大幸福者,亦以其与一己之利益,一时之近利不相容,而不得不牺牲之。……盖此时之社会,于一切文化制度,已看穿后壁,只赤条地剩一个穿衣吃饭之目的而已……"[1] 这种急功近利的考虑,同当时的历史处境和社会环境有绝大关系,需要一定程度的"了解之同情",但其缺乏历史的远虑,缺乏对传统的慎思明辨和刮垢磨光,终了导入庸俗的势利主义,斩断了民族的文化、文学命脉。这并不是我们比先人高明,而是时间拉开了距离,给了我们看清历史雾障的便利。李长之就认为"五四"最多不过是启蒙,"有破坏而无建设,有现实而无理想,有清浅的理智而无深厚的情感,唯物,功利,甚而势利,是这一个时代的精神。这哪里是文艺复兴?尽量放大了尺寸说,也不过是启蒙"[2],远不是胡适等人所谓的"文艺复兴"。他认为:"五四精神的缺点就是没有发挥深厚的情感,少光,少热,少深度和远景,浅!在精神上太贫瘠,远没有做到民族的自觉和自信。对于西洋文化还吸收得不够澈底,对于中国文化还把握得不够核心。……从前的文化运动之所以没有发扬的气

---

[1] 钱智修:《功利主义与学术》,《东方杂志》第15卷第6号(1918年6月)。
[2] 李长之:《五四运动之文化意义及其评价》,郜元宝、李书编:《李长之批评文集》,珠海出版社,1998年,第335页。

魄者，最大的原因仍在民族太受压迫了，精神上不正常，见识遂清浅而鄙近。但我们现在业已走上民族的解放之途了，随着应该是文化的解放。从偏枯的理智变而为情感理智共同发展，从清浅鄙近变而为深厚远大，从移植的变而为本土的，从截取的变而为根本的，从单单是自然科学的进步变而为各方面的进步，尤其是思想和精神上的，这应该是新的文化运动的姿态。"[1] 李长之的这番期许和愿景发生在20世纪40年代初。众所周知，由于历史的"歧途"，通俗化、大众化、革命化逐渐成为文化和文学的主流。最终，苏联式的社会主义文学在50至70年代成为主导，其影响和辐射一直持续至今。李长之所呼吁的在思想、精神、文化等方面昌明传统、融汇西方的"新的文化运动"被历史无情地搁置，如何估量中国古典文化、文学传统，如何使其在现代化过程中完成精神承袭和价值转化，成为反复萦绕、纠牵叩击中国学界以及汉语写作中枢神经的历史命题。

《大文学与中国格调》中提出的对中国文化和文学的反思、改造和创建，体现出整体性的努力和激情，可谓是对李长之提出的历史命题的"大音希声"的呼应——"在'现代文学'的转捩过程中，在'当代文学'的形成过程中，为了建构一种从形式到内容都不同既往的'新文学'，20世纪的怀疑者和批判者，在处理复杂的文化矛盾和文化关系的时候，在解决传统与现代、西方与中国、文学与政治的矛盾和冲突的时候，往往排斥中间性和兼容状态，采取了一种偏激的态度和简单化的策略。"[2] 不过，我们今天的文化和文学处境比李长之发出呼喊的40

---

[1] 郜元宝、李书编：《李长之批评文集》，第338—339页。

[2] 李建军：《大文学与中国格调》，第1页。

年代更为严峻,可以借用恰达耶夫《哲学书简》中写于1829年的第一封信概括我们的时代处境——

> 我们不是人类大家庭中的一员。我们既不属于西方,也不属于东方。我们既没有西方的传统,也没有东方的传统。我们好像是置身时代之外的,我们不可能被人类的世界性启蒙所触动。……历史的经验对于我们并不存在:一代又一代的人,一个世纪又一个世纪的时光都白白付诸东流了。看看我们,可以说,人类的基本规律与我们无缘。[1]

恰达耶夫评述的是当时的俄罗斯在世界格局中的尴尬处境,同我们当下的处境何其相像!但我们无法同当时的俄罗斯相比,因为在俄罗斯思想中,有经过强烈的自我否定而获得的自我意识,这恰是我们所缺乏的。也无法同李长之所处的时代相比,在彼时,我们有一大批学养深厚、会通中西的文学和文化大师,文化和文学的重建尚且可为。我们的文化中亦有"吾日三省吾身"和"反求诸己"的传统,但被我们忽略了,因而造成了果戈理遗嘱中所谓的"我们愚蠢的操之过急而酿成的悲剧"。正如李建军所言:"在中国文学数千年的发展历程中,实在很难找到哪一时段的文学,像20世纪的'改良文学'和'革命文学'那样雄心勃勃,那样蔑视自己民族的文学传统,那样否定自己民族的文学经验;也没有哪个时代的文学,像20世纪的'新文学'那样对'旧文学'充满'弑父情结',那样在伦理精神和语言文体两方面,偏离了

---

[1] 童道明:《阅读俄罗斯》,上海三联书店,2008年,第33—34页。

'中国文学'常轨。例如，用'现代'否定'传统'，用'西方'否定'中国'，用'阶级性'否定'人性'，用功利主义的'政治'否定人道主义的文学。就文学来看，这种对抗性的态度和简单化的策略，以及对西方文学经验的过度依赖，造成了中国文学的'传统的断裂'和'主体性的丧失'，并最终导致'中国格调'的凋敝和'大文学'的衰微。"[1] "五四"直至今日，由于种种历史性的误会和国人的慵懒，中国文化、文学传统的"创造性转化"并没有完成，这也是我们如今深陷民族文化和文学虚无主义泥淖的缘由。鲁迅曾指出："……明哲之士，必洞达世界之大势，权衡校量，去其偏颇，得其神明，施之国中，翕合无间。外之既不后于世界之思潮，内之仍弗失固有之血脉，取今复古，别立新宗……"[2] 陈寅恪亦曾言："真能于思想上自成系统，有所创获者，必须一方面吸收输入外来之学说，一方面不忘本民族之地位。此二种相反而适相成之态度，乃道教之真精神，新儒家之旧途径，而二千年吾民族与其他民族思想接触史之所昭示者也。"[3] 他们二人的意思是说，在思想和文化的变局中，既要有世界眼光，能吸收世界资源，同时"弗失固有之血脉"，"不忘本民族之地位"，发明精粹，融会中西，才能"别立新宗"，创造出新的思想和文化价值。文学亦然。如我们的现代小说之所以能够取得一定的成就，很大程度上因为其在内在精神、艺术构思、表现方法、语言艺术等方面同古典文学传统建立了积极的联系，如《儒林外史》对鲁迅小说的影响，中国古典诗歌抒情传统对郁达夫、废名、

---

[1] 李建军：《大文学与中国格调》，第2页。

[2] 鲁迅：《文化偏至论》，《坟》，人民文学出版社，2006年，第55页。

[3] 陈寅恪：《冯友兰中国哲学史下册审查报告》，收入《金明馆丛稿二编》，生活·读书·新知三联书店，2001年，第284—285页。

沈从文、萧红的影响等[1]。再则如当代的拉美文学，起初卡彭铁尔等人蜂拥学习西方现代派，发现"在现代派旗帜下容不得我"[2]之后，回到自己的土地和传统，才创造出了"魔幻现实主义"和"拉美文学爆炸"。如果不能立足于自己的土地和传统，即使如何"洞达世界之大势"并能"得其神明"，亦不可能有所"创获"并"别立新宗"。

中国现代小说，正如郁达夫在《小说论》中所言，"实际上是属于欧洲的文学传统的"。如果说中国现代文学尚能在西方文学典范的影响之下，一定程度地葆有主体精神和汉语魅力的话，那么中国当代文学的主体精神和汉语魅力可谓丧失殆尽。20世纪80年代之前，"我们以'苏联文学'为师，模仿'社会主义现实主义'，按照僵硬的写作模式，为了短浅的功利目的，而塑造'政治正确''面孔模糊''情感苍白'的'典型人物'"；80年代之后，"我们的'新潮作家'，则以西方'现代小说'为样板，模仿乔伊斯，模仿劳伦斯，模仿福克纳，模仿海明威，模仿博尔赫斯，模仿马尔克斯，模仿罗伯-格里耶，模仿米洛拉德·帕维奇。我们的为数甚夥的'著名作家'和'先锋作家'，简直就是用中文来写'外国小说'"。[3]我们的当代文学，既不能根植汉语写作的传统，从伦理精神和语言文体方面创化出具有中国气质和人类全景的"大文学"，又不能融会世界文学的叙事经验和精神视镜，因而表现出魏陵失步的尴尬处境。虽然徒有写作队伍和作品数量的令人骇然的"大"和"多"，真正有意义、有深度、有价值的作品却寥若晨星。就此而言，我们是

---

[1] 参见王瑶：《论现代文学与中国古典文学的历史联系》，《中国现代文学史论集（重排本）》，北京大学出版社，1998年，第313—322页。
[2] 陈忠实：《寻找属于自己的句子》，第10—11页。
[3] 李建军：《〈史记〉与中国小说的未来》，《大文学与中国格调》，第265—266页。

数量大而质量低的不折不扣的文学"小国"。一方面，由于我们的社会环境喧嚣浮躁，作家的生活同质化和浅表化，写作商业化、物质化和快餐化。回想 19 世纪和 20 世纪上半期，生活的节奏比较缓慢，生活的整体观念或者卢卡奇所谓的整体性依然存在，小说家有咀嚼、反刍和消化的时间，他们能够平心静气、悄然凝虑，从而能建构起似于天主教堂那样宏伟的文学大厦，因而说"慢"于小说家的生活是有益的，甚至是相得益彰的。在如今信息化、消费化和娱乐化的社会语境和阅读环境中，生活如同一片打碎的玻璃，我们的小说家也"慢"不下来，他们能急促地呈现出碎片的晶莹色彩，却无力"消化"生活，建构起整体性的生活观念和精神信念。另一方面，我们将传统的文化思想、价值观念和文学精神笼统否定之后，无力判断选择并重建新的价值观念和精神信仰。因而，我们的整个文学在道德甄别、价值判断、精神映照以及吐纳生活经验等方面出现了严重的萎缩和紊乱。比如《男人的一半是女人》《废都》等的男权中心、自怨自艾；《檀香刑》《受活》《许三观卖血记》《狼图腾》等的阴鸷逢迎——"从不坦率、尖锐地表达自己的态度和主张，总是巧妙地与外部力量维持一种平衡的关系，总是无节制地迎合流行的价值观（例如弱肉强食、不择手段的'丛林法则'），从而使自己始终处于安全的位置"[1]；《大秦帝国》《雍正皇帝》等"不仅缺乏对权力的最起码的反思精神和批判意识，而且还通过夸饰的叙事，为皇权主义涂脂抹粉，为专制暴君树碑立传"[2]。这时候，我们迫切需要有学力、有能力和有关怀的学者站出来，爬梳、厘清、蝉蜕中国传统文

---

[1] 李建军：《大文学与中国格调》，第 283 页。
[2] 同上书，第 284 页。

学的格调和经验,为当代文学提供宝贵而可靠的精神尺度和叙事支援。

因此,李建军所提出的"大文学与中国格调"既是历史的期许,又是现实的召唤。真正伟大的文学包孕着人类的生活经验、道德伦理、价值尺度和精神刻度,从来都是超越时空、地理和种族的"大文学"。这种"大文学","不以时代的新旧论,不以阶级的尊卑论,不以语言的文白论;而以境界的高下论,以感染力的强弱论,以情思的深浅论"。正如李建军所阐述的——其有"过人的道德勇气和言说激情,真诚的态度和真实的品质,完美的艺术性和丰富的美学意味,巨大的意义空间和内在的思想深度,以及普遍的人性内容和持久的感染力。更为重要的是,要有自觉的反思意识和反讽精神,要敢于正视历史和现实的异化性的生活图景,不回避,不遮掩,通过真实而完美的叙写,为人们提供启蒙性的叙事内容,为人们的内心生活,提供支持性的精神力量"[1]。中国文学在四千年的漫长发展历史中,形成了独特的中国气质和中国经验——"它以象形表意的汉字,来表现中国人的审美趣味和文学气质,呈现中国人的心情态度和性格特点。在美学风格上,它追求中和之美,显示出含蓄内敛、渊雅中正的风貌,是所谓的'哀而不伤,怨而不怒,乐而不淫';在写作伦理上,中国文学表现出敢说真话的勇气和精神,即'其言直,其事核,不虚美,不隐恶'的实录精神与'贬天子,退诸侯,讨大夫'的反讽精神。"[2] 从《诗经》《离骚》《史记》、"三吏""三别",到《窦娥冤》《红楼梦》《老残游记》,中国文学一直"表现出同情弱者和底层民众的兼爱精神和泛爱情怀",表现出博大的人类意识、悲悯情怀和

---

[1] 李建军:《大文学与中国格调》,第2页。
[2] 同上书,第3—4页。

"公共性精神"。这种"公共性精神"并非一些学者所谓的纯粹的现代性话题。在中国文学传统中,其历史久远而力量遒劲,超越了东学与西学、古典和现代的藩篱,在不断的调整中表现出本质的恒定性和超越性。在中国现代文学中,这种"公共性"依然能够薪火递传,具有"文化启蒙的诉求和国民性改造的自觉",出现了鲁迅、老舍、巴金、曹禺、萧红、张爱玲、钱锺书等一大批现代文学大师,但由于"这种新的'公共性'也有一种几乎与生俱来的狭隘性,缺乏承上启下的历史感和兼收并蓄的包容性"[1];而在当代文学中,前30年的政治功利性和后30年的市场功利性则使得这种中国格调的"公共性"严重式微,甚至陷落到颓败和荒芜的境地。因而,如何赓续中国文学传统的"公共性精神"和叙事经验,让其获得生命力并为当代文学提供支持,不仅仅是历史的深情吁请,也是现实的迫切召唤。

东汉许慎说:"视而可识,察而见意。"这同犹太先知所罗门所谓的"你要看,而且要看见"如出一辙。对于中国文学传统,我们"要看",而且"要看见",李建军就是一个"视而可识,察而见意"的明眼人。在他看来,中国古典文学的"公共性"首先表现在既能"愤怒"又能"温情"上。一方面,"是'愤怒'和不满,具体表现为对权力的'以究王讻'的'上层反讽'";一方面,"是仁慈和'温情',具体表现为'惟歌生民病'的现实主义精神和人道主义情怀"。其次,中国古典文学的"公共性"表现为"在面对权力的时候,总是表现出一种独立不迁的写作精神和亢直不挠的批判勇气"。[2] 以《史记》为代表的史传叙事

---

[1] 李建军:《大文学与中国格调》,第7页。

[2] 同上书,第5页。

和小说叙事,和以杜诗为代表的诗歌抒情,集中体现了这种品质和传统。再次,"同情民众,关心民瘼,是中国文学的另一个伟大的'公共性'品质"[1]。在那篇力能扛鼎的《〈史记〉与中国小说的未来》[2]中,他从主体精神、反讽模式、求真态度等方面,精准而全面地总结了以《史记》肇始的中国小说的"公共性"传统及其叙事经验——"司马迁的雄强的阳刚之美,他的'以人为本'的人道情怀和'以民为本'的人民伦理,他的'不以成败论英雄'的历史观和叙事伦理,他对酷吏和弄臣的尖锐反讽,对肆意极欲、滑贼任威的暴君'上层反讽',他的'不虚美,不隐恶'的'实录'精神,依然是当代小说写作很可宝贵的伦理精神和经验资源。"[3]在《〈红楼梦〉的孩子——论〈百合花〉的谱系、技巧与主题》中,他通过仔细地爬梳比较,阐幽显微地揭示了《红楼梦》对《百合花》的辐射和影响——它使得茹志鹃"学会了《红楼梦》的从'正面'感受人情之美、人心之真、人性之善的能力,学会了捕捉和表现童心般纯洁而美好的情感,学会了用细腻的充满诗意的文字,表现青年男女的混合着喜悦、羞涩、误解与和解的复杂而微妙的心理活动"[4],从文学经验的传承角度,揭橥了以《红楼梦》为代表的中国古典小说对当代小说的典范意义。与此同时,他激浊扬清,积极称颂褒扬那些继承了《史记》与《红楼梦》中"很可宝贵的伦理精神和经验资源"的作家和作品。如史铁生、余易木那样"有理想、有信仰、有神性视野的"小说家,他们"相信善的价值,同情人类的不幸和苦难,亹亹不倦地探索生

---

[1] 李建军:《大文学与中国格调》,第6页。
[2] 笔者以为,此文是近些年来《史记》研究和中国古典小说源流研究最有分量的文章。
[3] 李建军:《〈史记〉与中国小说的未来》,《大文学与中国格调》,第286页。
[4] 李建军:《〈红楼梦〉的孩子——论〈百合花〉的谱系、技巧与主题》,同上书,第299页。

与死、绝望与希望、自由与尊严、罪恶与惩罚、毁灭与拯救、此岸与彼岸等重要的问题"，积极践行"爱的写作""救赎性的写作""诗性的写作"。[1] 如《思痛录》《漏船载酒忆当年》《广场》《走向混沌》《夹边沟记事》《墓碑》《聂绀弩刑事档案调查》《寻找家园》《巨流河》《庭院深深钓鱼台：我给江青当秘书》《我是落花生的女儿》等"文直事核"的纪实文学，秉承了《史记》精神气质与风流文采，彰显了汉语魅力和中国格调。上述作品正因为在一定程度回归到了以《史记》《红楼梦》等为代表的中国古典文学的"公共性精神"和叙事传统，才表现出"中国格调"的"大文学"魅力和品质，成为鲁迅所言的"一塌糊涂的泥塘里的光彩和锋芒"[2]。

李建军并不是文学上的民族主义者，在他那本已成为经典的《小说修辞研究》以及他对俄罗斯、欧美文学的全面理解和深刻阐释中，我们可以看到，他不生硬地理解西方文学或受制于西方的"逻各斯"中心主义，是文学上的世界主义者、人类主义者。对于中国古典文学传统而言，他能摄末归本，理论架构与经验事实相互支撑，公允、深刻而有创建性地抽绎阐发其"公共性"精神、叙事传统和诗性智慧，并难能可贵地在西方文学与中国传统之间进行深层次的透视和融通，在不丧失文化和文学自信的基础之上，寻找人类文学的共同经验和普遍价值。他清醒地意识到，一个民族的文学如果不能根植于自己的传统并吸纳世界文学的经验，建立起自己的主体精神和叙事伦理，即使复制、模仿、嫁接得再逼真、再成功，也不过纸扎泥塑，毫无生机，永远找不到自己

---

[1] 李建军：《无尽苦难中的忧悲与爱愿——论史铁生的文学心魂与精神持念》，《大文学与中国格调》，第134页。

[2] 鲁迅：《小品文的危机》，《鲁迅全集》（第4卷），人民文学出版社，1981年，第135页。

的根系和脉系，同样不可能在世界文学的庄园里拥有自己的领地。正如艾略特在《传统与个人才能》中所言："传统是一个具有广阔意义的东西。传统并不能继承。假若你需要它，你必须通过艰苦劳动来获得它。首先，它包括历史意识……这种历史意识包括一种感觉，即不仅感觉到过去的过去性，而且也感觉到它的现在性。这种历史意识迫使一个人写作时不仅对他自己一代了若指掌，而且感觉到从荷马开始的全部欧洲文学，以及在这个大范围中他自己国家的全部文学，构成一个同时存在的整体，组成一个同时存在的体系。这种历史意识既意识到什么是超时间的，也意识到什么是时间性的，而且还意识到超时间的和有时间性的东西是结合在一起的。有了这种历史意识，一个作家便成为传统的了。这种历史意识同时也使一个作家最强烈地意识到他自己的历史地位和他自己的当代价值。"[1] 艾略特指出，要赓续传统，只有通过艰苦的劳动和体认才能够获得，而且需要强烈的反省意识和清醒的"历史意识"，需要对同代人了若指掌，需要了解民族文学的全部，需要放在全人类文学的整体和体系中，能"感觉到过去的过去性，而且也感觉到它的现在性"，唯有如此，才能确立"他自己的历史地位和他自己的当代价值"。而根植于民族文学传统（好的传统而非坏的传统），是走向世界文学的基础，是确立自己在人类文学图谱位置的基点。在汉学家葛浩文等人焦虑"中国文学如何走出去"时，李建军曾言——"中国当代文学实在不必太措意于'如何走出去'的问题，也不必为是否受'世界的欢迎'而太过焦虑。对当代的中国作家来讲，最为重要的，不

---

[1] ［英］托·斯·艾略特：《艾略特文学论文集》，李赋宁译，百花洲文艺出版社，2010年，第2—3页。

是获得流于形式的'世界性'赞美和基于误读的'国际性'奖赏，而是像屈原、司马迁和杜甫一样，正直而勇敢地介入自己时代的'公共生活'，以中国人特有的'忧哀'情怀和反讽精神来写作，来建构中国文学自己的'公共性'，并最终抵达与人类经验相通的'普遍性'和'世界性'。唯有这样，我们的文学庶几会受到中国读者的欢迎，并最终真正赢得世界读者的尊敬。"[1]在他看来，只有从中国文学传统中的公共精神和伟大经验出发，"来建构中国文学自己的'公共性'，并最终抵达与人类经验相通的'普遍性'和'世界性'"，才是"中国文学走向世界"的可行之路。这即他恳切陈义、期待殷殷的"大文学与中国格调"。

黑格尔在《精神现象学》序言里说："在文化的开端，即当人们刚开始争取摆脱实质生活的直接性的时候，永远必须这样入手：获得关于普遍原理和观点的知识，争取第一步达到对事物的一般的思想，同时根据理由支持或反对它，按照它的规定性去理解它的具体和丰富的内容，并能够对它做出有条理的陈述和严肃的判断。"[2]《大文学与中国格调》站在人类文学的大背景下，将中国文学传统中具有普泛性和进步性的思想理念、价值精神与写作模式选择出来，结合人类文学的优秀经验和自己的批评实践，在"共时"维度上阐发了黑格尔所谓的"普遍"或"一般"性，从"历时"维度上寻求中国文学的历史连续性，做出了"有条理的陈述和严肃的判断"。其理顺并纾解了古典与现代、西方与中国、传统与变革之间的复杂关系，使之改造、重组、融会为积极稳健的价值资源，从"何为""应该如何""如何做法"三个方面，为"中国格调"的

---

[1] 李建军：《"公共性"与中国文学经验》，《文学评论》2014年第6期。
[2] [德]黑格尔：《精神现象学》(上)，贺麟等译，商务印书馆，1979年，第3页。

"大文学"的产生提供了可靠可鉴的修辞经验和叙事律条,彰显了"中国文学如何走出去"的路径。然而,宋人梅尧臣说:"作者得于心,览者会以意。"最怕写作者有心而阅读者故不意会或难以意会,对于"过于聪明"和"过于自负"的中国作家而言,由于时代的拘牵、个人的盲视或自以为是,他们既无力在中国古典叙事的伟大传统中扎根,又无法直接甄别、吸收西方文学的优秀经验,对传统了解甚浅而隔膜甚深,于西方膜拜而限于跟风。如果不能激活中国古典文学的伟大传统和优秀经验,并将其内化为自己内在的精神视镜和叙事经验,由此"最终抵达与人类经验相通的'普遍性'和'世界性'",那么,中国文学在走向世界的喧哗和聒噪中,就会如艾略特所说的无法找到"他自己的历史地位和他自己的当代价值",成为无家可归的"野孩子"!

(本文原载于《当代作家评论》2015 年第 5 期)

有温度和有思想的批评

——读《杨光祖集》[1]

杨光祖饱蘸感情的笔锋有着令人难以抵御的裹挟力，一旦接触便难以放下。起初阅读他的文章，我被他的激情、率直、渊博、犀利，以及深刻深深吸引。同一个作家朋友闲聊，他勉励我要向杨光祖学习。我说：虽不能至，但向往之。除了正式发表的文章，他博客和空间上的随谈、札记，我也不愿错过。他讲庄子，讲中国古代画论、书论，也研究西方哲学，涉猎庞杂，去粗取精而有新融合；他的研究虽然集中在现当代文学，但他的古典学养深厚，因而文章能贯通，有根底、有底气，能够纵横捭阖。这是大多数现当代文学研究者所匮乏的。他的批评从"道"不从"时"，不从"俗"，亦不从"权威"，心正、意诚、情切，有温度、有思想、有关怀、有创见，是有生命的批评，高度表现出一个批评家的人格化特征，在艺术直觉、精神视域、道德关怀以及文字风格上已经形成了浩然正大、流丽峻切的气象，在批评精神严重式微的当下颇为难得。我常慨叹，兰州这座闭塞落后的城市能够生养出如此神清气朗、识见卓远、具有现代精神的批评家，很是难得。后来通过

---

[1] 杨光祖：《杨光祖集》，甘肃人民出版社，2015年。

网络结识，时有讨教或交流，常有鼹鼠饮水之喜。去年秋天，因会议而终于见面，给我的印象，他的质朴、率真和急性子同文章的老辣很不相称，是个"讷于行而敏于文"的纯粹读书人。《杨光祖集》出版后，他及时赠我一本。收在其中的文章整体地呈现了他批评的精神、深度、关怀以及视野，对于文学批评界来说，诚可谓黑暗阴霾中的一道闪电，不禁不揣浅薄予以评论。

《杨光祖集》共分四辑，收集了作者 27 篇最具代表性的文章。这些文章大多发表在《人民日报》《文学报》《中国现代文学研究丛刊》《当代作家评论》等权威报刊上，在批评界曾产生一定的影响，也突出体现了作者的批评精神——既将批评视为精神上的凝视与思想上的闪爆，在批评主体与创作主体以及文本的不断往返中建立积极的关系，澄怀静虑而不泯灭自我，主客相融而不失"我思"，始终贯穿着批评主体与创造主体的精神碰撞和思想交锋。他在历史与现实的坐标点上，在全球化的时代语境中，谈文化、谈文学、谈教育、谈阅读，视野宏阔、思考深入、忧心如焚，文字有温度，思考有深度，是充满生命深度和反思精神的"真"批评。

杨光祖的文学批评有着入骨切肺的"痛"感。这种"痛"，源于对文学的痴爱和对当下文学不争气的"恨"，以及他对文学和批评的健康澄明的态度。文学乃至一切艺术可谓是灵魂的全然投入，没有深彻心骨、沦肌浃髓的精神体验和灵魂拷问，就不可能产生出伟大的杰作来。当代文学之所以在精神视镜上格局逼仄、光辉暗淡，正是缺乏精神上的焦灼、撕裂与疼痛。文学批评亦是如此，如果没有对文学的热爱，缺乏情感温度和精神穿刺，就很容易沦为花哨的屠龙术。对于文坛乃至文化界的种种乱象，杨光祖大声"鼓与呼"。他批评当下写作的急功近利、名利绑架,既没有精神和思想上的穿透力,也没有成熟的文体意识和架构能力,将写作当成"挖土方"的技术活,"是一种与自己生命无关、与灵魂无关的纯机械工作而已"[1]。作家们没有主体精神,或者主体精神严重萎缩,没有传统士大夫的人生信条,没有独立、自由、平等的现代意识,没有正视自己、审视自己的反省精神,没有终极的道德关怀和精神追求,没有恐惧与战栗,没有敬畏和崇拜,多是"做戏的虚无党"——"现在大多数作家缺乏自信,对自己的创作无所适从,他们的写作不是自我清理,而是自我异化,自己给自己戴上数不清的枷锁。像鲁迅那样自我放逐至虚无之境的作家,还没有出现。于是,他们唯一能够自我确证的标准就是外在的认可上,比如获奖,比如市场。更可怕的是当代作家早就把创作当作一个工程,或一个技术活。但没有想到的是他们的作品,准确地讲是产品,早就是一个死尸,没有生命,没有血液,没有生气。"[2] 爱之愈深,恨之弥切。这真是"一杯热醪心痛"!他无情地揭穿文坛和作家的种种怪相,蕴含着真诚的关切和诚挚的期待。他揭出"病痛",分析"症结",寻找疗救的良方。在他看来,"文学在个人的意义上,才能成为人类的。每个真正的人都有自己的十字架,别人是没有办法的,只有自己扛起来"。在我们的文学中,虽然不乏安妥、抚慰心灵的说辞,但大多是遮羞的红布或者撒娇的道具,"所指"和"能指"已经发生了严重的疏离甚至悖反,"一旦世俗的名利、权位等等到手了,我们很快发现他们早就不谈灵魂了"。另一类作家,"自己还没有成为真正的'人',却一个劲地想去解救别人,当然

---

[1] 杨光祖:《长篇小说热与作家的文体意识》,《杨光祖集》,第266页。
[2] 杨光祖:《作家主体与文学的生长》,同上书,第259页。

不合宜。但自己还没有清毒，自己还没有清洁，不但不以为可耻，却忙着污浊别人，污浊社会，只看重版税、名利。不过，有时看他们的文字，也在大谈灵魂，诸如安妥灵魂之类大词比比皆是，可仔细看看，却是自欺的多，真实的少"。这样的写作，只有宣泄，没有倾听；只有倾诉，没有对话；只有轻薄，没有庄严；只有索取，没有敬畏；只能局限一隅，不能思接千载，不能将人置身于天地人神的四维时空里，"究天人之际"，建立同构性的关系，停留在"水平线以下的思想的平均分数"上，因而很快就"身与名俱灭"了。这也是当代文学没有产生大师，没有产生可以同《呐喊》《野草》《传奇》《雷雨》《边城》等相媲美的杰作的原因。不是因为写作的技术，而是"人格的萎缩、灵魂的苍白、学养的浅薄"所导致的。[1] 文学固然需要"技"，但必须超越"技"，即庄子所谓的"进乎技"，融入精神和人格。正如徐梵澄所言："诚是传世的伟大艺术家，皆是此艺术人格发展到前方，降入世俗，留下了伟大的作品。凡其创作，只可说其整个艺术人格之投入，不但是所谓'感情移入'，借中介而发出之表现。"杨光祖提醒道："一个人立在大地，其实是有一个看不见的或被大家忽视的时间空间在，否则他就站不到那里。可我们的作家只看见了'人'，而根本看或想不到时空。我们的作家在看见有限的在场，根本无视广袤的不在场。没有形而上学能力，没有完整的天地人神思维，只把个人膨胀得如宇宙一样大，怎么能写出好作品？"[2] 这番论述，对当下文坛那些自我膨胀、自以为是、目空一切的作家而言，真可谓一剂清神健脾、刮骨祛毒的良药。倘若我们的作家

---

[1] 杨光祖,《文学的技术与灵魂》,《杨光祖集》, 第11页。
[2] 杨光祖：《形式与文学的生长》, 同上书, 第23页。

真的体悟了这番话，我相信他们的写作境界会迥然不同。

　　杨光祖的文学批评，体现出纯粹直率的"求真"精神。批评家固然需要谦逊地同作家进行对话，但这并不意味着批评者主体性的丧失。以赛亚·伯林认为，文学批评有两种类型，一种是注重技术的"法国态度"，将文本同作者的精神、道德和生活割裂开来；一种是注重精神和道德的"俄罗斯态度"，将人当作一个精神、道德与生活的统一体，认为作者对自己的所作所为承担着不可逃避的责任，他们的谎言、浅薄、放纵，以及对真理的蔑视和信仰追求的缺少，都难以获得原谅。这种"俄罗斯态度"对欧洲的艺术良心产生了持久有力的冲击。杨光祖的文学批评，是典型的"俄罗斯态度"。他的批评建立在知人论世和认真研读文本的基础之上，用独立的精神姿态进行深度阐释、解析批评和价值判断，不虚美，不隐恶，好处说好，坏处说坏，不遮蔽坏中之好，不无视好中之坏，撕去谎言的面纱，挤出污秽的脓毒，有自己独立的批评品格，体现出严肃峻切的批评态度和正确得当的差别意识。中国是一个身份社会，人与人的关系被理解为特定的社会关系，人情化和圈子化的现象特别严重。这种以血缘和"亚血缘"为中心扩散的熟人社会，缺乏自由平等的现代意识和契约精神，极不利于个体精神的健康成长，再加之近些年市场化和物质化的影响，批评的精神出现了严重的萎缩化和侏儒化。大多评论家是聋子，是瞎子，是势利鬼，是应声虫、寄生虫，是空口白嚼的木头虫、食洋不化的跟屁虫。文学批评的日趋技术化和文本分析的日渐细密化，遮掩不了艺术洞见的衰落。所以我们需要一批光脊梁作战的典韦，不避箭矢，来同习惯作战，尽力显扬幽隐，弘奖风流，引导读者爬高山，瞻远景。杨光祖就是一个典韦式的评论家。他"不为尊者讳，不为长者讳，不为亲者讳"。如他批评陈思和对

《兄弟》的谬赞和对"怪诞"的误解,既有细致的文本分析,也有缜密的理论厘清,毫不留情地指出了陈先生的城市优越心理、简单的类比逻辑、理论的生搬硬套以及阅读上的盲视——"陈先生在这里犯了一个致命的错误,把作家的'写什么'与'怎么写'混为一谈。其实对一个成熟的作家,写什么并不重要,只要是他熟悉的生活,而关键是'如何写',这是考验一个作家的试金石,也是一部作品成功与否的关键。"[1] 这种致命的症结,正如杨光祖所言,不仅是学院派"丧失了批评底线的伦理","更在于理论过剩,或者准确地说伪理论、假理论太多"。[2] 他批评雷达,语气虽然委婉,但也是绵里藏针,"雷达撰写评论,给人的感觉有点像走钢丝,他走得很好,很漂亮,而且安全。在当代中国,做到这一点是很不容易的。不要说政治的风浪,就作家的白眼和小动作,都让你无法承受。那么,现在的雷达应该胆大一点了,不需要再看作家或别的什么人的眼色了,他应该有一个相对自由的环境"[3]。这样的文字,有批评,有期许,恳切真挚,可谓掏心掏肺之言。我想,批评者也能感觉到春风般的善意,视之为心语诤言,乐于从之。杨光祖和杨显惠是多年的好朋友,他肯定杨显惠"把历史的门缝挤开了"的伟大,但对其写作的不足也毫不遮掩。他认为杨显惠的《夹边沟记事》和《定西孤儿院纪事》故事写得"很细致,很残酷","但作家并没有完全写出那些活下来的人,是如何活下来的。在那样恶劣甚至极端残酷的环境里,人性是如何'现''象'的,人是如何'持存'下来的。如果那里只有'恶',只有'仇恨',人又是如何'活'的,理由在哪里?而心理描

---

[1] 杨光祖:《〈兄弟〉的恶俗与学院派批评的症候》,《杨光祖集》,第71页。
[2] 同上书,第73页。
[3] 杨光祖:《雷达论》,同上书,第203页。

写的缺失,加剧了这种平面化,使小说在描写人性之恶时,没有能够深入到一定的人性之黑暗,写出那种残酷,还有恐惧、无情"。因而,作品"缺乏一种足够的深厚度,一种跨越时空的巨大力量,也就是那种思想的穿透力"。[1] 没有对作家和作品的深入了解和深切期待,这样的文字写不出来。同时,杨光祖也揭示了杨显惠以及当下写作存在的问题——宗教情怀、信仰力量以及传统的缺失。正如他所引的海德格尔所言:"从我们的人类经验和历史来看,只有当人有个家,当人扎根在传统中,才有本质性的伟大的东西产生出来。"否则,一切貌似巍然和伟大的东西都会被时间之河连根拔起。

  杨光祖的文学批评,有判断,有识见,是有思想的批评。赫拉克利特说,智慧不等于知识,智慧在于认识。批评不仅仅是文学理论的运用、审美感受力的闪爆,同时也取决于思考深度的生命的体验。20世纪40年代,沈从文曾感叹:"好作家固然稀少,好读者也极难得!这因为同样都要生命有个深度,与平常动物不同一点。这个生命深度,与通常所谓'学问'积累无关,与通常所谓事业成就也无关。所以一个文学博士或一个文学教授,不仅不能产生什么好文学作品,且未必即能欣赏好文学作品。"[2] 文学批评也是,如果不能用所读所学浇灌自己的思考,长成自己的血肉,只是硬往上贴,结果不止"隔",甚至可能是风马牛不相及。这样的文字作伪投巧,由于因缘时会,能蛊惑人,但终了要速朽或者慢慢烂掉。杨光祖的批评,基于自己广博的阅读和睿智的思考之上,有自己独到的识见。如他评价路遥,既肯定其优点,

---

[1] 杨光祖:《杨显惠论》,《杨光祖集》,第188页。
[2] 沈从文:《小说作者和读者》,《战国策》1940年8月15日第10期。

也毫不隐讳其问题。他认为,路遥"在大的写作思路上比柳青觉悟高一些,没有被政治或政策完全控制,但骨子里的企求为政治所认可的焦虑,从灵魂深处牢牢地牵制了他写作飞翔的翅膀"[1],他性格和作品中有浓厚的浪漫主义,其写作不是现实主义,而是浪漫主义,这是真了解路遥,也读透了其作品。关于40年代傅雷对张爱玲的批评,学术界大多站在傅雷一边,自说自话,不能从才情和气质上分清傅雷和张爱玲的区别,杨光祖精彩地道出了两人的区别,可以说言学术界之所未言。他说:"傅雷的《论张爱玲的小说》,高则高矣,但却与张爱玲不在一个话语场,是有疏隔的。傅雷这样一个中西贯通的学者、翻译家,也是无法理解张爱玲的。傅雷太刚烈,太黑白分明,所以他做不了作家。真正的作家往往尽力于灰色地带,在那种黑暗不明中,那种混沌中,才能探索出人生之虚无,人性之复杂。"因而,我们"不能用道德或者政治的眼光来解读"。[2]这可谓拨云见雾之论。在当代青年批评家,相对而言,杨光祖有着很好的古典文学、文化修养。他曾多年研读、讲授《庄子》,对庄子颇有研究,时有独见。他评论王充闾的《逍遥游——庄子传》,很见学养和功力,渗透了自己多年的心得。王充闾将庄子思想视为相对主义,并划归"哲学"范畴进行言说。杨光祖认为这是隔靴之论,是很大的遗憾——"我一再说,庄子思想不是'哲学',西方意义上的哲学,它某种意义上也是中国古代士大夫的宗教,如果还是用西方话语来言说的话。其实,我们就说庄子思想,这样最好。一用'哲学''宗教'这些词,往往遮蔽了庄子本身的丰富性和特殊性。至于相对主义,

---

[1] 杨光祖:《论〈平凡的世界〉中的创作误区与文化心态》,《杨光祖集》,第144页。
[2] 杨光祖:《张爱玲:恐怖阴影里的天才》,同上书,第94页。

也是一个西方概念,虽然我们如今舍弃西方话语无法言说了,但当遇到我们的古典时,还是慎用为佳。比如'道',在中国,它不仅仅是一个哲学概念,它是需要去体,去悟,去修的,最后是'得道'。也就是说,道,对中国古人来说,是需要用生命去感知,去领悟的。这也就是'道可道,非常道''道不可言'之理。当年熊十力说,良知是当下体悟的,它不是一种假设。我想,晚年的冯友兰应该会有所体悟了吧?"[1] 没有深入的研究和体悟,这样鞭辟入里的文字是写出不来的。总而言之,他是个有学养的批评家。用他评论某小说家的文章题目说,"人不能写比自己高的东西"。我想评论也是如此。他正是学养厚,站得高,望得远,才能辨别良莠,窥得全豹。

杨光祖的批评文字激情充溢,清峻通脱,一针见血,没有学院派批评寻章摘句、故作玄虚的弊端,已经形成了自己鲜明的批评风格,是可"以神听之"的。苏东坡说:"大略如行云流水,初无定质,但常行于所当行,常止于所不可不止,文理自然,姿态横生。"杨光祖虽未全得壶奥,但他的一些文字确有这种魅力。我们当下的不少文学批评,生搬硬套,识见粗疏,情感虚伪,文字平庸,了无生气。对于当下文学批评先入为主的不及物现状,他批评道:"许多批评家面对一个文本,不是从自己的艺术感受出发,而是从先入为主的外部理论入手,把文学当死尸,进行想当然的解剖。这样的文章,貌似颇有理论,其实与所论作品没有任何关系,是一种非常不严肃的学术态度。"[2] 蒙田曾经谈到"文殇",即因读书过多而被文字之斧砍伤,丧失了创造力。叔本

---

[1] 杨光祖:《庄子传记的新尝试》,《杨光祖集》,第119—120页。
[2] 杨光祖:《文学批评要讲真话》,同上书,第253页。

华将读书太滥比作将自己的头脑变成别人思想的跑马场。爱默生也说："我宁愿从来没有看见过一本书，而不愿意被它的吸引力扭曲过来，把我完全拉到我的轨道外面，使我成为一颗卫星，而不是一个宇宙。"杨光祖并不排斥理论，他涉猎广，思考深，但他从不丧失自己，能够将所读所思长为自己的骨血，笔锋带有感情，文字遒劲活泼，思维凌厉，建立起了积极的、健康的、守正的批评主体精神。

杨光祖关于批评文体的建设性意见也令我们深思。他呼唤我们的批评，要建立在汉语写作基础之上，对中国当代文学问题有深入思考和研究，从而具有原创性的意义。他呼吁文字清通的"美文"批评。他说："把评论当文章写，当美文写，本是中国传统，可在当下文坛学界，却几乎成了绝唱。许多人的评论，越来越高深，道貌岸然，不堪卒读，更让人不可思议的是如此评论却大为学界认可，捧为学术。而一旦将评论写成美文，似乎有创作之嫌，而远离学术了，真是莫名其妙。"[1] 现在大学学报和专业刊物的写作格式是西方式的，可读性很差，学界讥讽之为"新八股"。谢泳曾言："此类西式论文的流行，已在相当大程度上影响了中国传统文史的表达方式，甚至可以说害了中国的文史研究，现在很多学中国文史的研究生，不会写文章，写不了像样的文章，可能与这个训练不无关系。"确实如此，中国学术界的这个病状已很严重，如果我们不沉潜下来冷静思考，可能永远不会结束表面繁荣而实际荒芜的批评假象。谢泳指出："中国传统的文史研究方式，文体多样，掌故、笔记、诗话、札记、批注等，核心都在有新材料和真见识，讲究的是文章作法，不在字数多寡，但要言之有物，要有感而发，所以学术研

---

[1] 杨光祖：《雷达散文里的青春气象》，《杨光祖集》，第152页。

究中饱含作者个人才情。好的中国文史研究，不张架子，不拿腔作势，凡陈语腐言，一概摈弃。"[1] 我们不是要求简单地拒绝西方论文的这种写法，其优点也众所周知，如讲究论证，逻辑性强。但如果不顾历史语境和具体环境，无视中国传统学术的诗文评有感而发具体实在的传统，一味地搬运西方理论话语来阐释中国，我们面对的永远是伪问题，永远建立不起自己的批评话语。杨光祖的文学批评克服了西式论文的弊端，我们看到，他容纳西方理论和话语，但化而用之，不迷失自己，有自己的精神和关怀，有自己的气质、风格，有自己的宇宙，寻找西方论文模式覆盖之下的突围之路。这实在难能可贵，也给我们深刻的启发。

　　当然，杨光祖的批评问题也很明显，感情裹挟了分析，感性的东西多，理性的分析少，有时候浮于面上，水过地皮湿，不够集中、深入、透彻，可谓典型的印象式批评。对于一些作品，他的感觉代替了分析，得出的结论有待商榷。比如《废都》，他觉得贾平凹抓住了 20 世纪 80 年代末 90 年代初知识分子的幻灭感，"肉体的狂欢代替了灵魂的救赎，《废都》写出了这一点，这是无论如何应该承认的"[2]。《废都》的出版，是中国文学进入市场经济和传媒时代的经典个案，也是上个世纪末在作家策划、新闻炒作和商业驱动下中国文坛最为引人瞩目的文化事件。出版前的惊天稿费、当代《金瓶梅》的宣传、删去多少字的对读者引诱，无不浸透商业气和炒作味。我们通过仔细的文本比较和学理分析就会发现，《废都》在精神气氛、整体结构、人物塑造、细节描写上都在复制、抄袭《金瓶梅》，是一部仿造的假古董。限于篇幅，仅举几例。

---

[1] 谢泳：《西式论文的负面影响》，2014 年 9 月 18 日《文汇报·笔会》。
[2] 杨光祖：《庄之蝶：肉体的狂欢化与灵魂的救赎》，《杨光祖集》，第 174 页。

《废都》在一开始，就和《金瓶梅》对应着。《金瓶梅》的第一回中"西门庆热结十兄弟"是在玉皇庙，西门庆对希大说："这结拜的事，不是僧家管的，那寺庙里的和尚，我又不熟，倒不如玉皇庙，吴道官与我熟，他那里又宽厂，又幽静。"《废都》中则是两个兄弟抱了个花盆，去请教"孕璜寺"里的老花工。"玉皇"和"孕璜"，明显是用了谐音。《金瓶梅》开头用《金刚经》中的"如梦幻泡影，如电复如露"来警世，《废都》中的孟云房读的恰好也是《金刚经》。不仅如此，人物也是对应，《废都》中西京"四大名人"对应《金瓶梅》中的"四大元帅"，牛月清对应吴月娘，唐宛儿对应李瓶儿，柳月对应庞春梅，阿灿对应宋惠莲。《金瓶梅》以月娘为正房，《废都》中以牛月清为正宫；吴月娘好佛，牛月清虽不怎么好佛，但她有个神神鬼鬼的母亲。《金瓶梅》五十一回吴月娘为了生子，向王婆婆、薛姑子讨药，《废都》中牛月清听了母亲的话找了王婆托她干表姐为她代生孩子等等。唐宛儿在庄之蝶心中的位置，和李瓶儿在西门庆心中的地位是一样的，结婚的次数和遇到男人的数目也没有出入。李瓶儿痴爱着西门庆，她背叛自己的丈夫花子虚，背着淫妇的恶名，为西门庆吃过鞭子、上过吊，她对西门庆说："你是医奴的药一般，一经你手，教奴没日没夜的想你。"最后得了丑恶的血崩病，但她仍不思反悔，至死也没有省悟。在临死之前，她还痴情地喊着："我的哥哥。"在六十七回她梦中诉说幽情，对西门庆说："我的哥哥，你在这里睡哩，奴来见你一面。"唐宛儿不堪丈夫的辱打，和周敏私奔来到西京城，瞒着周敏和庄之蝶苟合。她把庄之蝶叫"庄哥"，她和李瓶儿一样，不可救药地爱着庄之蝶，她的存在和李瓶儿一样，只是为了给庄之蝶带来快乐。她对庄之蝶说："我会让你快乐，永远让你快乐！"她对庄之蝶的玩弄感激涕零。唐宛儿的形象只不过是对着李瓶儿照猫画虎，结果画虎不成反类犬，她这种火热的献身精神和李瓶儿不相上下，但她比李瓶儿不幸得多。再如细节，亦是处处雷同。如在《废都》中，庄之蝶和唐宛儿相遇是这样写的："唐宛儿觉得这名人怪随和有趣，心里就少了几分紧张。等到周敏在下面喊她，急急下了楼来，不想一低头，别在头上的那只云南象骨发卡掉下去，不偏不倚掉在庄之蝶脚前碎了。"在《金瓶梅》中，西门庆和潘金莲相遇是这样的："自古没巧不成话，姻缘合当凑着。妇人正手里拿着叉杆放帘子，忽被一阵风将叉杆刮倒，妇人手擎不牢，不端不正，却打在那人头上。""不偏不倚"和"不端不正"说明了什么，不言而喻。这样的细节比比皆是。[1]

杨光祖曾批评过陕西作家的"农民气"和"宗法气"，他也对陕西作家缺乏现代意识有过深切的批评。从精神视镜上，一个常把"我是农民"挂在嘴端，精神视野、趣味追求甚至不如一般农民的人，其能够呼吸遍被华林的"悲凉之雾"吗？这很令人怀疑。对于杨光祖这样才情横溢、感觉敏锐的批评家而言，这种笨拙的实证分析和比较研究可能过于枯燥，但忽略了围绕文本诞生的种种因素，就可能产生偏颇和浮泛。

文学批评，是才、学和识的融合。才是天生，学可以通过勤奋弥补，如果没有识，那学问就白做了。杨光祖的文学批评有才、有学、有识，陈义高远，衔华佩实，在文学批评精神式微和批评话语同质化的当下，特立独行，卓然致远，实乃批评界的幸运。我们期待他的批评之舟跋涉得愈来愈远，开采的精神矿藏愈来愈丰裕！

（本文原载于《长江文艺评论》2016年第1期）

---

[1] 见《一件拙劣的仿制古董——由读〈金瓶梅〉对〈废都〉艺术性的质疑》，《名作欣赏》2009年10月上旬刊。

疾病体验与文学热度

——论《疾病对中国现代作家创作的影响研究》[1]

疾病是每个人生活中不可避免的自然现象。在普通人的世界里，疾病改变了个人的生存方式和同世界的关系，是包含着痛苦、抑郁、孤独等种种身体不适的生活事件。而在患病的文学家那里，疾病不仅仅成为他们的身体感受，同时成为重要的精神事件和认知世界的方式。征之于中外文学史，许多著名的文学家都饱受各种疾病的折磨，国外如荷马是个盲人，陀思妥耶夫斯基患有癫痫病，索尔仁尼琴患有恶性肿瘤，波德莱尔、福楼拜、乔伊斯等作家患有梅毒，契诃夫、卡夫卡、劳伦斯等患有肺结核……中国如卢照邻染有风疾，杜甫患有消渴症，鲁迅、郁达夫、巴金、萧红等作家曾患肺结核，史铁生身体残疾，食指有精神性疾病等。程桂婷的博士论文《疾病对中国现代作家创作的影响研究——以鲁迅、孙犁、史铁生为例》即是从作家的疾病体验入手，剖析他们的精神体验和文学热度。她将作家的疾病与深层的心理意识、内在的思想活动、表层的文学文本、外部的行为方式以及外在的社会

---

[1] 程桂婷：《疾病对中国现代作家创作的影响研究——以鲁迅、孙犁、史铁生为例》，中国社会科学出版社，2015年。

环境综合起来研究，对作家的创作心理和文本形态进行了深度的发掘和深刻的洞悉。对现代文学研究而言，这一尝试可谓开辟榛芜，同时又充满了挑战。

程桂婷早年学医，并有短暂的从医经历。这与她儿时生病经验的不断回味和咀嚼，成为她展开研究的有利条件和独特优势。从书中我们可以看到，她基于医学病理并综合性格及环境的分析常能"于无声处听惊雷"。如她从鲁迅长期的发热症状入手，细致梳理了鲁迅日记中记载的1912年5月9日到1936年10月15日的发热记录，在分析体温变化示意图的基础之上，阐述了自己的发现："为什么在'受虐与攻击'的双重心理倾向中，鲁迅会更突出地表现出攻击性倾向呢？我以为这在一定程度上也与鲁迅长期处于一种发热状态有关。应该说，鲁迅这种压抑、敏感、多疑、易怒的个性的确与他的少年经历有关，但在成年鲁迅的身上，长期的发热很可能是起到了一种催化剂的作用，这种因体温升高而造成的'内燃'状态及其所引起的急躁情绪，使鲁迅个性心理中具有攻击性的一面表现得更为强烈了。"[1] 如若停留在此处，不过是简单地病理或者生理决定论。她进一步指出："我常说鲁迅处于一种'内燃'状态，这不仅是指他的结核性低热而言，更是指在结核性低热的基础上生发出来的情感的炽热，那里的温度大概是比38℃的低热的体温还要更高一些的。这种炽热的情感的生发，当然不仅仅是因为结核性低热的关系，在本质上还是出于鲁迅对国家、对民族、对人世、对个体生命的深深的爱，也正是因了这份爱，鲁迅对社会的黑暗和黑

---

[1] 程桂婷：《疾病对中国现代作家创作的影响研究——以鲁迅、孙犁、史铁生为例》，第44—45页。

暗势力的憎恨才会那么的强烈，而结核性的低热不过是更加促进了这份爱与恨的积聚和燃烧。"[1]这颇令人信服。但我们不禁要问，鲁迅自己曾经学医，又有着应该说不错的医生和医疗条件，那么怎么会长期处于"体温升高而造成的'内燃'状态"呢，这又为何？程桂婷运用自己的医学知识，为我们解开了这一疑问。她从鲁迅日记发现，鲁迅吃得最多的药是规那丸和阿司匹林，规那丸、金鸡纳丸等丸药其实都是奎宁。奎宁"是一种在金鸡纳树皮中提取的生物碱，在20世纪初是治疗疟疾的主要药物。奎宁能杀灭各种疟原虫红内期滋养体，也有较弱的退热作用和抑制中枢神经系统的作用。鲁迅起初在发热时经常服用此药，但鲁迅的发热并非是因为疟疾所引起的，所以服用规那丸退热的效果并不是很好。查日记可知，鲁迅最初一次只服一至二粒，后渐增到一次四粒，最多时一次吃十粒，如1920年11月25、26两日，日记均记：'病，休息。夜服规那十厘。'服用规那丸原本就有很大的副作用，诸如恶心、呕吐、皮肤瘙痒等，鲁迅这样超剂量的服用，一定遭受了不小的痛苦。大概是由于规那丸解热镇痛效果差而副作用又大的缘故，1923年后鲁迅发热时多服阿司匹林，规那丸则吃得极少。"[2]那服用阿司匹林的效果如何呢？"在20世纪之初，对阿司匹林的发现仅限于解热止痛。鲁迅大多是在发热时服用，偶尔在牙痛或胁痛时也服用。此药口服易吸收，能迅速与血浆蛋白结合，作用于人体下丘脑前部的热敏感神经元，增加散热，从而达到降温目的。……鲁迅的胃病愈到晚年愈为严重，应该也与他经常服用阿司匹林有关。虽然阿司匹林的退热效果极好，又

---

[1] 程桂婷：《疾病对中国现代作家创作的影响研究——以鲁迅、孙犁、史铁生为例》，第54页。
[2] 同上书，第61—62页。

有一定的抗炎和止痛作用,但面对结核菌却无能为力,因此对鲁迅的病来说,阿司匹林是治标不治本的,往往是服药的当晚大汗淋漓,体温骤降,疼痛的感觉亦一并消失,病人神清气爽,安然入睡,然而一觉醒来之后,结核菌并未停止的活动又使体温升起来了。所以,鲁迅有时连服几天阿司匹林,体温升了又降,降了又升,总不见平稳,情急之下,又吃起规那丸来,不见效,又再吃阿司匹林……"[1] 这种专业而恰切的解释,使人眼前一亮。程桂婷用"药"和"酒"楔入鲁迅的文学,在与魏晋社会、名士,以及与文学的比较中,理解鲁迅的矛盾与痛苦、希望与绝望,贴切地洞悉了鲁迅的心灵及文学世界——"对于鲁迅的病体而言,如果说吃药是鲁迅的自救的话,那么饮酒则是鲁迅的自虐了,吃药是因为希望,饮酒是源于绝望,而这种希望与绝望交织、对抗的情绪也如迷雾般氤氲在鲁迅1926年之前创作的小说里。'药'与'酒'不仅是鲁迅小说中反复出现的文学意象,更是鲁迅小说中隐喻和象征系统的一部分。"[2]

孙犁的文学创作在1956年戛然而止。他搁笔的直接原因是1956年3月,午休后起床晕倒,左面碰破,血流不止,自认为患了严重的"神经衰弱",死亡将至,很难提笔。学术界多以为孙犁的"病"没有严重到搁笔的程度,这不过是"'写'与'不写'之间的睿智选择,是一种'策略'",他不过借此"假病""托病"而已。[3] 那么,孙犁是患了严重的"神经衰弱"吗?程桂婷厘清了中国医学界长期对"神经衰弱"和

---

[1] 程桂婷:《疾病对中国现代作家创作的影响研究——以鲁迅、孙犁、史铁生为例》,第62—63页。
[2] 同上书,第65页。
[3] 叶君:《论孙犁的"病"》,《天津师范大学学报》(社会科学版)2008年第5期。

"抑郁症"的混淆。在考镜"神经衰弱"源流的基础上,她指出了"神经衰弱"和"抑郁症"在病理认知模式上的差异:"……无论是神经衰弱,还是抑郁症,都无非是对某种病痛的医学命名,同一病痛在不同时段、不同国度、不同语言中,也可以有不同的命名。然而,问题的关键是,在神经衰弱与抑郁症这两种不同的文化建构中,它们的意义是截然不同的。神经衰弱是指一种神经性障碍,是由于大脑或神经功能的减退、衰竭、丧失引起了人体的不适,包括疲惫、疼痛、易怒、情绪不稳定、失眠、多梦等等。抑郁症则是指一种社会性的情感和障碍,是由于一些社会问题如工作、家庭等原因导致长期精神压抑,而出现了一系列躯体化症状,也包括疲惫、疼痛、失眠等等。两者所指的生理症状是相似的,但认知模式则完全相反:前者是生理—精神的生物学建构,后者是社会—精神—生理的人类学建构;前者将病因归结为人体组织的病变,后者将病因归结为社会问题;前者将治疗的对象指向人体,后者将治疗的对象指向社会。"[1] 孙犁的症状主要是"精神不好、不振作、不能集中精力工作、易怒、不能控制情绪等等。对于造成这些病痛的原因,主要是长期的心理压抑和几次强烈的精神刺激"。这显然不是"神经衰弱",而是"抑郁症"。程桂婷阐述了自己的独见:"假使现在请一位美国医生根据这些病因病症来诊断孙犁的病,那他就会给出另一个诊断:重性抑郁障碍。也就是比较严重的抑郁症。抑郁症主要是社会原因所导致的精神、情感上的问题,而不是神经组织的功能性病变,病人所感觉到的头疼、头晕、心慌、疲惫等病痛体验,是精神问题躯体化的结

---

[1] 程桂婷:《疾病对中国现代作家创作的影响研究——以鲁迅、孙犁、史铁生为例》,第107页。

果，因此这些躯体化症状既会随着精神问题的解决而消失，也会随着精神问题的加重而加重。"[1] 也就是说，孙犁所患的中国特色的"神经衰弱"，实际上是"抑郁症"。抑郁症"会随着精神问题的解决而消失，也会随着精神问题的加重而加重"。她结合孙犁1945年的发病、1956年的病重、1962年的好转以及后来的变化发现，他的抑郁症有一个"累积"的过程。早在1945年，孙犁因为家庭成分问题（家里经商且雇有长工）在革命队伍中的处境微妙，并因赞美进步富农遭到批判，已经患上了抑郁症；1951年因《村歌》被批判为"小资情调"，1955年因目睹鲁藜被捕而深受刺激，"可能脸色都被吓白了"；1956年碰伤后表现出重度抑郁；1962年因为文艺政策的调整，孙犁的抑郁症有所缓解，写了17篇文章，并最终完成了《风云初记》的创作……通过详赡的举例分析，程桂婷证明了孙犁所患的是有着复杂社会根源和政治压力的抑郁症，主要源于内心持守和外部现实不可调和的矛盾和冲突，同他的遗传基因、成长经历、抗压能力、审美洁癖等也不无关系。正是洞悉了孙犁"抑郁中退守"的复杂心理，她对晚年孙犁的解读才能入幽探微，切中问题，独见迭出。如《黄鹂——病期琐事》一文，向来被视为孙犁爱护小生灵的积德行善的美文，程桂婷综合时代环境和孙犁的"惊弓之鸟"的抑郁心态发现，孙犁是以黄鹂自况，托"鸟"言志："与黄鹂孤而不傲的身姿相似的，是孙犁平和无争的'离众'姿态；对黄鹂的啼叫的喜爱，是孙犁对自己作品的自珍；对黄鹂'互相追逐''互相逗闹'的和睦生活的驻足观望，是孙犁对抗战岁月中人们无私互助的珍贵情谊的回望；对

---

[1] 程桂婷：《疾病对中国现代作家创作的影响研究——以鲁迅、孙犁、史铁生为例》，第109—110页。

受惊吓而一去不返的黄鹂的无限同情,则是孙犁对自身命运的黯然神伤。"[1]这样的研究,立足于翔实的材料和缜密的分析,在完整凸显时代背景的基础上,关心幽微的细节和作家心灵的深处,揭开文本背后的精神蕴藏与时代症结,给人带来新颖的学术见解和思维上的冲击。

相对而言,对于史铁生的分析较孱弱,程桂婷觉得残疾主题、宿命思想和宗教精神已被许多研究者关注,因而有意避开。如此一来,史铁生加缪式地超越荒谬,在荒谬中获得生活意义的存在主义思考和个人本位主义的理想情怀就无法穿透,他写作的内心驱使和精神景观就很难全部展现。抛开这些,关注史铁生"作为他者的身体"和"性爱中的身体"时,我们总觉得有买椟还珠的嫌疑。但这并不是说这一章没有独到的发现,《我的遥远的清平湾》的阐释就很有创见。史铁生笔下的陕北,民风淳朴、人情美好,恶劣的生存环境、落后的生产方式和贫穷的生存状态被虚化为饶有诗意的背景,落后、穷困、闭塞的黄土地成了远离尘嚣的世外桃源。这是真实的陕北吗?程桂婷给出了很有说服力的解释:从心理原因看,陕北农村的阶级斗争没有北京那么强烈,"以史铁生的'灰五类'出身,他在激烈的阶级斗争遍布每一个角落的北京,一定是有压力、受冲击的。因出身问题而带来的自卑心理、思想压力和尴尬处境,在他颇有自传色彩的另一篇小说《奶奶的星星》中可以清楚地看到。所以,当史铁生在阶级斗争意识淡薄的陕北农村插队时,他很可能有一种如释重负之感,精神上的轻松和愉悦可能在某种程度上冲淡了他在贫困的农村所遭遇的饥饿、寒冷、劳累等生理

---

[1] 程桂婷:《疾病对中国现代作家创作的影响研究——以鲁迅、孙犁、史铁生为例》,第125页。

体验"。另一方面，她指出了个人心理变化对记忆的干预作用。《我的遥远的清平湾》写作于20世纪80年代初，距离插队已十年有余，因此"与其说史铁生描写的是他的体验，毋宁说他讲述的是他的回忆。曾经的体验与现在的回忆是不一致的。……除社会变动的因素之外，个人心理的变化也是干预回忆的一个重要原因"。[1]这两点，解答了不少人包括我阅读《我的遥远的清平湾》的心理困惑，也推进了史铁生的研究。

《疾病对中国现代作家创作的影响研究——以鲁迅、孙犁、史铁生为例》独辟蹊径，视角新颖，论述有力，通过扎实的文本细读和相关材料的悉心梳理辨析，抽丝剥茧般地沟通了这几位作家疾病体验与文学热度之间的关联，新见迭出，有力地推进了鲁迅、孙犁和史铁生的研究。其荣获南京大学文学院优秀博士学位论文奖可谓实至名归。但这并不是说该论文并没有可以商榷或者讨论的地方。如果我们顺着作者整体阐释的努力来看的话，他们三个人的"病"是三个完全不同的类型，作为博士论文或许缺少逻辑上的内在性。第二点作者也在《自序》里谈到，即"疾病不是直接影响到创作的，而是通过影响作家的生活习惯、心理状态和精神风貌从而影响到他的创作倾向和创作风格的，那么我的困难就在于，从疾病到心理状态之间，再从心理状态到创作倾向之间，都不是一个可以实证的过程"。这不是她一个人的困惑，应该说是她向学术界提出的一个研究难题。从疾病到心理状态到创作倾向，既需要扎实的材料，同时也需要合理的论证和想象。如果把握不好，不是蜻蜓点水，就是过度阐释。作者在分析鲁迅时就把握得比较好，分析孙犁

---

[1] 程桂婷：《疾病对中国现代作家创作的影响研究——以鲁迅、孙犁、史铁生为例》，第152—153页。

时过多强调外在的因素，对孙犁的个性、这样的"文化人"性格，以及集体无意识等的分析力度就明显不够。值得肯定的是，程桂婷利用自己的医学背景，并以她认真的研究和扎实的思考，将疾病体验与文学热度这一课题推至可喜的境地，给人启发，令人欣慰。我们期待这一课题能够得到更多的关注和长足的推进。

（本文原载于《中国图书评论》2016年第3期）

生活与存在的精致寓言

——读李宏伟的《暗经验》[1]

更多时候,我们能进入世界的最佳方式就是阅读小说,好的小说常常能在文学虚构和生活真实之间凿开一个狭窄的甬道。李宏伟的《暗经验》无疑属于这类小说。故事的情境是虚构的、荒谬的,同时又是日常的、习俗的。宏伟推开隐秘的大门,将神秘、诡异、孤独、恐惧、压抑等一股脑儿呈献出来,我们看到卡夫卡式的波诡云谲,萨特式的荒诞异化,伊斯梅尔·卡达莱式的压抑沮丧,生活和命运背后冥冥的那只无法把握而又无处不在的隐形大手,在幽暗的世界中露出它清晰而又得意的面孔。

宏伟有一种从日常生活经验里提取生活和存在本质性的能力。他能够通过陌生化手段或者"间离"技巧,将我们熟悉的生活陌生化、神秘化,启发我们从另一个通道去洞察现实,将"当事者"置放在"旁观者"的地位,从而使人们更为清楚地看到自己的生存境地。这其中的关键,是宏伟善于将自己的生活经验和人生体验内宇宙化和神奇化。外部世界映照到他的内心,经过文学想象和升腾,成为内在的现实,然

---

[1] 李宏伟:《暗经验》,中信出版社,2018年。

后用折射的方法将它投射到外部的、更大的现实，这种从内心世界向外部世界推进，完成内宇宙的双重实现，使得生活和精神的真正世界纤毫毕现，体现出深刻的洞察力和表现力。因而，当我们阅读他的《暗经验》的时候，觉得宏伟不是虚构生活，而是以自己所迷恋的现代神话的方式接受生活、梳理生活、呈现生活。我们知道，现代神话不像古典神话那样基于人类的童年经验，而是人物在自己的内宇宙不断驰骋、不断深化。在《暗经验》的主人公张力身上，可以说寓含着不少舞文弄墨者的共同经验：在僵硬的考试和机械的工作中，内心的敏感、同情以及文字的感受力和判断力等逐渐钝化、畸形甚至烟消云散。小说的开头，张力在面对关于伊斯梅尔·卡达莱《梦宫》结尾的论述题时，他对马克·阿莱姆产生了真实的同情，认为"那一刻，他发现了他的眼里噙满了泪水"并不是完全的败笔，虽然有对人物的柔情，浪漫主义的东西可能破坏了小说的基调，但这却是必需的。到了暗经验局工作以后，张力才发现，自己要做的工作不需要文学感受力和判断力，而是某种普遍的教条和愚蠢的忠诚。用同办公室的老李的话说，是在狗屎里捡营养。

人是追求意义的动物，在庞大的现实和历史的非理性之间，在社会生活的共同体的网络中，各自的命运以幽暗的方式彼此交错、互相影响，人常常在意义和荒谬的跷跷板之间摇晃，多半是意义和理性悬在半空，荒谬成为存在的法则。主人公张力就是这样。他在储备处阅读文学精品所形成的审美力，面对暗经验局里各种各样粗糙平庸的提纲，根本没有用武之地。这种工作，给他自己的文学事业带来了绝望，使得自己的文学经验在急剧萎缩。他唯一能做的，就是回到家里阅读自己喜欢的作家作品，以此来保持自己的鉴赏力和判断力。或者是同自己发现的神秘黑猫爱伦逗逗乐，缓释自己的无助和焦虑。最终，他还是无法抵抗工作性质的巨大同化力，看待文学的眼光、思考问题的方式越来越与局里所定义的暗经验合榫，不由自主地成为一名出色的工作人员。他所审查的《命运与抗争》，成为"一部以文学手法对当代历史进行描述、阐释的作品"，展示了"对一种国家情怀，一种国家英雄主义，一种民族自豪感的呼唤与认定"，完成了"国王陛下登基、带领下前进的时代语境中，一次伟大的总结、伟大的呼应、伟大的召唤"。他的皮肤也愈来愈柔嫩白皙，毛细血管清晰可见。他的黑猫爱伦，也越来越白、透明化。他不禁在思考，是不是自己导致了爱伦由黑变白。暗经验局里，皮肤的白皙透明程度，证明了他们对国家、国王、文学的忠贞，同时也对他们的生活造成了束缚，越是忠贞，束缚也愈大。张力无疑是忠贞的，因而他得到了升迁。他想到了自己感兴趣的另一个提纲《宠人》。这部小说的初步构架虽然粗糙，但展现出对人类处境的担忧，对人类尊严的执着，对人类感情的深度挖掘，彰显出诱人的魅力，也是对张力文学初心的温暖抚慰。张力尤感兴趣的是一个人在极端环境下的命运，以及个人命运所折射出的时代精神和历史容量。《宠人》经过暗经验局的审查后出版已近一年，张力找到作者萧峰后才知道，提纲通过之前的两次审查和书稿出版之前的第三次审查，使得这部作品只有暗经验局的普遍尺度和机械规格。小说以主人公井水田的梦结尾，萧峰踏实地从梦中醒了过来。他的文学之梦也被连带戳破了——"不用写了，再写也没有什么意思，我也写不出来了。"暗经验的绳约，不仅勒死了审查者的文学细胞，也勒死了一切有意义的文学和人们的文学之梦。用张力同办公室的老李告诫他的话说，就是——"你越往上，越不是自己了。越往上，也就越不是文学了。"人的存在在意义和荒谬之间寻求平衡，我们放弃某些自由、责任、义务，获得了外在的利益和生存上的保障，但内在的自我并不平静，这就是责任或者意义的纠缠。小说的最后，那一长串累积的黑，即是对存在意义和生命价值的召唤。

《暗经验》的故事层和隐喻层存在着无限的张力，形成了卡夫卡式的压抑和伊斯梅尔·卡达莱般的奇幻。神秘的面试，咖啡馆欢畅表演的猴子，突然在电梯里出现的黑猫，没有任何标志的统一黑色的十层大楼，无人格的面孔，神出鬼没的上级，人物之间极为克制的言谈，评价张力工作的神秘机构，《命运与抗争》的作者，主宰文学提纲生死的暗经验局，种种令人惊讶不已的荒谬事物，被作者浑然地结构在一个神秘玄妙的故事里。看不见的巨大黑手，如同梦魇一样缠绕着人们。作者正如卢卡奇评价卡夫卡时所言："他描写客观世界和描写人物对这客观世界的反映时所表现出来的既是暗示的，又有一种能引起愤怒的明了性。"宏伟通过神秘来暗示，也来展示和揭示。神秘是由作者思维的深刻和悖谬造成的，也是他对于现实日甚一日的异诡的体悟和感受。深邃的暗室，一个比一般经验更为深邃的经验，被作者混沌而又清晰地呈现在其文学世界的深谷，令人毛骨悚然。小说的形式或有些陌生化，意义却并不因此而有所遮蔽。我们很容易联系到作者开头所暗示的伊斯梅尔·卡达莱的《梦宫》——阿尔·克莱姆在睡眠梦境管理局工作，主要是收集、分类、分析成千上万的梦境，以便了解人们的所思、所想，帮助国家和君主免于灾难。作者有意在两部作品的互文关联中，完成一种历史和存在本质的沟通，呈现出生活和存在的一致性悖论。这种努力，有着作者自己的职业经验和生命体验，圆融而浑然，坦然而凄然。因而，小说枝丫可能稍嫌芜杂，但如同一朵艳丽的玫瑰，锋利的尖牙刺入到现实和存在之中，体现出一种在场的及物性，一种无可奈何的服丧未尽的悲哀。

《暗经验》是晦暗的、理性的，也是清晰的、超越的。它是关于我们生活和存在的一个精致寓言，是我们现实生活的精神镜像，浸透着我们的孤独、悲伤和忧郁。当经验的描绘激发不起我们兴趣的时候，寓言以其新颖的兴味和感悟更能吸引我们的注意。在很多时候，寓言的确也更能切入到现实，探究到世界的秘密，从而抵达存在的本质。卡尔维诺说："当一个人感到压抑时，他写寓言；当一个人不能清晰地表述思想时，他写寓言，且藉寓言以表达。"但我觉得，只有经历过精神炼狱的人，才有建构寓言的能力。宏伟以寓言的方式介入到历史和现实之中，以"言内之言"的混沌性，抵达"言外之言"的清晰感，敏锐、犀利而又深刻，如同卡夫卡所言的"一只从黑暗中伸出的，向美探索的手"。尽管这只手可能软弱、无力，如同射到铁屋子上的一梭子弹，只留下浅浅的弹痕。但人类始终坚定地确信，文字的利剑，会穿透任何一个无比坚固的城堡。因此，我珍爱这只"从黑暗中伸出的，向美探索的手"。

（本文原载于《创作与评论》2016年第11期）

洞幽烛微见真章

——品读孔在齐《顾曲集：京剧名伶艺术谭》[1]

京剧作为国粹虽魅力自不待言，然得顾曲家刮垢磨光臻于精湛之功绩自不可泯灭。"曲有误，周郎顾"。清末迄至民季，京剧赖生角而勃兴，倚旦角而鼎盛，顾曲家云集景从，演员与顾曲家互为激荡，内外合一，使得这一仅百年有余的新兴剧种蔚为大观，风靡华夏。顾曲家又可分为下海者和未下海者。最著名的下海者盖非"红豆馆主"（溥侗），其学演京昆，结社传道，梅兰芳、徐凌云、吴梅、王季烈、韩世昌、袁寒云（袁克文）、刘梦起、言菊朋等或与之交往，或加入其社。余叔岩当年也曾多次向溥侗请教，足见其技艺精湛高超。除音乐之外，"红豆馆主"词翰、绘事、赏鉴无不精能，程砚秋之恩师罗瘿公在所著的《菊部丛谈》云其"兼盖有唐庄宗、李后主之长，又非其他天潢所能企及耳"，绝非谀辞。演员中由顾曲家下海的最著名的或为"红豆馆主"的学生言菊朋。言氏痴爱京剧，早年经常观摩谭鑫培演出，并从陈彦衡学"谭派"戏，业余参加清音雅集、春阳友会等票房，又向红豆馆主、钱金福、王长林等请益，唱、念、做、打均基础扎实。1923年，在梅

---

[1] 孔在齐：《顾曲集：京剧名伶艺术谭》，生活·读书·新知三联书店，2018年。

兰芳、陈彦衡等鼓励下，其正式参加戏班，成为一代名伶。其他如许良臣、许荫棠（许处）、龚云甫（龚处）、双阔亭（双处）、奚啸伯、肖泽霖、李尤婉云等（凡票友下海，艺名多用一"处"字），由名票或顾曲家而登台成为名角者，为数不少。

顾曲家为行家里手，但能粉墨登场的毕竟是少之又少。最为可贵者，乃他们中的少数将自己顾曲所闻所见所思形诸笔墨，或谓尘谈，或谓卮言，或谓余谭，或谓琐言……如上世纪二三十年代垂云阁主的《京伶百评》、薛月楼的《顾曲金针》、看云楼主人（曹靖陶）的《顾曲闲话》、佞谭（冯小隐）的《顾曲随笔》、苏少卿的《顾曲随笔》、郑王的《顾曲漫笔》、佟晶心的《顾曲漫谈》等，均金针度人，于梨园如切如磋，如琢如磨；于普通观众曲尽其妙，饫甘餍肥，形成了京剧颇为引人瞩目的顾曲家言说脉系。就京剧的过去、现在和未来发展而言，窃以为顾曲家甚至比所谓的专业研究者更有发言权，因为他们代表了更广泛的观众群体的识鉴和期待。20世纪80年代以来，顾曲家力作不断，如吴小如《京剧老生流派纵论》（中华书局，1986年）、徐城北《中国京剧》（广东旅游出版社，1996年）、章诒和《伶人往事》（湖南文艺出版社，2006年）、吴藕汀的《戏文内外》（中华书局，2008年）、张文瑞的《旧京伶界漫谈》（中华书局，2014年）等，再加之其他著名顾曲家如汪曾祺、白先勇等的单篇断章，虽说不上洋洋大观，但足可慰人。然而，岁月如刀，一代名伶之风流，已被风吹雨打去；当年有幸亲身聆听名伶之黄钟大吕与柔婉曼妙者，已所剩无几，顾曲家更是寥若晨星。此时此际，幼年饱餍京剧名伶眼福与耳福的九十高龄的孔在齐博士，以"最后一个顾曲家"的姿态，搦管为文，记下自己关于京剧名伶的所见所闻和心得，之于京剧界与顾曲者而言，诚可谓庆幸之快事也。

"信诸今而垂于后者,岂不有在者乎?"

孔在齐为香港《信报财经新闻》荣休总编辑沈鉴治博士的笔名。他也是资深乐评人,著有介绍西方古典音乐的《乐乐集 I》《乐乐集 II》《乐乐集 III》《乐乐集 IV》《共享美妙音乐》,以及介绍西洋歌剧和芭蕾舞的《乐乐新集》等。现居美国加州,平时除了写作外,继续以京剧自娱,并担任该地海韵剧艺研究会会长及梅兰芳艺术研究会理事。孔先生幼年正逢京剧的黄金时代,常随父亲出入戏院。那是上世纪三四十年代,也是京剧的黄金时代,彼时名角如林,京剧为全国各地最为深入民间的文娱活动。孔先生成长于京剧风靡鼎盛的艺术环境中,对中国戏曲又有着浓厚的兴趣,因而顾曲有着非常内行和特殊的见地。《顾曲集:京剧名伶艺术谭》(生活·读书·新知三联书店,2018年)展现了众多京剧名伶的艺术风采,举凡活跃于上世纪三四十年代的生、旦、净、末、丑名角,几乎一网打尽,洋洋洒洒犹如一部京剧史;表演风格、唱腔特征、伶人掌故、梨园风景等夹叙其中,不仅内行、专业,而且热闹、有趣;扎靠、起霸、跟斗、吊毛、抢背、僵尸、拉拉提等京剧术语与舞台行话,以及叫好、谢幕和检场的要求、讲究与变迁,嵌于生动细致的叙述之中,既增知识,又长文化。所言人事多为作者顾曲所见,亲切可信,如在目前,令人开卷难弃;所陈之见多为作者毕生观剧揣摩之精粹,旖旎瑰丽,使人如行山阴道上,常有目不暇接之感。总之,《顾曲集》于内行,可谓"金针度与人";于初学者和对京剧感兴趣者,可谓窥察门径、领略魅力的上佳之选。

《顾曲集:京剧名伶艺术谭》最见功力和最引人入胜之处,为作者对京剧名伶舞台表演的深刻透视和细部诠释。《顾曲集》虽非专业文献,但比许多研究者更接地气。作者曾目睹聆听京剧名伶的表演,"洋洋乎盈耳"，并不离不弃，从童稚之齿到耄耋之年，一直陶醉涵泳于京剧之中，名角之唱腔、扮相、服饰、台相等皆如数家珍，如遇故人，娓娓道来，俱在左右。比如马连良的戏，他在20世纪30年代看到了马连良的戏码《九更天》（又名"马义救主"，最后一场要赤膊滚钉板）、《奇冤报》等，真可谓有福有缘。不仅如此，"还亲眼看到他在扮相和服装方面愈来愈讲究，例如髯口（即老生戴的胡须）渐渐薄了，服装的料子开始用丝绒，也目睹了他在舞台方面的改进，例如把处于舞台右侧的胡琴和锣鼓等乐器的演奏者们（行话叫场面或文武场）以纱幕遮掩等"[1]，观察不可不谓细致。现在评论马派的多强调马在化妆衣饰方面的创新之功，能亲眼目睹其改进变化者，诚可谓幸运哉！不过，真正起作用的还是演员本身。如马有大舌头的毛病，但他能化劣势为优点，连贯起来倒成了马念白的一个特色，观众不仅能完全听清楚，而且能响遏行云。如《春秋笔》（1938年国乐唱片）中的西皮原板"见公文把我的三魂骇掉"，比起祖传好嗓子的谭富英，也不遑多让。作者慨叹道——"在没有扩音器的时代，他在数千个座位的旧式戏院中演唱，不论唱念，都可以使每一个付出最低票价坐在三楼的普罗观众听得清清楚楚，时下依赖'小蜜蜂'扩音的演员们，谁人可及啊！"[2]非亲临其境，难来如此之赞叹！马连良、麒麟童都擅演《四进士》《群英会》《清风亭》（又名"天雷报"）、《九更天》，孔先生以自己观剧之体验，历数二人之特色，使得专业与普通观众能辨析二人并称之缘由与表演之优长——"马连良的唱和做都极为潇洒，每一个动作都好比经过艺术提炼的精品，把粗糙

---

[1] 孔在齐：《顾曲集：京剧名伶艺术谭》，第6页。
[2] 同上书，第9页。

的东西都涤净了,就好比晋朝王羲之的字那样,飘逸之中蕴藏着动力。麒麟童的唱和做也极为细腻,但是却较多棱角,不过有些棱角绝非未经雕琢,而是透出高度艺术加工后的现实生活动作和感情,如果以书法来比拟,或许像北魏的'张猛龙碑',既有劲道,也十分美观。"[1]顾曲家吴小如认为,马连良在变化余派演技方面亦有不足之处,"即有时嫌太小巧、太妩媚、太潇洒了,反而过犹不及"[2]。如饰演《群英会》中的鲁肃。周信芳表演手段虽极度夸张,但并非粗线条——"周信芳正是以夸张的手段演出了剧中人物极为细腻的感情,亦即用浪漫主义的表现方法达到现实主义的艺术目的,绝对不仅仅留给观众一个大致的轮廓而是演出了有血有肉的人物性格与合情合理的细节真实。"[3]吴先生与孔先生之歧同,可谓顾曲家见仁见智之语吧。靠把戏如《定军山》《阳平关》《战太平》《南阳关》等,孔先生看过不少名家演出,但觉得还是无人能够望谭富英之项背。谭的嗓子好,快板字字清楚、斩钉截铁,他人难及——"最了不起的是,他在《定军山》中扮演老将黄忠,唱大段快板时,身扎大靠,戴髯口,手执马鞭和大刀,脚穿厚底靴,边唱边做地满台飞奔跑圆场,口中的唱词和脚底下的台步,完全和快板的节奏吻合。这种功夫,他一死就带进了棺材,从此成为绝响!"[4]《阳平关》中的黄忠唱做并重,开打比《定军山》更为吃重,谭之表演几令所有观众为之痴狂。《南阳关》也是谭的拿手绝唱,西皮快板有排山倒海之势;武功也是精彩绝伦,华云被擒时,为表示跌下马来,谭以翻虎跳来表演(身

---

[1] 孔在齐:《顾曲集:京剧名伶艺术谭》,第50页。
[2] 吴小如:《京剧老生流派纵论》,中华书局,1986年,第91页。
[3] 同上书,第114页。
[4] 孔在齐:《顾曲集:京剧名伶艺术谭》,第16页。

穿大靠，背插四面靠旗，头戴很重的头盔，难度系数颇高），干净利落无人比及，已成为谭派须生的表演规范。1949年，孔先生最后一次看谭富英的《南阳关》，此时谭氏已经43岁，虎跳依然翻得滴水不漏，令人叫绝。带孔先生看戏的长辈不由感叹："真难为小谭了，都四十出头的人了，还是那么干净利落。"[1]《问樵》中的吊毛（向前提身翻一个空心跟斗，以脊梁着地，一滚而起）也是如此，直到晚年依然如行云流水，洒脱爽利。作为非常突出的须生演员，谭富英的杰作当然不止上述这些。他全面发展，戏路极宽，一专多能，一丝不苟，博而后精，几乎无所不能。这正如吴小如先生所慨叹的，谭鑫培之后的演员，"如有的老生演《奇冤报》不摔吊毛，演《连营寨》不翻抢背，演《打棍出箱》不使'铁板桥'，甚至有的人演《战太平》，生怕闷帘二黄导板的嘎调唱不上去，竟先让胡琴落低调门，等唱完嘎调再把调门升上去……这比起谭鑫培和老一辈的艺术家来，其热爱艺术事业、重视演出工作的精神，真是不可同日而语了"[2]。我们知道，凡是京剧史上开宗立派的演员，都是全面发展，无论唱、念、做、打，还是表情、舞蹈等，皆有独到之处。如四大名旦和三大须生，都能做到文武兼擅，昆乱不挡。因而，演员要想演好戏，不能只会几出戏，只有全面发展，根基雄厚，才有可能独树一帜，卓然成家。

  京剧流派纷呈，主要的区别在唱，包括唱腔和唱法，更重要的是唱法。京剧的唱形成了一个玄而又玄的概念："叫做'味儿'，有味儿，没味儿；'挂'味儿，不挂'味儿'。"[3]说穿了，京剧就是听味儿，辨味

---

[1]　孔在齐：《顾曲集：京剧名伶艺术谭》，第18—19页。
[2]　吴小如：《京剧老生流派纵论》，第21页。
[3]　汪曾祺：《〈中国京剧〉序》，《汪曾祺说戏》，山东画报出版社，2006年，第150页。

儿,玩味儿。非涵泳其中的顾曲家和票友儿,这个味儿是找不到了。孔先生一生沉浸京剧,"味蕾"十分敏锐。如梅兰芳的嗓音特别好听,固然由于他从小注重"喊嗓",声音发自丹田。与此同时,"以声乐的词汇来说是他的发音方法和共鸣位置都恰到好处,使他的声音在男人刚性的特质后面兼有女性温柔和妩媚的魅力"[1]。因而梅氏唱腔,男性学生能够学到的不少,如梅葆玖。而女学生则罕有所闻了,学得最好的仅有言慧珠,可惜"文革"中不堪折磨自杀了。这是很有见地的高论。如余叔岩讲究音韵,但演唱时却有时配合剧情,以字要腔,并不是每个字都唱得绝对正确,字不正腔却极圆,一般人难以企及。如1932年嗓子沙哑、中气不足时为长城唱片公司录音的《乌龙院》,念白"莫不是妈儿娘……"的"妈"字后竟发"二娘"的音,而不是"儿娘"。如果一般人学着余氏这样唱,不被喝倒彩才怪。这正如作者所指出的,"我们不必拘泥于余叔岩的唱如何精彩百出,做又如何出神入化,甚至把他当作天神一样崇拜"[2],舍"末"逐"本"才是最重要、最有意义的。如同唱《失空斩》,孔先生认为谭富英的嗓子在同行中鲜有能出其右者,尤其是唱到最后的《斩马谡》时,"快板斩钉截铁,散板响遏行云,总是令观众满意而归";杨宝森则唱功讲究,做工不瘟不火,诸葛亮的气度和风范呼之欲出,因而目前这出戏的老生,几乎都以杨宝森的演唱为蓝本,绝非偶然。马连良把《失·空·斩》的念白和唱词做了合理的修订,"念白铿锵,唱腔苍劲,有马派的特色,更有老谭派的韵味。可惜的是绝大部分唱老生的人,对老唱词的执着已经根深蒂固,不会或是

---

[1] 孔在齐:《顾曲集:京剧名伶艺术谭》,第77页。
[2] 同上书,第291—292页。

不肯舍弃余叔岩、谭富英和杨宝森而改为遵照马连良的唱法"[1]。此番知人知剧、鞭辟入里之论，非孔先生这样的顾曲家所能道出。这正如章诒和先生所赞赏的："我是在一个很偶然的情况下，读到这本中国'京剧名伶艺术谭'文集。一看吓一跳，孔先生真的比我们这些从事戏曲研究的人还要专业。不信的话，请看他对谭富英、马连良、杨宝森、奚啸伯、高庆奎五大京剧老生表演的《失·空·斩》（音配像）的对比和分析。于表演艺术而言，笼统地概括一番，都是很容易的。若从内部、细部诠释，那就得拿出真功夫。《顾曲集》用的是真功夫。"细微处见真章，舞台上见功夫。《顾曲集》即是这样一部见真章、见功夫、见眼光的京剧名伶艺术谭。

《顾曲集：京剧名伶艺术谭》的卓著之处还在于作者独到的艺术见地。比如须生行当，目前唱须生的大多是杨派，连票友也唯杨派是尚。这是为何？孔先生阐明了缘由，这是因为杨宝森发声方法的优长——"不像余叔岩那样多用'立音'（我的理解是共鸣部位较高，唱起来很吃力），而是把发音位置推前，利用口腔和胸腔共鸣，所以不但声音可以送得较远，音量也变得较大而宽，而且即使嗓音不那么好的时候还是韵味醇厚，令人陶醉。他的这个发音方法不但对专业演员十分有用，非专业的票友更是受惠匪浅，因为票友们一般调门都比较低而高音差，学余叔岩事倍功半，学杨宝森不但可以藏拙，甚至还可以似模似样，难怪即使杨宝森已经过世了半个来世纪，杨派不但风行不衰，而且几乎成为须生的主流了！"[2] 此番见地，真可谓拨云雾而见青天！如奚啸伯之另

---

[1] 孔在齐：《顾曲集：京剧名伶艺术谭》，第 277—278 页。
[2] 同上书，第 25 页。

辟蹊径，虽师从言派而不唯言派马首是瞻，而是在余派的基础上糅入了言菊朋对四声音韵的研究，既能吸收马连良的纤巧，又得余叔岩的神韵，博采众长而将之融化，另辟蹊径而自成一家。孔先生有例有证，非熟悉奚啸伯者，是难以道出如此三昧的。一副好嗓子是演员安身立命的根本，遗憾的是，现在的演员大多依靠扩音器，练嗓子不够。孔先生指出："现在的演员绝大部分无论是清唱还是登台演戏，都要依靠扩音器，使观众难以衡量他们在发声方面是否有真功夫。"[1] 的确如此，不仅京剧，其他地方剧种亦是如此。演员们依靠扩音器，刻苦练嗓子的动力减弱，影响了演唱的艺术水平。同时声音也往往失真，艺术造诣也难以得到公正的评价。在没有扩音器的时代，演员们必须依靠自己的嗓子，使声音传及剧场的最远处，无论是四大名旦，还是四大须生，莫不如此。今天的演员欲在艺术上有真造诣，扩音器可以用，但不能只靠扩音器，金嗓子还是要练就的。以前科班出身的演员，经过长期严格刻苦的训练，练功喊嗓一日不辍，才能通过"体会几段唱腔、一个眼神、两片水袖、四面靠旗所发出的魅力和蕴藏的奥妙"，"激起观众的喜怒哀乐，让人们沉醉于它的艺术，提高生活情趣"。[2] 这又谈何容易！今天拔尖的演员表演也往往不够水平，他们生活条件比前辈优渥了许多——"有工作，压力比前辈们少得多，但是艺术水平是否比以前有所提高，大致上可以是，而缺点则各自心里明白。"[3] 比如 1990 年全国京剧名家在香港举行的纪念徽班进京二百周年演出，《红鬃烈马》中《银空山》一折，代战公主"手持一张弓，不射箭而打弹子，到时只是

---

[1] 孔在齐:《顾曲集：京剧名伶艺术谭》，第 269 页。

[2] 同上书，第 283 页。

[3] 同上书，第 284 页。

正面双手拉弓,算是打了弹子"。而依照传统演法,"全身扎靠以及头上有两条翎子的代战公主要手持一张弓,并且用手指夹住已经紧扣在弓上的箭,一手挥动马鞭,一边唱一边跑圆场到九龙口,翻身面向观众,同时把持弓的手转到背后,配合小锣'台'的一声,手指一松,把箭从四面靠旗背后凌空射向下场门内"。孔先生因之而慨叹:"唉!这算什么《银空山》呢,是不是现在的演员都不会翻身射箭了?难道老师没有教吗?"[1]这正如孔先生感叹的"演员不到位,观众不在行"。如今固然缺乏以往的京剧氛围,但演员们还是要潜心练艺,不可降格以求,甚至胡乱改张应付观众。京剧要延续下去,演员们表演的水准要提高。如果提高谈不上,起码也得尽力维持前辈开创的较高的表演水平。倘若演员们自己都做不到位,那就难免观众不在场了。当然,这和京剧遭遇的处境也密切相关,京剧演员不能像过去那样通过名家的言传身教数十年如一日被培养出来,不把精力和财力放在培养演员、剧本和观众上,而是"把经费花在不合京剧特色的布景和灯光上,又请根本不需要的作曲家来作曲和指挥,由外行导演来'指导'资深演员,等等,它们表面上在扶助京剧,其实却在帮倒忙"[2]!真是懂行人的热切痛心之语。这种情况已经发生在昆曲等剧种上,难道京剧也要继其后乎?

《顾曲集:京剧名伶艺术谭》感人之处还在于孔先生对京剧前途的忡忡忧心。正如他所言,京剧和其他经历过"断层"的事物一样,在差一点覆没之余重新提倡,没了先前的社会氛围和艺术环境,基础被大为破坏,观众的能力变得参差不齐。"大部分观众连什么是有韵味的唱,

---

[1] 孔在齐:《顾曲集:京剧名伶艺术谭》,第284—285页。
[2] 同上书,第288页。

哪样才是边式的武功都未必明白,遑论什么字唱或念'倒'了(例如'尖'字唱成'团'字,或者上声唱成平声,上口韵念成'京韵'),哪一个招式不合规矩,或者哪一场开打未臻完美了!"[1] 而观众又"不能像训练演员那样培养"出来,"何况还有许多以前和京剧不大有关系的因素存在着"。诚哉其言!不过,孔先生还是寄京剧振兴的希望于演员的培养与观众的教育上。那么,孔先生的方法可行吗?我们知道,京剧的不景气、不上座、观众少、断代现象严重,不仅因为京剧曾经的"断层"、年轻一辈对京剧形式的不熟悉,生活节奏的加快、多元化娱乐的冲击,以及孔先生所谓的"演员不到位,观众不在行"等外在原因,内在的起决定作用的是京剧现代思想观念的匮乏。早在 30 多年前,汪曾祺就指出,包括京剧在内的相当多的中国戏曲剧目的"一个致命的弱点":"是缺乏思想——能够追上现代思潮的新的思想。"由于思想观念的脱节,无法植入到现代生活中来。因而更多的不是曲高和寡,而是"曲旧和寡"。京剧的形式美之美,具有难以抵御的魅力,但京剧剧目思想的简单、陈旧也在排斥人。其实,许多京剧剧目,"都可以从一个新的角度,用一种新的思想、新的方法来处理"[2],从而与时代接榫,完成其蜕变与新生。窃以为汪先生所言极是。京剧艺术要发展,"守旧"与"创新"的关系要处理好,即梅兰芳先生当年提出的京剧改革应"移步而不换形"。所谓"守旧",即"不换形",要继承前辈表演艺术的营养,尤其是京剧鼎盛期大批京剧表演大师的艺术精华,这一大批大师们得缘于"天时地利与人和",达到了京剧艺术的峰巅,后来者几乎是不可能超越了;所

---

[1] 孔在齐:《顾曲集:京剧名伶艺术谭》,第 284 页。
[2] 汪曾祺:《应该争取有思想的年轻一代——关于戏曲问题的冥想》,《汪曾祺说戏》,第 43 页。

谓"创新",即"移步",就是与时代接轨,"旧瓶装新酒",旧形式装进新内容,尤其是现代的生活思想与生活理念,从而与现代社会、现代生活和现代人类发生关系。内容上吸引了人,即使形式粗糙点,也关系不大。反之,内容上吸引了人,表演者自然也会注重形式。如此双向互动,京剧的振兴和复兴庶几可能。也唯其如此,京剧才有可能"新竹高于旧竹枝"。

《顾曲集:京剧名伶艺术谭》的引人入胜之处还在于作者附录了大量珍贵罕见的演出剧照参佐,图文并茂,使得读者有幸一览名伶大师的艺术神采并产生无限的遐想。不过,港版一些剧照和文字可能并不匹配,值得讨论和商榷,已有名为"青衣童儿"的读者指出[1]。三联版中仍有一帧存疑。如书中所标的梅兰芳《混元盒》剧照,梅先生脚底放盒,胸前有柄短剑,额上有"太乙"字样,应是《红线盗盒》才是。不过,这些可以忽略不计的微疵,于这本如入宝山、必不空回的顾曲佳作毫无影响。

---

[1] 青衣童儿:《孔在齐先生〈顾曲集〉照片之误》,参见网址:http://blog.sina.com.cn/s/blog_4919b12801017e35.html。

民国县长的风度

——读郑碧贤的《郑泽堰——民国县长郑献徵传奇》[1]

克罗齐有言：一切历史都是当代史。可我们忘记了他还说过：当生活的发展逐渐需要时，死历史就会复活，过去史就变成现在的。时间从来不慌不忙，它迟早要使万物各归其位。历史容易被遮蔽，会因刻意的遮蔽而被暂时遗忘。但雪地里埋不住石头，一旦艳阳当空，或有合适的机缘，历史还是会峰回路转，雪融石显，并给人们带来思虑不到的惊讶。

郑献徵，一个浸润着中国士大夫精神同时又经受过"五四"洗礼的文弱书生，身上集中体现出胡适所谓的知识分子"不降志，不辱身，不避风险"的典型风范。在国难当头、政治腐败、人心惟危的历史背景下，小小七品芝麻官的他"以他的生命的光，为战火中苦难的人民点燃抗日的希望之火；用他心中的热，修堰引渠，温暖百姓干枯的心，让清澈的河水灌溉饥渴的秧田，结束几百年来受尽天灾肆虐的苦难；他迎接东北大学从西安到三台落户，保存这股战后民族建设的力量，他为保证前线盐路畅通，抱病奋战在自贡……"70年以后，郑献徵的日记唤起女儿追寻父亲的足迹，体认父亲的生命轨迹。她继承了父亲兴

---

[1] ［法］郑碧贤：《郑泽堰——民国县长郑献徵传奇》，生活·读书·新知三联书店，2012年。

修水利造福一方的夙愿，辗转于法国，以及北京和四川之间，含辛茹苦，修成了父亲未竟的古堰，了却了三台百姓70年的期盼。赤子心肠，父女同心，"民国官员廉洁奉公毁家纾难的尘封往事"，"父女两代尽忠尽孝造福一方的菩萨情怀"，怎能不令人感佩！

郑献徵是个好县长、老百姓给打满分的好县长。我们与郑碧贤女士惊奇的地方还在于尘封在郑献徵日记里的是迥然不同的另一个时代——"一个可以追求理想、遵循道德的时代。他和他的那一代中国所有精英一样，永远背负着民族危难的沉重十字架，他们不为钱，也不沉湎于权。随时可以起步、腾飞。"他追求人生的终极意义，这不是对私欲的膨胀，而是对理——道德的关怀和体认。他每日三省吾身，几十年写日记不辍；每天早上五点起来打扫县政府外面的街道，绝对不是作秀；生活简朴，清廉守信，当县长一人说了算，当财政处长有人送钱，当盐都自贡市长时盐比金子还贵，当水利局长也是公认的肥差，可他一直很穷，是个泡在银子里的穷官。为了修堰，竟连自己的家产也变卖了；他意志坚韧，有尊严，有恒心，有爱心，兴水利、修学校、整顿秩序、建设廉政、肃清土匪、一心为民，在国民党腐败的官场全力周旋，为老百姓利益不惜自己的乌纱帽；他心系抗战，宣传抗日、修防空洞、修军用机场、储备粮食，"那种大于生死，以人民以民族为根本的气节和大爱精神"，令人肃然起敬。正因为如此，郑献徵离任之时，万民相送，感天动地。如此情景现在听来，真可谓天方夜谭！即使我们摆脱了意识形态塑造的"万恶的旧社会"的偏见，郑献徵在乱世危局中所建立的功业也超出了我们的想象。正是郑献徵这样"片心忧国一身勤"的埋头苦干、拼命硬干的民族脊梁，才使我们民族免于奴役走向自由。在国民党腐朽颟顸的体制下，郑献徵犹如枯树上的一根健康的树枝，在历史的风雨中承担生存的严峻，彰显出中国士人的坚忍不拔和高风亮节。同时也促使我们不禁去思考中国传统政治体制合理积极的一面。当我们陷入不断革命之后新的官僚制累积的淤泥时，郑献徵这样的"治事之官"会给我们现今的"治官之官"带来怎样的启示？

这是一部和当下所谓的传记截然不同的父女两代人的"心史"，也可谓是一部别有特色的20世纪中国史。民国时代名流卢作孚、刘湘、黄炎培、何北衡、黄万里等人爱国为民的侧影，虽在书中着墨不多，亦然形神兼备，栩栩如生。郑碧贤在为父亲招魂的血泪文字里，也穿插了自己跌宕起伏、坎坷崎岖的人生经历，父女两人用自己的生命弹奏合成了一曲令人感慨唏嘘的二声部合唱。1950年，郑献徵吞下好友卢作孚送他的一瓶安眠药，被救活后终而被气死（两年后，卢作孚吞下给自己准备的那瓶离世）。他的女儿郑碧贤女士因"伪官吏"的出身而在历次政治运动中如同栗子一样被炒来炒去。郑碧贤敢于冲破专制的桎梏和权力的谎言，是林希翎、张志新式的勇敢而有才华的女性。20世纪60年代，她公开反对江青，被劳动改造；80年代，她首次将莎翁名剧《奥赛罗》改编为京剧，却被诬陷为"里通外国"而锒铛入狱；90年代，她游学欧洲，以中法文化交流为己任。她是一位为生民呐喊、为历史作证、为艺术献身的可敬女性。这些以及父亲精彩而传奇的人生，都随着父亲那本精装的深蓝色猪皮面日记本缓缓展开，是传记而似小说，似传奇而实为真事，为民国以及当代历史留下一份珍贵的记忆。

培根说，读史使人明智。读郑碧贤的《郑泽堰——民国县长郑献徵传奇》使人敬重、使人惊讶、使人思考，更使人感叹、使人悲伤！

（本文原载于2012年9月28日《北京青年报》）

历史是有表情的

——读张鸣《历史的碎片：侧击辛亥》[1]

真实是历史的生命，也常常是距离历史最为遥远的东西。历史是人们对自己经历筛选后的记忆和阐述，即使不是任人缝制的布娃娃，也常常是中风偏瘫的歪嘴斜脸汉。

辛亥革命距今不过百年，然而却恍若史前。这不仅因为我们有历史而无历史感，因为我们板结的历史讲述方式，也因为孳孳于生存的活命哲学。按照我们所受的教育，辛亥革命由于资产阶级的软弱性和妥协性，只赶跑了皇帝，中国半殖民地半封建社会的性质并没有改变。在鲁迅的笔下，只不过是一条辫子在死水一般的农村引起的"微澜"，很快又死寂如初。我们的思维被这些经典叙述统一了。如同机械的植物学家一样，看见一种植物是从双子叶的种子里生长出来的，就固执地认为一切植物都要长成两片叶子，凡是不合此种现象的，都是奇怪异类。其实鲁迅自己也有矛盾之处，他在《两地书·八》中说："说起民元的事来，那时却是光明得多，当时我也在南京教育部，觉得中国将来很有希望。自然，那时恶劣分子固然也有的，然而他总失败。一到二年

---

[1] 张鸣:《历史的碎片：侧击辛亥》，当代中国出版社，2011年。

二次革命失败之后，即渐渐下去，坏而又坏，遂成了现在的情形。"鲁迅不仅看到了"辫子"，也看到了"希望"。可惜这种复杂性被我们忽略了。我们的历史学常常用某种范式剪裁一切，丰满的历史被剪掉了枝丫，剩下光秃秃的冰冷冷的树干。或者没有细节，或者细节被重塑了。因而我们的历史叙述和历史事实经常发生抵牾或者冲突，历史常常成为我们意想不到的事情。

　　辛亥革命即是如此。在中国，几乎没有人不知道孙中山，但知道辛亥革命的，却没有多少。这场曾和共和民主失之交臂的伟大革命是中国走出"历史三峡"的最好的机会，可惜历史错过了我们，我们也错过了历史。当我们重新回望百年前的风云激荡和豪情血气的时候，岂是五味杂陈百感交汇所能形容。我们要纪念辛亥，同时也应该有反思、深思乃至拷问，这百年以来，我们民族的步履为何如此蹒跚多艰？我们为何做出了这样而不是那样的选择？我们究竟前进了几步？可惜我们的纪念，大多是老调重弹。躬逢盛世，似乎就顺理成章获得了历史的审判权，我们喜欢对历史、先辈评头论足，却往往流于简单、幼稚和肤浅。辛亥革命除了和我们主流意识形态合榫的内容之外，还有什么值得我们回嚼反思？张鸣用生动的笔触，给这段历史以血肉、以灵魂，用细节还原了一个"原生态"的辛亥革命前后的中国。

　　张鸣笔下的历史不是冷冰冰的事件，历史是有表情的。从他生动而有历史感的叙述里，我们看到历史和我们原来的理解往往发生乖逆。比如慈禧太后，这个被完全脸谱化的老太婆，竟然也懂得中国非变法不可，甚至看过冯桂芬的《校邠庐抗议》并夸其"剀切"，只是这个精通权谋的老太婆不肯轻易放弃自己手中的权力而已。光绪挪用海军经费修建颐和园，想让母后交权，谁知慈禧住进了颐和园，权力却没有交出来。以前我们说慈禧如何奢靡,挪用军费大兴土木,然而事实却并非如此。西太后不只是吃喝玩乐,纸醉金迷。她也想知道"立宪"是怎么回事,于是便有了曹汝霖给她讲立宪。她担心的是立宪之后出现乱局,曹汝霖以日俄战争时期的日本御前会议为例,说开会难免有争议,会后却很团结。慈禧听后长叹:"唉,咱们中国即坏在不能团结!"曹汝霖回复说有了宪法、开了国会即能团结,并陈述了其中理由。慈禧听后"若有所思,半顷不语"。在我们的历史讲述中,义和团是英勇的民族主义者,当作者揭开历史面纱的时候,我们发现,这群"用法术包装起来的武装农民"固然英勇,然而又何等愚昧!作者的反思是令人振聋发聩的——"当一种病态行为在某种特定的情境下爆发性蔓延时,而且又不断地得到一向受人尊敬的士大夫甚至朝廷的支持,其自身就会像瘟疫一样具有极其强烈的渲染力,可能把每一个置身其中的人吞没,甚至那些瘟疫的原生者。"反观中国历史,不独义和团如此,这几乎成了中国历史的一个隐性传统。张鸣并不简单地给历史塑形还魂,他在展现历史表情的同时也在无情地揭穿乃至刺破我们历史文化中的"毒痈"。赛金花救国的轶闻,维系的是中国文人靦颜无耻的妓女救国情结。当一个国家和民族要依靠妓女牺牲身体去维护的时候,无疑是这个国家和民族气息奄奄的时候,而编造宣扬这些故事的男性文人,则狡猾地推脱掉了自己的历史使命。从李香君、柳如是到赛金花,男人的寄托兴味未曾改变,甚至愈加炽烈。义和团曾经制造过红灯照的女兵们临阵脱下裤子就能让敌人大炮哑火的神话,我们的革命也曾让贞贞(《我在霞村的时候》的女主人公)这样的女孩献身获取情报,而革命群众却报以鄙夷的神情。历史的经脉何曾割断过!

可惜的是辛亥前后的文人的真诚、率直、胸襟以及气度如今却变得稀有。我们没有了王闿运、章太炎这样有学问有性情的文人,没有了黄远生、邵飘萍、林白水这样批评政府政要的"牛"记者,却多了没学问、心眼小得跟叭儿狗一样的所谓知识分子。以史为镜,就知道我们今日有多尴尬和多贫穷。顺着张鸣的文字,我们回到了百年前的历史转捩点上。百年来的进退起伏、荣辱得失,依然那样戳心刺目。一切历史都是当代史。

鲁迅当年曾经叹息道:"我希望有人好好地做一部民国的建国史给少年看,因为我觉得民国的来源,实在已经失传了,虽然还只有十四年。"(《华盖集·忽然想到》)先生期待的民国史似乎还未出现,欣慰的是张鸣的辛亥系列研究挖掘历史的细节,还原历史的表情,些微弥补了我们的遗憾。还要指出的是,张鸣不是那种把学术当成谋生饭碗的学者,而是将自己的灵魂和学术打成一片,因而他的文字虽嫌琐碎,行文偶有啰唆,思想也不免以偏概全乃至浅显,但他的学术是真性情的、有生命的。

(本文原载于 2011 年 8 月 7 日《南方都市报》)

第五辑

边缘的活力

——读《文学桂军论：经济欠发达地区一个重要作家群的崛起及意义》[1]

在大多数人的意识里，广西不仅是地理上的"蛮荒之地"，而且当代文学也是"不毛沙漠"。这和古代官员遭受贬谪，岭南充扮着中国的"西伯利亚"的角色以及广西现代文学的乏善可陈不无关系。古代大量文人墨客留下的深叹长喟，不是"桂岭瘴来云似墨，洞庭春尽水如天"[2]，就是"洛浦风光何所似，崇山瘴疠不堪闻"[3]。抗战时期，桂林虽然衍化成为有全国意义的文化中心，但也只是作家流徙出入的驿站，本土的创作一直未能开出炫目的花果，这个局面终于在20世纪90年代得到改观。在文学轰动效应失却、作家光环黯淡、文学圣殿倾斜、文学急剧边缘化的90年代，八桂大地上一群仍然视文学为事业的年轻人，蓄势待发，并迅速在边缘突破、在低地崛起。这个后来被称为"文学新桂军"的群体，今日已经木秀成林，蔚为可观，成为中国当代文学的重

---

[1] 李建平、黄伟林等：《文学桂军论：经济欠发达地区一个重要作家群的崛起及意义》，中国社会科学出版社，2007年。
[2] （唐）柳宗元：《别舍弟宗一》，《柳宗元集》，中华书局，1979年，第1173页。
[3] （唐）沈佺期：《遥同杜员外审言过岭》，《全唐诗·卷九十六》（扬州诗局本），中华书局，1960年。

要一隅。

文学桂军的出现，使这块曾经被遗忘的红土地重新进入了评论家的视野。贺绍俊曾这样描述文学桂军："20世纪90年代开始，广西年轻一代的作家如东西、鬼子、李冯等冒了出来，他们以现代和后现代的叙述方式呼啸而来，让文坛大吃一惊。"李建平、黄伟林等所著的《文学桂军论：经济欠发达地区一个重要作家群的崛起及意义》一书，梳理史乘，爬罗剔抉，显幽阐微，捧"一杯热醪心痛"，从"文学桂军的文化魅力""文学桂军的生命姿态""文学桂军的形成原因""文学桂军的发展经验""文学桂军崛起的意义"等方面为"文学桂军"溯流追源、疏脉通气，可以说为广西当代文学做了"开辟榛芜"的拓荒研究，其用力之勐、见解之精、识力之宏，令人叹服。

文学桂军的崛起，地处边缘是劣势，"冷能避俗"也是极大的优势。正因为如此，展现独特的地域文化色彩，成为他们独一无二的魅力。同时，远离了喧哗与骚动，他们也极易静下心来，默默无闻地耕耘开拓，并汇聚绚丽多姿的艺术样式来开掘人性的深度。文学桂军之所以在小说、影视、散文、文学理论、文化产业等多个门类全面开花，在某种程度上实现"边缘"靠近"中心"甚至遮蔽"中心"，生成自己独特的"这一个"，莫不是区域文化发酵沉淀的结果。李建平、黄伟林等抓住文学桂军将"地域文化、文学精神扩张到艺术、文化和社会各个领域，从而走出了一条文学创新之路，跃出凹地，实现了文学桂军的崛起"的红线，条分缕析文学桂军的昭示：扩张文学的文化价值功能，增强文学介入文化、介入经济社会发展的能量，不但使文学自身显示出欣欣向荣的勃勃生机，而且使文学添加了新质，真正发挥出辅助经济社会发展的作用，从而创造了经济欠发达地区文学发展的新业绩。

这部大著最引人瞩目的是文学桂军崛起的经验。作者从"作家生命力的强化""领导组织力的推动""文学发展机制的创新""创作氛围的和谐"四个方面揭示了文学桂军矗立于文坛的内因与外因，为当代文学的发展提供了一份可资参考和借鉴的经验。文学桂军有了自身的文学观念意识，并且这种观念意识在整个中国文坛呈现出新生姿态，富于勃勃生机，这和广西作家对文学宗教般的虔诚也密不可分。正如作者所言："广西的作家对文学的虔敬和执着都很纯粹，他们是真正地热爱着写作，认真写作的人通常只要给予适当的土壤和气候，创作生命就能蓬勃发展。这种坚定、执着和虔诚的意念扎根在作家个体生命之中，铸造了作家生命力的强悍。"作者认为，广西文学之所以能摆脱了对于"中心"文学亦步亦趋的追随局面，找到其自由生长、自主成长的内在规律，并呈现出文学先锋性的强化，形成自主发展的态势，走出一条依托区域文化优势，打造文学精品的文学发展新路，正是"作家生命力的强化"起到了关键性作用。于是就有了如东西《没有语言的生活》等小说所表现出的后现代生存状况和人性变异所抵达的哲学深度，如鬼子的包括《被雨淋湿的河》在内的《悲悯三部曲》所体现的精神深度和宽度以及叙述的成熟度，均在90年代中国文坛引起极大关注等情景。

作者还道出了文学桂军"叶密千重绿，花开万点黄"的其他几个重要因素，特别是"领导组织力的推动"和"创作氛围的和谐"以及作家和评论家积极互动所构建的良好的文学环境。广西文艺界领导对文艺工作的高度重视全国闻名。他们尊重和充分地运用文艺规律，不因循守旧，把最好的条件提供给真正具有文学创造力的作家，并及时地对年轻作家的艺术实绩给予承认和奖励，为文艺的发展和繁荣规划蓝图，创新文学发展机制，促成了文学桂军的快速成长。他们不仅在文学界构建团结和谐的内部环境，而且重视社会舆论，鼓励和引导对作家艺术家成就的宣传、评介，这一切，汇成了全社会尊重作家、尊重作家劳动的宽松、和谐和激励作家奋发作为的氛围。文学桂军崛起的历程显示：经济欠发达地区发展文学事业，不能仅仅借助作家个体力量自发地生成和推动，应当加大策划力度，将策划楔入文学事业发展要件之中，创作、批评、策划并重，将专家的策划、领导的决策和作家的个人创造紧密结合，齐头并进，促成文学的崛起和文化的大步发展。

当然，要说文学桂军的创作实绩，尚不足以与其他文学大省的作家颉颃，但已经呈现出了后来者居上、"后生可畏"的良好势头。作者也清醒地注意到了文学桂军的不足和缺陷，如缺乏长篇力作、缺乏大师、文化产业自觉有待深化等等。这种既能满腔热忱疏通致远，又能静思冥想摧陷廓清的史家品格，使《文学桂军论：经济欠发达地区一个重要作家群的崛起及意义》成为研究文学桂军的一部通史和"不虚美、不隐恶"的"信史"。

（本文原载于《民族文学研究》2009年第3期）

砥柱八桂是此峰

——论黄伟林的文学批评

在广西文学批评界,黄伟林具有不可替代的重要位置和难以估量的深远影响。20世纪80年代以来,他全程跟踪、关注广西文坛的潮流与走向,全面、及时介入八桂作家的创作与转向,不遗余力地将"文学桂军""广西文坛三剑客""广西文坛后三剑客""独秀作家群"等重要文学现象以及一大批作家推向全国,奠定了其广西文坛无可替代的首席批评家的地位。他也是一位优秀的文学史家,在前辈学人的基础之上,他将桂林抗战文化城研究深化提升到"桂学"分支——这一开阔而全新的境地,相继推出了《桂林文化城作家研究》《文学桂军论》《历史的静脉——桂林文化城的另一种温故》等专著,搜罗别择,甄辨重出,"在历史过程的层峦叠嶂中",探究"抗战桂林文化城"的千山万水、洞奇石美,复活纹理密匝的时代切片,重温令人感喟敬重的文化记忆,表现出一位优秀文化学者的敏锐眼光和深刻洞识。其策划主持的"新西南剧展"继踵1944年2月至5月欧阳予倩、田汉等人组织举办的"西南剧展",推陈出新,重续抗战文化火光和民族精神血脉,备受赞誉,影响深远。当然,黄伟林的学术领域和影响不止于广西,他曾获"骏马奖""庄重文文艺奖"等全国性的重要奖项,在现当代文学学科领域,是一位具有重要影响的著名学者。他在散文研究（如梁遇春、张中行等）、小说研究（如池莉、何顿、"知青"作家研究等）、通俗文学研究（如金庸、电视剧、图书市场等领域）、现当代文学学科研究，以及当代小说流派和小说群落研究等方面，均建树非凡，自成一家，形成了清新俊逸的批评风格和风神疏朗的研究风格，表现出一个成熟文学史家高远深邃的学术眼光和精心积虑的学理建构。

一、极力使广西文学获得"中国性"乃至"世界性"

早在1993年，梁潮在为黄伟林的首部批评文集《桂海论列》所撰的序中就指出了黄伟林之于广西文学的重要性——"就广西文学批评现状而言，黄伟林君不愧是一位出色的批评家。说他出色，绝不仅是因为他搞中国当代文学教学、研究，专心关注广西文坛，活跃在批评界，发表了近100篇关于广西作家作品的评论和短评，而主要是由于他有着良好的审美能力，丰富的情感体验，大量的阅读积累，繁博的文史知识；众多的文坛友人，参与的干预意识，他的评论有着个性鲜明而文辞精彩的特点。"[1]其实，更为重要的是，在广西新时期文学冲出八桂，走向中国文坛并成为中国文学重要一隅的过程中，以黄伟林为铎羊的批评家厥功甚伟。揆之新时期广西文坛涌现的重要作家和文学现象，几乎无一不得到黄伟林的评论和推介。在长达34年的跟踪和研究中，一大批作家如潘琦、韦一凡、何津、张宗栻、彭匈、蒋继峰、庞俭克、蓝

---

[1] 梁潮：《对批评家的批评——黄伟林君文学批评品题》，黄伟林：《桂海论列》，漓江出版社，1993年，第1页。

怀昌、聂震宁、沈东子、鬼子（廖润柏）、东西、凡一平、冯艺、林白薇、李海鸣、赵清学、王志新、苏韶芬、黄继树、李时新、王咏、吴海峰、黄佩华、杨克、周昱麟、李逊、黄钲、张国林、曾有云、黄咏梅、黄神彪、潘耀良等人的创作，都得到过他独到的阐释和精心的批评。其中的"广西文坛三剑客"鬼子、东西、李冯，"广西后三剑客"田耳、朱山坡、光盘，以及沈东子、聂震宁、黄咏梅等，众所周知，已成为中国文坛的著名存在。当然，这些作家的成功主要依赖于自己的努力与省察，但黄伟林对他们及作品与思潮现象的分析和评价，无疑也或隐或现地产生了不可忽略的影响。他生于广西，了解广西，热爱广西，熟悉广西作家的文学观念、语言结构、意向序化，了解他们的长处和短处，"一直剔爬到作者和作品灵魂的深处"[1]。正如陈晓明所评价的："他对广西作家的把握相当到位。他熟知他们的生活经验，他们的文体风格，他们的喜怒哀乐。"[2] 更难得的是，他不讳言掩饰，能好处说好，坏处说坏，实事求是，秉持批评家最为难得和最为可贵的公心。在 1990 年，黄伟林就毫不留情地指出了广西文学的问题——"广西的沉默、寂寞，写作似乎从根本上就与外省文坛不是一回事儿，不是一个境界。别人一个螺旋式上升已经完成了，广西还在同一地平线上原地踏步、操练如初""遗憾广西为什么不出现一批掷地有声的评论家，把他们的作品介绍出去，推荐给大众""让广西了解全国，让全国了解广西""它（广西寻根热）既体现了广西文坛自我封闭意识的坚固，也体现了那些具有革新意识的作家诗人本身素质上的欠缺。心有余而力不

---

[1] 李健吾：《咀华集・咀华集二集》，复旦大学出版社，2005 年，第 24 页。
[2] 陈晓明：《文人格调，文人何为？——关于黄伟林的评论风格》，《南方文坛》2001 年第 6 期。

足,他们缺乏把自己推到一种全新境界的实力"[1]等等。在分析韦一凡的小说集《被出卖的活观音》时,他深刻地指出了少数民族作家的"分裂":他们"有一种民族作家的先天优越感并且兼具认同中原的大文化附庸意识。这种双重意识既形成对自身艺术平庸的无限宽宥,又形成对自身艺术特色的盲目自信"[2]。黄伟林30多年前的这番深刻思考,对当下的少数民族作家写作,仍具有非常重要的警醒作用。也正是这种强烈的责任感和使命意识,使得他调动了自己的全部知识,倾注了自己的全部热情,及时做出了准确精当、深入独到的评价,将广西作家及其文学推到中国文学的前沿。他自己也成为广西首屈一指的批评家。

同时,黄伟林自觉地在中国和世界文学的坐标中考量阐释广西文学,使得广西文学超越了地域性的限制,获得了普泛的文学品质上的"中国性"乃至"世界性"。作为最早评介鬼子小说的批评家,黄伟林不仅将鬼子小说《家癌》《家墓》中的"家"放置于中国文学传统"家"的母题之中,考察其纠缠不清的阶级与道德关系,更将其放置于世界文学的视野里,比较其与《呼啸山庄》由"善的起点走向恶的终点"的不同路径、不同的文化背景,以及"人类心理本质的某种共性"[3],精辟而深刻。分析东西小说时,黄伟林从后现代的生存语境中分析其小说的意蕴和内涵。他发现,东西的小说《抒情时代》《商品》《我们的感情》等,淋漓尽致地表现了后现代时代的文化表征:语言泛滥,"人们沉溺爱寓言的泡沫中,找不到'脚踏实地'(这里的实地也就是共同性)的

---

[1] 张宗栻、黄伟林:《被遗忘的土地》,《文学自由谈》1990年第2期。
[2] 黄伟林:《桂海论列》,第7页。
[3] 黄伟林:《转型的解读》,接力出版社,1996年,第72页。

感觉"[1]，表现出"语言的寓言"的审美特征。从小说形态上讲，无疑属于后现代小说的范畴，从文学品质上讲，已经褪尽了广西的地域特色，体现出全球化时代的人类性和世界性。同时，他注意到桂林本土作家在完全欣赏乃至认同西方文学和文化中的立场坚守。这在沈东子的写作中表现得尤为典型。沈东子居住于桂林，在以出版外国文学作品著名的漓江出版社任职，精通英语并编辑出版过大量西方文学作品，因而创作受到西方文学的深刻影响。黄伟林注意到，沈东子的小说《美国》《郎》《离岛》《想念阿根廷》等在构建一个全球化的文学语境时，"不知不觉地意识到了自己的中国人身份"，"或者说是在深受西方文化的影响中逐渐形成了他的区别于西方的中国意识，找到了他中国人的感觉，发现了他的中国文化精神"。但他又不是余光中、洛夫式的回归，他"只是明确了他的中国人立场"，"他固守在这个立场上看待各种文化、体验各种文化，这恰好是一种全球化时代的文化多元化的立场"。[2] 这种开阔的视野和深刻的洞察一方面源于黄伟林对广西本土文学的熟悉、敏锐深刻的洞察，另一方面源于他渊博的知识学养和开阔的文学视野。而后者，一定程度上奠基于其上世纪八九十年代对漓江版外国文学经典的研读和评介。在他的第一部专著《桂海论列》中，我们可以看到他几乎对漓江社那一时期出版的重要外国文学经典都做过灼见纷呈的精彩评介，这种训练和积累使得他有一般当代批评家所缺乏的经典文学背景和世界文学眼光，从而使得他的广西文学批评和研究高屋建瓴，卓见迭出。

---

[1] 黄伟林：《中国当代小说家群论》，中央编译出版社，2004年，33页。
[2] 同上书，第41页。

二、通过印象式批评和情景化阐析来探究"隐藏的世界"

黄伟林的文学批评,以印象式的鉴赏批评为主,多倚重直观感性的把握和情景化的阐析来探究作家及作品"隐藏的世界",注重审美体验,清新俊逸,轻灵曼妙。学者陈晓明曾言:"黄伟林确实不是那种理论性很强的评论家,他的写作只是随着作品而流动,在对那些作品的反复读解中,透示出他的灵性,他的诗性把握,他的体验感悟之透彻,他在诗意的语言中包蕴的哲理力量。"[1]这种诗意灵性的文学批评,根植于黄伟林的"文人格调"和"名士气",任意而为,任性而动,自由洒脱,不拘窠臼,综合驳杂的学问、广博的阅读,形成了敏锐精到的艺术感受力和判断力。与之相辅的,还有黄伟林作为一名优秀散文作家所独具的把握文体和文字的经验和能力。因此,他的批评文字不援引高深艰涩的理论,没有学院批评家的生涩、冗长、平庸、枯燥、乏味和空洞;也不凭空架高,而是紧贴文本,在要言不烦的清新疏朗中直抵作家的内心和作品的"文心"。他的批评文章,多可作为优美精致的散文来品鉴。就此而言,他在当代文学批评家的阵营中,是一个非常独特而又耀眼的存在。

他评论聂震宁的小说集《暗河》,一下子就攫住了人:"题材常常能显示一个作家思维的宽广度,这也许是奥斯丁不能与托尔斯泰相提并论的标志;思想常常能显示一个作家思维的深刻性,这也许是卡夫卡之所以成为大师的奥秘。聂震宁小说创作题材的广泛性不仅表现在他既写都市又写山林,既写历史又写现实,而且体现在他写不同的题材时

---

[1] 陈晓明:《文人格调,文人何为?——关于黄伟林的评论风格》。

都能进入角色，体现在他对山林的亲近及对城市的熟谙，对历史的悟性和对现实的敏感。"[1] 这种批评文字，与当代文学批评广征博引式的类似于布莱希特的"间离效果"大相径庭，表现出一种恰适熨帖的类似于斯坦尼斯拉夫斯基的"角色意识"。这种"角色意识"，不仅仅表现出能够熟谙作者的内心和作品的"文心"，还表现为能够选择一种与批评对象合榫对接的文字和语调。著名小说家黄咏梅曾经是少年诗人。黄伟林在评论其十岁时所写的处女诗作《月亮妈妈》时，就表现出当代批评家所匮乏的这种能力。这首诗很短，我们征引如下："月亮是星星的妈妈／晚上她给星星唱催眠曲／星星们在温柔的歌声中睡着了／月亮妈妈守候着自己的孩子。"说实话，这首短诗真不好评论。而黄伟林几乎用诗一样的语言，抽茧剥丝，一步步走进一个十岁少女的"诗心"——"读着这首诗，人们或许会逼真地感到，原来人类果真有一种有别于因果逻辑的思维，想象力成为这种思维中把万物融为一体的媒介。这种思维先天地躲藏在每个孩童的脑袋里。遗憾的是大多数儿童不会表达。他们的这种原始的思维就白白地躺在那儿，被另一种由社会法则、由成年经验多种因素构成的思维模式侵蚀、磨钝、削弱，直到消逝。有极少的幸运儿，由于各种各样纯属偶然的因素，他们那与生俱来的独异思维得到了表现的机会。正如黄咏梅所叙述的那番情景。黄咏梅的哥哥纯属偶然的建议仿佛一根火柴，蓦然照亮了黄咏梅脑子里那鲜活生动的一隅。于是，闪烁不定、稍纵即逝的思维因为这一次表现获得了稳定的形式。这一次稳定形式的获得，无疑使黄咏梅的想象力得到了一种实在的凭据。于是，我们这个充满理性经验的因果逻辑的世界，

---

[1] 黄伟林：《桂海论列》，第39页。

终于出现了一种意外的素质,一种被称作诗的思维模式,一种被称为诗人的人。"[1] 少女诗人诗性思维的幸运实现过程,在黄伟林诗性批评的理性与情感的撞击中,被纤毫无存地得到捕捉和呈现。用诗一样的文字,读解和阐析诗歌,情感深处所隐藏的纯真和感悟,得到了全然无阻的体验和沟通。这种批评的能力和功力,实在是不多见的。评论张中行的散文,这种能力和功力也魅力足显。启功认为,张中行是哲人,也是痴人。黄伟林说:"我理解启功的意思是张中行既有执着的深情,又有通达的哲思。实际上,深情和哲思在张中行记人散文中常常是彼此衔接甚至融为一体的。有时候,深情感念往前一步就成为通达哲思;有时候,通达哲思与深情感念难分彼此。也就是说,这里哲思并不仅指深刻的思想,而是指一种融人生思考于其中的情感体认,一种从情感出发由情感构成的人生经验。"[2] 在这里,情感和哲思并不是简单地合二为一,而是在深刻的同情与理解中得到了沟通和相融。也正因为这种难得的洞见和卓识,他对张中行记人散文的研究成为经典式的研究参照。

正因为经验化的、个人化的印象式批评,黄伟林的恩师、著名诗人任洪渊说他是"作家批评家",他的批评文体,是一种不合学院批评家榫卯的"逃离文体"——"叙述的直接抵达,让那些没有体温、呼吸和心跳的文字,那些概念单性繁殖概念的论、史、评,远远留在它们的灰色地带。"[3] 验证于黄伟林的文学批评,的确如此。任先生的高见,实可谓识人之语、知人之论。

---

[1] 黄伟林:《转型的解读》,第117—118页。
[2] 黄伟林:《文学三维》,广西人民出版社,2004年,第75页。
[3] 任洪渊:《作家批评家——黄伟林的批评叙事学》,《南方文坛》2001年第6期。

三、温润的历史情怀：
重新抚摸"桂林抗战文化城"的历史"静脉"

黄伟林还是一位优秀的文学史家。他孜孜矻矻，数十年如一日，将"桂林文化城"研究刷新到一个崭新的境地，并使其成为"桂学"的重要枝桠。

1938年至1944年，桂林这座山水甲天下的岭南名城因为优越的地理位置和特殊的抗战形势，成为大后方的民生要地、军事重镇、民主据点、文化堡垒和爱国主义者的集结地，荟萃了近万名文化人，其中如陈寅恪、梁漱溟、何香凝、柳亚子、茅盾、巴金、胡风、艾青、艾芜、田汉、夏衍、焦菊隐、端木蕻良、聂绀弩、司马文森、孙陵、黄药眠、欧阳凡海、王鲁彦、高士其、欧阳予倩、千家驹等著名者达数百人。他们开展文学、音乐、诗歌、美术、木刻等方面的创作，以文化作为抗战武器，对抗战进行宣传、动员、鼓舞，为争取全国抗战胜利提供精神供给，成为西南文化抗战的中心，同时也成为全国抗战文化的中心。因其影响巨大，成就辉煌，在当时便被称为"桂林抗战文化城"。70年来，林焕平、林志仪、刘泰隆、苏关鑫、黄绍清等广西师范大学几代学者殚精竭虑于"桂林抗战文化城"研究，成果丰硕。黄伟林率领的研究团队继踵其后，先后推出了《桂林文化城作家研究》《桂林文化城小说研究》《桂林文化城散文研究》《桂林文化城戏剧研究》等，将桂林文化城研究推到一个崭新的境地。

其中最突出的贡献是其《历史的静脉——桂林文化城的另一种温故》突破了先前桂林抗战文化城研究的文人行旅考察、文学创作梳理、文学活动和文学资料的汇编，而是在历史的褶皱幽深处，带着"了解之同情"的史家情怀,将文人的文学活动与抗战活动以及桂林山水融汇起来,用"闲趣的片段,连结起历史长河中偶尔闪现出的星芒","活跃在中国文化舞台上的一个个名字,因为一次历程、一段回忆,甚至一件公案的缘故,把桂林与中国的大时代勾连,突破一座城市的局限,让抗战桂林文化城变成'中国在某个特定岁月中的一个侧影'"[1]。比如1941年4月,海明威曾到过桂林,绝大多数读者仅仅知道海明威到过桂林而已。黄伟林通过文献的勾稽爬梳发现了一个矛盾:桂林当时的报刊兴师动众地预告了海明威的桂林之行,吊足了人们的胃口,而当海明威到了桂林之后,却以非常低调简略的文字一笔带过。为什么会这样呢?黄伟林发现,海明威的桂林之行,自然景观令他满意,但居住环境和卫生条件很差,墙壁、地板上布满臭虫,到处乱爬,甚至咬人,臭味也很重,马桶溢水,简直无法工作和休息。这令他和新婚的妻子争论不休。海明威因此大发脾气,胡乱骂人。海明威居住的酒店,在桂林当属最好,但海明威对抗战特殊背景下的桂林和中国显然缺乏体谅。基于此,黄伟林对这一个矛盾给出了合情合理的解释——"海明威不是一个隐忍的人,缺乏东方民族那种谦虚温和的'美德'。我想,他肯定是以他粗暴的方式回敬了桂林的接待者。也就是说,海明威的桂林之行,主客之间一定有比较大的冲突,于是,我们才在极其高调的消息预告之后,遇到极其低调的报道。"[2] 类似的阐幽发微比比皆是。如《胡适给桂林留下的》,揭橥胡适对桂林石刻保护研究的建议、胡适对桂林山歌的浓厚

---

[1] 谭彦:《在历史中慰藉"文化乡愁"——评黄伟林文化随笔集〈历史的静脉〉》,《当代广西》2018年第17期。

[2] 黄伟林:《历史的静脉——桂林文化城的另一种温故》,广西师范大学出版社,2018年,第96页。

兴趣（胡适在游览漓江的途中用铅笔记下三十多首）等，无论于胡适研究还是桂林文化城研究，都是发前人之所未发的学术贡献。如《张洁的童年记忆》，分析了张洁抗战时期的桂林生活和童年记忆对其创作产生的深远影响，在张洁研究中具有不可忽略的重要价值。桂林时期，张洁正值童年，父亲的"虐待"，给她的童年蒙上了沉重的阴影，因此形成了她独特的性格，导致了她坎坷的人生，"扼杀了她在男欢女爱、两情相悦上的能力"，她的《无字》等小说因此表现出"她对男人的总体失望"。[1]

这样的仔细考察和悉心体谅，使得历史有了饱满的细节、丰富的表情和可感的温度，历史由此而鲜活起来、生动起来。我想，这也是其30年沉潜其中的必然回馈。如同品玩玉石一样，历史获得了温度，获得了重生。这背后，固然有对脚下土地的不舍和回敬，更具有本质性的，则是其对中国文人风骨和精神的追忆和缅怀。正如他在《历史的静脉》序中所言："一个大时代，曾经给予了桂林以抗战文化城的生机；一座桂林城，曾经给予了那个大时代卓然独立的牺牲。也许人们以为我是在以那喀索斯的姿势打量一座城市的山水倒影，其实我念兹在兹的是生生不息的中国人文。"他以自己的执着、纯粹和耐心达到了自己的目的，更令人尊敬的是，他走进了一批文化人的心灵世界，复活了一座城市的文化记忆，树立起了抗战时期可歌可泣的文化丰碑。善莫大焉！功莫大焉！

---

[1] 黄伟林：《历史的静脉——桂林文化城的另一种温故》，第149页。

结　语

　　黄伟林是文学批评和文学研究名家，也是一位渊博广泛的杂家。他写闲散透彻的文学批评，写清朗俊逸的散文，写严谨深刻的学术论文，也写《孔子的魅力》这样颇见功力和识见的先哲行传。他是大学教授，编写大学教材，编排话剧，也从事旅游研究和规划。陈晓明曾赞叹他的写作"率性而行，诗评、小说分析、画论，无所不及"[1]。的确，这样的多面身手，在当代文学批评家中虽不能说绝无仅有，但绝属凤毛麟角。可以毫不夸张地说，他是广西文学批评界的"独秀峰"，是中国文学批评界的"南天一柱"。正如袁枚《独秀峰》一诗中所云："来龙去脉绝无有，突然一峰插南斗。桂林山水奇八九，独秀峰尤冠其首。"他对广西文学和当代中国文学的无可替代的贡献，已经产生了重要的学术影响，并将会显现出更为重要的价值和意义。

（本文原载于《贺州学院学报》2019年第1期［季刊］）

---

[1]　陈晓明：《文人格调，文人何为？——关于黄伟林的评论风格》。

一代人的心灵标本和精神档案

——读剑书《奔走的石头》[1]

俄罗斯诗人亚·勃洛克说:"世上有个最纯真、最愉快的节日。它是对黄金时代的记忆,是如今快要消失殆尽的一种感情——对家园的感情的最高点。"[2] 亚·勃洛克的是孩童对家园的依恋和热爱。对于亚·勃洛克时代的绝大多数孩童来说,家园是黄金时代的回忆,是某种天堂的幻景。但在上世纪七八十年代的遥远东方,在桂西北的深山老林中,却有一群孩子,与中国大多数农村的孩子一样,沉浸在另一个比现实更广阔的书籍的世界里,幻想着外面的神奇斑斓,憧憬着自己尚无法确定的未来。这是一个数量庞大得令人无限感伤的群体。他们中少数的少数,几乎用尽一生的努力,才完成了悲壮的翻山越岭的眺望。中国农村的孩子,生下来就被置于命运的低谷,要维持简单的生存就得竭尽全力,大山里的孩子更为不易。他们倘要实现自己看似再平常、再普通不过的愿望和理想,往往要付出比城里孩子数倍甚至百倍的努力。即使在今天,这一情况不但没有改观,甚至更加严重。他们的境

---

[1] 剑书:《奔走的石头》,广西人民出版社,2016年。
[2] [俄]亚·勃洛克:《天灾人祸之时》,"世界散文随笔精品文库·俄罗斯卷"《白天的星星》,中国社会科学出版社,1993年,第57页。

况正如那句著名的电影台词所言——"生活是只有此刻这么艰难,还是一直如此?一直如此。"

剑书是这个群体里的佼佼者。他从八桂大地的深山古寨里走出来,以自己的聪慧、勤奋和努力考上了师范学校,并以自己的文字开辟出属于自己的文学宅院。这本身就令人感动和佩服。令我怦然并引起强烈共鸣的,不止他质朴而充满灵性的文字,更有他那令人叹惋唏嘘、不堪听闻的童年经历。我曾在八桂大地上游荡过三年,足迹遍布大半个广西,对这红土地上的人情世态有着粗略的概览和认知。但剑书笔下的童年生活还是让我有着难以掩饰的惊异和揪心。这一方面由于他文字的诗性魅力,他对文学的痴迷和执着;另一方面却是他童年的不幸、生活的艰难,以及他的倔强和顽强。在今天可怕的宁静之中,我偶尔也会凝视童年令人惊恐的深渊,仰望那些旧日的星辰,但没有余暇也没有勇气去回嚼童年的生活。剑书的文字正好填补了我们这批从山村突围出来的孩子的心理空缺。可以说,剑书的经历,他的文字,对我们那一代人而言,具有标本性的价值和意义,可谓一代人的心灵标本和精神档案。

在剑书的文字面前,我们常常会深感文字的软弱和无力,甚至可以说,不幸这个词难以承载他童年的不幸。大山里的孩子,羞涩,孤寂,腼腆,倔强,他们向往外面的世界,迷醉于文字所营造的另一个截然不同的丰盈、明亮、斑斓的世界。可命运所眷顾于剑书的,单是上学,就得以最快的速度奔跑30分钟。这仅仅是日常生活中的小不幸,那些接踵而至的大不幸中的任何一个,都可以击垮这个幼小而稚嫩的心灵——父亲不甘屈辱,自杀未遂,创业失败,家道彻底中落,比这更可怕的是父亲性格的冥顽和暴戾;咽下断肠草,口吐白沫而死的姐姐;

痛苦绝望，把剪刀刺向自己胸膛的母亲……父亲呆滞的目光，姐姐那双断肠草编织的眼睛，目光穿不透的高耸入云的山峰，备受周围人藐视讥讽的人间冷暖……幸亏有书，幸亏有梦，他可以在书籍里寻找庇护、抚慰、温暖与忘却。正如他所言："唯有书籍能让我从现实的处境中逃离，唯有书籍能让我感到彻骨的快意：在逃离中，另一个比现实更广阔的世界横亘在我狭窄的童年时光，这是苦痛给我的痛楚，也是苦痛给我的恩泽。"（《那一季翻山越岭的眺望［自序］》）是逃离，也是投入。他将整个生命浑然投入进去，结出饱含情感和生命温度的文字。年少时代的敏感和疼痛，成为他人生和心灵的胎记。他在悲凄的童年的阴影下，做着夸父逐日般的奔跑。家园、故乡、头顶的月光、奔跑的石头、断了犄角的老黄牛、像只鸟挂在前额上的唢呐、披着云霞出嫁的绣娘、翻山越岭看电影的经历……这些被岁月风雨和人生艰辛磨砺成五彩斑斓的雨花石，既珍含着懵懂少年的敏感、向往、幸福、不安和悸动，也呈现着无邪心灵对无法预测的伤害和突如其来的打击无法承载的生命之痛。《奔走的石头》就是这样一部在爱恨交织中达成生命意识的映照与穿透的力作。

剑书的散文并不拘囿自己生命的狭小天地，并不满足于做同时代人的精神影像。他常常自觉深入到现实和历史的腹地，获得严峻的现实感和深沉的历史意识，从而形成开阔的气象和高远的境界。满叔的马帮、死于猎枪之下的堂姐、惨绝人寰的三年大饥荒、吞食观音土腹胀而死的外祖父、被侮辱被毁灭的彩石姐、背井离乡打工的青年、漂泊在城市里的大山的孩子……历史和现实的复杂交织与诡异缠绕，塑造了大山里孩子的命运以及无法预卜的漫漶未来。当我们如此单纯，如此觉醒，如此忧伤，如此专注于复杂暧昧的当下，生命和历史会给我们怎样的回馈呢?剑书散文的角角落落,渗透着这样的疑虑和迷惘。

剑书的文字,从偏僻的山寨走来,沐浴着清晨的阳光和露珠,粘带着红土地上的泥巴和荆棘,纯粹质朴,如同牵着村庄奔跑的河流,如同爬上山坡的石头,如同泰戈尔笔下的《我庭院里的鲜花》,清新扑面而声响琮琮。这是剑书生命"庭院"里的"鲜花"——"时而粗犷,时而纤细,时而从悬崖落入深谷,时而躲在幽深的溶洞。巉岩陡壁在她的路上野蛮地阻拦,错节的树根像乞丐伸着嶙峋的手,想在波光粼粼的水中抓住什么。"[1] 剑书用时间之手,抓住了童年的水稻、石子和云彩,也抓住了伤害、悲凉和疼痛。他用写诗的语言写散文,灌注了整个生命与情感。大地上的一切,皆被他赋予魂灵,他有一种万物皆备于我、万物皆有灵魂的能力,平常的一切在他的笔下,均具有难以抵抗的魅力。尤其是石头,再不是冷冰冰的物象,而是融入生命并成为生命的器官。故乡的人们在石头上生,在石头上长,在石头上死——"在这被石头裹围得密密实实的山野里,玉米种在石头窝窝上,水源藏在幽深的石洞中,父辈们打开家门,只见石山钻入云雾,刺进云端,关上家门,推着的是石磨,甚或坐着的也是石凳。他们躺着的,有些是石头架起的木床,那木床在夜晚的辗转反侧里石头碰着石头,石头撕咬着石头,父辈们枕着石头怪响入睡,乱石堆垒的梦里,父辈们安居于湖边平野的庄园依稀返回心头……"(《奔走的石头》)他们站在高高的山坡上仰望天空——"身前身后,全是边角如刀口的石头,它们把我的目光割伤,一朵脚边的野花就是目光疼痛后结出的疤痕。"(《爬上山坡的

---

[1] 华宇清编:《泰戈尔散文诗全集·序》,[印度]泰戈尔:《泰戈尔散文诗全集》,冰心、郑振铎等译,浙江文艺出版社,1990年,第10页。

石头》)剑书是石头的孪生兄弟,是石头的泄密者。桂西北无处不在的赤裸裸的、亘古缄默的石头,前世今生的秘密,恩怨爱恨的纠结,在他的笔下绽放为无处不在的花朵。就中国现当代散文写作中的石头而言,如此懂得石头,如此理解石头,并行诸如此富有魅力文字的,剑书无疑是其中的领铎者。

剑书有着清醒的警觉和成熟的文体意识。他一直在矢志不渝地寻找属于自己的恰切的表达方式,抵达生命的本真和写作的腹地。他用文字咀嚼人生和人性,对抗孤寂和虚无,培育力量和勇气。写作已经成为纾解安妥自己魂灵的方式,成为他叩问生命和存在意义的自然而然的结果。他认为,真正意义上的散文,"她的气度一定是浸润了诗歌高贵而拙朴的品质,她的身段一定是得到了精心锻打、淬火而成,她的发音方式一定是有别于众口同声与众声喧哗";她"渗透着一种深沉的生命意识","不管是爱恨还是哀愁,不管是欢苦还是望盼,都应打通此心彼心,力图在同心之上达成感同身受,达成生命意识的映照和穿透"(《那一季翻山越岭的眺望[自序]》)。他用自己的文字,有力地诠释并印证了自己的散文写作理念。

剑书在序言里写道,写作是"默默者前行一盏飘摇的灯火",是"内心沉浮挣扎的一种救赎",是"确证自我存在的一种方式"(《那一季翻山越岭的眺望[自序]》)。真正的写作莫不如此。但他的散文,显然超越了"小我",获得了"大我"的属性。他以自己的写作,见证了一代人、一个群体的生命历程和精神履历,获得了普遍更广泛的社会功能和文学意义。我们期待着,他的散文写作,能依然遵循自己的写作理念,书写更大的图景,获得更大的气象,取得更大的成绩。

2015年少数民族文学：民族精神的现代书写与叙事传统的深度内转

2015年的少数民族文学，延续着既往的文学传统、文学精神和价值观念，守望精神家园，关注生态环境，回应时代召唤，透视现代化带来的精神濡化和价值重建。同时，又不断融汇吸纳、开拓深化，体现出鲜明民族精神和敏锐的时代意识。从题材到体裁，从思想到精神，从内容到形式，从手法到技巧，体现出清醒自觉的探索和叙事传统的深度内转。作家们传承民族精神，接续现代文脉，"为民族书写又拥抱世界，为故乡歌唱而又与祖国共同着命运"。他们"志趣坚定，坚守着本土的精神，又融全球性、传统型、现代性于一炉；他们潜行于历史深处，又光照着生命的灵性与民族的暗语"[1]，不仅丰富了民族文学、中国文学的内涵，拓展了中国文学的多彩版图，同时也超越了文学范畴，产生了深远的政治影响、文化辐射以及民俗学和人类学的价值。

---

[1] 白庚胜：《茁壮岭南》，《民族文学》2015年第1期。

民族精神的现代书写

在现代化和城市化的时代洪流中,少数民族作家的写作,因为他们的身份、文化、经历以及地域文化,独具一种特别的审视视角、认识价值和审美意义。他们对现代与传统的冲突,有着更为敏感的感受和痛切的焦灼。《宾玛拉焚烧的心》《驮娘河记》《普布》《胡杨老人》《马尔撒和扎西才让》等小说,《1929年的那一次比武》《在那雪山顶上》《求医遇见"佛"——尼巴村的故事》《有没有一袭桃花落在水中》等散文,感受时代,抚摸大地,关爱苍生,书写心灵,生活中的美好与灾难,文化的式微与毁灭,精神的退隐与坚守,人心的纯净与复杂,都深深地植根于他们真诚的书写之中,表现出严肃郑重的责任担当、绚烂多姿的地域风采和元气淋漓的情感世界。

丽江是纳西族的繁衍生息之地,风光旎旖,文化灿烂,以东巴文为主的纳西文化有着自己独特的文化样态,在周边乃至整个世界都有较大影响。女作家和晓梅(纳西族)的长篇小说《宾玛拉焚烧的心》(花山文艺出版社,2015年9月出版)通过一个女祭司在部落时代的权力、情爱以及命运,塑造了纳西族女性的生存群像,探询人与神、现实与想象以及已知与未知之间的关系,深刻地呈现了旧时代纳西族的权力关系、爱情婚姻、社会结构和生存图景,体现出自觉的女性意识和诗意的文本特质,蕴含着纳西族的民族原始思维、对永恒事物的基本信念以及对于外来神奇的预测与判断,具有人类学和民俗学的认识价值以及形而上的意义指向。小说虽尚未达到圆润与透彻的境地,还存在可以提升的空间,但已体现出作者出色的驾驭能力和精湛的写作水平。黄佩华(壮族)的《驮娘河记》(《民族文学》2015年第1期)将神话传说和历史记忆交汇在一起,讲述了这块红土地上的千年沧桑,体现出作者对神话、传说、故事等民间文学样式的承袭,具有神话原型的叙事特点。在这个新民间故事里,儿子用自己的血为娘解渴的驮娘河传说,禹击退各方、成为九族之王的部落故事,渔王手艺的神奇,铜锣寨民众做狗血肠、设王八宴勇斗官府、免征壮丁的智慧,"文革"中将批斗化为笑话的民间幽默等,集中体现了少数民族的仁孝、英勇、智慧和幽默。这是他们面对天灾人祸和历史非理性的精神资源,同时也是他们倔强的民族性格和诗性的生存方式。从叙事上看,小说采取笔记体,介于散文和小说之间,五个故事"缺少有机呼应,整体感略弱"[1]。但不可否认,这种"新民间传说"是"对本民族文学传统的一种继承与贡献"。我们知道:"每一个族群的传统文化是这个民族有别于其他民族最本质的特征,凝聚着一个民族在它的历史自我生存发展中不断形成的智慧、理性和创造力以及自我约束力。它们在适应本民族特殊的自然环境和社会环境方面具有独特的品质和功能。这些曾经被现代理性文化所'嘲笑'的东西今天又开始发挥其独有的魅力和诗意的光辉,而且有可能成为治疗现代人精神痼疾的良药。"[2]万玛才旦(藏族)的《普布》(《民族文学》2015年第4期)以简约的形式传达出丰赡的意蕴和充沛的精神,木讷寡言的主人公普布,"一个干净到几乎澄明剔透的灵魂,一种与生命等价的尊严与忠诚,穿越雾霭,坚定如旗地站在了我们的面前。由此,我们也与一个民族的眼神与心地离得更近、更近了一些"[3]。阿布都热合曼·艾则孜(柯尔克孜族)的《胡杨老人》(《民族文学》2015年

---

[1] 雷达:《广西民族作家的声色表达》,《民族文学》2015年第1期。
[2] 范咏戈:《多变格局中不变的文学追求》,《民族文学》2015年第1期。
[3] 石彦伟:《普布·责编手记》,《民族文学》2015年第4期。

第12期）中的卡德尔阿洪老人，是胡杨林的守护人，他的爱情缘于胡杨林，他的幸福就是胡杨林："在九十年的生涯中，把五分之四的时间都花费在守护胡杨林、用胡杨树和红柳的枝条编制筐篓的这位倔强的老人，是言出必行、说到做到的。"看到有人将垃圾倒到胡杨林里或者胡杨林被偷偷砍伐，他都怒不可遏，义愤填膺。70多年来，他每天往返四五个来回，守护着这片精神的森林。阿布都克里木串通刚来的副乡长，开假条子要砍伐20棵胡杨，被睿智老辣的卡德尔阿洪老人识破并呵斥了回去。不过阿布都克里木并未罢休，他趁着夜色，将建筑工地的垃圾倒往胡杨林。卡德尔阿洪老人的制止声被拖拉机的突突声淹没，不敢开灯的拖拉机从一个既不像扫帚也不像树干的黑影上轧了过去……卡德尔阿洪老人守护的胡杨林、作为精神景区的胡杨林，"更能经几番风雨"呢？小说娓娓道来，笔力扎实，卡德尔阿洪老人的青春、爱情甚至一生，都与这片美丽的胡杨林融汇为一体，他的形象则如刀刻斧凿般粗犷有力，又氤氲着诗意和不竭的激情。浓厚的异域氛围、独特的人情风俗，蕴含着精神失落的忧虑和疼痛，具有恳挚的人情关切和深刻的文化深度，都使得这篇作品味之不尽。冶生福（回族）的《马尔撒和扎西才让》（《民族文学》2015年第7期）讲述了生活在河湟谷地的藏和回两个民族的故事。这两个民族生活在黄土高原和青藏高原的交汇地区，"不同民族之间固然存在差异与碰撞，但更存在彼此的尊重与互助传统"。马尔撒和扎西才让，"既不回避民族之间的微妙界分，又能使超越了血统论的博爱精神释放光芒"，"两个民族的少年，两把同出一炉的刀子，两段留存在两个家族记忆深处的生命往事，这一切就在冶生福搭建的迂回辗转的结构迷宫中，如熬茶一般，慢慢地煮出了缠绵不绝的香味"。[1] 徐岩（满族）的《鲜花店》(《民族文学》2015年第10期）盛开的不仅有鲜花，还有温暖的人心。在店主王小娟的眼里，每一个走进花店的人，都是一个有爱的人："尽管在这座城市里，凄凉总伴随着坚守，失望总紧逼着希望，可是这些与花相伴的小众的人们，总是满含着人性的善意，这是他们种在心灵深处的种子，在温润中长出鲜花，常开不败。"[2]

胡亚才（回族）的散文钟情于中原民族杂居之地的文化掌故和风俗人情，常能在自然质朴的讲述中呈现回族的内部风尚和家族传习，能将民族的心灵世界外化为具有道德意义的生活方式。《1929年的那一次比武》(《民族文学》2015年第11期）在历史的瓦砾堆中重新捡寻清真寺与石佛寺比武的漫漶记忆。高手以武切磋，拔山盖世的功夫自然关键，但气节担当、精神境界、道德情怀方面的比量才能决定真正的高下。那些青石、照壁上的陈迹已经荡然无存，当年比武的情境也只能去想象，但比武者陶阿訇与今空大师的武艺道德与气节风范却清晰地植根于人们的心灵之中，成为不灭的传说和珍贵的精神财富。丁颜（东乡族）的《在那雪山顶上》(《民族文学》2015年第3期）冰清玉洁、纤尘不染，藏民的敬畏天地和回民的精诚敏慧，不仅给我们面对艰险的生命姿态，给我们生命的韧性，也叩击着我们对信仰的追求和灵魂安妥的期待。白玛娜珍（藏族）的《求医遇见"佛"——尼巴村的故事》(《民族文学》2015年第7期）中的次西卓玛母女淳朴善良，命途多舛的她们因为疾病走出闭塞的村庄。在令她们目瞪口呆的都市里，求得新

---

[1] 石彦伟：《马尔撒和扎西才让·责编手记》，《民族文学》2015年第7期。
[2] 安殿荣：《鲜花店·责编手记》，《民族文学》2015年第10期。

生何其艰难,幸运的是她们遇到了好心人的一路陪伴,涌自内心的感动沉静在心灵的深处。该作品"是一面多棱镜,照见了人性之美,照见了生活艰辛,也照见了世事无常。令人欣慰的是,不论来自村里村外,不论是帮助的给予者还是接受者,人们都没失去心灵的纯净与安详,他们都是红尘之中的佛之子"[1]。在这些作品中,我们能够感受到:"众多少数民族作家的创作已经渐渐靠到了本民族日益广阔博大的肩膀上,从个人的立场走出,最终走向了民族温暖的群落之中,他们的散文也成为辉映各少数民族民族精神的一面猎猎作响的旗帜;这些散文表现出少数民族作家对本民族文化应有的尊敬和赞美,其中承载着本民族更多更大的欢乐,也承载着巨大的痛苦,其实这更是一种晴朗明亮、深邃的境界,而这最终成了众多少数民族作家的散文创作之根。"[2]

现代化镜像中的民族生态空间

现代化和城市化的加速,一方面带来了现代文明和生活的便捷,另一方面破坏了生态环境、原生文化以及传统的生活方式。对于离开家乡、在城市打拼的人们而言,这种现代化锋刃的疼痛感受尤为痛切。遮天蔽日的雾霾、鳞次栉比的高楼使得他们遗忘了仰望的姿势,想象的能力也遗失不存。在高山台地、河谷田间仰望一无所有的蓝天,呼吸泥土、牛羊和秸秆的气息,成为从前最美好的记忆和现在最深切的向往。同时,不同民族、不同文化之间的交流、对话甚至冲突,也出

---

[1] 陈冲:《求医遇见"佛"——尼巴村的故事·责编手记》,《民族文学》2015年第7期。
[2] 王冰:《萦绕着民族之根的少数民族散文》,《民族文学》2015年第6期。

现在不同题材、体裁的文学作品之中,尽管可能涌动着一些微澜或者暗流,但仁爱、同情、怜悯等伟大的情愫总能够穿越这些障壁,散发出人性的光辉。

小说中表现这一主题的代表作有《你要长寿,你要还钱》《箆梁父子》《猴山传奇》《骑手嘎达斯》《还愿》《最后的葬礼》《带着男人去北京》《生计以外》《冰山之恋》《渴望鸟》《滨江花园》《生命流程》《贵人远行》等。李约热(壮族)的《你要长寿,你要还钱》(《民族文学》2015年第1期)写的是乐滩水电站加高大坝,野马镇乱石滩景区被淹没。对在小学教美术的杜枫来说,这简直毁坏了天下最美的风景。不过,他更热心的是怎样发财,他将自己十万元的住房公积金投资给妻哥王木,每月收取百分之三的利息。得知堂弟杜松领到15万征地款,他怂恿其也投资给妻哥王木开采稀土矿,自己做了中转,利息却减为百分之二。谁知王木早就破产,整天挖东墙补西墙,借这一个的还那一个的。终于有一天没人给他借了,杜枫和杜松就成了倒霉蛋。当初杜松的钱是借给杜枫的,杜松就向杜枫讨要。杜枫还不上,杜松就上诉。法院判下来,到期还是没还上,杜松只得申请法院执行,占了杜枫的房子。在野马镇,兄弟告兄弟拿房子抵押债务,这是第一例。房子占了一年,杜松觉得杜枫可怜,那么大年纪了还当"丧家狗",就找到了哥哥,让他回去住,供奉祖先。钱当然也是要还的,杜松的希望是:"你要长寿,还要还钱。"现代开发、经济大潮、商业投资如同摧枯拉朽的烈风,亲情、伦理、道德等被其腐蚀、瓦解甚至摧毁。小说简洁、生动、有趣,寓幽默辛酸于不动声色的叙述之中,逼真地再现了传统生活方式、道德伦理在现代化进程中的尴尬、无助乃至悲酸!《箆梁父子》(《民族文学》2015年第6期)的故事发生在辽西走廊。120年前,梁古仓的先祖200多人在摩天岭抗击日寇，全部壮烈殉国，成为一败涂地的甲午之战中的少见亮点。光绪皇帝亲书悼文，并拨付银两立碑建祠。百年来，梁家四代人守护先烈英灵，忠厚传家。到了第五代梁传宝手里，祖先大战摩天岭的英勇事迹已对他毫无吸引。他向往的是山外的世界、现代的都市生活。身无一技之长的梁传宝到了城里无法谋生，夫妻合开的超市也踢干净了父亲和姐姐的积蓄，最终凭着他痴迷的音乐以及适应社会的电视节目秀，他成了所谓的明星人物。祖祖辈辈守护的祖先墓冢被他争取为爱国主义教育基地，获得了政府的拨款支持。父亲的山地果园，成为筹划中的乡村旅游观光风景区。在这个现代化、城市化、商品化裹挟一切的时代，传统的生活方式与精神观念已经无法维系。小说的结尾，梁传宝不愿守护的先烈英灵得到了官方的看护，看似宽慰的结局却让人忧心忡忡：梁家先祖爱护家乡誓死守卫故土的精神能否承续下去？小说虚实结合，质朴灵动，那条象征着梁家祖先精魂的"白狐"一尘不染，是梁家世世代代的根脉，最终也随着梁传宝在灯红酒绿的都市世界里去游荡，不仅使人怅然、凄然！《猴山传奇》(《民族文学》2015年第1期)是对自然生态和社会生态的写实，小说对白头叶猴在本能驱使下优胜劣汰的生存法则和对潜隐在人物灵魂深处的欲望进行了严厉的揭示，具有冷峻乃至于严酷的精神特质。小说让我们反躬自问："作为群体社会中的一员的我们，真的能做到灵魂对现实自我的逃离吗？"[1]海勒根那（蒙古族）的《骑手嘎达斯》(《民族文学》2015年第7期)是一个草原和骑手命运的寓言，在草原退化、土地迁移和资本扩张的强悍履带下，碾碎的不只是骑手的浪漫梦想，还有脚下的故乡。

---

[1] 哈闻：《猴山传奇·责编手记》，《民族文学》2015年第5期。

冯昱（瑶族）的《还愿》(《民族文学》2015年第2期）中失落的，不仅是师公这个行当的后继无人，更可悲可叹的是人情、人性的泯失。李新勇（蒙古族）的《最后的葬礼》(《民族文学》2015年第12期）中父亲为自己设计的传统葬礼仪式，被劲爆的现代歌舞冲击得七零八落，葬礼的悲伤气氛也被冲淡，唯一没有被篡改的一个环节是带灵巡游。现代化、城镇化的冲击，不仅使得故乡人烟稀少、田地荒芜，更可怕的是传统文化的失落、精神的无可寄托和皈依。李进祥（回族）的《带着男人去北京》(《民族文学》2015年第8期）中的女人，"用包给自己开道，用自己给男人开道"，以柔软克化着坚硬，用善良迎接着苦难，用忠贞涤荡着淫邪，那种温软而坚韧的精神力度和道德力量，朴实无华而又震撼人心，散发着人性的温暖光亮。王华（仡佬族）的《生计以外》(《民族文学》2015年第11期）看似荒诞，实际却是我们生活中时时刻刻上演的活剧。新生代的农民渴望被城市接纳，但社会生活方方面面的鸿沟使得生存、尊严等完全沦丧，甚至付出生命的代价，也无法融入他们曾经用双手建设过的城市。小说散发着浓烈的疼痛感，让人唏嘘，也让人深思。

散文表现这一主题的代表作品有《上瑶山记》《加达村：最后的从前》《当花瓣离开花朵》《空穴来风》《昨天的太阳当头照》《邕城的三个雨天》《边桥书》《无处不在的神灵》等。冯艺的《上瑶山记》(《民族文学》2015年第1期）是一篇向费孝通王同惠夫妇上瑶山壮举致敬的佳作，也是一篇向大瑶山寻找精神抚慰的美文。"我"在城里的单位遇了"事"，恰好电视播放《遗爱大瑶山——费孝通·王同惠》的纪录片，"我"被费孝通王同惠夫妇矢志不渝认识中国社会疗治乡土中国的献身精神深深感动，遂同感动得泪流满面的女儿、13岁的外甥女小雪等一家人夏天登上了大瑶山。大瑶山群山逶迤、层峦叠翠，是绿色的海洋。置身其中，神清气爽，心旷神怡，都市生活的忙碌挤压，精神的萎靡污浊一挥而去。它白云横岭、路径艰险，轻装即有蜀道之难。当年费孝通"一度探视，高山仰止，辟草芥，开路而前"，跋深林，渡溪涧，进瑶寨，调查瑶族的社会组织、宗教信仰、家庭结构、生活习俗，为瑶族扬名，为乡土中国立言。踏入大瑶山，原来纸上熟悉的费先生夫妇如在目前，"他们内心的洁净与勇敢，为理想而献身的执着"，于"惶惶然于杯水之争"的"我"，不啻是"精神的朝圣"，更是灵魂的洗礼。"我"笔下的大瑶山和费孝通夫妇，将自然与人文的精神融为一体，使得这座南国峻峰洋溢着无尽的自然之美，又充满了灿烂的人文之光。嘎玛丹增（藏族）的《加达村：最后的从前》(《民族文学》2015年第5期）走进了一个叫加达村的古老村庄。这个村庄的盐田已有1300年的悠久历史，是澜沧江流域规模最大、保存完好的古盐田，也是世界上唯一活着的手工盐场。"我"受旅游开发商的委托，前往加达村做前期的旅游规划勘踏，企图将其打造成西藏东缘第一人文景区。然而"我"踏上这个村庄以后，心里却忐忑不安，担心"旅游时代的策划与勘踏，则把无孔不入的现代性诱入这片净土，即将可能改变着古朴的自然生态与承续的人文精神"[1]。他想起了自己到过的念青唐古拉山下的纳木错，想起了无数个这样的开发带来的祸患——"现代文明对原生文化的强迫和速毁，完全和我们的愿望背道而驰。"现代化不仅打破了他们的传统生活，破坏了文化的多样性，同时也驱走了当地居民淳朴自然的天性，唯利是图的商业化甚至激发和扩充了其人性中"坏"和"恶"的一面。其

---

[1] 石彦伟：《〈加达村：最后的从前〉·责编手记》，《民族文学》2015年第5期。

不由得反思当下的城镇化,"建造美丽新村的画饼,正在中国农村铺天盖地,赶牲口一样把人圈住在一起。在我看来,如火如荼的城乡统筹,实为变相侵占农民的生态空间,在事实上祸害了人和大地世代相生相惜的亲密关系"。不唯如此,"我们漂泊的精神,不仅无岸可依,也面临残酷的现实困境"。在精神贫困的黑夜里,无家可归的心灵,纸上还乡也不过自欺欺人罢了。作者的焦灼、纠结、疼痛,不仅仅是对家园的守护、对精神的呵护,也是对历史的敬畏和未来的提醒。这份记录,正如责编在手记中所言:"已成为了历史与未来的一个部分。"朝颜(畲族)的《当花瓣离开花朵》(《民族文学》2015年第3期)的故乡记忆则由桂花的香味引出。城市里的桂花树越来越多,香味却越来越淡。内心深处的那棵遥远桂花树盖因年代久远,香味愈来愈浓,那不仅是一棵树,也是一个村庄,一份青春成长的记忆,一个精神上的原点。阿微木依萝(彝族)的《空穴来风》(《民族文学》2015年第8期)关注城市底层的生存者,蜘蛛人、小乞丐、外出务工者等都被涂上了色彩,并被赋予体温和灵魂,带给我们真挚的感动。这些散文以温润的感情、在场的姿态讲述了家乡风土人情和人事变迁,体现出对人文乡村的深度缅怀和自觉的文化意识,具有深刻的人类学价值和深远的文化意义。

抗日记忆的正义书写

2015年是抗日战争暨世界反法西斯战争胜利70周年。从历史深处唤醒惨痛的民族记忆,纪念为了正义与和平而献身的英雄,纪念那段血与火的历史,让世人以史为鉴,从悲壮的历史中汲取精神力量和智慧,爱好和平、珍惜当下的美好生活,成为文学写作的重要主题。众多杂志开辟"纪念中国人民抗日战争暨世界反法西斯战争胜利70周年"专栏,陆续刊发各族人民关于抗战题材的作品,警醒人类不能遗忘过去的战争历史和悲惨教训,应以最大的努力阻止战争,维护人类的和平。正如《民族文学》在抗战专刊的"编者按"中所言:"七十年过去,壮烈的抗日战争的硝烟早已散尽。但是,生活在和平年代的我们必须记住,在我们脚下的这片土地上,曾经发生过侵华日军惨绝人寰的大屠杀,更发生过中华各族儿女可歌可泣的正义奋战。抗日战争的伟大胜利洗刷了自1840年鸦片战争以来,帝国主义列强强加在中华民族头上的屈辱,成为中华民族由衰败走向复兴的历史转折点,是伟大民族精神的永恒丰碑。"[1]

新中国成立以来,少数民族作家从未停止对抗战记忆的搜寻与再现。在纪念抗战胜利70周年之际,更多的作家拿起笔来,记录、再现、反思这一场惨绝人寰的血腥战争,书写正义,歌颂人民,塑造英雄。86岁高龄的部队作家马自天,创作了回族同胞英勇抗战呼吁和平的中篇小说《小亲亲》,耄耋之年的诗人马瑞麟创作了《题滇西抗日战争纪念碑》《巍巍长白山滔滔鸭绿江》等诗篇。长篇小说《折花战刀》,中短篇小说《轰炸》《白马巴图儿》《舅母的爱情》《小亲亲》《鸟弹弓子不打鸟》《悬案》《绝无仅有》《马肉》《姥爷的非主动抗战》《归还兵》《一顶礼拜帽》《雪峰山轶事》《永远的军屯》《神石》《你在背后望着我》等,"重新有种回到现实主义和崇高风格","个体叙事中努力将创伤记忆转化为人文遗产,从中阐发历史镜鉴与抒发现实关怀"[2],从不同视角反映

---

[1]《纪念中国人民抗日战争暨世界反法西斯战争胜利70周年·编者按》,《民族文学》2015年第7期。

[2] 刘大先:《通过文学正义书写历史正义》,《民族文学》2015年第9期。

了那一个血与火交融的惨烈时代。

陈铁军（锡伯族）的《轰炸》（《民族文学》2015年第8期）是一篇不可多得的佳作。住在开封电话局洋楼后面卖"绿豆丸儿"的马长喜，收养了流落街头的日本小孩吉田一郎，改名为门鼻儿。马长喜将自己的手艺传给门鼻儿，使他成为"绿豆丸儿"的传人。门鼻儿的舅舅须藤找到他，让他为日军搜集情报。门鼻儿感激马长喜的养育之恩，在养育之恩和日本的民族感情之间，他选择了前者。一次偶然的机会，他从舅舅那里知道了躲掉轰炸的标志——红色十字架。在日本轰炸开封的时候，他用红薯做出红色的十字架标志，使国军十二集团军的通讯处所在地电报局大楼免于轰炸，也保住了半条街的人命儿。但他自己却以叛国罪，被开封日本军事法庭判处死刑。临死前，他充满了悲愤，喊出的不是豪迈的口号，而是大家没想到最平常的话语——"人们看到他仰着脸，喉结上下滚动着，似乎想高呼一句什么话。围观的开封人都期待着，门鼻儿，在他生命的最后一刻，能喊出一句壮怀激烈的话语。没想到，他嘴张了几张，终于喊出的一句话竟是——'丸子——热咧！'"吴刚思汗（蒙古族）的《白马巴图儿》（《民族文学》2015年第9期）讲述了蒙古族英雄巴图尔抗日的故事。巴图尔起先依靠自己的勇武有力独自杀敌，后来加入了抗日连队，成为一名骁勇善战的抗日英雄，最后壮烈殉国。小说将蒙古族的民间传说、文化历史融入小说叙述之中，悲怆厚重，十分耐读。龚爱民（土家族）的《舅母的爱情》（《民族文学》2015年第12期）讲述的是"我"的舅舅在湘西剿匪时，患上了可怕的肺结核，去长江边上的一所康复医院医治。日本籍的护士班长兼代子温柔善良，对工作、对伤病员，都充满了热情。因为是日本人，她遭到了杨营长等中国军人的厌恶。相貌英俊、气质超逸的舅舅体谅赞扬兼代子的工作，两人很快相恋。兼代子的哥哥和父亲都在战争中死去，母亲带着三个妹妹艰难度日，日夜盼着她回去。舅舅不愿做爱情的奴隶，陷入极端矛盾之中的兼代子在舅舅的劝说之下，留下"你等着我，我一定回来找你！"的约定黯然回国，开始了一生的等待。舅舅病情恶化，很快去世。临终前，他给兼代子留了一封信。因为深爱着我的舅舅，这个痴情的日本女子一生未婚，写字桌的镜框上，精心镶着舅舅用钢笔书写的"两情若是久长时，又岂在朝朝暮暮"。这个温柔、善良、美丽的曾为慰安妇的日本女子，用爱情战胜了战争的丑恶，用人性洗涤干净了一个民族的污秽，那份柔弱中的倔强和执着充满了人性的光辉，给我们带来灵魂的震颤。马自天（回族）的《小亲亲》（《民族文学》2015年第11期）中，女儿吉田秀莲被没有人性的父亲吉田宽夫杀伤，得到中国亲人的照顾，她才转危为安。为了避免被搜山的日本兵发现，吉田秀莲和好多男孩子都被剃头，伪装成小男孩。人性、宗教战胜了军国主义的血腥屠杀。段久颖（满族）的《鸟弹弓子不打鸟》（《民族文学》2015年第12期）塑造了一个另类英雄宋鸟鸟。他又傻又憨，有一股蛮力，玩得一手好弹弓，在李老汉的动员下参加了游击队，两颗手榴弹炸了敌人的炮楼，却因为杀人升不了天坐在地上哭闹。他好勇逞强，在盗窃军火库时被哨兵发现，中弹牺牲。这样一个又傻又憨的英雄，在抗日英雄的人物画谱里，可谓是一个独特的创造。王跃斌（满族）的《悬案》（《民族文学》2015年第9期）中的抗日英雄吴江，不愿死在"自己人"的枪口之下，最终选择了飞蛾扑火、与敌人同归于尽的壮烈方式。这个形象，一定程度深化了千篇一律的抗日书写，丰富了抗日英雄的形象。正如责编所言："说实在的，我更愿意看到的是抗日的万众一心、同仇敌忾，是英雄的群像，而不是吴江这样一个带着浓郁悲剧色彩的孤胆英雄。可是，想到杨靖宇、赵尚志、赵一曼等几乎所有抗联英雄都死于叛徒汉奸的出卖，想到伪满洲国一百多万之众的为虎作伥的伪军等等史实，我终于理解了作为以写抗联而著称的作家王跃斌，塑造吴江这一人物的深意，理解了'中流砥柱'的真切含义……"[1]王向力（蒙古族）的《绝无仅有》(《民族文学》2015年第10期）讲述了抗日土匪肥龙的故事。肥龙率领的一帮土匪以大森林为家，他们野性十足，好酒好赌，但在抗日的事上毫不含糊。在他们看来："即使当土匪，也要爱国，不爱国的土匪，不算像样的土匪。赶走小日本，是每个中国人的本分。"小说通过曾为肥龙部下的姥爷来讲述，生动诙谐，但一些情节过于突兀。如鬼子川崎经过镇山好一事后，携妹妹两人也入伙当了土匪，和肥龙一道抗日，打日本鬼子。小说写到，连围剿队长都很惊讶一个日本皇军为什么当土匪，这个关键，小说没处理好，很难令读者信服。

纪实文学也涌现出了一大批优秀作品。金学铁（朝鲜族）的《到太行山》(《民族文学》2015年第9期）讲述了抗战期间，与中国人民并肩作战流血牺牲的朝鲜民族革命者金学武的故事。金学铁是战争的亲历者，他"并未用过多笔墨描写残酷壮烈的宏大场面，而更专注于对抗日壮士们的心灵探索"，金学武谦逊好学，沉静温和，即便在硝烟弥漫的战斗场景中，他也能泰然自若，守住自己内心的平静和安稳。作者"用丰盈的日常生活细节，勾勒了这样一位有君子之风的英雄形象。他的非凡勇气来源于坚定的信仰，胜利的信念，对和平的向往和对亲人、

---

[1] 哈闻：《悬案·责编手记》，《民族文学》2015年第9期。

战友们的大爱"[1]。即使今日读来，我们亦能感受到其有信念、有力量和有大爱的人格魅力。

近年来，关于湘西抗战、远征军的非虚构写作颇为流行，也出现了大量的影视作品。曾经一度"因为种种原因不太为一般读者所知的国民党军队、民主人士、地方豪强以及协约国参与的中国抗战这一历史侧面也因而得到了更多的言说。不过，值得注意的是，反拨既有意识形态话语很容易重复单一性的思维逻辑，容易走向另外一个极端，即片面强调国民党正规军队和美化诸如美军等'友邦'的功绩，而忽略了中国本土地方性以及民间力量所做出的贡献"。《热血长歌——滇西多民族抗战纪实》(《民族文学》2015年第9期）和《慷慨同仇日　间关百战时——李根源滇西抗战岁月》(《民族文学》2015年第9期）细致梳理了乡土和民间的多元力量以及被遗忘的抗日民众的作用，对此前的非虚构写作无疑具有补苴罅漏的作用。李贵明（傈僳族）的《热血长歌——滇西多民族抗战纪实》回顾了湘西多民族抗战的壮烈历史，既有全局性的概览，也有各个时期、各个战场和各个部门的细致还原，突出了国军、共军、英美同盟、地方政权、民间力量之间的对比互补，以丰富的史实、翔实的数据和生动的细节，全貌再现了湘西儿女如何用鲜血和生命维护民族的尊严，守卫国土的感人情景。陈永柱（白族）的《慷慨同仇日　间关百战时——李根源滇西抗战岁月》讲述了李根源在滇西领导抗日的故事。李根源早年参加同盟会，曾担任国务总理。淞沪会战爆发后，他在苏州参加了一系列抗日活动。日军由缅甸进入滇西后，滇西儿女奋起杀敌、英勇抗日，一寸河山一寸血，涌现出了许多英雄

---

[1]　孙卓：《到太行山·责编手记》，《民族文学》2015年第9期。

人物。李根源当时已经64岁，且身患重病，在民族存亡跟前，他主动请缨赴战，亲临前线指挥，在军心动摇、民心惶惶的危难境地中，他稳定人心，鼓舞士气，对滇西全民抗战形势的形成，起到了至为关键的作用。李根源爱国家、爱民族、爱人民的丰功伟绩和高尚人格，是炎黄子孙弥足珍贵的精神资源。散文中亦有不少优秀之作，如王俏梅（回族）的《曳着一条红色的光》、高深（回族）的《国家的记忆》、田均权（侗族）的《芷江"受降坊"》等，"普遍有着超越于族群认同之上的国家认同，却又对个人在历史洪流中的无常命运充满同情，一再体现了通过文学正义重新赋予历史正义的冲动"。这些抗战书写，以"文学正义书写历史正义"，集中体现出以下三个方面的特征："一是注重发掘那些曾经被遮蔽的边缘历史，让不能发声的群体得以浮出历史地表，给予其在历史场域公正的辩论机会；二是不仅仅单方面控诉侵略者、殖民者、帝国主义者的罪恶，同时也进一步反求诸己，反思本土的'国民性'弊病及文化的不足之处，让历史主体在理性的天平上进行博弈；三是在历史叙事中呈现浓郁的现实感，让过去、现在、未来不再是线性进化论链条中的某个节点，而是让它们成为开放性史观中平等对话的对象，即唯有我们在现在做好清理工作，充分认识到历史可能在未来重演，那才有可能避免'历史的诡计'与历史戏剧化的重复。"[1]

---

[1] 刘大先：《通过文学正义书写历史正义》。

民族文学成就的集中展示

新时期以来,少数民族文学取得了丰硕的成就。它们既立足民族书写又拥抱世界,既为故乡而歌又与祖国同命运共呼吸,既能"坚守着本土的精神,又融全球性、现代性、传统性于一炉";既能"潜行于历史深处,又光照着生命的灵性与民族的暗语"。[1]正如包明德先生所言——"随着更加开阔包容的社会环境与文化环境的出现,各民族被遮蔽的特质、记忆、向往与想象得到新的抒发与张扬。我国少数民族作家以他们的民族气质、文学感悟、人文良知与勤奋劳动,创作出大批优秀的作品。这些作品,见证了当代中国发展进步与文明开放的脚步,也拓展和扮靓了中国的文学版图。这些作品中所充溢的文学精神和艺术品格,为中国当代文学注进了鲜活的基因,从而增强了综合创新、发展繁荣的艺术张力,也增强了我国各民族的文化认同感和凝聚力。同时,也为民族文学理论与创作的探索飞跃提供了新的基础、起点与可能。"[2]因而,集中展示少数民族文学取得的成就,激励少数民族作家深入生活、扎根人民、反映时代,不断拓展民族文学的版图,具有重要的文化价值和深远的文学意义。

文学"桂军"沉稳而扎实,但由于地处偏隅,这些年虽有较大成绩但影响有限。《民族文学》2015 年第 1 期隆重推出"广西中青年作家专号",体裁包括小说、散文、诗歌,既有黄佩华、凡一平、冯艺、李约热等知名作家,亦有崭露头角的文坛新锐,集中展示了"桂军"的队伍

---

[1] 白庚胜:《苗壮岭南》。
[2] 包明德:《肩负使命 勇攀高峰》,《民族文学》2015 年第 11 期。

阵容、南国风采与文学气象。这种气象的突出特点是："队伍齐整、精神振作，是一种饱满和向上的状态，表现出求新、求变、求突破的努力，所有这一切无疑来自良好文学生态的养成，高昂而求实、沉潜而奋发，立足传统、展望未来，所有一切同样是从作品字里行间体现出来的。"[1] 黄佩华的笔记体小说《驮娘河记》将神话传说、历史故事和现实生活融汇起来，手法老辣，极富民族特色。凡一平的小说一贯重视故事性和传奇性，《寻枪》和《理发师》最见特征。他的《沉香山》写的是1943年春，一群法国逃兵在越南遭到日本军队的袭击，伤亡惨重。壮族姑娘文秀好奇这群眼睛深蓝的法国兵的外貌、举动以及投掷球类的游戏，法国兵也被壮乡姑娘的美丽和彩色的裙摆所吸引，投以"带有热量的笑"和喜欢的神情。18岁少女韦文秀与法军人凯文相爱，同村少女阿娟也爱上了另一法国军人阿猫。战争结束后，法国兵回国，留下了已有身孕的阿娟。阿娟选择自杀，死后，小孩小阿猫由文秀代为抚养。后来"文革"期间，"右派"苏岩夫教孩子读书，与文秀渐生情愫，但文秀选择苦等法国兵，拒绝了苏的爱意；小阿猫长大后参加高考，因丢失录取通知书而未入学；回乡途中小阿猫救寻死女，极轻易地当了此孕女的丈夫，不假思索，之后"女儿"韦玉香出生；韦玉香长大，因给老人治病急需用钱，她便和老师签订代孕协议。经历一番波折，最终文秀获悉凯文早死了，她终与苏走到一起。这个中篇在题材上有开拓意义，传奇色彩也很适合拍成热门影视，但作品只有个故事架子，像是个剧本梗概，缺少有意味的细节，受影视文化影响明显，充满镜头感，又拉得太长，剪裁不够。李约热的《你要长寿，你要还钱》寓沉痛

---

[1] 梁鸿鹰：《葱茏向荣的南国篇章》，《民族文学》2015年第5期。

悲叹于幽默风趣的叙事之中，深刻地揭示出市场、金钱对亲情、人心、道德和信任的腐蚀。陶丽群的《柳姨的孤独》孤独、神秘、安静，颇有女作家麦卡勒斯小说的韵味。杨文升的《需要所有人等待》围绕着一个金耳环的传奇，逼真再现了边区小镇生活的纷繁复杂和人情的冷暖摇摆。散文中，何述强的《时间的鞭影》通过回溯童年的一件小事，用文字的隐秘之境呈现时光镌刻在记忆深处的感伤、感动与感念，质朴自然而又感人至深。严风华的《回望》眺望童年、故乡、故土、亲人的质朴而温暖的点点滴滴，慰藉着漂泊与寓居的感伤，让灵魂安妥下来，让我们"渐渐安详下来"。同时推出的还有黄土路、石才夫、雪萍、费城、黄芳、荣斌、石才来、十月、覃才等11位中青年诗人的11首组诗以及33位大学生的诗作，比较完整地呈现了广西诗坛的面貌。黄土路的《母亲》："实现了对人性的深度的开掘，打开了一个进入早亡母亲灵魂的通道，从而提供了对母亲理解的一个带有疼痛感的、幽暗却可以辨析的脉络。"石才夫的《去红一家吃饭》："在看似寻常的絮絮叨叨中，实现了口语的心灵化呈现，使毫无生气的庸常琐事，在智性的掩饰中，实现了对人与人不能割舍分离的、一次平静朴实的表达。"[1] 这33位大学生的诗作，虽显稚嫩，但文字精雅、意象鲜活、个性鲜明、形式独特，真挚的情感和着心声，显示出较好的写作潜质。

"广西中青年作家专号"表明，文学"桂军"已经不满足对本土生活的浮泛化记录，而是力图开掘深层次的问题。这些作品"在审美对象中突出民族的生活方式、民族情怀，以此抵御本土文化被所谓的强势文化

---

[1] 王久辛：《十万朵桂花》，《民族文学》2015年第5期。

同化和瓦解。这是一种可贵的自觉担当"[1]。他们积极思考现代化、城镇化中的现实生活和时代命题，通过审美对象的文学化，拷问生活的疑惑、生命的价值以及存在的意义，并以自己独到的审美形式呈现出来，和读者形成对话和交流，表现出浓郁的现实关怀、鲜明的民族特征和严肃的反思精神，形成了极富地域色彩、民族色彩和反思精神的审美特质，形成了立足民间、扎根现实、厚积薄发、锐意求变的文学传统，成为中国文学版图上极其重要而又色彩斑斓的一隅。当然，这种思考和探索依然有着一定的限度，有着很大的开拓空间。

2015年9月，"新时期中国少数民族文学作品选集"达斡尔族卷、鄂温克族卷、鄂伦春族卷出版发行，这是三个人口较少的民族文学成绩的一次巡检，同时也为其发展和研究注入了强劲活力。这些民族有着悠久的口头文学传统，书面文学直到新时期才得以形成，但所彰显的巨大能量和惊人魅力在当代文学中影响甚大，如李陀、乌热尔图等以其创作，成为当代文学中的重要作家。2012年第五届全国少数民族文学创作会议召开之后，中国作家协会隆重推出"中国少数民族文学发展工程"，"新时期中国少数民族文学作品选集"为其中之宏大项目，计划出版作品55种60册，该丛书最终收录了2218位作者的4279篇作品，涉及小说、散文、诗歌、报告文学、影视剧本等多种体裁，完整地呈现了新时期中国少数民族的文学面貌。随着达斡尔族卷、鄂温克族卷、鄂伦春族卷的出版发行，"新时期中国少数民族文学作品选集"顺利完成，集中展现了中华文化生态的多样性和民族文学的生动现场。2015年10月，《民族文学》第三次（前两次是1997年和2012年）以专辑的

---

[1] 范咏戈：《多变格局中不变的文学追求》，《民族文学》2015年第5期。

形式刊登人口较少民族的作家作品。这次集锦了13个人口较少民族作家的作品，主要有鲁玉梅（土族）的《苍生》、肉孜·古力巴依（塔吉克族）的《冰山之恋》、程向军（鄂伦春族）的《墩王》、莫景春（毛南族）的《村里的那些事儿》、伊力哈木·赛都拉（维吾尔族）的《楼房里的老人》、马明全（撒拉族）的《致撒拉尔的孩子》，比较全面地呈现了人口较少民族的文学创作情况，一些被长期忽视的民族的神话、传说、历史、文化以及记忆等被发现或者得到抒发。这其中既有用民族母语创作翻译成汉语的作品，也有直接用汉语创作的作品，这些交流和互动，增强了不同民族的文化和文学交流，也共同形成了民族文学丰富多彩的审美格局。这些文字"既展示了不同风貌的地理环境、文化土壤与民族性格，又传递出人类共有的对故土家园的深沉情感，对真、善、美的坚守与渴求。更令人惊喜的是，较之以往熟识的名字，我们看到了很多新鲜的面孔，他们用自己的笔坚守着本民族最单纯美好的精神传统，传承着奔腾不息的梦想与希望"。正如刘大先在《新时期中国少数民族文学作品选集·鄂温克卷》后记中所说的"小民族大胸怀，小文章大关怀，小叙事大境界"。通过这些专辑，"我们见证了很多民族第一代作家的诞生与成长，记录了这些民族作家文学的觉醒与崛起。这串足迹，不仅丰富着中国文学的内涵、拓展着中国文学的版图，更超越文学范畴，产生深远的政治、经济与文化意义"[1]。

---

[1]《人口较少民族作家专辑·编者按》，《民族文学》2015年第10期。

结语：少数民族文学发展的历史新机遇

2015年的少数民族文学创作，坚守民族文化立场，弘扬中国文学精神，以敏锐灵动的笔触，展现现代化进程中的民族文化，原始生态，现代生活的矛盾、冲突和焦虑，呈现了复杂多元的文化样态、时代感受、人性拷问、生存思考和审美追求，有不少作家能够超越对当下现实生活的摹写，能够在民族文化中寻找安身立足的精神资源，表现出形而上的品质、理想主义的追求。一部分作家在文化追求上实现了从自发到自觉、无意识到有意识的转变，表现出良好的写作潜质。与此同时，各民族作家在创作上也呈现出一些明显而严峻的问题，可归纳为以下几点：一是写作的同质化和类型化问题严重，从内容到形式都表现出严重的重复化。就内容而言，流于民族文化、民族传说和民族风情的展示，不能有机地化为自己作品的一部分，或者限于生活现象的报告展览，缺乏深刻的思考和独到的呈现，数量众多但质量不高，诗歌和散文相对比较发达，小说、戏剧等文体发展相对滞后。二是在如何表现民族性、民族文化和地域性等方面思考不够，如不能简单地用民族的东西拒斥现代的东西，也不能用现代的眼光拒斥民族的东西，理性的分析和严肃的反思缺乏，二者之间的复杂关系以及在其他诸多层面表现出的复杂性没有表达出来，"如何在继承传统的基础上进行开拓创新，少数民族作家是走出民族还是回归民族，都是少数民族文学发展需要解决好的问题"[1]。三是民族作家如何在新媒体时代寻找自己的领地，在不丢失传统、立根乡土的情况下，又能具有视野的现代性、题材

---

[1] 白崇人、杨玉梅、石彦伟：《中国当代少数民族文学的回顾与思考》，《民族文学》2015年第10期。

的新鲜性、方法的多样性，创造出一个新的民族文学的传统。如果仅仅局限于本民族的文化，不能将个体经验和族群文化置于广阔的历史语境中，"如果只是聚焦于本民族的小视野，而不关注他者的文化、总体性的社会变迁，则很容易落入'你不关心别人、别人也不关心你'的陷阱"。四是少数民族文学与文化一直不太受重视或者被忽略，尽管各级政府和文化部门不遗余力地予以支持和扶助，但"因为长久以来的文化惯习和'文明等级'潜移默化的影响，它始终处于一种尴尬的位置"，很难取得主流价值观念和文学话语的认同。其实，"这并不是因为少数民族作家创作上的问题，而是在由'文学格林尼治'影响下的既定教育系统中培育出来的批评者缺少知识储备和同情性的关怀。少数民族题材也往往缺乏商业性的价值，无法在市场上获得广泛的关注，所以它们难以赢得主流批评者、研究者的梳理与阐发，也很难作为一种国家性的文学知识进入到主流文学体系之中"[1]。少数民族文学的优势在于民族性，"少数民族作家的写作激活了民族记忆，真正的民族性需要在独特的民族性中灌注普遍的世界性意义，作家的民族性应该具有国家意识和心怀天下的气魄"[2]，深刻表现现代化中各民族的困惑、追求和执着。能否以现代的视野、开放的精神、创新的手法，开拓出民族文学新的写作路径和文学传统，为民族文学、中国文学乃至世界文学注入新的元素乃至贡献出佳作，成为今后民族文学创作的重要责任和历史使命。

(本文原载于《民族文学研究》2016年第2期)

---

[1] 刘大先：《人口较少少数民族文学的大意义——写在"达斡尔族、鄂温克族、鄂伦春族文学论坛"暨"文学作品选集"首发之际》，参见网址：http://ex.cssn.cn/wx/wx_whsd/201512/t20151204_2742145.shtml。

[2] 杨建军：《探索文本深处的辽阔大地——评论集〈民族文学的坚守与超越〉解读》，《民族文学研究》2015年第2期。

后 记

　　这本小书收录了这些年来拉拉杂杂写的一些稚嫩谫陋的文字，多是上一本书未能收尽的"漏网之鱼"。这些"漏网之鱼"东奔西突，左支右绌，一些师友的印象是"杂而不深，广而不精"，可谓宜也。自己也曾多次狠下决心，痛改"前非"，追求"高精深"，无奈自由散漫已久，积习难改，很快又堕入"低粗浅"，只得索性由之去了。"深深见"之"穿花蛱蝶"学不来，只能做"款款飞"之"点水蜻蜓"。自己的认识也不可谓不深刻：四面出击，不自量力，驳杂而又肤浅，如同在冰面上滑行，时时有冰破人坠的危险。记得小时候春节走亲戚，抄近路过冰桥，踱到冰薄之处，白色的冰印子如同闪电前后延伸，咯喳咯喳的声音更是夺人胆魄。这时候进也不是，退也不是，只得迈着发软的双腿，战战兢兢地履薄冰而望深渊。好不容易跑到岸上，数九寒天，汗涔涔的狼狈样竟如同水中捞出一般。第二年，经不住诱惑，依然如故，或许就为那险夷悬于一瞬的惊喜？

　　从事评论这个行当，开始总觉得近似于童年过冰桥的"险举"；到现在成为教书之余的副业，过冰桥的惊喜和欢欣隐遁全无。编排这本小书，脑海总是重现自己当年过冰桥的窘相，当然也有潇洒的时候，比如在冰层厚处俶尔几米几十米的滑行。职是之故，这本小书原来命其为曰"冰面上的滑行"，记喜不记忧，当然也不敢忘记时刻提醒自己——

自己术业不专，学无所得，只是凭着兴趣在冰面上溜达而已。后又觉得不甚满意，一则似不够雅驯，二来也有令人不知所云之感，遂定名为"或看翡翠兰苕上"。这句老杜《戏为六绝句》中的名句，我曾以之为文章题目，窥测文学史视域中的"70后""80后"批评。在我看来，他们如翡翠鸟一样，嬉闹于兰花与苕花之上，虽然活跃，但未掣鲸鱼于碧海之中。这当然也包括我。以此为书名，已没有写同名文章的意气，完全是提示和警醒自己而已。

承蒙李国平、李敬泽、吴义勤等老师的提携抬爱，庸鲁如我者有幸忝列中国现代文学馆第四届客座研究员之列，感念之情实难以言表。一年来，受益于诸位老师和前辈者良多，受益于同侪"十面埋伏"及"总督"宋嵩先生者亦不可谓不多，在此表示衷心的感谢！

感谢中国现代文学馆和北京大学出版社给予这些拙劣文字面世的机会。说来惭愧，在京学习的几年，竟然没去过现代文学馆，感谢文学馆弥补了我的遗憾，给我补上了重要的一课；位于成府路的北大出版社曾无数次路过，但从未有在这里出版书稿的念头。诚挚感谢这两家学术机构提供的宝贵机会。

另外，真诚感谢为本书出版倾注大量心血的责任编辑饶莎莎女士。大约十年前，她新婚燕尔，与丈夫即我同届的同学祥钰兄设宴于人民大学附近某餐厅，款待我与耀宗兄。毕业后，大家风流云散，相忘于江湖，汲汲于谋生糊口，除了必要的联系，相见已甚为不易。去年年底某天，饶女士忽加我微信，谈到拙书由她负责编辑。我连连表示感谢。最后，她云自己"是祥钰家属"。我不禁莞尔——天下真小！这份特殊的因缘，使得饶女士编辑此书时甚为细致和精心，为拙书增色夥矣。这也重唤起我对遥远的最后的学生时代的回忆，对同学之间美好情谊的回味与感念。

　　最后，将这本小书献给我的家人，献给我家的二妞。初草这篇"后记"时，她还未出生。如今，她是一岁七个月的淘气而可爱的小宝贝了。客座研究员的一年，我"封山育林"，不为酒动，屡遭众师友的奚落调侃，但确无"蒙骗"之意，实在有愧大家。花但能开不嫌迟，酒若尽兴莫道晚。替我家二妞谢谢各位！有机会，我一定补上，让大家尽兴。

2017年5月8日夜初草于长安小居安
2019年2月23日下午改定
3月2日再改